有爱的青春陪伴者

天生喜欢你

容无笺 著

江苏凤凰文艺出版社

图书在版编目（CIP）数据

天生喜欢你 / 容无笺著. -- 南京：江苏凤凰文艺出版社，2024.5
　ISBN 978-7-5594-8128-3

Ⅰ.①天… Ⅱ.①容… Ⅲ.①言情小说 - 中国 - 当代 Ⅳ.①I247.5

中国国家版本馆CIP数据核字(2023)第229736号

天生喜欢你
容无笺 著

责任编辑	王昕宁
特约编辑	年　年
出版发行	江苏凤凰文艺出版社
	南京市中央路165号，邮编：210009
网　　址	http://www.jswenyi.com
印　　刷	长沙鸿发印务实业有限公司
开　　本	880mm×1230mm　1/32
印　　张	11
字　　数	360千字
版　　次	2024年5月第1版
印　　次	2024年5月第1次印刷
书　　号	ISBN 978-7-5594-8128-3
定　　价	45.80元

江苏凤凰文艺版图书凡印刷、装订错误，可向出版社调换，联系电话025-83280257

目录 / CONTENTS

Chapter 1　重逢　　　001

Chapter 2　同住　　　029

Chapter 3　栽了　　　057

Chapter 4　偏宠　　　074

Chapter 5　温柔　　　107

Chapter 6　般配　　　135

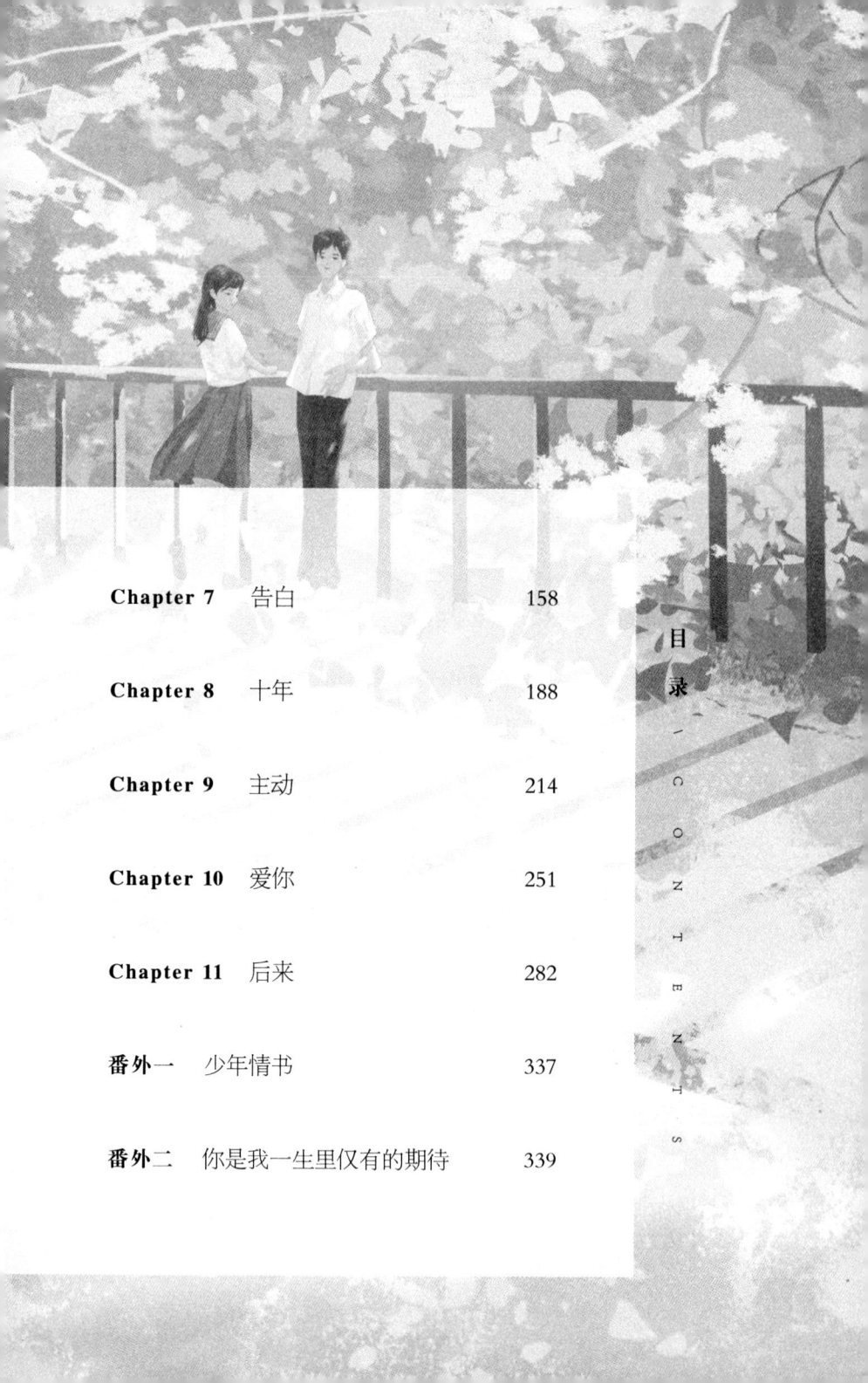

Chapter 7	告白	158
Chapter 8	十年	188
Chapter 9	主动	214
Chapter 10	爱你	251
Chapter 11	后来	282
番外一	少年情书	337
番外二	你是我一生里仅有的期待	339

Chapter 1
/
重 逢

1

出机场的时候,纪明月抬头望了一下天空。

万里无云,晴空耀眼。

端市到底是南方的城市,现在不过是三月初,竟已经有了些许初夏的气息。

这时,电话响起。

纪明月换成左手拖行李箱,右手拿出手机,接了电话。

"人家等你等得花儿都要谢了——"是闺蜜舒妙,一贯地撒着娇且拖长音调,"我亲爱的猫猫,你下飞机了没啊?"

"还没。"

"……你当我傻子呢,没下飞机你接什么电话?"

纪明月也很好奇地问道:"那你还问?"

舒妙一哽,正准备反驳,下一秒便好像突然看到了什么,干脆利落地挂了电话。

纪明月还没回过神,就已经感受到一个女人向自己飞了过来,耳边还充斥着夸张的叫声:"猫猫,你可终于回来了,你再不回来,我以为你已经忘记你家里的'糟糠闺蜜'了!"

说着,舒妙退后一步,上上下下仔仔细细地打量纪明月,忍不住发出灵魂质问:"你到底是去读博还是去看时装秀了?"

舒妙倒也没怎么夸张。

坐了这么久的飞机,纪明月那张漂亮的脸上连个黑眼圈都没有,只是神色稍显疲惫了点而已。她就这么站在人来人往的机场出口处,不知道收到了多少视线。

纪明月眼睛都没眨,说:"去荒野求生了。"

上了舒妙的车子后,纪明月边扣安全带边听见舒妙问自己:"对了,你过不久去远城的话,房子之类的安排好了吗?有没有什么需要我帮忙的?"

"咔嗒"一声,纪明月扣好安全带,整个人懒懒地窝进副驾驶,说:"安排好了,我爸在大学城附近给我买了套房子,手续都办完了。"

她语气诚恳道:"搞科研也太累了,你说我去当个包租婆怎么样?"

舒妙启动车子的动作一顿,心里瞬间后悔不迭:纪明月家里做房地产生意的,问她这样的问题,简直就是在给自己找虐。

"这个周末就去泡温泉吗?"纪明月开口问道。

舒妙点头,放弃用房子的事情自虐,语气中全都是"开开心心玩一场"的兴奋:"对。猫猫,你记得准备好泳衣啊。我之前做了攻略,据说在那里碰到帅哥的概率高得不行。你说我能有一场新的艳遇吗?"

纪明月思维停滞两秒,突然就有点记不清自己提早回国是要干什么的了。

"我是要结婚了没错,"舒妙理所当然地说,"但该看帅哥还是得看,生命不息,奋斗不止!"

纪明月没说什么,拿起手机就开始噼里啪啦地敲字。

舒妙警惕:"你干吗?"

"跟你准老公举报。"

舒妙翻了个白眼。

跟舒妙聊了一路,纪明月只觉得自己旅途的疲惫好像都得到了缓解。

商量了过两天的温泉之旅以及婚礼的事情,车子也稳稳地开到了纪家所在的映月公馆。

"我今天就不进去坐了啊,你好好休息。"舒妙说着,摸了摸后脑勺,突然想起来了什么,"对了,猫猫,我前两天搬家,发现了你高中时落在我家里的东西。"

高中？

这词也太久远了，久远到纪明月的反射弧绕地球公转一周才回了家。

纪明月盯着舒妙递过来的那个一看就很有年代感的小铁盒，记忆渐渐回笼。

舒妙大笑道："想起来了？真的，我从橱柜最里面翻出来这个铁盒的时候，坐在地板上思考了整整三个小时的人生才想起来这究竟是什么东西。"

那个像面前的小铁盒一样颇有年代感的名字在纪明月的脑袋里转了几大圈，她才接过盒子，掀了掀唇："谢云持？"

"就是他！"舒妙一副"恭喜你答对了，但很不好意思，一毛钱奖励都没有"的表情，开始跟纪明月八卦，"你还记不记得你以前暗恋他啊？我最后去机场送你的时候你搂着我哭个不停。哦，对了，据说谢云持现在在远城，好像过得特别好，我当时还真不知道他身上有那么多离奇的故事……"

说着说着，舒妙的声音越来越小。

她顿住，小心翼翼地观察面前正低头看着小铁盒没吭声的纪明月："猫猫，你不会还喜欢他吧？"

舒妙心里警铃大作：天啊，不会吧？

纪明月用手指擦了擦盒子上的灰尘，眼里多少流露出几分怀念的神色，然后一本正经地点了点头。

纪明月见舒妙神情错愕，便又瞬间笑开，本就明艳的容貌因她难得完全舒展的笑容而更加夺目了一点。

舒妙都晃了晃神。

下一秒，舒妙就听到"嘭"的一声响——纪明月下了车，反手关上了车门。

"那你路上小心点啊，我给你带了不少礼物，明天请你吃饭的时候再拿给你。"

闻言，舒妙瞪圆了眼，说："纪明月，你什么意思！"

纪明月走开了几步，才想起来自己好像忘记拿行李箱了，讪笑着转身回来："那个……妙妙，开下后备厢吧？"

舒妙是很想有骨气地说一句"不开"的，奈何纪大美人那张脸从来都不是她能免疫得了的。

她气哼哼地打开后备厢后，探头看纪明月。

纪明月拿了箱子，冲着她挥了挥手，说："都十年了，哪还有什么念念不忘的,你真以为拍偶像剧呢?"

纪明月倒也不是逞强才说的这番话。

算下来,还真是十年了。

她本科就出国了,且直博,一直到拿了博士学位。如果不是着急回来给舒妙当伴娘,她要把没做完的临床试验做完了才会回来,估计还得在那边再待上几个月。

生物医药这种明面上号称 21 世纪是它的世纪、实际上人人皆知的天坑学科,不但出了名的工作不好找,更重要的是忙。

纪明月在国外这几年,生活被各种各样的课程和实验给充实得连个边边角角都没留下,哪有什么念念不忘的?她每天忙得连吃饭睡觉都快忘了。

话虽如此,纪明月在回到家,听完父母的嘘寒问暖,以及弟弟纪淮"姐你就回家待两天啊"的抱怨之后,历经千般"险阻"终于回到了自己的房间时,还是盯着那个盒子看了又看。

纪明月看着盒子上那把同样很富有年代气息的密码锁,回忆了几秒,输入了"0914"——谢云持的生日。

"啪"的一声,密码锁应声而开,里面是一个信封和一个本子。

纪明月想起来了。

她那个时候为了写这封信,光是草稿都写了十几遍。

写到最后,被她以五十块钱高价聘请的顾问舒妙都差点疯了,嘴里直嚷嚷:"纪明月,算我求你了,我把那五十块钱还给你,哦不,我给你一百,你别这么折磨我了成吗?你说这两句话有什么区别?"

纪明月一脸认真道:"当然有。'我真喜欢你'看上去感情很真挚,就是有失活泼;'我可真喜欢你呀'好像就可爱多了,但是不是不够诚恳啊?"

纪明月越想越觉得好笑,来来回回把这封自己没送去的信读了好几遍后,才翻开了那个本子。

——是谢云持的数学作业本。

男生干净又潇洒的字体铺在作业本上,格外好看,更不用提那逆天的准确率了。

纪明月被勾起了回忆,正准备去翻翻当时自己别的东西时,突然看到了盒子最下面还有一个东西。

是一张七寸照片。

已经泛黄的照片上,少年的眉眼温润清俊,眸光清亮,唇角带着浅浅的弧度,校服的衣领整齐白净。

照片右下角还有两行小字:

高二(1)班 谢云持
春季学期第一次月考第一名留影

这是舒妙当时陪着纪明月想尽一切办法,趁着换光荣榜的契机才弄来的月考优等生公示照。

少女情怀大过天啊。

舒妙之前说过:"猫猫,看看你自己那张脸,你跟别人说你以前有一场无疾而终的暗恋,还暗恋了好几年,谁能信啊?"

纪明月自恋地想,是挺难相信的。

君耀大楼顶楼。

"谢总,您半个小时后有一场视频会议,是于负责人要跟你汇报 M-1 药物的研究相关……"

秘书站在桌前兢兢业业地汇报工作安排,就听到谢云持的微信视频提示声响起。

谢云持看了一眼手机屏幕,抬了抬手示意秘书暂停,接了起来。

"喂,哥。"是女孩子好听的嗓音,"你在忙吗?"

"怎么了?"

时辰说:"慰问慰问你。以及……后天是我生日,哥,你没忘吧?"

谢云持思索一番,回道:"坏了,忘得一干二净。"

时辰懒得搭理自家老哥的恶趣味,径直道明来意:"我是不是有一张卡落你钱包里了啊?定制的图案来着,我找了半天没找到,你帮我看看吧?"

接到了谢云持的示意,秘书拿了钱包递过来,而后暂时退了出去。

谢云持打开钱包,给时辰看了一眼:"似乎是没有。"

时辰专心致志、聚精会神、仔仔细细地看完了那一排卡,然后泄气道:"那我那张卡不见了吗?"

正说着，时辰"咦"了一声："哥，你钱包里这张相片上的女孩是谁啊？"

谢云持捏了捏眉心，却没有回答她的问题："不是谁。不说了，我还有工作，礼物已经给你寄过去了，你记得查收。"

说完，不等时辰反应，谢云持就挂了电话。

他放下手机，轻轻用食指摸了摸钱包里夹着的那张一寸相片。

相片的角落，还有一半的端市一中学生证钢印的痕迹。

2

纪明月足足倒了三天时差，才觉得自己好像活过来了。

还在读高三的纪淮对他姐恨铁不成钢，其实最主要是忌妒，在饭桌上还不忘叨叨："姐，你每天睡那么多，都不怕脑子睡糊涂了吗？"

他正说着，纪明月又打了一个悠长的哈欠。

人传人现象过于明显，纪淮也不由自主地跟着打了一个哈欠。

纪明月没说话，隔着饭桌就递过来一个"你这个糊涂蛋有什么资格说我"的鄙视眼神。

纪淮低头默默扒饭。

纪母祝琴夹了一筷子菜给纪明月，说："多吃点，在外面怎么瘦了那么多啊？是不是吃饭不规律，也没好好休息？"

纪明月面上乖乖巧巧的，也不说话，就是笑了笑，然后闭嘴吃饭。

——她生怕再说下去，母亲又开始提男朋友的事情，那她估计就得哭了。

这时，正好手机屏幕亮起。

妙不可言：哦对了，我忘跟你说，我之前给谢云持发了结婚请帖，但他秘书打电话过来说日程安排不开，来不了。

妙不可言：不过其实我也就是顺手那么一发请帖，并没有指望他能来，毕竟我跟他不算很熟。

妙不可言：我就是想啊，你说他现在都那么有钱了，婚礼不来没关系，隔空发个红包也行啊，是不是？

纪明月的视线在"谢云持"三个字上打了个转，淡定打字。

Moon：他记得你吗？

纪明月发誓，她真的就是随口一问。

只不过这句话落在舒妙耳朵里，就多了那么一些说不清道不明的味道。

纪明月这厢都准备收起手机继续吃饭了，屏幕再次亮起，然后又"唰唰唰"跳出来三条微信消息。

妙不可言：纪明月，你怎么说话呢？好歹我也跟他同学了一整年好吧！

妙不可言：虽然我没怎么跟他说过话，但这真不能怪我啊，谢云持虽说看上去好像挺温柔的，但我真的觉得他不好接近啊！

妙不可言：……他不会真的不记得我吧？

祝琴顺口问道："谁呀？"

"舒妙。"

闻言，祝琴点点头。

饭桌上刚寂静了三秒，纪明月就听见她妈妈又开口了，还语重心长的："猫猫啊，真不是妈妈想说你，你又不是没人追是吧？妈妈不是想让你现在就找个男朋友，但起码你得有那个心思留意一下是不是？"说着说着，祝琴还不忘举正面例子，"你看人家妙妙都准备结婚了，如果你是你那帮朋友里结婚最晚的，你让谁给你当伴娘？"

纪明月波澜不惊道："纪淮吧。"

祝琴顿了下，说："行，你要是真能结得了婚，让纪淮穿女装给你当伴娘也行。"

一直在角落里默默扒饭的纪淮惊慌地抬头，试图反抗："我觉得不……"

他一句话都没说完，祝琴就投过来了一个"给我闭嘴"的眼神。他噎了噎，又默默拿起了筷子，扒饭。

祝琴苦口婆心地继续说道："上次人家文轩回国，还特地过来我们家拜访，并且送了礼物过来呢。我看文轩也挺认真的，你就一点心思都没有？"

纪明月学着纪淮低头扒饭，不忘在心里嘀咕：纪淮可真能吃啊，这会儿都扒第三碗了。

祝琴自然明白她的意思："那你喜欢什么样子的？妈妈那堆朋友都等着给你介绍呢。"

也不知道为什么，可能是这两天在房间里翻到了太多有关高中回忆的东西，纪明月在听到妈妈这个问题后，脑子里浮现出来的人竟然是谢云持。

"我要求也不高，不能低于一米八，身材要瘦，但是不干柴的，得很帅，读书时成绩很好，性格很温柔，现在也得很成功吧……"她回想着舒妙这两天跟她的八卦，"怎么也得是个大集团总裁。"

扒完了第三碗饭的纪准终于放下筷子,然后诚恳地建议:"姐,你不如现在去睡一觉,做个梦更实际一点。"

"哈哈哈,你弟真这么跟你说啊?"舒妙一边从温泉浴室里往外走,一边笑得花枝乱颤,"不错,你弟很有思想,我竟然觉得可行度挺高。"

纪明月长叹一声:"我家太后都下了懿旨,说如果我今年过年还没有找到男朋友,也就不用回家了。"

舒妙说:"你又不是第一次过年不回家,前几年你在外边读书,不也没回家过年吗?"

纪明月再长叹一声:"我家太后还下了第二道懿旨,说如果我找不到男朋友,就不准我爸再给我过户房子。"

她很哀怨:"我的包租婆梦想就此破灭。"

舒妙愤懑地踹了纪明月一脚。

"不过啊,猫猫,"舒妙正了正色,"你跟祝姨提那个择偶要求……"她犹豫了那么几秒,"不就是谢云持吗?"

纪明月从旁边的躺椅上站起身,懒懒散散地伸了个懒腰。

"而且据我们高中同学群里的消息,谢云持现在好像还是单身……"舒妙开始琢磨,"猫猫,你也不是没机会啊,真的不考虑趁着回国再续前缘吗?"

纪明月反问:"前缘?"

舒妙忽然回忆起来,好像没有前缘,有的全都是她舍身陪纪明月做的那些傻事。

她理智地停下了这个话题:"走,我们回酒店吧。我跟你说啊,我今天准备了两部电影,都是我想看了很久结果方楠根本不愿意陪我看的……"

方楠就是即将与舒妙结婚的准老公。

纪明月边听舒妙给她讲为了找人看电影有多难,边选了一些零食饮料回酒店。

进了电梯之后,话题已经变成了——

"……等你过段时间去了远城安定下来我就去找你玩,我现在特想看看那些大学生……"

舒妙正说着,电梯门就打开了。

电梯门口站了两个人——正是舒妙刚说着的"大学生",一男一女,女孩子亲昵地挽着男生，正抬头跟男生说着什么，眉眼间全都是笑意。男生为照顾自己的女朋友，还偏了偏头，认真听她讲话。两个人的容貌都极为出众。

女孩子抬起头，看了一眼纪明月和舒妙，友善地笑了笑。

舒妙闭上嘴巴，跟纪明月一起走出了电梯。

电梯门刚一关上，舒妙就兴奋了起来。

"刚才那个弟弟可真好看啊，嗯，气质也蛮特别的，他女朋友也漂亮，两个人可太搭了。"

说是赏心悦目，真的毫不夸张，舒妙觉得看到了帅哥美女这件事让她通体舒畅。

舒妙又抬手摸了摸自己的短发，语气中带了那么一点艳羡的味道："而且刚才那个女孩子的头发也好好，又长又直，发量丰富，发际线也好看。"

纪明月听舒妙把人家女孩子从头到脚羡慕了一遍，又听舒妙顿了一顿，下了结论："年轻——可真好啊！"

那对住酒店同一层的情侣的确很出色，但不过是在电梯门口的短暂偶遇而已，舒妙嘀咕了几句就将他们抛之脑后了。

不知道是不是有缘分，纪明月之后又偶遇了他们一次。

这次，那个女孩子的目光在纪明月身上停留的时间好像又长了那么一些，眼神中还带了一些……探求欲。

舒妙小声说："那个妹妹是不是对你特别好奇？"

纪明月看了她一眼："对我好奇的人多了去了。"

"也是。"舒妙开始掰扯，"光你高中时就收到了多少封以好奇为名义的信啊，啧啧，那些男生真是不会找理由。"

舒妙开始体贴地帮纪明月"复习"："高二上学期的那个圣诞节！你忘了吗？你回教室后就看见桌肚里有个苹果，还有一封信！上面写的就是'给纪明月'，连送错的可能都没有。"

纪明月愣了愣。

3

天气很不错。

初春的清晨，七点左右时天边已经初绽金光，晨光打在人身上，带着一种独属于春天的懒洋洋的气息。

酒店附近的街道上还很安静，偶有一些散步的行人和背着书包脚步匆匆的中学生路过。

舒妙还在酒店睡得酣畅，纪明月被酒店的保洁服务吵醒后就没了睡意，干脆独自一人出了酒店，打算给爸妈还有纪淮挑一点礼物带回去。

这里的三月桃花最富盛名，这会儿正值花期，特色产品店里大多是各种各样的桃花制品，什么桃花气泡酒、桃花饼、桃花茶……琳琅满目。不过都不怎么便宜，可能是本着多宰一个客人就能多赚一笔的原则。

纪明月一层一层货架挨个挑过去，拎着一个购物篮，秉承着"来都来了"的精神胜利法，也不怎么注意价钱，见着喜欢的就放进购物篮。

大约是因为正值早晨，店里人也不算特别多。

她正挑得起劲，蓦地就听见隔了一两排货架的地方，响起一个女孩子的声音。

"学姐？"

纪明月没在意，继续"来都来了"地扫荡货架。

没听到那个"学姐"应声，刚刚开口的女孩子继续用很亲切的语气跟"学姐"讲话——只不过一听就明白，那个亲切是装出来的。

"我刚才看到临青学长去付钱了。唉，学长对学姐真好，要是我跟学长在一起，我肯定要和学长 AA 的，总不能让学长太辛苦呢。"

纪明月这次倒是回过头看了看，也不为别的，她就是单纯好奇，发言这么有攻击性的人到底长什么样子而已。

看了一眼，纪明月了然于胸。

果然啊，那就叫她"超超超初级水平攻击力"吧。

不过更巧合的是，那个"学姐"，就是之前偶遇了数次的那个年轻好看的女孩子。

都碰见几次了，那就叫她"缘分立方妹妹"吧。

"超超超初级水平攻击力"还挺聒噪：

"学姐，你莫不是把学长当 ATM 用了吧？

"我知道学姐跟学长在一起肯定是因为喜欢了，我开玩笑的，学姐你别介意啊。

"学姐，你这身衣服是学长送的吗？好漂亮。"

"缘分立方妹妹"似乎烦不胜烦。

纪明月比她还烦。

大清早就吵吵闹闹的，还让不让人买东西了？

"超超超初级水平攻击力"还开始故作委屈："学姐，虽然不知道你怎么追到的学长……"

她一句话还没讲完，纪明月已经拎着篮子绕过了货架，在两个女孩子面前站定，说："你这样讲话很难听。"

纪明月神色很冷，语气更冷。

"超超超初级水平攻击力"跟"缘分立方妹妹"都愣了一下。

"你想说什么就直白点，不要拐弯抹角地暗示。"

不就是想说人家"缘分立方妹妹"只会用男朋友的钱吗？别说"缘分立方妹妹"身上的气质一看就是富养出身，就算真用人家男朋友的钱……

"关你什么事。"纪明月重复了一遍，"就算她真用男朋友的钱了，关你什么事？"

"超超超初级水平攻击力"像是被戳中了命脉，表情越来越僵硬，愣了会儿才想起来回击："关、关你……"

纪明月转身，从货架上拿下一袋桃花茶："我果然还是喜欢桃花茶。"

"超超超初级水平攻击力"跟"缘分立方妹妹"都愣了愣，没搞懂她怎么突然转移话题。

纪明月淡淡摇头："不喜欢'绿茶'。"

"扑哧……"

店里为数不多的几个人都没忍住，喷笑出来。

这场闹剧结束得飞快。

主要原因是"缘分立方妹妹"的男朋友从柜台那里结账回来了。男生的面色并不好看，叫了"超超超初级水平攻击力"出去，估计是要单独"对线"吧。

纪明月没放在心上，冲着"缘分立方妹妹"点了点头，看了眼自己满当当的篮子，就打算离开去结账。

"缘分立方妹妹"却快她一步，叫住了她："姐姐！"

"缘分立方妹妹"弯眸笑了笑，乖巧懂事道："谢谢你刚才帮了我。"

"没关系，我只是不喜欢她讲话的方式而已。"

"缘分立方妹妹"动作飞快，拿出手机打开微信出示二维码："姐姐，我们这两天遇见了好几次，能认识你一下吗？"

纪明月看了看她，犹豫了一下：她不是"微商"吧？

最终，纪明月还是点了点头："好，缘……"

"缘分立方妹妹"似乎一瞬间有点茫然："我不姓'yuan'，我叫时辰。"

纪明月加上了缘……哦不，时辰的微信，也做了一下自我介绍。看了一眼时间，估摸着舒妙应该快醒了，她就没再多说什么，跟时辰告了别。

时辰吃过饭又美美泡了个温泉才回想起这件事，她"哎呀"一声，赶忙拨通了谢云持的电话。

电话是响了三声之后被接起来的——这是谢云持的一贯风格。

"哥！"

时辰听见电话那边谢云持在跟秘书讲话："饭先放在这里吧，谢谢。"

她下意识地抬头看了看墙壁上的挂钟。下午两点二十三分，谢云持还没吃午饭……

谢云持似乎是夹了一口饭送进嘴里，含混道："怎么了？玩得开心吗？"

其实这并不是时辰想讲的事情。她知道谢云持有多忙，这个点还没吃饭的话，估计是有什么紧急会议。

果然，那边又低低传来秘书提示的声音："谢总，两点半的会议继续吗？"

谢云持应了一声。

还有七分钟，时辰决定长话短说。

"哥，我今天碰见了一位很漂亮的还有点眼熟的姐姐。那个姐姐帮了我的忙，我就加了她的微信。"

电话那边仍旧没什么反应，似乎很平静。

时辰心里有些摸不着底，生怕自己认错了人。

她心里转了几个弯，然后又听见电话那边秘书的声音："谢总，会议材料已经为您备好了。"

谢云持离开了话筒一点："人都到齐了吗？"

"就等您了。"

"好。"谢云持又把电话拿近,"辰辰,我这边还有工作,没什么急事的话,等会议结束我再打给你。"

时辰不想再纠结了,果断又干脆地说:"那位姐姐叫纪明月。"

电话那边瞬间就安静了下来。

秘书再次催促道:"谢总……"

"会议推迟。"

秘书跟时辰都是一愣。

谢云持抬腕看了眼时间,低低应声:"会议推迟十分钟,你先出去等我。"

不仅是纪明月本人,就连舒妙都觉得那位叫时辰的小妹妹对纪明月好像过分热情了一点。

"猫猫,你到底对那位妹妹做了什么啊?"舒妙再次感慨,"不过,时辰真的太漂亮了。"

她又上下打量纪明月:"嗯,是跟你不同类型的好看。"

纪明月懒懒地应了一声。

舒妙又嘀咕:"就是说不清为什么,总觉得时辰好像有点眼熟,特别是那双眼睛。"

纪明月都来不及细想,就开始在内心感慨"说曹操曹操到"这个熟语的魅力所在——时辰提着一袋子零食,在酒店后面的那条小路上等她。

"这些给你。"时辰笑了笑,"我跟我男朋友今晚的高铁列车,就要回去了。"

纪明月其实不太擅长应付这种小妹妹的示好,奈何时辰实在是让人拒绝不了的类型,她只好伸手接过,对时辰道了声谢。

"哦,对了,明月姐!"时辰看起来好像很开心,"我哥哥说,为了表示对你的感谢,他说回头有机会的话要请你吃顿饭。"

纪明月随意地点了点头,并没有怎么放在心上。

"回头有机会的话"这种表达方式,一看就是标准的客气模板。做人嘛,别人跟你客气客气,你也就应一声,别当真就行。再说了,这种在旅游景点偶遇到的女孩子,以后哪儿来的机会再相遇?

时辰也不说话,就看着纪明月,眨巴眨巴眼睛。

不知道为什么,纪明月看着时辰漂亮的眸子,脑子里突然回想起来舒妙

013

的那句话。

——眼熟。

纪明月顿了顿，安静了几秒，开口问："你哥哥……"她突然愣住，只觉得自己有点莫名其妙，一时不知道该怎么问下去。

但时辰是一个善解人意通情达理申明通义的好妹妹。

好妹妹笑了笑："我哥哥没准你认识。"

她还不忘在心里嘀咕：那何止是认识。

纪明月没说话，倒是摆出了一副愿闻其详的样子。

"他叫谢云持。"

三月初春的午后，阳光正好，万里无云，空气中满是桃花的香气。

这句话恍若晴天霹雳，让周围万籁俱寂，纪明月却愣在了原地。

舒妙走过来，嘴巴一张一合，似乎在说什么。

可纪明月什么也听不见。

她盯着时辰的眼睛，那双漂亮的眸子一点一点跟盒子里照片上的少年重合，然后心跳再也不可抑制地加快，再加快……

4

回到端市后好像和之前也没有什么太大的不同，纪明月甚至觉得前不久的温泉度假都不过是梦一场，除了……

不是时间是时辰：明月姐，你是在国外读博刚回来吗？

Moon：嗯。

不是时间是时辰：那你之后还会出去吗？

Moon：不会了。

…………

舒妙在化妆镜里看见自家闺蜜不停地解锁手机，回复消息，再按灭手机，不由得偏了偏头笑她："时辰？"

担任化妆师的好友贺盈连忙把舒妙的头摆正："哎哎，妙妙，你别乱动，不然一会儿口红就画你头顶上了。人家新郎都没你急什么？什么时辰不时辰的，你还怕误了时辰啊？"

舒妙一脸蒙，纪明月倒是"扑哧"一声笑了出来。

"不过我说，谁能想到那是谢云持的妹妹啊……"实话说，信息量有点太大了，舒妙这个非当事人都感受到了一阵冲击，更遑论纪明月本人了。

说完，舒妙想了想，又没忍住偏了偏头看纪明月。

"猫猫，你平常性子不都挺'佛'的吗？那天怎么会突然帮时辰啊？一个人爱屋及乌的……"

她还没说完话，贺盈又"哎"了一声，然后眼线就画歪了，差点没飞到天边去。

化妆师"啪"的一声拍了拍桌子："舒妙！"

舒妙连忙举手投降并保证自己不会再乱动了，贺盈这才继续。

纪明月伸了个懒腰，向后靠在了墙上，说："舒妙，你怎么化个妆话还这么多？"

贺盈像是找到了同盟，拼命地点头："就是。舒妙你给我老实点，别以为你今天是新娘你就是最大的了！"

难道不是吗？舒妙一脑袋问号，闭上了嘴巴。

只是新娘子就不是一个能安静下来的人，没多大会儿，她就又开始"叭叭"了："对了，猫猫，你房子的事情解决了吗？"

说起这个，纪明月就心生郁闷。她父亲大人的确给她过户了房子没错，结果这两天才告诉她，那套房子刚装修完，一时半会儿还住不了。

但她参加完舒妙的婚礼就得去远城了，完全就是给了她一个措手不及嘛。

她爹纪丰的原话是："要不再给你买一套精装修过的房子？我有个朋友正好在那边做开发。"

可关键是纪明月没真的打算去当包租婆啊！

所以她委婉地拒绝了她财大气粗的父亲的好意，打算先在远城租一段时间的房子，等大学城那套没问题了就搬进去。

听舒妙讲述完"故事梗概"，贺盈也忍不住好奇地追问了几句："猫猫，你租过房子吗？"

好的，不愧是多年好友，一语道破问题核心所在。

这真的是太让人深感郁结的一件麻烦事了。

不过纪明月其实也就是表面郁结一下而已，她从来都不是一个会因为什么事而感觉困扰的人。

心大的人就是如此，纪明月向来过得潇洒又愉快。

结婚是一件很累人的事情，当伴娘更是。

纪明月今天一大早就起来了，历经自己化妆换衣、陪新娘梳妆打扮、在新娘家里等待新郎迎娶新娘等一系列足以把早餐消化得一干二净的流程之后，还得像只招财猫一样站在酒店门口迎宾。

这些宾客里除了一些高中同学，其他人"纪招财猫"都不怎么认识。当然，她也不用认识，保持笑容站在新娘后面就可以了。

跟她站在一起的是伴郎，新郎方楠的发小，叫孟和。

孟和偏过头，看了看纪明月："身体不舒服吗？"

暂时没有宾客进来，"招财猫"收了收笑容，有气无力地摇头："饿了。"

何止是饿了，她饿得都要前胸贴后背了。

舒妙听见了他们两个人的对话，不知道从哪儿扯出来一个塑料袋，悄悄递给纪明月："猫猫，你先垫垫肚子吧，吃饭估计还得再过一会儿。"

纪明月抖来抖去地打开塑料袋，然后看到了……一个大馒头……

她有些失语，抬头看了看舒妙。

舒妙说："别挑了，我亲爱的猫猫，这个时候就馒头最顶饿。你小心点掰着吃啊，别把口红吃没了。"

孟和也忍不住觉得有些好笑。

美得仿若一轮明月的伴娘，穿着漂亮的伴娘礼服，妆容精致，结果手里拿着一个塑料袋，塑料袋里还装着一个大馒头，怎么看怎么觉得违和。

孟和不由得把目光落在了纪明月的唇上。那娇嫩的唇上涂着正红色的口红，润润的，泛着光，她轻轻抿了抿，唇瓣似乎很软。

孟和的眸光闪了闪。

纪明月没怎么注意到旁人的视线，她的心思全在面前的馒头上。

空荡荡的"猫肚"战胜了一贯挑剔的口味。

趁着又走过了一个客人，纪明月迅速打开塑料袋，撕下来一小块馒头，小心翼翼地放进嘴巴里。

嗯，虽然味道乏善可陈，但能稍微填点肚子。

纪明月努力地咀嚼，咽下去，然后又撕了一小块。

刚把馒头放进嘴里，纪明月就被舒妙猛地拽了一下，被她这么一弄，有馒头屑直接从口腔飞到了喉咙。

纪明月连忙捂着嘴巴开始咳嗽，越咳越厉害，迫不及待地想喝口水。

谁知道舒妙不但没给她递水,还压低了声音:"猫猫,来客人了。"

纪明月已经咳得眼泪都飞出来了。

孟和飞快地从旁边的桌子上拿起一瓶矿泉水,贴心地拧开盖子递给纪明月:"来,喝口水。"

纪明月眸中泛着泪光,抬头感激地看了孟和一眼,接过水就喝。感觉到嘴巴里没什么东西了,纪明月才松了口气,也终于分出心神去看那位可能被她吓到的客人,顺便道歉。

"对不……"

"起"字还没说出口,纪明月就僵在了原地。

三月中旬,临近中午,阳光正好,空气中的灰尘都有了丁达尔效应,映出一束一束的光线,酒店周围更是繁花盛开。

看清楚来人的瞬间,纪明月的脑袋里也像是有无数的烟花齐齐盛放,直冲云霄,然后再一起轰然炸开。

她似乎隐约能感受到舒妙跟孟和带着担忧的目光都落在她身上,但她似乎又什么也感受不到。

她好像只能看见面前那个西装革履、面容俊朗、一身清贵骄矜的人,也只有他,清清楚楚地印刻在自己的脑海里,再随着那些绽放的烟花一起点燃她本就所剩无几的理智。

手里的塑料袋像是突然变得有千斤重,让她根本拿不住,手一松,塑料袋连同里面的馒头就掉了下去,馒头骨碌碌地滚到了来人的脚下。

纪明月的面部表情好像有些失控起来。

她拼命地想像刚才那样露出一个礼貌的笑容来迎接客人,却怎么也做不到,只能呆呆愣愣地站在那里,直直地盯着来人。

她是不是出现幻觉了?

舒妙一边担心着好友,一边不得不努力打破这个好像很尴尬的场面,笑着跟客人打招呼:"好久不见啊,谢云持。"还不忘跟方楠介绍,"这位就是我高三时的同学,我们学校公认的男神,成绩优异人又帅性格还特别好。"

方楠连忙伸出手:"你好你好,我是新郎方楠。"

谢云持也礼貌地伸出手,很短暂地和方楠握了握,跟以前一样温润的嗓音响起:"你好。新婚快乐,百年好合。"

这话直直地传进纪明月的耳朵里,像是警钟一般在她脑子里敲响,告诉她，这不是幻觉。

是真的，阔别十年的……谢云持。

舒妙不是说谢云持不会来吗？

谢云持现在身为一个大集团总裁，不是应该很忙吗？

怎么会来参加一个高三同学的婚礼？

一连串的问题，全都闷在了纪明月的心头。

孟和看着纪明月奇怪的反应，只能微笑着帮她一起招呼了："欢迎欢迎，我是伴郎孟和，这位是伴娘纪明月。请到里面就座。"

清俊客人的目光也终于随着孟和的招呼放在了美丽的伴娘身上。

纪明月听见他开口，声音里似乎还带了若有若无的笑意，一贯的温柔悦耳："好久不见啊，纪明月。"

那一瞬间，纪明月脑子里冒出来的想法竟然是——谢天谢地，他竟然还记得我的名字。

5

场面上若有似无萦绕着的一抹尴尬，直到谢云持打完招呼递完丰厚的红包往酒店里走去，才稍稍缓解。

大家一致忽视掉了地面上那个沾了灰尘的大馒头。

舒妙提了提婚纱的裙摆，望着谢云持挺拔的背影，纳闷地念叨："他怎么来了？"

纪明月强撑着的那口气直到这个时候才松懈下来，刚才好不容易吃的那两口馒头也像是瞬间就被消化得无影无踪。

她更饿了。

"我还想问你呢。"

方楠听见她们两个人的对话，觉得很是奇怪："怎么了吗？"为什么感觉她们两个人对来人的反应都这么大呢？

里面的故事太多，舒妙也觉得饿，饿得没力气讲故事。

本来这个时候还能再吃点馒头垫肚子的，奈何她的败家闺蜜把她好不容易带来的馒头给"扔"了。她干脆就挑着最奇怪的点来讲："谢男神现在是大集团总裁，日理万机。之前我给他发请帖的时候，他秘书告诉我说行程安排不开，来不了。怎么突然就……"

"哦,这个啊。"方楠似乎稍稍明白了过来,又摸了摸后脑勺,"我忘跟你说了,前几天你跟明月一起去泡温泉时,我接到了他的电话,说会来参加我们的婚礼。"

他又补充:"我想着你都给人家发请帖了,人家说来婚礼不是很正常的事情嘛,事情又多,我一时间就忘了跟你说了。"

纪明月还没来得及反应,就听见方楠低低"咝"了一声。

她往下看了看,果然,舒妙狠狠地拧了方楠一把。

纪明月估摸了一下那个力道,大概、可能、估计会有瘀青吧……

舒妙凶巴巴道:"这么重要的事你怎么能不跟我说!你要是跟我说了,猫猫今天也不至于啥也没好好准备,还这么狼狈!你看看,他来的时候猫猫在吃馒头就算了,还呛到了;呛到就算了,还把馒头扔到了地上!"

……别说了,你现在说的每一句话,都是往猫猫心上插的一把刀,还特锋利,像是刚磨了刃的那种。

孟和似乎是明白了什么,也有些失落起来。可只过了一会儿,他就又燃起了些许希望,试探地问舒妙:"刚才那位是……"

舒妙瞥了一眼纪明月:"猫猫曾经的暗恋对象。"

孟和只觉心头希望更浓:"曾经?"

纪明月点点头。

她几天前想起自己以前暗恋谢云持时做的那些事情,只觉得自己那个时候傻得可爱。

可今天见到他,还在他面前做了这么多丢人的事情,她现在心头真的是百感交集。

说不清楚现在的想法,反正就是挺复杂的。

纪明月沉默三秒,说:"妙妙,你能不能不要一边谴责方楠,一边表现得这么开心?"

舒妙清了清嗓子,稍稍收了一下她完全抑制不住的笑容,还不忘辩驳:"嗐,猫猫你这种生下来就不懂缺钱是什么滋味的大小姐,肯定理解不了我现在的感受嘛。"

实在不怪她啊,谁知道谢云持刚才递过来的红包有这么丰厚?感觉是今天收到的最大的一个红包了,拿到手里的那一瞬间,甚至有那么一点压手。

谢男神可真是财大气粗啊。

舒妙越发觉得不对了起来。她跟谢云持也就是高三一年的同学而已，连话都没能说上几句，又过去了这么多年，谢云持能记得她已经很不容易了，百忙之中为什么突然抽出时间来参加她的婚礼？

正准备跟她的败家闺蜜就这个议题展开深入探讨，舒妙就听见纪明月低低地叹了一口气。

她疑惑地侧头看过去。

纪明月又揉了揉扁扁的肚子，说："妙妙，我饿。"

舒妙恨铁不成钢地瞪了纪明月一眼："都这个时候了你还有心思想吃的？"她的败家闺蜜单身都是有原因的！

纪明月鼓了鼓嘴，想吃的怎么了？人是铁饭是钢，一顿不吃饿得慌好吗！

谢云持进去没多久，婚礼就开始了。

仪式举办得很隆重，纪明月最后帮舒妙整理了一下裙摆，而后看着多年的闺蜜挽着舒父的手臂，伴着《婚礼进行曲》，穿过一道道精心布置的拱门，在周围亲友们的掌声和祝福里，向着台上走去。

台上西装笔挺的新郎正站得直直地等着他的新娘，跟着司仪的话，进行着一项一项的仪式。

大厅里高朋满座。本是开心欢喜的时刻，不知为什么，纪明月一时间有些许感慨起来。

她跟舒妙是高中认识的，本来是性格相差极大的两个人，也不知道究竟投了什么缘，竟然相熟深交了起来，到现在，这段友谊已经持续了十几年。

这么想着，纪明月又忍不住抬头，看向了高中同学那桌酒席所在的位置。

十年过去了，当时的少男少女早已奔三，更有不少已经为人父母。

有几个男同学今天纪明月见到都没有认出来——还没到中年便已发福，啤酒肚双下巴，头发也掉了不少。

但……谢云持没有。

当年那个清俊的少年，十年后竟比当时更加身姿挺拔，面容英俊。高中时的谢云持气质内敛，话也不太多，现在的他比起那时好像又多了几分成熟和稳重。

纪明月今天见到他时都只觉得心神一晃。

也不知道这些年里他究竟经历了什么，才让那个青涩少年一步步蜕变成现在这个更完美的谢云持。

纪明月可惜的不是她当时那场无疾而终的暗恋,而是没能亲眼看见他十年来的变化。

可能是纪明月的视线太过于灼热,本在认真看着台上的谢云持竟突然转过头,直直地朝着纪明月所在的地方看了过来。

纪明月仿佛突然被抓包一般,连忙偏头,假装自己在专注地看着台上的仪式。

谢云持所在的位置和她隔了好几桌,也隔了不少人,再加上她刚才扭头的动作很迅速,纪明月猜测他应该是没看清楚的。

但不知道为什么,纪明月就是觉得很心虚,跟做了什么坏事一样。

她心头一窘,再也不敢偷偷摸摸去看谢云持了。

所幸婚礼仪式进行的时间并不长。舒妙下台后,跟纪明月一起回房间换上适合敬酒的小礼服,然后就去了单独开的包厢里吃东西。

两个人是真的饿坏了,迅速吃了点东西垫了垫,舒妙才有心思从包里拿出手机看了看。

这一看倒好,舒妙一个没忍住就"扑哧"一声笑了出来。

方楠跟孟和都不解地看了过来。

舒妙却完全没理他们,只是招呼纪明月:"猫猫,快看手机,贺盈要笑死我了。"

贺盈?

纪明月边往嘴里塞了小半个流沙包,边晃晃悠悠地拿出手机,打开微信。

贺盈给新娘化完妆后就没什么事了,按理来说,这个时候她应该正坐在高中同学那桌里吃酒席吧?

这个叫"四人一猫"的小群除了她们三个之外,还有两个男生,一个叫裴献,一个叫邵泽宇,都是高中时玩得最好的朋友。这个时候,除了舒妙和纪明月,群里其余三人都在那桌酒席上。

贺盈:天哪,舒妙妙!你不是说谢男神不来吗?他怎么突然就来了,还坐在我们这桌上了?

贺盈:虽然但是……谢男神怎么越来越帅了?我服了,果然岁月不饶的只有邵泽宇。

邵泽宇：[无语.jpg]

又过了一会儿。

贺盈：妙妙猫猫，你们都不知道，我们这桌本来大家都在八卦得起劲的，结果谢男神在这里一坐，瞬间就安静了。

贺盈：效果堪比高中时的班主任啊。

裴献：呵，你们在那儿正讨论人家谢云持呢，他来了，你们不闭嘴还能怎样？

纪明月也看得忍不住直乐，只是压根没来得及跟他们聊几句，就有人来招呼他们该出去敬酒了。

好歹这次吃了个五分饱，纪明月终于有了点力气，又开始尽自己身为"招财猫"的职责。

一桌接着一桌地敬过去，眼看着方楠替舒妙挡了不少酒，孟和也很是绅士："纪小姐不喜欢喝酒的话让我来就好。"

方楠已经喝得面色发红了，他回头看了看自己的发小，出声调侃："可以啊孟和，还挺照顾我们的伴娘。"

纪明月只是晃了晃杯子里的酒："不用了，我酒量还不错。"

敬过长辈们和两人公司里的同事领导，方楠跟孟和都已经喝了不少酒。到底是顾虑到新娘和伴娘是女性，大家倒也没有怎么为难她们两个。

剩下的都是大学和高中的同学，方楠微松了一口气，走到大学同学这桌，率先告饶："大家都是好兄弟，我就一起喝了啊。"

孟和偏头，正欲和纪明月讲几句话，却发现纪明月的注意力似乎完全不在这桌上，而是在……隔壁桌。

隔壁桌并不似别桌酒席一样热闹，他细细听过去，也只能听到有人很客气地问话："谢……云持，不知道什么时候能吃到你的酒席呢？"

又是那个名字。

孟和再看，发现纪明月端着酒杯的手轻颤了颤。

谢云持声音里带着笑意："还没有女朋友，吃什么酒席？"

舒妙也听见了谢云持的回答，回头看纪明月，冲着她使了个眼色。

终于，敬酒到了高中同学这桌。

贺盈和邵泽宇率先站起了身："妙妙，可等到你来跟我们敬酒了。"

舒妙举起酒杯："最重要的当然要留到最后嘛！"

其余的人也都站了起来,将杯中酒一饮而尽。

纪明月高中时的人缘还算不错,这个时候自然有不少人认出她来,不忘跟她打招呼。

"猫猫,你什么时候回的国啊?"

"前不久。"

"准备去哪儿工作?"

"远城。"

纪明月倒是有问必答。

可能是因为她提到了"远城",裴献"惊喜"地叫了一声:"这不是巧了嘛,云持现在也在远城。"

本来放松无比的纪明月蓦地紧张起来。

桌上所有人的视线都集中在了谢云持身上,纪明月也没忍住跟着看了过去。

谢云持泰然自若,温润的视线落在了她身上,很是自然。

他笑了笑:"嗯对,我也在远城。"顿了三秒,"都是校友,如果有什么需要,尽管找我帮忙。"

又是标准的客气模板。

纪明月脑子里闪过不少念头,正准备开口道谢,却听见舒妙抢在自己前面说了话,语气惊喜得恰到好处,没有一点点不自然的痕迹,演技简直值得一座"小金人":"真的啊?正好,猫猫还真有事情想找你帮忙。"

舒妙一副"心头大事终于落地"的样子:"我们猫猫啊,正打算去远城租房子来着,她没什么经验,还麻烦你多加照料了。"

也不知道为什么,明明舒妙说的都是真话,纪明月却总觉得有哪里不太对。

谢云持眼睛里闪过一丝深色:"租房?"

怎么想都觉得纪家大小姐和这两个字好像没什么关系吧?

舒妙唉声叹气,低声同谢云持说道:"唉,我们猫猫这几年穷得不行,过得那叫一个惨啊。"

贺盈三人不约而同地扯了扯嘴角,纪明月要是穷,那他们可能早几百年前就饿死了吧。

桌上另一个女孩也听见了他们几个人的对话,忍不住插嘴:"纪家……"

舒妙斩钉截铁、干脆利落、直截了当地说："纪家，破产了！"

6

突然被迫穷得不行还得被迫破产的纪明月脑袋里有无数个小问号，没别的，她就是觉得不可思议。

纪家那么大一个端市房地产龙头企业，这几年更是风生水起，再看看她身上这除了伴娘礼服外的一堆高奢限量版豪华配饰，一句"纪家破产了"，谢云持就会信吗？

除非谢云持是个傻子。

从头到尾，纪明月一句话都没来得及说，所有的剧本可都被"舒导演"给安排好了，最关键的是导演自己连个脚本都没有。

纪明月略带歉意地看向了谢云持，开口："不好意思，妙妙她……"

"脑子不太好"这几个字还没说出来，她就看见谢云持稍加思索后点了点头，一贯温润如朗月的嗓音响起——

"我对纪家的事情深表同情，那纪小姐……"

纪明月心想：他还真是个傻子啊。

一旁的贺盈同学已经学会了抢答，并且是自然无比哥俩好的语气："持哥，不要这么客气，大家都是校友，不用一直叫'纪小姐'，跟我们一样叫她'猫猫'就好，这个称呼是不是特别可爱？"

刚才是谁说谢云持一坐下来，她就话都不敢说了的？现在这个跟谢云持很哥俩好，就差一起喝酒划拳五五六六的人，难不成是贺某人的第二人格吗？甚至连称呼都从"谢男神"变成了"持哥"？

更关键的是……谢总是一位从善如流的好校友，听到这话，他眸中笑意更深，再一次把专注的目光落在了纪明月身上，而后叫她："猫猫。"

——这个纪明月本以为一辈子也不可能从谢云持口中听到的称呼。

众目睽睽之下，一股说不清道不明的麻意已经猝不及防地从尾椎骨直直地蹿进了神经中枢，纪明月神色一僵。

"猫猫"这个称呼，她从小到大听过很多很多遍。可能是她的性格确实有点像猫猫，父母、亲戚、相熟的朋友全都是这样叫她的，她也从来不会觉得这个称呼有什么特别之处。

但直到今天，她才发现这只不过是因为谢云持没有这样叫过她而已。

这个称呼也太亲昵了一点！若有似无的暧昧好像也随着这个称呼一点一滴地充斥进两个人之间的空气。

谢云持叫完也顿了顿，这才继续把刚才的话题说下去："我们既然都是校友，猫猫有麻烦，我便应该帮忙，何况猫猫前不久还帮了我妹妹。"

这样一来好像就说得通了，纪明月瞬间明白了过来。

她前不久帮时辰解了围，所以谢云持今天才会挤出时间特地来参加妙妙的婚礼，顺便向自己道谢，再借着这个租房的事情还人情吧？

这么一想，纪明月瞬间坦荡了起来。

虽然当时并不觉得帮时辰的忙有多大，但纪明月知道，谢云持一向是不喜欢欠别人人情的人。如果这样做能让谢云持感觉轻松一点，顺带还可以解决自己租房的问题，纪明月觉得问题不大。

邵泽宇搭上谢云持的肩膀，比贺盈那个哥俩好还哥俩好："行，这事情就这么拍板了吧！不然猫猫还得天天在群里跟我们征求租房的意见，搞得我们像是她的保姆一样。"

纪明月满脸问号：有吗？舒妙跟贺盈这么说也就算了，你邵泽宇应该也是今天才知道我得去租房的吧？

在"舒媒婆"的撺掇之下，谢云持跟纪明月交换了联系方式。

纪明月看着手机里那个新增的备注为"101325"的好友，都忍不住一阵恍惚。高中时的她如果知道自己这个时候能这么轻而易举地就拿到谢云持的联系方式，一定会疯狂吃柠檬羡慕忌妒恨吧？

谢云持瞥了一眼手机屏幕，略略漫不经心地问："猫猫，你想租哪里的房子？"

"大学城附近的可以吗？"

越近越好……纪明月理智地把这几个字咽了回去。

她真的太贪睡了，所以离大学城越近，她就能多睡几分钟。

本来远大的教职工是可以申请教职工宿舍的，但纪明月那时候觉得反正自己有房子，就没打算住校内。

嗯，当事人现在就很……

谢云持想了想，说："我在致知路倒是有一套精装复式，打扫一下就可以直接入住。"

025

纪明月眼睛微亮——致知路，那不就在远大南门吗？

她放下手中端着的酒杯，点点头，回道："就这样决定了，房租我会按市价给的！"

一桌酒席上的人又聊了一会儿，这才散去。

当这一天伴娘虽然辛苦，但无意中竟然解决了一件麻烦事，还见到了阔别十年的暗……哦不，高中同学，纪明月倒也觉得还挺满足。

婚宴结束后，纪明月自然是要再留下来一段时间的。她刚换上自己的衣服，就看到手机屏幕突然亮了起来。

纪明月随意地解锁了手机，看清发信人的瞬间就敛了敛神色。

101325：嗯，我忘了说。

101325：致知路那套房子，我应该只能租给你复式的二楼。

……好像没什么问题。

她一个人又住不了那么多，住二楼就行。

虽说如此，纪明月还是顺带着问了一句。

Moon：可以。是还要租给别人吗？

那边很快地回复了过来。

101325：不。那里离君耀很近，所以偶尔工作忙的话，我会在那里住上一夜。

101325：如果你介意的话，也可以考虑位于子午路的另外一套。

子午路就离远大很远了，算下来怎么都得比住致知路那套房子再早起半个小时才行。

两个一相比较，再加上纪明月又的确住不了那么多，房东说的也是"偶尔"过来住，她几乎不需要思考，就果断应了下来。

Moon：就致知路那套吧。没问题，谢谢房东。

关掉手机，纪明月又帮舒妙收拾起来。收拾到一半，她突然想起一些不太对劲的东西。

房东？

房东是谁来着？

谢云持！

纪明月连忙拿起手机又看了一眼，屏幕上最后还是自己的那行"没问题"，清清楚楚，不容错辨。

那是谢云持！

虽说刚才谢云持说的是偶尔会去那套公寓住一住，但……

她跟谢云持，单独两个人，一个房子？

"同居"这两个字骤不及防地便跳进了纪明月的脑子里，那个之前研究药物没有一点问题，被科研组里的老师和同事挨个夸奖的脑子，此时就快要晕厥了。

纪明月拉了拉舒妙，表情严肃道："妙妙，你说我跟谢……云持商量一下，换一套房子怎么样？"

舒妙一脸莫名其妙，继续对着镜子卸妆："拜托，我亲爱的猫猫，你的人设可是家里突然破产、穷得没有一点积蓄的落难大小姐哎，就不要这么挑剔了好吧？"

纪明月在心里吐槽：所以这个人设到底是谁给我安排的？

舒妙想了想，又转过头，开始叮嘱纪明月："说起这个啊，猫猫，既然你都是落难大小姐了，那你可得小心点，别在谢男神面前露出马脚啊。"

贺盈贴心地附上解说："也就是你在他面前，要保持节俭，什么高奢品牌都不要用了，'破产人设'千万别'翻车'。"

纪明月静默三秒，说："我觉得其实你们就是忌妒我有钱。"

舒妙跟贺盈完全不加掩饰，齐齐点头："没错。"

"老谢，听说你今天去参加高三同学的婚礼了？"傅思远在电话中的语气里满是笑意，完全是讲笑话的口吻。

事实上，傅思远无意中在高中班群里看到有人在聊这个时，的确是当成一个笑话看的。

拜托，谢云持是谁啊？高中时就经常神龙不见尾的，忙得不得了，居然人缘还能挺不错。现在的谢云持更是经常忙得三餐不准时，就连他这个多年好友都不一定能约谢云持出来吃顿饭。

结果有人告诉他，这样的谢云持，竟然特地抽出时间去参加一场算不上熟悉甚至可能话都没说上几句的女同学的婚礼？

那还不如告诉他猪会在天上飞来得可信。

傅思远越想越觉得好笑："你说为什么会有这种一听就可信度为零的传

闻呢？"

笑到一半，他听见谢云持也笑了一声："嗯，因为我的确是去了。"

"老谢，"傅思远觉得自己见了鬼了，"你怎么突然决定去参加舒……"

谢云持提醒他："舒妙。"

"哦，舒妙的婚礼啊？"

还没等谢云持回答，傅思远就听见背景音里一阵嘈杂，他细细辨认了一下后就是一愣："等等，你在机场？"

谢云持应声："嗯，去 B 市出差。"

准确来说，是从婚宴出来就直奔机场的。

"你别告诉我，你都忙成那样了，出差的间隙还不忘参加这场婚礼！"

谢云持笑了笑，没说话。

傅思远却已经明白了他的意思："你到底是为了什么啊？"

沉默良久。

电话那端再次响起机场提示登机的广播，还有谢云持秘书的声音："谢总，该登机了。"

谢云持不愿意说的话，没有人能从他嘴里得出半个字来。

傅思远深知自己好友的秉性，摇了摇头准备挂电话："行，那你忙……"

他的话只说到一半，和着嘈杂的背景音，谢云持的嗓音透过电话低低地传了过来："想见她一面。"

Chapter 2
/
同住

1

舒妙的婚礼刚过没几天,在出发前往远城之前,纪明月去了一趟端市一中。

倒也不是为了怀念青春,而是来参加纪淮的家长会。

按照纪明月多一事不如少一事的性格,她是绝对不可能作为家长出席的。奈何她家母亲大人深知她这种人的命门在哪里,一句"你是要参加家长会还是要参加相亲宴",就让她灰溜溜地滚过来了。

啊,她好惨,她是全天下最没人爱的猫猫。

端市一中的家长会安排在周五下午三点钟,除了班干部之外的学生都可以先行回家休息。

纪家的司机开车,两点就把纪明月载到了学校门口。

副驾驶座上的祝琴扭头看了看纪明月:"行,到了,你下车吧。"她一早就约了姐妹去逛街,顺路让司机把纪明月送来。

"妈,"纪明月顿了顿,"离家长会还有整整一个小时。"

祝琴挥了挥手,示意纪明月快点下车:"这一个小时你就找个奶茶店或咖啡店消磨一下就行,再不然你就去学校里逛逛怀怀旧嘛,说不定还能有什么艳遇。你看看,已经有不少家长到了。"

纪明月下车,关上车门。

的确有不少家长到了没错,但除了负责接待的端市一中的学生,大多是跟祝琴差不多年纪的父母,她家母亲大人是打算让她艳遇什么?

但完全不等纪明月再说什么,她那位高冷的母亲大人已经率先离开,只留给她一阵车尾气。

左右时间还早,纪明月干脆真的在校园里逛了逛。

十年间,端市一中好像变化很大,就连小花坛里都种了很多她从未见过的花。

那个光荣榜倒是跟她读高中时差别不大,只是第一名从当时的那个少年,变成了一个她不认识的清秀漂亮的女孩子。

纪明月顺着光荣榜往后数,成功在第二行找到了纪淮的名字,忍不住挑了挑眉。

这个光荣榜的历史已经挺久远了,好像是端市一中建校就一直竖在这里,每次月考都会专门给名次靠前的学生拍照张贴。

这面墙的正面反复刷过很多次漆,所以哪怕时日已久,看上去依然光亮新鲜。

可背面就不一样了,学校没有怎么顾及,还经常有学生在上面写写画画,久而久之都成一中特色留言板了。

纪明月绕到墙背面,细细辨认了一下上面层层叠叠的字迹。

△ YED 和 JXH 是最好的朋友!
△ MQ 要努力跟 YW 去同一所大学!

"咬耳朵"和"讲小话"?还挺配。

"麻雀"还有"鹦鹉"?种族问题有点大啊。

纪明月一个人看得不亦乐乎,时不时脑补一下名字,再感慨一下果然高中生的生活是让人最怀念的。

她看着看着,突然在一个角落里看到了一串数字。

一长串数字,没有任何的字母跟汉字,看上去和周围的句式格格不入,好像时间也已经挺久了。

△ 2425032408101325

纪明月摸着下巴思索了一下，因为有"0"在，又不可能是九键……

啧，这个人还真怕别人懂他写了什么吗？既然这样，干吗不写进日记本里呢？

不过也说不定，可能对方知道他们之间的密码呢？

年轻人果然有情趣。

纪明月思绪渐渐飘远的时候，手机铃声蓦地响起，把她吓了一大跳。

"姐，你在哪儿呢？老妈跟我说你早几百年就到了，我怎么没见你人？"

纪明月拍了拍胸口，安抚了一下自己："我随便逛了逛，现在就过去。"

"你该不会是在怀旧吧？"纪淮问。

纪明月愣住了。

纪淮："姐，你果然老了。只有老年人才会经常回忆青春，像我这种正值青春的都只会展望未来。"

纪明月："闭嘴。"

纪淮的声音戛然而止。

因为直到最后也没有参加一场相亲宴，纪明月是被她家母亲大人给轰去远城的。

当然，事实证明，纪明月的确是亲生的。

她家母亲大人还在她的箱子里塞了不少端市的特产和最近逛街时顺带给她买的衣服、包包、鞋子——虽然端市和远城是邻市，乘坐高铁列车一个小时就能到。

承载着这些厚重的爱意，纪明月搭上了去远城的列车，结束了自己短暂的咸鱼假期。

国外顶级高校的PhD（博士）加上优秀的履历，纪明月之前已经很顺利地应聘上了远城大学教师的职位。但纪明月这个时候去远城，并不是要直接入职。事实上，那些入职程序要等到七月再走，而在此之前的三个月，纪明月一方面要去帮一个教授管理实验室，另一方面则是要担任M-1研发的技术指导。

远城虽然和端市相邻，但其实是纪明月第二次来这里，上一次还是她很小的时候跟着出差的她爹一起过来的。

列车到站后,她拖着沉重的行李箱跟着人潮往前涌动,打算等会儿直接打一辆车去致知路的公寓。

刚到高铁站出口,纪明月的手机就响了起来。

一个远城的陌生号码。

她犹豫了一下,还是接了起来。

"喂?请问是纪明月小姐吗?"很彬彬有礼的声音。

彬彬有礼到……听起来像是客服。

纪明月静默两秒,开口:"不买房、不买车、不缺保险不理财,没孩子、不上学,身体健康不体检。"

然后她纤指一按,电话挂断。

她继续左右看了看,准备叫车的时候手机再次响了起来,还是刚才那个电话号码。

还挺锲而不舍。

纪明月想了想,算了,这年头工作难做。自己虽然不光顾别人的生意,听别人尽职尽责打完广告还是可以的。

她接了起来。

这次,对方赶在她开口之前,语速飞快地一口气讲完:"纪小姐您好我是谢总的秘书我是负责来接您的请问您乘坐的列车到站了吗?"

纪明月愣了愣。

她再次静默两秒,诚心诚意地问:"不加标点,累吗?"

虽说如此,秘书在见到纪明月时,仍然是礼貌万分的。他一边帮纪明月把行李放到后备厢,一边说道:"纪小姐您好,您叫我方秘就行,以后您生活上有什么问题可以直接找我。谢总虽然忙,但有吩咐过我要好好照顾您。"

纪明月点了点头。

谢云持忙好像是理所应当的,纪明月也说不清自己现在的心情,反正每次见到谢云持都有那么一点复杂。

现在只看到了他的秘书,纪明月有些百感交集,感觉自己好像松了一口气,但又有那么一点说不清道不明的失落。

"那个,方秘,"她斟酌了一下,"你们谢总在致知路那套公寓住的频率……高吗？"

方秘微微笑了笑，按照谢云持的吩咐回答："不高。"

他补充道："谢总只有在工作忙碌的时候才会在那里住。"

纪明月放心了，冲着方秘道了谢，准备拉开车门坐进去。刚一开门，纪明月不经意间抬了下头。

西服笔挺的俊朗男人坐在车子后边，手里正拿着iPad，纤长的手指在屏幕上划动，似乎在浏览文件。

这张脸，她"很很很"熟悉。

"谢、谢总。"

谢云持这才放下手中的平板电脑，看向纪明月。他轻轻笑了笑，但是脸上的表情和眼神却告诉纪明月，他好像不是特别开心。

因为她刚才的称呼？

纪明月顿了顿，改口："谢先生。"

谢总裁似乎还是不太满意，但又觉得比起刚才好了一些，冲着她点了点头："嗯，坐进来吧。"

谢云持停顿两秒，叫出他前几天才改的称呼："猫猫。"

纪明月还是没忍住在心里爆了句粗口，然后抬头看向了方秘。

方秘不愧是大集团的总裁秘书，一秒就理解了纪明月的眼神，礼貌又谨慎，一点错都挑不出来："是的，谢总的确很忙。但谢总说纪小姐是谢总的校友，所以无论怎么忙都得抽出时间来迎接您，给您接风洗尘。"

接风洗尘？该不会还得吃饭吧？

刚在心里这么猜测完，谢云持就开了口："你坐了这么久的车，应该挺累了，先去公寓吧。"

纪明月点头如捣蒜。

对对对，是挺累了。

谢云持语气淡淡的："明天再请你吃饭。"

纪明月继续点头。

对对对，明天……

刚才谢云持说了什么来着？

谢云持看了她一眼："辰辰叮嘱我一定要好好接待你。"

理由恰如其分，纪明月放弃挣扎，坐进车里，冲着"房东先生"道谢。

不知道是不是因为坐在谢云持旁边,纪明月一改往日没骨头一样的坐姿,坐得比谁都端正。她刚坐下来没多久,微信提示音就响了起来。

纪明月偷偷瞄了一眼又拿起 iPad 看得认真的谢云持,飞快地从包里拿出手机。

妙不可言:猫猫你到了吗?谢男神给你安排的公寓怎么样呀?

纪明月隔着屏幕都感觉到了对面"荡漾"的语气。

Moon:嗯,在路上。

妙不可言:哎?我怎么觉得你现在的语气跟平常不一样呢?

妙不可言:我也说不上哪里不对,但的确不是平时的猫猫。

妙不可言:难不成,谢男神亲自去接你了?

舒妙怎么不去做侦探?

妙不可言:我该不会真猜对了吧?可以啊你,纪猫猫。怎么样,有没有顺势跟男神回忆一下往昔,讲一下你的年少轻狂?

虽然明知道谢云持不可能会偷看她的手机,纪明月还是下意识地瞥了他一眼,然后把手机屏幕往自己这边侧了侧,连打字都多了几分小心翼翼。

Moon:别说了。

Moon:我的天,我怎么会觉得这么尴尬呢?

Moon:人家对我一点意思都没有,我万一说着说着暴露了,我不就是个大写的窘吗?

纪明月越想越觉得危险,整个人越发谨小慎微了起来。

谢云持出于好心和对她的感谢帮了她这么多,万一知道她当初暗恋他……

舒妙似乎又回过来了什么,纪明月正准备看时,却听见前面开着车的方秘突然开了口,是问谢云持的。

"谢总,请问您在星月湾的床上用品需要我送去清洗吗?"

星月湾,就是致知路那套公寓所在的小区。

纪明月竖起猫耳听了听。

谢云持头也没抬:"不用,我今晚还住在那边。"

纪明月有点蒙。

但人在屋檐下,她不敢直接问自己的房东,只好委婉地问前面的方秘:"那个,方秘不是说谢先生只有……"

"忙的时候才住在星月湾"这几个字还没说出口,纪明月已经听见方秘回答了自己的问题。

"嗯,谢总今天就很忙。"

纪明月心下一惊,手一滑,不小心就按到了舒妙刚发过来的那条语音,语音就这么在挺安静的车子里播放了出来——

"猫猫,我怎么觉得谢男神不像是你的房东,而是跟你金主似的?"

2

刚才本就安静的车里,随着这句语音的播放,陷入了彻底的死寂之中。

纪明月心如死灰。

真的,人间、哦不,"猫间"不值得。

她低着头都能感受到本来正专注看着文件的谢云持偏过头来看向了她。

甚至是一开始努力眼观鼻鼻观心的方秘,都忍不住悄悄透过后视镜看了看纪明月——金主什么的,他也觉得蛮像的。

谢云持眸子里飞快地划过一丝笑意,面上却是一贯的温和,他甚至还慢条斯理地重复了一遍:"金主?"

纪明月这个人吧,向来不是特别懂"尴尬"是什么的,这回虽然在谢云持面前倍感尴尬,但尴尬到一定的境地后,也就不尴尬了。

那是一种相当奇怪的境界。

她微微笑了笑:"没有,你听错了。"

不知怎的,她又补上一句:"何况你也没给我钱。"

悄悄竖起小耳朵听得认真的方秘一个没忍住就被口水呛到,在前面一个劲儿地疯狂"咳咳咳"。感受到身后的两道视线,他还在咳嗽完之后拼命此地无银三百两地找补:"没事没事,我什么都没听见,谢总、纪小姐,你们继续聊。"

纪明月觉得真的要聊不下去了,她脑袋里现在一片乱。

——今晚谢云持会住在星月湾的冲击,加上舒妙刚才那个"金主"的波及,让纪明月觉得现在的自己就是海浪滔天里一只无助的猫咪。

不过万幸的是,谢云持的电话恰好在这个时候响了起来,勉强算是拯救了那只随浪漂浮的"猫猫"。

谢云持瞥了眼手机屏幕,接起电话。

"喂，云持。"

谢云持应声。

"我后天回国，记得找个人去机场接我啊。"

谢云持语调温润，只是说出来的话却跟那个语气截然相反："自己回来吧。"

"你……"对方惊呆了，却又觉得这的确是谢云持能说出来的话。

谢云持说话永远是带着温柔笑意的，甚至会让你误以为他是一个多么好讲话的人。然而事实上却是"狐狸本狐"罢了。

"谢狐狸"又笑："还有事吗？没事我就挂了，挺忙的。"

"喂喂喂，不是不是，你等一下！"电话那边的人连忙说，"不是我说你，好歹我这几年在国外为了你跑断腿累死累活的，没有功劳也得有苦劳吧？连个机场专车都不配拥有了？"

谢云持停顿两秒，改口："想要专车也行。"

"是吧？我就知道你还是顾及我们俩……"

"一千一次。"

对方愤怒地挂了电话。

谢云持丝毫没有做奸商的愧疚感，心安理得地收起了手机，继续看平板电脑。

虽然知道偷听别人讲电话不好，但现在车里这么安静好像更加怪异，纪明月没话找话："有朋友回国啊？"

谢云持点了点头："嗯。"

纪明月继续没话找话："男的女的？你没空接的话，我可以帮你去接。"

她想了想，老老实实补充："虽然我没车。"

而且她还按照她的人设，继续说："我也买不起车。"

想起停在纪家车库里的那几辆限量款跑车，纪明月就觉得自己现在装穷装得实在是很没有底气。

谢云持唇角笑意更深："这样啊。"

纪明月飞快地放弃了挣扎，正打算窝回座位上继续玩手机，就听到谢云持开了口："你这句话跟前面的话题结合起来……"

前面的话题？

纪明月静默几秒，回想了一下前面的话题是什么……哦，是金主啊。

刚才还说自己"什么都没听见"的方秘实在忍不住,"扑哧"一声笑了出来。偏偏笑完之后,他还继续疯狂掩饰:"不好意思,我真的没听见,我就是在想……"

谢云持从喉咙间闷出一个:"嗯?"

方秘:"想……我老婆生日,没准我可以送一辆车给她。"

从高铁站到星月湾的距离其实并不远,开车四十分钟左右。

但纪明月总觉得车里那个软软的坐垫上像有刺一样,让她规规矩矩坐着也不是,懒懒散散窝着也不是。所以在方秘把她送到星月湾楼下,并表示谢云持还有工作要忙得先行离开时,她忙不迭点了点头。

星月湾的房子走的是中高档路线,地理位置很好,周围一片繁华,但小区内很是安静,绿化和布置都很合纪明月的心意。

这套公寓是两层的复式,一楼装修得很简洁,蓝灰色调,整齐干净,一看就是谢云持会喜欢的风格。就连空气中的味道都和谢云持身上的如出一辙,纪明月只是轻轻一闻,便恍若觉得他近在咫尺。

是她以前最渴望的距离。

纪明月扫视了一圈,拖着箱子上了二楼。能看出来,二楼像是特地重新装修过一样,整体上的色调和一楼很不一样,带着一点粉蓝色的活泼。

她抿唇一笑。别说,还挺少女。

房间更是把这种少女心贯彻到底,装饰并不繁复,却能看出来极其用心。床也已经铺好,松松软软的。

纪明月把行李箱往旁边随意一放,就坐在了床上,整个人都往下陷了一陷。

这也太舒服了……

纪大小姐很满意,但并没有对这些布置关注过多,而是拿出手机。她对刚才车里尴尬的安静耿耿于怀,这个时候要找肇事者算账。

纪明月重拳出击,发了条语音过去:"舒妙,你以后再口无遮拦,小心我飞到你家揍你。"

微信提示音响起。

妙不可言:哈哈哈,怎么了纪猫猫,你怎么这么生气?

妙不可言:该不会……

037

纪明月一愣。

舒妙该不会猜到刚才的语音被谢云持听见了吧？

妙不可言：他真变成你金主了吗？

微信又进来一条消息，纪明月以为还是舒妙，漫不经心地点开看了看。

于文轩：Kiana（吉安娜），你在端市吗？

纪明月敛了敛眉，回复：不在。在远城。

于文轩：真的？太好了，我后天回国，正好回远城。

于文轩：你别想太多，我知道你没那个意思了，但好歹得等到你什么时候找到男朋友再让我彻底死心吧？

于文轩：我回去是有工作。你也知道，M-1这边的临床做得差不多了，接下来主要是负责国内的部分了。

纪明月一向是公私分明的人，于文轩有工作上的事找她，她便动作迅速地拿出了笔记本电脑，开始跟于文轩讨论起了相关事宜。她在M-1上付出了太多太多心血，可以说在国外这些年都是围绕它忙碌不休，现在好不容易前期的工作取得了成绩，接下来的关键部分，她更是要打起十二分精神才行。

"谢总，刚才那份文件……"

方秘看着一直目送纪明月直到彻底看不见人影的谢云持，小心翼翼地出声提醒。

这份文件谢总已经看略了，按照谢总的工作效率怎么也该看完了吧？他还等着当兢兢业业的传递员，把文件下发呢。

谢云持收回眼神，瞥了一眼方秘："回公司再说。"

方秘迅速应了一声，只是心底在狂呼：四十分钟了，谢总刚刚不是一直在专心看文件吗？到现在都没看完吗？

谢云持闭上眼睛，揉了揉眉心，呼吸间，总觉得身边还有纪明月的气息。

纪明月好像并不喜欢用香水，但他总能闻到她身上那很独特的香气，哪怕她已经从车里离开，他依然觉得依稀有她的味道。

多年来，从不曾改变的味道。

方才纪明月就那么坐在他的旁边，他呼吸间全是她的气息，浓郁得像是不堪一击的梦境。

他虽然看似专注地批文件，但刚才的一路上，他却是一个字都没有看进去的。

谢云持闭目养神了几分钟才恢复过来。车里安静了一会儿,谢云持又想起来什么似的,抬起头。

"方秘。"

"谢总请讲。"

"你什么时候有老婆了?"

方秘愣住了。

谢云持继续说:"我记得你连女朋友都没有,前两天找陈秘换班说要去相亲吧?"

方秘捂了捂心口:"谢总,别说了。"

"嗯?"

"单身有错吗?谢总,我还不能幻想一下我有老婆以后给我老婆送一辆车吗?"

闻言,谢云持沉默。

方秘猛然回神,想起自己怎么能这么跟领导讲话,正欲道歉,又听见谢云持开了口,语气一如既往的和煦,一点点别的意思都听不出来。

"倒也不是那个意思,"谢云持笑了,"只不过刚才还想跟你请教一下感情上的一些问题,蓦地想起来……

"你好像相亲了十几次还没有成功罢了。

"方秘,不用介意。"

方秘无语了。

3

跟于文轩讨论工作上的事情一直到晚上九点多,纪明月肚子饿得"咕咕"叫时才意识到已经过去了多久。

楼下还是暗着的,谢云持还没回来。

于文轩:困死我了,前两天还说再也不通宵了,今天就又因为工作通了个宵,我一定得让我老板给我加薪才行。

于文轩:哎哟,国内现在快十点了,Kiana你该不会还没吃晚饭吧?

纪明月揉了揉肚子。

Moon:嗯,还没吃。

于文轩：真是的，看我这人，一工作起来就忘记时间了。那你快去吃饭吧，我也熬不住了，去睡会儿。再这样下去，回国后我估计连时差都不用倒了。

纪明月觉得好笑，又跟于文轩聊了几句，便关了笔记本电脑。

她站起来伸了个懒腰，舒展了一下筋骨，这才走出房间打算去看看一楼的冰箱里有没有什么能吃的。哪怕随便做碗面填填肚子也行，她实在是不愿意来到远城吃的第一顿饭就是外卖。

——还是夜间的，除了肯德基就是各式烧烤的外卖。

楼下一片黑暗，纪明月摸索着打开了客厅的灯，心里忍不住地思索：谢云持这个点还没回来的话，是还没结束工作呢，还是今晚不打算回星月湾了？

她皱了皱鼻子，没再继续想下去，走到冰箱前打算看看有没有东西吃。

出乎她的意料，冰箱里竟然满满当当的，各类肉品，奶制品和熟食也都有，甚至还有一份放在保鲜盒里，只需要加热一下就能吃的米饭。

……该不会是谢云持留给他自己的吧？

她纠结了一番，还是打算做一碗面随便解决一下。

纪明月从小娇养长大，自然是不怎么擅长厨艺的，奈何国外的食物实在是不合她这个中国胃，她在国外读书这些年也勉强算是学会了几道菜，每次做给组里人吃都还能获得一片好评。

做来做去，她最擅长的竟然是面——当然最主要是因为简单，做出来的成品勉强也算得上是色香味俱全。

把面放进锅里煮，又打了一个荷包蛋进去，纪明月揉了揉肚子想了想，又多打了一个荷包蛋，再往里面加了一些牛肉和青菜，然后开始到处找辣酱。好歹是在冰箱的角落里找到了小半瓶辣酱，她闻了闻觉得还挺香，便毫不犹豫地往锅里加了几大勺。

一锅热汤面就这样飞快地做好了，空气中全都是浓郁的香味，纪明月只觉得自己现在饿得能吃下一头牛。

她从消毒柜里拿出一只碗盛好面，走到餐厅，正准备开始美美地享用自己做的晚餐时，就听到门口传来声响。是密码锁被按动的声音，而后"嘀"一声，门被推开了。

纪明月错愕地回过头，便看见谢云持推门而入。他似乎是闻到了空气中的香味，也抬起头朝餐厅的方向看了过来。

两人的视线在空中对接，纪明月做贼心虚，飞快地移开视线。她又蓦地觉得不对劲起来——自己是正大光明的租客,怎么就做贼心虚了?

谢云持已经换好鞋子,又把外套随意地搭在衣架上,悠闲地走了进来。

纪明月站起身:"回来啦?"

谢云持点点头,再自然不过地把包放在茶几上,而后又回过头看向了纪明月。

纪明月顿了顿,看他似乎没有回房间的意思,于是问道:"吃饭了吗?"

谢云持低声笑了笑:"还没有。"

说完,谢云持还看了看纪明月碗里的两个荷包蛋。

纪明月:"你冰箱里的鸡蛋是土鸡蛋吗?看着挺小的我就放了……"

算了,再小自己也放了两个。

她顿了顿,又问:"你吃吗?"

谢云持似乎刚才真的只是单纯看了看,没有一点别的意思,也没觉得纪明月的解释特别此地无银三百两。他很淡然地点头,而后拉出了餐桌另一边的椅子,神态自若地坐了下来。

正打算跟他说让他自己去盛面的纪明月愣了愣,想起自己寄人篱下,只好忍辱负重地起了身,又从消毒柜里拿出了一只碗,动作迅速地盛了满满一碗热汤面,放到了他面前。

谢云持:"谢谢老板。"他还不忘调侃,"刷卡还是扫码?"

纪明月:"对不起,我们这里只支持现金支付。"

谢云持看了看她,手伸向裤子口袋,摸了摸,还真摸出了现金。

纪明月朝他手心看去,一个五毛的硬币。

一个总裁为什么会在口袋里装五毛的硬币啊?

纪明月保持微笑:"对不起,这位先生,现在已经不是您高中五毛钱可以买一袋辣条的时代了。"

谢云持思索了一下:"那我只能以身抵债了。"

纪明月怔在原地,一时间不知道该说什么。她只能感受到自己的心越跳越快,像下一秒就要跳出来似的。

暖橘色的灯光打在谢云持身上,衬得他本就如玉般的容颜越发温柔清俊起来。眉眼和当年那个少年一点一滴相合,就连她心脏跳动的速率也变得与少女时代如出一辙。

纪明月张了张嘴,不动声色地将耳边垂落的发丝撩到耳后,面上淡定:

"嗯?怎么个以身抵债法?"

"饭后洗碗吧。"谢云持拿起筷子,"饭店不都是这么对待吃霸王餐的客人吗?"

纪明月很想把那一碗热气腾腾的汤面拿走。

刷碗,也不给吃!

这么一番折腾下来,纪明月更饿了。

她坐下来,拿起筷子夹了一筷子面条,迫不及待地吃进肚子里,瞬间觉得世界都亮了。

然后,纪明月看到谢云持的目光直直地落在了自己的碗里。她警惕地抬头看谢云持。

谢云持语调淡淡的:"没事。

"我不是在看你的荷包蛋。

"你不要误会。"

纪明月真的开始怀疑自己是不是漏交房租了,要不然房东干吗连她的荷包蛋都觊觎?

她静默两秒,拿起汤匙舀了一个荷包蛋,放进了谢云持的碗里。

清俊的男人轻挑了挑眉,淡然点头:"谢谢老板,祝老板生意兴隆。"

纪明月有气无力地说:"老板的店铺今天开张后只做了两碗,一碗老板自己吃了,另一碗顾客还没给钱。"说着,她用筷子划拉开半熟的鸡蛋,蛋黄流出来,浸到面汤中。

刚埋头吃第二口就听到对面压抑的轻咳,纪明月抬头看了谢云持一眼,他脸颊都泛红了,还在不停地咳嗽。纪明月递卫生纸他也不要,只拿起玻璃杯喝了几口水。

"呛到了。"

纪明月没说话,点了点头,心想:谢云持吃不来辣吗?

她又观察了一下,发现谢云持接下来倒也没有再咳嗽,只是小口小口地吃,很谨慎。

男人又喝了口水,语气颇为真诚:"很好吃。"

纪明月抿了抿唇,没提吃不吃辣的话题:"话说……时辰是你妹妹吗?亲妹妹?"高中三年,她从来都不知道谢云持有妹妹。

"唔,算是吧。"谢云持应声。

这还能算是?

她转换了一种表达方式:"医学鉴定上呢?"

这次谢云持倒是毫不犹豫地点头了。

"这样啊,"纪明月喝了一口汤,"那你们两个是一个随父亲姓,一个随母亲姓?"

"不是,我们两个都跟父亲姓的。"

"噗……"纪明月猛地被呛了一口,辣椒飞入喉咙,连续咳嗽了好几下才好了一点。

她摆摆手拒绝了谢云持递过来的水,在心里嘀咕:怪不得说算是亲妹妹,原来是同母异父吗?

"你应该理解错了,我跟时辰不是同母异父。"

虽然纪明月没说话,谢云持却一眼就看穿了她在想什么。不过的确有很多人误解他和时辰的关系,他并没有大惊小怪。

纪明月完全摸不着头脑,生平第一次觉得自己阅读理解能力这么差,差得都快听不懂人话了。

两个人吃面都没花太久的时间,吃完之后,以身抵债的谢总裁把衬衫的袖子往上翻折了一下,还真就主动收拾起碗筷来,然后拿去厨房洗。

不知道为什么,纪明月突然冒出来一种她做饭谢云持洗碗竟然还挺和谐的奇妙感。

甩开那些子虚乌有的想法,纪明月起身上楼,拿出手机在"四人一猫"群里发消息。

Moon:话说,如果两个人,不是同母异父、两个都跟父亲姓但是姓氏不一样,还是医学生物意义上的亲兄妹,会是什么情况啊?

无聊群友飞快冒头。

邵泽宇:猫猫在说梦话?

舒妙:对啊,猫猫你自己就是生物医药的博士好吧!你觉得你问的这可能吗?

贺盈:嘿嘿,妙妙,度蜜月不好玩吗?

舒妙:好玩啊,但是我们猫猫现在正跟暗恋对象同居呢,我关心她啊!

043

4

"四人一猫"群里,在"暗恋对象"几个字出来之后,大家开始接连回忆纪明月因为谢云持做过的那些傻事。

舒妙作为最有发言权的受害者,语气沧桑。

舒妙:你们都不知道啊,她那天突然就跟我说,让我跟她一起去偷光荣榜上的照片。

舒妙:你们能想象我当时的心情吗?

舒妙:这也就算了,特别鬼扯的是她那次见人家谢云持感冒了,非要拉着我翻墙出去买感冒药,结果,买了之后她根本不敢送过去!

纪明月按灭了手机。

啊,没有舒妙聒噪的世界,是多么和谐又美好。

纪明月本以为自己来到这里的第一天会因为认床而失眠,结果出乎意料,她几乎是沾上枕头就睡着了。

一觉睡醒已是第二天早上九点,楼下寂静无声。按照谢云持的工作狂属性,这个时候估计早就去公司了吧?

刚解锁手机,微信的群消息就"唰唰唰"全跳出来了,纪明月往上随便一划拉。

敢情他们四个人回忆起她高中时的事迹直接回忆到了凌晨三点?一点都不顾及也在群里的"当事猫本猫"?

而且关键是……这一个个的,记性也太好了。十年前的事情,他们几个人都能记这么清楚?

吐槽的主力军是舒妙,副主力军是贺盈,邵泽宇专业捧哏,裴献倒是一如既往话不太多,不过时不时冒个头证明他还在,没有抛弃群友一个人去享受夜生活。可裴献虽然话不多,在聊天记录里的存在感却好像特别强烈。

裴献:唉,你们这都没什么。我跟猫猫那是打从娘胎里就认识的,到高中时那可是十几年的交情啊,她倒好,跟我说怕谢云持误会我们俩的关系,让我在学校不要跟她说太多话!

裴献:拜托,谁会误会我们俩的关系!我小时候都是跟她穿同一条开裆裤的!

邵泽宇：献哥，你跟猫猫那家境，开裆裤还得混着穿啊？

裴献：[无语.jpg]

这都什么鬼聊天记录，也太没有营养了。纪明月彻底放弃"爬楼"的想法，准备退出群聊界面，不经意间瞥到了邵泽宇发的几条消息，迅速地按住屏幕，定睛看过去。

邵泽宇：我高二不是跟谢云持同班嘛，我记得谢云持那个时候真的很特别……虽然人很温柔和煦，但好像又很难亲近。

舒妙：对对对！他就是这样的！

邵泽宇：而且他那个时候好像家境不太好吧，每次去食堂看他都是点最便宜的菜，就比如中午剩下的菜晚上不是会免费送吗？他就会吃那个。

邵泽宇：闲暇的时候基本上都看不见谢云持人的，他好像高中就开始做好几份兼职了，在学校附近的小餐馆刷盘子做服务生之类的。

邵泽宇：隐约听说是他父亲身体不好吧，好像是得了重病……

邵泽宇：所以看谢云持现在能这么成功真的觉得挺惊讶，但想起来他高中时兼职那么忙还能一直保持前几名，就又觉得他这种人会成功是百分百的事情了。

纪明月抿了抿下唇，她总觉得自己好像在不经意间忽略了很多东西。她犹豫了几秒，退出群聊界面，试探着发了消息给时辰。

Moon：时辰，我过一段时间去拜访一下你的父母吧。你父亲现在身体怎么样？

那边过了一会儿才回复消息。

不是时间是时辰：真的吗？明月姐你人太好了，我真的好喜欢你！

不是时间是时辰：我父亲啊……他身体还挺好的，倒是沈姨最近有点生病。

Moon：沈姨？

不是时间是时辰：啊……就是我哥哥的妈妈。

纪明月又跟时辰聊了几句，裹着被子坐了起来。

重组家庭吗？

如果这样说的话，谢云持他……

纪明月沉默着陷入了深思。

临近中午，纪明月正打算出门去附近逛逛，顺便解决午餐时，收到了一通电话。还是昨天那个陌生的、哦不，现在不太陌生了的远城号码。

她刚接起来，一个"喂"字还没出口，那边一长串没标点的话就像吃了能量豆的豌豆射手一样"嘟嘟嘟"地喷了出来："纪小姐您好我是方秘请您不要挂电话我找您有事。"

纪明月愣了愣。

方秘几不可闻地松了口气："纪小姐，谢总问您今天什么时候有时间，他好安排一下请您吃饭。"像是生怕她忘了似的，方秘提示道，"昨天在车上商量好的接风洗尘宴，您还记得吗？"

她是猫，不是金鱼，当然记得。

但是，记得归记得，她真的以为谢云持昨天就是客气一番，没想到他真打算请自己吃饭啊。

"唔……"纪明月很委婉，"谢先生不是有朋友明天回国吗？谢先生会请他吃饭吗？"感觉上应该不会，那同理来说，谢云持应该也不会请自己吃饭了吧？

电话那边安静了一会儿，似乎是方秘去请示上司了，很快又传来方秘的声音。

"谢总说，"方秘很努力地模仿着谢云持的语气，"难道纪小姐是想和谢总的朋友一起吃饭吗？"

这都是什么鬼逻辑？

"那个，方秘，我今天有一些工作上的事情要忙，要不饭局就改天吧？"

电话那边再次安静，一会儿后方秘又开口："好的。谢总说改天也可以，让您定个时间，不然他会觉得欠您一份人情。"

都说到这个份上了，纪明月也没办法再推托。她翻了翻日程安排，报了个空闲的时间过去，方秘才放过她，挂了电话。

纪明月瘫在了沙发上。其实不是她不想跟谢云持吃饭，她只是在担心自己面对谢云持时那微弱到可以忽略的抵抗力。要是再重复十年前的老路喜欢上谢云持，她真的就……用不着嫁人了。

所以她现在很想摇醒谢云持。

朋友！大总裁！

我不是在救我自己，我是在救你啊！

纪明月倒也没有说谎。她今天的确还有一些工作需要忙，过两天就要去远大对接实验室管理的工作了，于文轩也要回国了，接下来的一段时间又要开始忙忙碌碌的工作生涯。

只不过到了晚饭的点时，她不想再跟昨天一样用一碗面随便填填肚子。正好纪丰有个姓姚的朋友在远城开了一家餐馆，做私房菜的，很是有名，她就打算过去吃顿饭，也顺带拜访一下姚叔叔。

这样想着，纪明月就去附近的商场里挑了礼物，跟姚叔叔打了电话，动身前往那家私房菜馆。

餐馆距离星月湾并不算远，只是正好遇上晚高峰，她在路上耽搁了一些时间。

到了餐馆后，纪明月跟负责接待的服务员报了一下姓名，很快就有服务生迎了出来："是纪小姐吗？请跟我来，老板已经在包厢等您了。"

纪明月点了点头，一边跟着服务生往前走，一边四处打量这家私房菜馆的环境。

这家店接待的顾客非富即贵，私密性好，服务周到，菜品丰富，向来是远城名流们聚餐的首选之地。跟着服务生往前走的这一路，可谓是曲径通幽，青石板铺成的小路蜿蜒，沿途溪水潺潺，只是拐了个角就蓦然觉得视野开阔了起来。

服务生带着她到了一个包厢门前，对她微笑示意："就是这间，纪小姐直接进去就好。"

纪明月道谢后，推门进去。

包厢里布置得也别有风味，透过落地窗便能看到外面的湖泊风光，采光极好。

——但这都不是重点。

重点是，纪明月本以为只有姚叔叔一个人在的包厢里，却发现除了他还有另外两个人在。

是两个年轻男人，一个穿了一件白色的上衣，看上去有些眼熟；而另一个穿着一件浅蓝色衬衣的……

纪明月彻底傻眼了，还有什么比你跟别人说有事要忙，然后在吃饭的包厢里遇见这个人更尴尬的事呢？

有的。

纪明月刚在心里问过自己这个问题，姚叔叔就以一己之力告诉了她这个问题的答案。

"哎，猫猫，你可终于来了。"姚叔叔笑着站起了身，转头跟穿浅蓝色衬衣的男人说道，"小谢，我给你介绍一下，这位是我老朋友的女儿，叫纪明月，跟我亲着呢。这不是，她昨天才来的远城，今天就非要来看望我。"

浅蓝色衬衣的男人没说话，姚叔叔又接着开口："真是的，我还跟她说年轻人工作都忙，没必要这么着急来看望我。结果猫猫还跟我说，没关系，她今天没什么事情。这丫头，打小就跟我挺亲的。"

男人终于转过了头，把视线落在了纪明月身上，语气里带着一贯和缓的笑意："是吗？"

他压了压唇角："那看来纪小姐的忙闲还分人的啊。"

5

姚成林都怔住了，他看看谢云持，又看看纪明月，再回过头看看谢云持。连包厢里的空气好像都透露着那么一丝怪异。

再结合一下刚才谢云持说的那句怎么听都觉得味道不太对的话，姚成林试探着问："小谢跟我们猫猫认识吗？"

压根没等谢云持回答，一旁穿白色上衣的男人已经笑着开了口，还不忘冲着纪明月挥了挥手："Hello，纪明月，好久不见了。"

纪明月又看了看他，越看越觉得眼熟，而且对方这么轻而易举就报出自己的名字的话……

"好久不见。"她点头致意，"……同学。"

白色上衣的男人笑意微怔，几秒后又无可奈何地说："你果然还是跟以前一样记性不太好啊，我是端市一中的，跟你一届，一班的傅思远。"

纪明月的记忆一秒回笼。

傅思远和谢云持高中三年都在一个班，两个人关系很好。

但纪明月跟他高中时也只能算作认识，并不相熟，所以她刚才一时半会儿没想起来……

既然他们三个人都认识，姚成林迅速打起了圆场："嗐，看我这人，我还打算今天介绍你们认识认识呢。想着猫猫刚来远城，好歹也有个人照料照料，没承想你们仨倒是之前就认识，挺好挺好。"

谢云持已经收回了目光，表情温和，清俊的脸上带着一贯恰到好处的笑容，仿佛刚才问纪明月那样问题的人不是他一样。

看他这样，纪明月也干脆装起了糊涂。正好姚成林冲她招手示意坐过来，她就顺势坐在姚成林旁边的椅子上，双手递过礼物："姚叔叔，我来时正好在路上看到了一条适合您的领带，就顺便给您买了。"

……这个位置，对面就是谢云持。

姚成林乐得直眯眼笑，说："你这丫头，来就来，还拿什么东西？这不便宜吧？"

纪明月瞥了一眼对面的人，兢兢业业维持自己的人设："没有没有，叔叔您也知道，贵的我也……买不起。"

"买不起"这三个字，被她说得格外没有底气。

姚成林诧异。他那个朋友纪丰怎么养女儿的他心知肚明，打小纪明月都是想要什么就有什么，生平竟然能从她口中听到"买不起"？

"猫猫最近是有……"

还没等姚成林问出口，纪明月已经飞快地拿起了菜单，一目十行，嘴里直嚷嚷："哎呀，我要饿死了，姚叔叔您这边有什么好吃的推荐一下呢？"

姚成林心下更觉奇怪，但没再继续这个话题，顺着纪明月的话往下说："叔叔这里卖得最好的就是这道鱼，叔叔跟你说，这鱼啊……"

纪明月面上乖巧，时不时还点点头不忘捧场，然而并没有听进去几句。她现在就想拿起手机，噼里啪啦骂舒妙一顿，出的什么馊主意，动不动就"破产"了，关键是她现在想解释都解释不清楚了。

一个没搞好，就从清清白白租户变成处心积虑觊觎人家谢云持的变态了。

很快点好了菜，几个人坐在包间里，围着一张桌子聊天。

姚成林："小谢最近还是很忙吗？这段时间都不怎么见你过来姚叔叔这边吃饭了。"

"话不太多"谢云持："还行。"

姚成林："猫猫过来这边感觉怎么样啊？还习惯吗？"

"心不在焉"纪猫猫："还不错。"

姚成林："思远，家里人身体如何？这年纪是得照顾点身体了。"

"坐看好戏"傅思远:"挺好。"

姚成林心说:难道我是在给你们表演一个单口相声吗?捧哏的都比你们说得多!

还好没过多久,服务生就敲了敲包厢门,一道接着一道菜地摆满了整个桌子,还不忘给大家表演报菜名。

姚成林把一盘茄子转到了谢云持面前,不忘招呼:"小谢,快尝尝,这可是用我们这里的秘制技法烹饪出来的茄子,怎么样?"

谢云持夹起一筷子茄子送进嘴里,唇角笑意更深:"好吃,很是入味。"

"是吧?"姚成林挺得意,"我之前听你妈妈说你从高中时就很喜欢吃茄子,所以我今天特意给你加了这道菜。"

谢云持顿了顿,朝着姚成林礼貌道谢。

坐正对面的纪明月却是把谢云持的所有神色尽收眼底。她心下一阵酸涩,而后故作夸张地把那道茄子转到了自己的面前,谢云持正面前的则是那一盘鱼。

"真的啊?快让我也尝尝这秘制技法的茄子!"说着她就夹了往嘴里送,夸奖,"嗯,姚叔叔这里的菜果然没让我失望。"

姚成林摇头:"你这丫头。"他倒也没再提让谢云持继续吃茄子。

纪明月咀嚼的动作缓了下来,她心知肚明,谢云持从来都不喜欢吃茄子。

她以前无数次见到过他吃茄子,也好奇地问过舒妙:"谢云持怎么经常点茄子?尤其是晚上,可看他的表情也不像是享受啊。"

哪有人吃自己喜欢的东西眉头越皱越深,每一口都苦大仇深的?

"因为茄子便宜。"舒妙理所当然地说,"你估计从来都没关注过这些菜的价格吧?特别是晚餐,茄子经常是免费送的。"

舒妙又指了指菜单:"今天中午剩下了什么菜,晚上就免费送什么。前两天是红萝卜,昨天是豆芽,今天是茄子。"

谢云持前天吃的红萝卜,昨天吃的豆芽,今天吃的茄子。

纪明月后来看见过谢云持给邵泽宇同学录上写的:

最讨厌的菜

1. 红萝卜
2. 豆芽

3. 茄子

而如今他的妈妈却告诉别人他喜欢吃茄子……

纪明月低下头,心下越发酸涩起来。

傅思远岔开了话题,随意地跟姚成林聊了会儿,正好有服务生再次敲门进来,说是外面有人找姚成林。

姚成林冲他们歉意地笑了笑:"你们先吃,我出去看看。"

姚成林一出去,包厢里再次安静了下来。

纪明月一秒就没了在长辈面前的礼貌乖巧,整个人都懒散下来,有一下没一下地戳着盘子中的虾,感觉不怎么饿了。

傅思远也摆下筷子,往后靠在椅背上,语带调侃:"怪不得我今天问老谢有没有空吃顿饭,他破天荒地说可以呢,敢情是被人放了鸽子啊。"

纪明月腹诽:怎么就有人喜欢提这种不开的壶呢?

谢云持笑了笑,给傅思远夹了一块青椒:"不要欺负猫猫。"

不爱吃青椒的傅思远翻了个白眼:还有没有天理了!什么叫"不要欺负猫猫"?听听这话是人说的吗?我可是在帮你说话好吧?

也是,不像是人说的话,倒的确像是谢云持说的话。

傅思远一脸嫌弃地把青椒丢出盘子,只觉得自己的筷子都被玷污了。

纪明月语气淡淡地问他:"你是蜡笔小新吗?"

"关蜡笔小新什么事?"傅思远一脸蒙。

纪明月:"只有蜡笔小新才讨厌吃青椒。"

她顿了顿,又补充:"而且小新还挺可爱。"

说完,纪明月抬头看了一眼傅思远,目光在他脸上停顿两秒,低头,几不可闻地叹了声气。

也不知道为什么,明明纪明月什么也没说,语气也一点别的意味都没有,但傅思远就是听出了她的意思——五岁的小孩才讨厌吃青椒,更关键的是,他还没小新可爱。

行,现在这局面,只有他里外不是人了对吧?

傅思远拧巴着脸,指了指谢云持:"我讨厌吃青椒怎么了?老谢还讨厌吃茄子呢。"

纪明月敷衍地点点头,正准备说什么,又听见傅思远说:"何止讨厌吃

051

茄子,他还讨厌吃胡萝卜和豆芽,还一点辣都吃不了,最挑剔了。"

她微顿,一点辣都吃不了?

"他吃辣会怎么样?"

傅思远摆摆手:"会胃疼啊,你都不知道……"

还想说什么的傅思远蓦地被谢云持打断,他又夹了一块鸡肉给傅思远:"吃饭吧,你话太多了。"

傅思远觉得自己今天不是来吃饭的,而是来受气的。不过好歹谢云持这次没再夹青椒之类的东西给他,他也就闭嘴了。

场面再次静默下来,三秒后,傅思远惊叫出声:"这是鸡屁股吧!"

谢云持优哉游哉地拿起一旁的杯子,抿了一口水,语调轻松惬意:"嗯,吃哪儿补哪儿。"

正喝着果汁的纪明月一惊,差点没呛到自己。

谢云持恰到好处地递过来纸巾,纪明月伸手去接,不经意间就碰到了他的指尖。

她瞬间心跳如雷,像是通身触电一般迅速收回手,掩饰性地擦了擦嘴,继而问:"……补哪儿?"

谢云持慢慢收回手,神色自然,只是眼里盈满了笑意:"补脑子。"

傅思远已经无力吐槽了。他再次撂下筷子,屈起中指叩了叩桌子:"不是我说,你们俩这一唱一和、夫唱妇随地气我,是想干吗?"

"夫唱妇随"四字一出口,谢云持和纪明月同时静默了下来。

傅思远也顿了顿,察觉到空气的凝结,改口:"鸡唱狗随?"

6

直到饭局结束姚成林也没再回包厢,只是让一个服务生过来告诉他们三个,他那边临时有事实在走不开。

纪明月三人倒也没在意。到底都是端市一中的校友,虽然聚在一起的原因很奇怪、过程很曲折,但到后面倒也算是聊得不错。

当然,是纪明月和谢云持觉得聊得不错。

至于傅思远,他下定决心再也不要跟这两个人一起吃饭了。

太气人了!

傅思远蓦地想起什么似的,突然用胳膊肘撞了撞谢云持:"哎,老谢,你上次去端市参加婚礼有没有去逛逛母校？我都好久没回去看了。"

谢云持摇了摇头："没来得及。"

纪明月倒是接话道："我前两天还去了一趟来着。"

"嗯，"傅思远点点头，"下次去端市出差时我也该过去看看，怀怀旧。"

"谁怀旧了？我是去给我弟参加家长会的，"纪明月顿了顿，想起纪淮那句话，"而且，只有上了年纪的人才喜欢怀旧。"

傅思远："拜托，我们俩一级的，一样大好吧？"

纪明月脸不红心不跳："我说的是心理年龄。"

"噗"的一声，旁边的谢云持笑出了声，还不忘给自己的好友来个"温柔一刀"："猫猫说得对。"然后是"温柔二刀"，"像我一样心理年轻的人，都还在努力工作，展望未来。"

纪明月偷瞄了一眼谢云持，心里不可抑制地冒出一丝甜蜜的味道来。她强压下唇角，故作语气平淡："不过我在等我弟的时候去逛了逛，看了看那个光荣榜，就是后面是留言板的那个，你们记得吗？"

谢云持放水杯的手停顿了一下。

傅思远点点头："记得。"

他突然想起来："说到光荣榜，我倒是想起来高二有一次月考，老谢挂在光荣榜上的照片被人偷了，怎么找都找不到。"

偷照片的纪明月一愣：等等，话题怎么扯到这儿了！

没等谢云持有反应，纪明月就不太自然地扯远话题："偷照片？真神奇。不过我记得我高中学生证上的照片也不见了，到现在都不知道到底哪儿去了。"

"真的？"傅思远应着声，瞥了一眼旁边的谢云持，一秒反应过来，"嗐，你别多想，谁会偷你学生证照片啊？又不是个傻子。"

"傻子"谢云持表情不变，笑眯眯的，看上去心情还挺好："思远，等会儿出去的时候你结一下账。"

"不对，凭什么让我去结账啊？"傅思远一脸费解。

谢云持淡然自若："难道让姚叔请客？猫猫……"

他顿了顿，看了一眼对面心虚不已的纪明月，往下接着说："现在囊中羞涩。至于我，我没带钱包。"

说实话，除了谢云持，傅思远从来没见过还有谁能把"不要脸"这件事做得如此风轻云淡、光风霁月的。他喝口水压了压惊："都什么年代了，没带钱包这样的鬼话你也能讲得出口？手机不能付钱吗？"

谢云持扬唇笑了笑，语气和煦温柔："你没听出来吗？没带钱包都是借口，我就是不想付钱而已。"

纪明月实在忍不住了，"扑哧"一声笑了出来，然后悄悄对着谢云持比了个大拇指。

傅思远目瞪口呆，转头看纪明月："比什么呢比什么呢！"

然后纪明月就正大光明地冲着谢云持比了个大拇指。

这顿饭最后也没让傅思远结账，毕竟这是在姚成林的私房菜馆里，他们三个又都是小辈，姚成林怎么可能会让他们付钱。

但傅思远依旧对这件事耿耿于怀了很久，回去的路上他还在不停念叨："老谢，你可不能天天这么对我。你想想，你高中时是谁对你那么好，时不时请你吃饭的？"

今天因为是见老友，谢云持并没有让方秘跟来，所以是他亲自开的车。前面红灯，谢云持停了下来，手搭在方向盘上："你请我吃饭难道不是为了让我给你讲题吗？"

纪明月坐在副驾驶的位置上，心脏跳动的速度好不容易缓和了下来。

她想起来刚才准备上车时，谢云持叫住她让她坐副驾驶的样子，都还忍不住……

纪明月抿了抿唇，觉得谢云持跟傅思远好像都没有特别在意这件事，她试图转移自己的注意力。

"傅思远，这么说还是你赚了，一顿食堂的饭就可以请年级第一给你讲题。"纪明月顿了顿，又说，"我高二时想好好学习来着，我爸给我请的家教贵死了，哪像你，一顿饭就解决了。"

谢云持偏头，看向纪明月，似乎想说什么。

后面的车"嘀嘀嘀"地鸣笛，傅思远也接话："绿灯了，走了，后面有不少车等着。"

谢云持到底什么也没说，把头转回去，缓缓启动车子。

纪明月只觉得自己对着谢云持的时候，可真的太没出息了。好不容易平复下来的心跳，因为谢云持刚才的目光一瞬间再次如雷响起。

他的眼睛还是跟那个时候一样漂亮，干净又纯粹，看向人的时候满是专注。如墨般的眸子方才映着车窗外五彩斑斓的夜色，细碎的光在他眼眸间跳动，直让人失神。

……谢云持刚才想说什么？

傅思远开口："纪明月，我记得你高一时不是特别懒吗？成绩也一般，怎么突然想起来好好学习了？"

他高中时并没有和纪明月同过班，奈何纪明月这容貌和家世，任凭她再怎么低调也低调不起来。

纪明月伸了个懒腰："没什么，就是觉得当一只努力的猫猫好像也还不错。"

傅思远跟谢云持闻言俱是一笑。

纪明月窝回椅子里，懒懒散散的，没再说话。真的太久远了，她差点忘记自己那个时候还"咸鱼"成了那个样子。

谢云持瞥了一眼纪明月，勾起唇角笑。

独自一人坐在后座的傅思远总觉得车子里莫名其妙开始有了一些奇奇怪怪的……粉红泡泡。

傅思远："你们俩都在那儿笑啥呢？有什么好笑的也讲给我听听。"

车子里静默两秒。

纪明月："没什么，想起高三毕业时，你找我们班一个妹子表白，结果妹子说她喜欢谢云持的事了，就觉得很好笑。"

傅思远发誓，自己再跟纪明月讲一句话，自己就是狗！

纪明月微微沉默，又说："后来那个妹子私下告诉我，说你还挺帅的。"

傅思远一秒忘记自己刚才的毒誓，乐呵呵道："是吧，她虽然没答应我，但眼光还是……"

纪明月："虽然没谢云持帅。"

谢云持今天似乎不算特别忙，他没有像昨天一样回星月湾住，只是把纪明月送到了楼下。

傅思远已经提前下车了。

车子里的灯并没有开，纪明月有些看不清谢云持的神色。她没来由地心悸，抿了抿唇角，就准备解开安全带下车。

良久，谢云持开了口："你上去吧，我今天得回去一趟。"

他的声音近在耳侧，却莫名有些失真，他似乎在克制什么。

纪明月点头："好，那你路上慢点。"

谢云持应声："我看着你上去。"

纪明月都有些恍惚了，这样的对话好像过于暧昧亲近，像是情侣之间才能有的。

谢云持站在楼下，看那盏灯光点亮，又融入这夜色，成了温柔的星火。

他笑了笑，他想起来刚刚等那个红灯时，自己没来得及说出口的话。

他刚才想说——

你当时也想让年级第一给你讲题吗？不需要你请吃饭。

他请你吃。

吃一辈子的那种。

Chapter 3
/
栽 了

1

接下来的两天，谢云持都没有再回星月湾住。

其实纪明月也不知道自己在想什么，似乎有些希望他回来，又有些害怕见到他。

不过纪明月一向不是会对什么事耿耿于怀的人。准确来说，她处理事情的方式是——如果搞不清楚自己在想什么，那就不要去试图搞清楚，说不定时间到了，自然而然就清楚了呢？

纪明月心安理得地把这件事放在了脑后，开始忙起了工作。

正在处理着数据，纪明月就看到郑教授打来了电话。

她坐直身体，清清嗓子，接起电话，很是礼貌："喂，教授？"

"明月啊，"郑教授很爽朗地笑了几声，"我就是来跟你确认一下，你是后天就来远大对吧？"

"对的。"

郑教授："行，我后天正好得出差去S市做一个报告，我到时候安排我一个学生带你逛逛学校，熟悉一下实验室的环境。"

"没问题的，教授。"纪明月笑了笑。

"哦，对了，明月，还有一件事。后天下午我还有一门本科生的实验操作课，本来我是打算让我的博士生去上的，但正好你来了，要不你帮我上吧？"

郑教授跟纪明月商量道,"你导师也跟我推荐过你,说你是他的得意门生,操作水平一流。"

纪明月未加思索就应了下来。

反正下个学期开始她也得带课了,现在就当提前熟悉一下也无所谓。别的不说,实验操作课她还是很拿手的。

挂了电话,纪明月伸了个懒腰准备出去吃点东西,电话却再次响起。这次有些出乎意料,是方秘。

"喂,纪小姐?"方秘还是一贯的彬彬有礼,只不过这次终于想起来加了标点符号,"您还记得晚餐的事情吗?"

"晚餐?"

方秘停顿两秒,很心不甘情不愿地开口提醒:"……接风洗尘。"

自己都来远城将近一周了,还在那儿接风洗尘呢?

"记得。"

方秘松了口气,记得就好,记得就好。

"是这样的纪小姐,"方秘说道,"正好离晚餐的时间也近了,您方便来君耀一趟吗?"

纪明月一愣:我去君耀干吗?跟君耀的员工们炫耀,看,你们都在努力工作,而我要让你们总裁请我吃饭了吗?

方秘也觉得自家总裁确实太过强人所难了一点,但是没办法,人在工资下,不得不低头。

"对,谢总在星月湾落了一份文件,所以您可以帮忙把这份文件送过来吗?君耀很近的,谢总说,正好工作结束后请您吃晚餐。"

纪明月静默两秒,而后开口:"方秘,你也知道星月湾很近啊。都这么近了还压榨我这种劳动力,你们谢总请人吃一顿饭,还真是一点亏都不肯吃。"

纪明月回想了一下,自己来远城后见谢云持的这几次,好像……次次都是在吃饭?

这倒也没什么,她就是觉得心情有点复杂。她在谢云持心里到底是个什么样的诡异形象?难道就是一个蹭吃蹭喝还蹭房子住的麻烦校友?

纪明月的优点不算太多,但对自己认知清楚绝对算一个。既然意识到了自己现在是在蹭吃蹭喝还蹭房子住,纪猫猫同学就变得听话了不少。

"行,方秘,"纪明月转变语气,"文件在哪儿?我找一下,然后给谢……

先生送过去。"

虽然并不知道纪明月为什么突然松了口,方秘却还是一秒宽了心。

"文件?"方秘按照谢云持的吩咐,乖乖开口,"我也不知道,要不我让谢总跟您讲吧。"

你都不知道文件在哪儿,怎么好意思打电话让我去拿文件的?

纪明月还没来得及说什么,电话那边已经换了人,再入耳的就是那道清隽温雅、低低开口却一秒夺去她所有注意力的声音。

这好像是她第一次从电话里听谢云持的声音。本就好听到极点的男声透过电波传进耳朵里,好像跟平常的声音有了细微的差别。

她稍稍有些晃神。

"猫猫。"那个人在叫她。

纪明月飞快地回过神来,语气里带了一些不自知的不自然:"嗯?"

是压低的笑声。

她也不知道自己怎么回事,莫名其妙就觉得……脸颊有些发烫起来。

"文件。"谢云持提示她。

纪明月应声:"哦哦,对,文件,那个……你把文件放在哪儿了?"她一边问,一边从沙发上起身。

"一楼的书房里。"谢云持并没有催她,说了这句话后就安静地等着,等听到那边纪明月似乎推开了书房门,才又开口道,"在那张书桌的抽屉里。"

纪明月有些不可置信地回头看了看房门:"不是,书房这么重要的地方,你怎么没上锁啊?"

谢云持好像并不怎么在意,带了几分随性:"反正也没什么外人。"

没、没什么外人?

纪明月"猫脑袋"的CPU高速转动,越来越烫,越来越烫。她晃了晃头,努力让大脑保持理智。

对面的人语气依旧淡定:"抽屉有个密码锁。"

不对,密码锁这么重要的东西也是可以说的吗?既然都锁起来了,机密文件谢云持干吗不自己回来拿啊?她现在的人设可是一个破产穷人,谢云持都不怕她知道密码后偷了文件去卖给他们公司的对手吗?

那边的谢云持却好像并没有考虑这么多一样,很自然地继续说:"101325。"

密码锁应声而开。

"啧啧，你还真是不怕我偷文件啊？"纪明月一边按照谢云持的描述翻找着文件，一边随便问道。

电话里安静了两秒。两秒后，纪明月听见谢云持开了口，语气里还带了那么一点……匪夷所思，似乎是在奇怪纪明月为什么能问出这样的问题来。

"书房里装了摄像头。"

那份文件就放在挺显眼的位置，纪明月跟他确认了一下就准备关上抽屉。一晃眼间，纪明月瞥到了抽屉角落里的一个丝绒的小盒子。

鬼使神差地，纪明月拿起了那个盒子。她莫名有些紧张，咬了咬下唇，准备打开盒子。

"找到了吗？"

已经静默了几秒的电话里蓦地传来谢云持的声音，纪明月吓了一大跳。她迅速回神，这才意识到自己刚才做了什么。

幸好没打开，要不然……

纪明月飞快地把盒子放回原处，拿起文件，应声："找到了找到了，我换个衣服就给你送过去。"

谢云持应了一声，纪明月挂了电话，又瞥了一眼那个丝绒盒子，心情越发复杂了。

纪明月晃了晃脑袋，关上抽屉，密码锁再次锁住。她边往外走边随便念了几遍刚才那个密码，然后越念越觉得有点熟悉。

101325？

她打开手机，看了一眼谢云持的微信ID。没错，101325。这串数字有什么特别意义吗？

纪明月盯着这六个数字研究了半天也没研究出什么结果，可是不知道为什么，纪明月总觉得这六个数字在哪里见过。

她正漫无边际地思索着，微信突然进来一条消息，是纪淮发来的。

阿淮淮淮：姐！我的好姐姐！

阿淮淮淮：能给我一点零花钱吗？呜呜呜……

纪明月懒得跟纪淮废话，问了他要多少钱，给他转了过去。

阿淮淮淮：谢谢我亲爱的姐姐，您是全天下最伟大的姐姐！

Moon：你说，如果觉得一串数字很眼熟，但是怎么也想不起来在哪里见过是为什么呢?

阿淮淮淮：这还用问，当然是因为你老了。

Moon：我会跟母上大人说，你最近花钱太多，毕业旅行不然就取消了吧。

阿淮淮淮：别别别，姐，我错了！您正值青春，二八芳龄，是最美的年纪，怎么可能会老呢。

阿淮淮淮：要不然，你告诉我是什么数字？说不定是什么影视剧里的，我也见过呢？

纪明月边上楼边看了一眼消息，轻嗤了一声。她弟能见过才奇怪呢。

虽说如此，纪明月还是把这串数字发了过去。

Moon：101325。

阿淮淮淮：哎，姐，你真别说，我的确觉得挺眼熟的，我是不是在哪儿见过？

Moon：[省略号.jpg]

她果然不应该对她弟弟抱什么希望。

放下手机，纪明月就去衣柜里挑衣服。熟练地化了个淡妆，纪明月对着镜子照了照，满意地点了点头就准备出门。

纪淮再次发过来消息，其中有一张图片。

阿淮淮淮：我真的见过，我刚才想了半天，终于想起来了！

纪明月皱了皱眉，点开那张图片——

她也的确见过。

图片上，是一长串数字，周围密密麻麻的全是字——这就是纪明月上次在光荣榜后面的留言板上看到的那串数字。

2425032408101325。

最后六位，101325，一模一样。

也就是说，如果不是惊人的巧合的话，那面留言板上的那串数字……是谢云持写的。

或者应该说，是十年前的少年谢云持写的。

2

这是纪明月第一次来君耀。君耀作为远城的一个老牌龙头企业，旗下产业涉及各行各业，一举一动都备受瞩目。而这栋大楼更是无数人向往的，哪怕能在这儿求得一位半职,也是顶顶让人羡慕的。

君耀的大楼也极有设计感。前几年谢云持接手君耀后,将君耀的大楼重建,请了知名建筑师重新设计的外观,地址仍旧选在了这处繁华的金融中心。

已经临近下班时间,这栋大楼前陆陆续续有不少人进进出出,举止间满是匆忙的意味。

——除了一个人。

来来往往的人在看到这个穿着一袭长裙的漂亮女人之后,都不约而同地放缓了脚步。她怀里抱了份文件,踩着半高的高跟鞋,容貌靓丽,身材姣好。

和时下流行的清纯动人不同,这位是明艳类型的,不笑的时候看起来颇有些凌厉,笑起来却又只觉得娇艳明丽,像是一轮明月。

"明月"本人却丝毫没有在意周围打量的眼神,她走近君耀大楼,抬头往顶端看了一眼。

太高了。站在大楼下仰视,莫名有种直入云霄的错觉。

纪明月没有停步,错开眼,走了进去。

大厅里明亮干净,两个前台站得笔直,笑容礼貌恭谨。

纪明月直直地走过去,没等前台问就说:"你好,我来找一下谢总。"

"请问您有预约吗?"

纪明月晃了晃手中的文件:"我来给谢总送文件。"

两个前台对视一眼,有些为难。

虽然这位小姐姐是真的很漂亮又有气质,但是她们也不敢随便把一位一看就是没有预约的、也不知道送的是什么文件、可能就是找了个借口过来的大美女给放进去啊。万一跟上次一样让林家的大小姐进去了,结果被方秘狠狠批评了一顿的话就太得不偿失了。

左边的短发前台小姐姐客气地笑了笑:"不好意思,这位女士,如果您没有预约的话我们不能让您上去,要不您留个……"

"联系方式"四个字还没说出口,桌子上的内线电话就响了起来。

另一位前台接起来:"喂?嗯嗯,方秘您好……哦,是有一位……送文件是吗……好的好的,我知道了,纪小姐已经来了。"

纪明月在心里叹了口气。方秘这电话打得也太及时了一点,要是再晚一点,她不就能顺理成章地把这份已经密封起来的文件留在前台,让她们转交谢云持了。

压根没给纪明月多想的机会,方秘已经从电梯口出来了,走得飞快。

看见她还站在原地,方秘这才松了口气:"纪小姐,您跟我上去一趟吧。谢总办公室还有人,马上就谈完了。"

听这语气,怎么跟警察叔叔的"请你跟我走一趟"差不多呢?

纪明月边往前走边顺口问方秘:"方秘,你今晚要加班吗?"

"要的,"虽然完全不知道纪明月为什么这么问,方秘还是如实回答,"还有工作没有完成。"

纪明月点头:"这样啊。"

她顿了顿,笑出了声:"但我不加班,不但不加班,还要让你们总裁请我吃晚饭。"

纪明月开开心心往前走,一点没在乎后面心碎了一地,并且再也捡不起来的方秘。

啊,快乐……

君耀的一个内部微信群在今天成功炸开了锅,导火索则是临下班时群里突然有人爆料的消息。

A01:诸位,有一个大美女来找谢总了。

E11:这有什么好说的,找谢总的大美女还少吗?不都是每次连谢总的面也见不着吗?

D21:别说了,我们谢总真的铁石心肠。

A01:不!诸位!你们是不是没有懂我的意思啊?要是被赶走了我还至于跟你们报吗?

A01:大美女!上楼了!

A01:方秘亲自来接的!客气得不能再客气!

C23:真的假的?

…………

而身为当事人的纪明月对这些议论一无所知,她跟着方秘一路坐电梯,进了静谧的总裁办。

谢云持的几位总裁秘书都在忙碌地工作,接电话轻声细语的,看上去专业又从容。

看见方秘带着一位明艳美人走进来,几位秘书抬头朝方秘打了招呼,又冲这位美人点了点头示意,似乎一点也不意外。

方秘轻声细语地说道:"纪小姐,您到会客厅外面的等候室等待谢总就好。"

纪明月应声,走了进去。

等候室的门关上,几位方才看起来淡定又自如的秘书齐齐抬起头,脸上写满了齐刷刷的八卦,全都盯着方秘看,直把方秘看得一阵心虚。

陈秘率先发问:"那是谁啊?"

"谢总的……"方秘顿了下,"高中校友。"

措手不及的答案。

方秘挥了挥手:"说实话,我比你们还好奇,感觉我们谢总最近跟变了个人似的,可我什么都不敢问。"

他静默两秒,又说:"我一提纪小姐,谢总就问我找到女朋友了吗,没找到就不要问。"

在方秘眼里,"纪明月"三个字已经可以跟"谢总又在催我相亲了"画上等号了。

办公室的门关得紧紧的,纪明月倒也不怎么在意,只管往沙发上一坐,比主人还自在。她随手拿起旁边放着的刊物有一页没一页地翻了翻,不久,办公室的门就被推开了。

纪明月站了起来。

一个男人率先从办公室走了出来,她倒也不好奇,心神都没在那人身上放几分,只是随意又不失礼貌地点了点头,就准备继续做自己的……壁花。

而后,纪明月就听见男人万分错愕的声音:"Kiana?"

纪明月微怔,"Kiana"是她的英文名,在国内应该没人这么会叫她。

而且听这声音……

她抬起头。

谢云持已经从办公室走了出来,长身玉立,清隽无比。他瞥了一眼外面的场景,不动声色:"文轩,你认识猫猫?"

于文轩脸上的错愕,已经转成了不可言说的震惊。

怎么就"猫猫"了?

他跟纪明月认识好几年了，也只能叫一声Kiana而已，谢云持现在居然都叫猫猫了！

纪明月也觉得缘分真是太奇妙了，哦不，应该是世界太小了。

她意识到了什么，偏头瞥了一眼谢云持："所以，于文轩，你的老板就是……谢总？"

于文轩愣愣地点头。

"项目也是君耀旗下的？"

于文轩继续愣愣地点头。

谢云持轻笑一声："文轩，你之前说的在美国的合作人就是猫猫吗？"

"这不是显而易见嘛。"于文轩也觉得不太对劲了，揉了自己的头发一把。

"于负责人，"谢云持突然换了称呼，"我是派你去国外工作的，你的心思到底放在了哪里？"

于文轩在心里小声吐槽：谢云持，你上次可不是这么说的，上次我打越洋电话跟你说追不上合作人，你可是还在给我支招的！

谢云持也顿了顿，看明白了于文轩的眼神，顺带着也想起来了自己之前的举动。生平第一次，谢云持觉得自己就是天下第一大傻子。

于文轩尝试转移话题："Kiana，你怎么在这里？"

纪明月："谢先生请我吃……接风洗尘宴。"

于文轩一脸茫然："给谁？"

"给我……"

于文轩回头看看谢云持，又转过去看看纪明月，更加迷惑了："你来远城怎么说也好几天了吧，灰尘怎么还没洗干净呢？"

突然，他明白了几分，再回头看谢云持："老谢，真正风尘仆仆、时差还没倒完就得来给你做牛做马的，是我。"

谢云持掸了掸袖口并不怎么存在的灰尘，竟轻轻嗤笑了一声："请你吃饭也不是不行。"

于文轩越发谨慎。按照谢云持说话的套路，"×××也不是不行"的后面往往会跟一句附加条件。

果然。

"如果你可以在吃完饭后，陪我去四楼做一下饭后运动，帮助消化的话。"

纪明月没怎么听明白，她压低了声音问于文轩："饭后运动是干什么？"

于文轩痛忆往昔、悔恨交加、心寒鼻酸："打架。"

纪明月这次是真的愣住了，谢云持会打架？

于文轩顿了顿，摇头改口："不，是我被打。"

3

话虽如此，于文轩还是跟着去吃饭了。

是纪明月提议的。别的倒没什么，就是她想想要跟谢云持单独出去吃饭就已经有些心脏骤停的预兆了。

这顿饭吃得很是……寂静。

于文轩是一个话很多的人，可耐不住今天这万般诡异的气氛，更耐不住他追了几年的女神可能真的一辈子也追不上的打击，整个人都蔫了吧唧的。边上还有一个看似温和实则一肚子坏水、闷骚得不得了的谢云持，于文轩越想越深感绝望，吃饭时都是长吁短叹的。

一顿饭匆匆结束，趁着谢云持起身结账，于文轩问纪明月："Kiana，你跟老谢怎么认识的？"

纪明月不欲多说："高中时他是我隔壁班的。"

"隔壁班的？"于文轩皱了皱眉，"隔壁班的也能认识？"

纪明月想了想："他在年级里很有名，因为中考就是第一，高一进校就作为新生代表发言了。"

她没忍住，继续说："我们两个班高一的时候是同一个物理老师，老师特别喜欢让我们互相交换着改卷子。有一次小考，我的卷子就是他改的，我那次大题没做，画了一朵玫瑰花。

"他就在上面用红笔留了评语，说画得还挺好看，就是花瓣的形状画得不太规范，又给我画了一朵特别规范的留在上面。"

于文轩目瞪口呆。

纪明月说着说着也笑了起来。她当时拿到卷子也很是震惊，想这个人还挺有趣，就随口问了一下舒妙。

舒妙说："谢云持啊？我见过他，他在学校附近的花店打工呢。"

"然后呢？"于文轩迫不及待地追问。

纪明月懒懒地往椅背上靠，一哂："哪有什么然后？"

于文轩还准备问什么时，不经意往旁边一瞥，猝不及防吓了一大跳。他缓了缓神："老谢，你怎么悄无声息地就回来了？"

谢云持背对着光源，脸上的神色看不太清楚。

纪明月也被吓了一大跳，忍不住暗自揣度，刚才她跟于文轩的那些对话，谢云持听见了多少？这么久了，估计他什么都不记得了吧？

谢云持看了纪明月一眼。

于文轩只觉得谢云持有些反常，叫他："老谢？"

谢云持说话声音淡淡的："我倒是还记得一些，猫猫当时还光顾花店。"

纪明月愣神，一瞬间，心脏跳得飞快——他竟然还记得！

"对啊。"纪明月说道，"说来我运气还挺好的，去买花结果正好店里做活动，买一送一。"

她不太自然地偏过头，对于文轩说："走吧，时间也不早了。"

于文轩在两个人脸上左看右看，越发觉得怪异起来。但纪明月都这么说了，他也只能耸耸肩，站了起来："行。"

谢云持照例是先送于文轩。于文轩刚下车，纪明月冲他挥了挥手，转头就听见自己微信提示音响了起来。

是她妈妈。

母亲大人：猫猫，不要觉得一个人在远城妈妈就管不住你了。

母亲大人：人家裴献都开始相亲了。

纪明月感到很无奈。

"怎么了？"谢云持问。

纪明月长叹一口气，放下手机假装自己没看见消息："谢先生，你家里人不会催你相亲吗？"

谢云持忍不住觉得好笑。他看纪明月愁眉苦脸的，还以为她遇到了什么大困难，没想到竟然是因为这个。

"你别笑，我说真的。"纪明月皱着眉头，"本来我那群朋友都是单身，我妈催得还没那么勤。自从妙妙结了婚我就被我妈天天催了，这不，裴献都经不住阿姨的催促去相亲了。我妈真的恨不得从天上掉下一个好男人，让我一秒坠入爱河。"

"你以前跟裴献……"谢云持随口问道，"还真有那么一些绯闻。"

纪明月没来由地打了个寒战。

"不是吧,这绯闻都能传?"纪明月摆了摆手,"我要是能跟他有绯闻早有了,从小一起长大,早就'对看两相厌'了。"

谢云持点了点头,轻笑:"看来活动没白做。"

"什么活动?"

"没什么。"他很自然地转了话题,"说起来,我还真没想到文轩说的美国那边的科研人员是你,药株也是你发现的吗?"

"对。我运气太好了,本科一次做实验时猛然发现了这个,连带着我的本科毕业论文和博士论文都有了。"提起 M-1 项目,纪明月就变得眉飞色舞了起来,顺带着开始跟谢云持聊她这几年做过的工作。

谢云持边听边时不时提点问题,而后他顿了顿,笑道:"只是没想到,这药物的功效还挺特别。"

……功效。

纪明月神色僵了僵,是挺特别的,这药物……是治疗秃头的。

谢云持夸得挺"真心实意":"之前做的临床效果还挺好。"

他似乎是怕纪明月误解,还转头看纪明月,补充:"你很厉害,真的。"

每次谢云持补充来补充去的时候,纪明月都很想捂住他的嘴,让他别说了。

幸好,星月湾很快就到了,没给谢云持再提那个"秃头"项目的机会,纪明月松了口气就准备下车,她很欢快地朝谢云持挥了挥手:"行,谢先生,那我先下去啦,你回去路上小心一点。"

谢云持手搭在方向盘上,内心轻哂:怎么了?这是觉得我请过饭了,也当过司机了,没有什么用处就可以走了?

过河拆桥。

他应声:"好。"

没等纪明月推开车门,谢云持又漫不经心地瞥了一眼手机:"今天半夜会有雷电啊。"

纪明月一秒坐了回去。她表情惶恐,飞快地拿出手机,点开天气预报。

手机正好又进来一条短信,是运营商发来的:远城气象台 21:02 发布暴雨橙色预警信号:预计未来 3 小时,远城将有 50 毫米以上降水,伴有雷电,阵风 7~9 级……

后面的内容纪明月都没再看进去,她的眼睛直直地盯着"雷电"两个字,隐隐有些崩溃。天知道，她堂堂纪明月，各种小虫，甚至是蛇都不怕，恐怖片更是能看得面不改色，可就是怕打雷和闪电。

而且看这条短信的内容，今晚的雷电估计不会小。

谢云持越发随意起来，浑不在意："好，那你今晚记得关好……"

一句话还没说完，就被纪明月打断。

"谢先生！"她的语气一本正经。

谢云持看向她。

"谢先生，"纪明月略带讨好地笑了笑，"你看现在也不早了，你工作又这么忙，等会儿下雨的话路上也会湿滑的，不然你今晚就住这边好了。"

谢云持神色有些为难。

纪明月加大说服的力度："而且这场暴雨还不知道下到什么时候呢，万一明早还在下，你去公司就会很麻烦。"

谢云持似乎有些动摇。

纪明月眼底划过喜色，继续说："你现在回家的话，叔叔阿姨估计也会担心你的！"

谢云持终于松动："好，那我就住这里吧。本来还打算回家拿点东西，改天再说好了。"

纪明月点头如捣蒜："对对对，安全第一安全第一。"

谢云持把车开进地下车库，跟纪明月一起坐电梯上楼。

纪明月几不可察地松了口气。

虽然谢云持在一楼，但是那也比雷电天气里她一个人孤零零地住这么大的房子好得多。

这么想着，她再看向谢云持的眼神里就多少带了一些感激。

真不愧是她心中的男神，太温柔太善良了。纪明月现在对他的滤镜已经八百米厚了。

天气预报诚不欺人，纪明月只来得及卸了个妆、洗了个澡，窗外便已经下起了雨。

雨越下越大，她把窗户关紧，拉上窗帘，手机也不玩了，躺在床上就开始自我催眠。

"快睡吧快睡吧纪猫猫，没有下雨没有打雷没有闪电……"

催眠的效果还挺好，纪明月开始昏昏欲睡。

蓦地，一道闪电划破天际，哪怕是拉上了窗帘也能感觉到外面突然大亮。紧接着，轰隆隆的雷鸣声直直蹿入纪明月的耳中，她整个人吓得一颤，刚才酝酿的那么点睡意全都消失得无影无踪。

纪明月睁开眼，一道长长的闪电后，雷鸣噼里啪啦紧跟着来了。

她一个哆嗦，认命地抱着抱枕坐了起来。

片刻后，正在书房办公的谢云持听见敲门声。

他扬了扬眉："请进。"

纤细的女孩子紧紧地裹着浴袍，手里还拎着一个猫猫形状的抱枕，探进头来，脸色带着一点苍白，语气略有些不好意思："那个……谢先生，你在忙吗？"

谢云持笑了笑，没说话。

女孩子抓了抓头发："要、要一起看电影吗？"

4

谢云持再次扬了扬眉，依旧默不作声。

纪明月也觉得自己今天好像过于无理取闹了一点，拦着人家谢云持不让回家就算了，现在他正忙着加班自己还过来问他看不看电影，听起来就是在强人所难。

她静默两秒，理智稍稍回笼："如果谢先生你还在忙的话……"

"也不是不行。"

纪明月抬起头，看向坐在书桌后面的清隽男人。她这几天已经熟知了谢云持说话的习惯，知道这句话后面一定会还有一个比强人所难还难上加难的条件。

她准备听听这个条件，然后就去床上坐着玩会儿手机发发呆，反正睡是不可能睡了。

等了好一会儿，谢云持仍旧是唇角微扬、散漫地靠在椅子上的状态，似乎没打算补充那个条件。

纪明月愣怔了一下。

谢云持从椅子上站了起来，合上笔记本电脑，反问："不看了吗？"

纪明月终于反应过来刚才谢云持说的"也不是不行",竟然就是字面意义上的"也不是不行"。

双重否定表示肯定,那就是行。

她迅速回神,点头如小鸡啄米,哦不,"小猫啄鱼":"行行行!你想看什么?我那里买了不少电影。"

谢云持已经迈着一双优越的长腿朝纪明月走了过来。

纪明月没忍住,心脏越跳越快。她稍稍屏了下呼吸,静静地等着谢云持走到自己旁边。

谢云持抬手,按下门旁边的开关,关掉书房的灯。他往前走了几步,又回头看向纪明月。

纪明月迅速明白过来谢云持的意思,让她跟上。她快走几步,抱着抱枕跟在谢云持后面,穿过客厅,拐进了另一个房间。

直到谢云持开了灯,纪明月才看出这个她没进过的房间竟然是一个影音房。墙上是一个超大投屏,旁边配了价格不菲的音响,正对面是看上去就柔软无比的沙发。

双人沙发。

"想看什么?"谢云持熟练地调出菜单,偏头问纪明月。

她走上前,凑过去看了看。

两个人其实都不是来看电影的,纪明月象征性地划拉了几下。

外面电闪雷鸣,旁边是近在咫尺的谢云持身上清爽好闻的气息,呼吸间全都是他的味道,她根本连菜单都看不进去。

算了,反正她在看电影这方面向来不怎么挑剔,干脆随手指了一部:"就这个吧。"

谢云持目露意外,看了一眼纪明月,目光里有那么一点点出乎意料的味道。

纪明月被谢云持看得也有些蒙,终于分出心神来,定睛看了一眼自己指着的影片——《蜡笔小新:超级美味B级美食大逃亡》。

谢云持一边点选电影,一边漫不经心地说道:"猫猫,你还挺有童心。"

纪明月试图挣扎:"不是,我刚才没注意,指错了。"

谢云持冲她笑了笑,很和善地安慰她:"没关系,喜欢小新的人很多。

"上次思远不愿意吃青椒,你用小新来举例时,我就看出来了。

"这部是2013年的,好看吗?听说去年那部还挺精彩的,要换吗?"

纪明月拦下他,放弃挣扎:"不用换了,这部挺好看的。"

谢云持从善如流,点了点头,又意味深长地笑了笑:"粉丝果然比我了解得多。"

纪明月心如死灰,放弃解释。

所以,孤男寡女就在电闪雷鸣的暴雨夜,坐在一个影音房的双人沙发上,心脏乱跳地看《蜡笔小新》。

这个双人沙发的确和它看上去一样柔软,纪明月只是轻轻一坐便觉得整个人都不由自主地陷了进去。可更关键的是,这个沙发它并不宽敞,加上两旁都有扶手,两个人坐下来后就只剩下一点点空余。

谢云持语带歉意道:"不好意思,我最初没想到……会和别人一起看电影。"

寄人篱下又有求于人,纪明月很宽容:"没事没事。"

她边说边咽了一下口水,然后很努力地往边缘地带挤了挤。

她从来没有离谢云持这么近过,近得好像轻轻一靠就能靠在他的肩膀上,甚至钻进他的怀里一样。她觉得自己有些把控不住,心都快要跳出来了,浓郁的气息在她身边环绕,让她整个人都有些头晕目眩起来,只能往边上挪了挪,保持距离。

又是一道闪电,紧接着的雷声大得像是"有道友在此渡劫"。本就做贼心虚的纪明月猝不及防,被这一声雷吓得整个人差点跳起来。

她拍了拍胸口安慰自己,迎着谢云持关心的目光,摆了摆手,说:"没、没事。"

再坐下来的时候……纪明月就不敢再往旁边挪了,乖乖巧巧规规矩矩地坐在谢云持边上,时不时还瞥一下窗外的天空,有小的闪电时就不由自主地向着谢云持的方向靠一靠。

谢云持看似在认认真真看电影,然而心思早就不在电影上了。

他抿了抿唇,先前还好,好歹两个人之间还算有点距离,但是自从纪明月被那道雷吓着之后就开始无意识地往自己这边挪动。

越挪越近。

他皱了皱眉,觉得空气也燥热了起来,只好闭上眼,缓了缓呼吸。

一部《蜡笔小新》大电影时长两小时,在纪明月的絮絮叨叨中倒是挺快播完了。

外面的雷声越来越远,雷电预警降级,纪明月也终于有了困意。她站起身,边打哈欠边说:"我要去睡了。"

谢云持靠在沙发上,语气自然:"好。"

顿了顿,他又道:"晚安。"

纪明月打哈欠的动作都停住了。

晚、晚安?

见谢云持不管是说话的语气,还是神色,都自然淡定得不得了,纪明月假装也很淡然:"晚安。"

只是一回房间,纪明月扑腾上床打开手机就开始戳舒妙。

Moon:我的天!

Moon:谢云持跟我说晚安了啊!

妙不可言:[问号.jpg]

妙不可言:你疯了,我都要睡了,听手机不停振动还以为怎么了,结果你就跟我说个这?

Moon:妙妙,我现在心脏跳动得飞快。

Moon:我觉得我完了。

Moon:十年后,我好像还是没忍住,栽了。

Chapter 4
/
偏 宠

1

暴雨来得快，走得也快。

闪电和雷声越来越远，渐渐消失不见。等纪明月努力平复呼吸，准备入睡的时候，雷雨已经彻底停了。

但纪明月这天晚上依然没有睡踏实。

第二天她有日程安排，需要早起，她睡之前特地定了闹钟。

当闹钟响起的时候她还沉浸在睡梦中。

"唔……我好喜欢你……

"哥哥……

"谢、谢哥哥……"

梦里那张脸彻底清晰的瞬间，纪明月听见了耳边震天响的闹铃声。

她搂着被子，睁开了眼。

明明已经脱离了梦境，梦里那张脸却莫名越发清晰了起来，清晰得让她惭愧又心虚，还带着一种奇奇怪怪的甜蜜跟赚到了的想法。

纪明月回忆了一下自己在梦里是怎么叫他的，脸瞬间就红了。

谢哥哥……

一切都源于昨晚跟谢云持聊到时辰的时候，谢云持开的玩笑。

"你我都是校友，也一起看过电影了，你还叫我'谢先生'好像过于生疏了。"

她当时问题都没过脑子："那该叫什么？"

谢云持语带调侃："可以考虑跟辰辰一样，也叫我哥哥。"

纪明月先是一惊，而后抽了抽嘴角："叫哥哥的话，给生活费吗？"

纪明月实在是难以描述现在心里的想法，她使劲踩躏了一番床边的猫猫抱枕，不停地在心里嘟囔。

让你叫哥哥！

叫个鬼哥哥！

纪明月揉着脑袋下楼打算去厨房弄点早餐的时候，一过楼梯转角就看到了正坐在楼下餐厅里，一边吃着早餐一边随意地翻看着报纸的谢云持。

她心下一惊，轻手轻脚地转回身，打算上楼避一避。看看时间，谢云持也差不多快该去公司了吧？

"猫猫。"

一贯和煦里带着笑意的声音就这么在她身后响起，止住了她的动作。

纪明月认命地转身，语气怎么听怎么勉强："谢……先生早。"

谢云持稍稍诧异，却只当没听出来纪明月语气里的怪异，点了点头，说："嗯，早。"

谢云持点了点下巴示意："吃早餐了吗？没吃的话，正好我多做了一些。"

都已经这样了，纪明月只能走过去。

她更心虚了，讪讪地拉开谢云持对面的椅子坐下，看了看盘子里的三明治，低声道谢。

谢云持轻挑了挑眉，昨晚看电影时她明明还挺随意活跃，现在怎么又感觉蔫蔫的？

纪明月端起杯子喝了一口牛奶。

谢云持漫不经心地问道："昨晚没休息好吗？"

"咳咳咳……"

她立马被呛着了。

纪明月接过谢云持递来的纸巾，迅速擦了擦唇角，否认三连："我不是，我没有，别瞎说。"

而后又意识到自己的语气好像过于强硬了一点、反应好像过于激烈了一点,她又端起杯子喝了一口牛奶做掩饰:"啊,我的意思是,昨晚看完电影就挺晚的,我回去后很快睡着了,而且睡得还……挺好。"

谢云持的注意力似乎都在报纸上,听完也只是随意地点头,应了一声。

纪明月悄悄松了口气。

谢云持的厨艺很好,哪怕是简单的三明治也做得美味又健康。

纪明月一边吃着三明治,一边顺口问道:"你今天去公司还挺晚的啊?"

谢云持:"嗯,今天不太急。"

纪明月点头,又几口解决掉了杯子里的牛奶,起身:"谢谢你的早餐,改天我也做给你吃吧,虽然我的厨艺很烂。"

"嗯,那就明天吧。"

纪明月一惊,差点又坐回椅子上去,"改天我……"的句式难道不也是标准的客气模板吗?

谢云持抬了抬眼皮:"嗯?"

她一秒梦回梦里的亲亲抱抱,心虚地点头:"好。"

纪明月回房间拿包的时候,脑袋终于清醒了一点。

她明天做早餐给谢云持吃,那不就意味着谢云持今晚也会住在星月湾吗?

纪明月望着天花板仰天长叹。

今天是纪明月第一次去远大。

虽说她昨晚没睡太好,奈何天生丽质,只是化了个淡妆压一压,那张明艳的脸依旧熠熠生辉。

郑教授安排的博士生已经提前跟纪明月联系好了,两人约在远大南门见,离星月湾很近。她提前二十分钟出了门,快到南门的时候,离约定的时间还有十分钟。

纪明月站在南门口,一边等那位叫江闻的博士生,一边发了消息告诉他自己今天的穿着,方便他找到自己。

三分钟后,纪明月听到身后响起一道男声,还带点喘:"不好意思,纪老师是吗?我来迟了。"

江闻收到消息后就一路小跑过来,这时正喘得厉害。他带着客气的笑意看向了这位新来的老师,只一瞬间,他只觉得自己见到了一轮冲破云雾的明月,明艳不可方物。

他怔住，而后看到对面的人朝自己伸出右手，声音悦耳又不显甜腻："你好，你就是江闻吧？我是纪明月，你叫我助教就好，今天麻烦你了。"

江闻勉强回过神来，稍稍握住女孩子的指尖。

他只知道导师今天安排他来接实验室的新负责人，也隐约听导师跟他提过对方优秀的履历，但完全没想到竟然是这么年轻且漂亮到这种地步的美人，用大家开玩笑时的话说就是——美到不像是会来搞科研的人。

若说是一位大明星，他可能更相信一点。

纪明月又浅浅扬唇："我们先去实验室吗？"

美女笑起来更是直击人心，江闻稍别扭地错开眼："导师吩咐我好好招待你，那先去逛逛，熟悉一下校园吧，然后再去实验室，不太急的。"

纪明月点了点头。

江闻的确是一个挺不错的向导，一路上适时地给纪明月做着讲解。他看起来人缘挺不错，路上时不时有人跟他打招呼，只是那些人打完招呼后眼神就避不可避地落在了他旁边的纪明月身上，再看向他的神情里就多少带了些艳羡的意味。

江闻又不能挨个上去解释，只能有些不好意思地看了看纪明月。纪明月也不怎么在意，只是示意江闻带自己去实验室就好。

江闻应了声，趁着纪明月接电话的工夫，在实验室的群里连发了好几条消息。

江闻：紧急消息紧急消息，实验室新负责人这就要去实验室了，大家不要开小差了！

江闻：还有就是，这位新负责人漂亮得一绝，真的。

群里迅速有人回了消息。

廖博艺：真的？江师兄的眼光之高我是见过的，但是真的这么漂亮吗？比我们白桃师妹还漂亮？

谈辛：怎么可能，白桃师妹是我们院花好吧？

白桃：能不能别见到个美女就跟我比？

谈辛：师妹别生气了，我们师妹又不是靠脸吃饭的。

江闻抬头，看了一眼不远处正在打电话的纪明月，兀自摇了摇头。

白桃师妹的确漂亮，但不知为什么，看见纪明月后，便觉得白桃师妹的美像是黯然失色了一般。

纪明月的美是刻在骨子里的，随意一个定格都像是一张美人图，风情却又丝毫不落俗。

到了实验室门前，才挂断电话的纪明月的手机再次响起。

看到上面闪烁着的"母亲大人"的字样，纪明月抬头，对江闻歉意地笑了笑："不好意思，还有个电话。你先进去吧，我接完电话就来。"

江闻点点头，耳朵都有些红了。

许是江闻之前的消息无形中拉高了大家的期待，一听到门响，实验室里的人纷纷抬头，朝着门口看了过来，却只看到了江闻一个人。

廖博艺失望地嚷嚷："师兄，你不是说新负责人要来了吗？人呢？"

白桃也紧张地朝着江闻身后看了看，却只见到他一个人，便无形中松了一口气。

和白桃关系很好的黄陶宁给白桃递了个眼神，慢悠悠道："别是刚才江师兄那样一说，新负责人……一时间不太敢露面了吧？"

白桃继续做着实验，语气佯装淡然："样貌我倒是不太关心，只要新负责人的实验做得还不如我就行了。"

江闻笑了笑，感受到实验室的暗流涌动，向里走了几步正欲说话，就听到身后的门再次被推开的声音。

瞬间，一阵香风吹来。

纪明月抬步走进了实验室。

黄陶宁没注意，还在跟白桃聊："桃桃，你最近不是投了简历给那个M-1……"

这是白桃最近最得意的事情，正等着黄陶宁继续往下说，却发现黄陶宁突然没了下文。她皱眉，瞥了一眼黄陶宁。

黄陶宁正看着门口的方向，脸上满是震撼和惊艳。

2

白桃直觉不妙，有些僵硬地转过头朝门口看去。

纵使心底再不愿承认，和这个新负责人比起来，自己好像只能算作一个小女孩，漂亮但是毫无吸引力可言的小女孩。

白桃不甘地咬了咬下唇。

可好像也只有她把对方当作假想敌来看待了，对方只是很快地扫了一眼实验室里的众人,视线甚至没在她身上停留半秒钟。

"大家好,我是你们这段时间的实验室负责人,纪明月。纪元的纪,明月几时有的明月。你们和江闻一样叫我助教就可以了。"

纪明月,几乎所有人都忍不住在心里默念了一遍这个名字。

如果是别人叫"明月",多少会有几分俗气;但纪明月不一样,一见到她,你只会觉得这个名字和她究竟有多相合。

皎皎如明月。

白桃心里一乱,堵住移液管管口的右手手指松了一下,移液管里的液体迅速流了出来。她回过神来,忍不住大叫出声。

那位刚刚还站在门口处的绝艳美人快步走过来,迅速接过移液管,按住管口,动作标准又熟练地补吸了一些,飞快地帮白桃完成了接下来的步骤。

白桃压根没来得及说话,纪明月已经抬起头,看向了她。

刚才的言笑晏晏恍若梦境,新助教紧皱着眉头,语气很严肃:"会做实验吗?

"没心思做实验就不要做,浪费时间和精力,还浪费药剂。"

白桃愣愣地站在原地,张了张嘴打算说什么,却发现自己一句话也说不出来。

纪明月动作很是专业,一看就是常年泡实验室的人。大家还没怎么从这一出剧变中回过神来,纪明月已经收拾好了桌子上的一片狼藉。

她又站直身子,退开半步,直直地盯着白桃。

白桃咬了咬下唇,只觉得难堪一点一滴地冒了上来。

她低下头,小声道歉:"不好意思,助教……我不是故意的,就是刚才走神了。"

纪明月这才稍缓和了神情:"没关系,下次注意就行。"

她又扬声道:"做实验,做错了、不会做,都没关系,但忌讳的是没有用心做。既然你人站在这里,心思就应该放在你的实验上,不然就不要做。知道了吗?"

所有人都被刚才这一出给震住了,这时候听到纪明月这么说,不管大家心里怎么想,全都应了声:"知道了!"

纪明月满意了,面上又带了笑意:"好了,大家继续做实验吧,我到处转转看一下你们的进度。"

闻言，大家都不敢怠慢了，纷纷低头认真做起了自己的实验。

看着纪明月走向实验室的另一端，谈辛用手肘撞了撞旁边的廖博艺，语带崇拜："我本来以为助教这么美的人，怎么看都不像是会上手做实验的，结果……"

廖博艺边听边不住点头附和："结果这么强大。"

可不是嘛。纪明月边走边时不时看一看大家的实验进度，只需一眼她就能精准地发现操作的纰漏，专业到让人震撼。

江闻听见了也只是低声说道："听说好像是先来我们实验室做一段时间负责人，还是我们教授想方设法挖过来的，下个学期就入职当我们学校的教师了。"

廖博艺一愣："我们学校怎么说也是个有点名气的吧，不怎么好进啊，尤其我们院国内排名也挺好的。助教看上去也没比我们大几岁……"

一旁的白桃勉强维持住笑容，只是在众人看不见的地方，她的左手紧握成拳，手上已经显出了青筋。

与白桃相熟的黄陶宁注意到了白桃的异常，小心翼翼地问道："桃桃，你没事吧？是不是被纪助教说了所以心情不太好啊？"

白桃没说话。

黄陶宁继续劝慰道："没关系的，桃桃，我觉得纪助教并不是针对你，她可能就是……太专业了，而且你道歉之后，纪助教还冲你笑了呢，别不开心啊。"

白桃心里怨念更甚，就连亲近的黄陶宁的这番话也是有意无意间偏帮了纪明月的，明明自己才是和她认识更久也更为相熟的人。

"嗯，我知道，我没多想，我就是身体有些不舒服而已。"

白桃顿了顿，继续说道："江闻师兄，我今早的实验可以先做到这里吗？我想先回宿舍休息一下。"

江闻没说话，只是抬头看了看纪明月的方向，示意白桃要请假也得跟负责人说。

白桃的脸色更难看了一些，她咬了咬下唇，上前几步跟纪明月请假。

出乎意料地，纪明月只是看了看她，就笑着点了点头："身体第一。看来你刚才出的一点小差错也是情有可原的。快回宿舍好好休息吧，没关系。"

白桃愣了愣神，连委屈都没来得及装，匆忙道了声谢就回位置收拾起了自己的东西。

黄陶宁又小声道:"我的天,纪助教竟然是这么好说话这么温柔的人啊,而且笑起来真的太好看了。"

白桃兀自收拾着书包,没说话。

黄陶宁还在自顾自地说:"对了,桃桃,下午郑导的课你别忘了啊,好像是江闻师兄代上的。"

白桃胡乱点了点头,直到出了实验室她才觉得那股压抑感消散了点。

她从小到大一路顺风顺水,家境好、漂亮、成绩优秀,几乎周围所有的人都关注她。哪怕进了人才济济的远大,又成功进入了郑教授的实验室,她依然是大家关注的焦点。

可今天除外,所有人好像都被纪明月吸引了,就连她自己都不得不承认,她跟纪明月比起来压根没有什么优势。她引以为傲的那些东西,纪明月都比她强。

正兀自往前走,白桃就听见自己的手机响了起来。她咬着牙瞥了一眼屏幕,是爸爸打来的。

"桃桃,"白父的声音里满是喜悦,"爸爸跟你说个好消息!"

好消息?

她现在听什么都不会开心了。

白桃闷闷地应了声:"什么?"

"我们桃桃声音听起来怎么这么不高兴?"

"没事。"白桃张了张嘴,想了半天还是没说别的。

白父转移话题道:"桃桃,你记不记得你想进的云持那个项目?今天爸爸跟你时伯父一起吃饭,提起了这件事。"

白桃果然一秒提起了精神:"真的?"

"可不是嘛。你时伯父说,既然你想做,有那个心思,又喜欢,那就没问题!"

白桃眼睛一亮,连声音也瞬间甜了起来:"谢谢爸爸!我一定会在项目组里好好表现的!"

纪明月的确是没怎么注意到白桃的那些小心思。

她在国外读书的这几年,因为在专业上的杰出表现,尤其是做的 M-1 项目相关工作，很受导师赏识。组里也有人给她下过绊子，特别是带队做科研的时候，刚开始也会有人不服管教。

怎么办？用实力说话，专业不如她的人，那就乖乖听话。

纪明月压根没把白桃的那个个小动作放在心上，看白桃离开了实验室，她又来回逛了逛检查了一下大家的实验进度，然后就跟江闻交流起来今天下午的课程相关。

这是她在远大教的第一节课，也算是她新工作的开始。这样一想，就还挺期待的。

她正在思考着课程的事情，手机屏幕亮了起来。

于文轩：Kiana，我跟你说件事。

于文轩：今天董事长来了一趟公司，从老谢办公室出来之后正好看见我，跟我说让我安排一个新人进项目组。

纪明月下意识皱了皱眉。

Moon：新人？

于文轩：对。董事长没有细说，只说是一个还没毕业的本科生，很喜欢我们的项目，想过来实习。

Moon：嗯？

Moon：我怎么不知道什么时候我们项目组对实习生要求这么低了？

Moon：而且据我所知，我们好像不缺人手吧？

于文轩和纪明月共事几年，把纪明月的脾气摸得一清二楚。不过说实话，不单是纪明月，他也很讨厌这样突然安插进来、一看就知道是来混实习经历的关系户。

但有什么办法呢？

于文轩：毕竟董事长亲自安排的嘛，消消气消消气，当没看见就行。

Moon：谢总怎么说的？

于文轩：董事长直接跟我说的这件事，老谢应该不知道。不过知不知道其实也没什么区别。

纪明月没再说话，收起了手机，于文轩刚才那几句话倒是在她心头打了个转。

董事长？那就是时辰的父亲？

看到实验室有人举手，纪明月收了收心思，走了过去。反正后天下午项目组就要开会了,她倒要看看那位"实习生"究竟是什么样子的。

下午的课是三点十分开始,纪明月提前十五分钟到了教室。教室里的人坐得稀稀落落,她算来得早的。

进了教室,纪明月并没有往讲台上走去,而是坐在了右边的角落里继续翻看今天的讲义。

这节课虽说是实验课,但人数挺多,所以这里是一个挺大的阶梯教室。陆陆续续有人进来,纪明月附近的位置也渐渐有人坐了。

似乎觉得纪明月是个生面孔,经过她身边的人都有意无意地朝她瞥上几眼,但因为纪明月始终低着头,大家并不怎么能看得清她的脸。

一点一点逼近上课的时间,教室里也几乎坐满了人。

黄陶宁朝着教室门口张望了几眼,有些纳闷:"江师兄代课的话不是一贯都来挺早的吗?这都快上课了,师兄怎么还不见人?"

白桃摇了摇头,没说话。

前面位置的一个男生听见黄陶宁的话,转过头,问道:"今天也是你师兄代课吗?"

"对,郑导出差了。"黄陶宁又转头跟白桃讲话,一脸艳羡,"桃桃,你真的进 M-1 了啊?太棒了,这个项目这么厉害,你一定能学到很多的。"

前面的男生惊了:"真的啊,白桃?太牛了,M-1 那是我想都不敢想的。之前我读 Kiana 的论文都很震惊,怎么有人能这么厉害!"

白桃眉眼间染上了几分骄傲,没应声。她似乎在低头认真看讲义,其实是很专心地听黄陶宁跟男生聊天。

"我之前听别人说 Kiana 好像是华人来着?唉,我要是有她一半厉害就什么也不愁了。"黄陶宁感慨道。

两个人正说着,上课铃声响了起来。

男生转头,却发现教室门口依然没人进来。

教室里的人也开始低声议论起来。

在各种各样的猜测和议论中,有人蓦地发现角落里那位穿着长裙的女人站起了身,怀里抱着一沓讲义,一步一步走上讲台。

学生们渐渐意识到了什么,刚刚还吵闹不休的教室鸦雀无声。

纪明月扬唇笑了笑:"大家好,我是下个学期要入职的教师纪明月,今天替郑教授来上这节课。"

教室里寂静三秒，然后猛地炸开。

"我有生之年竟然能见到这么漂亮这么年轻的老师，值了值了！"

"我室友今天竟然没来上课，我太替他遗憾了。"

一片吵闹中，黄陶宁前面的那个男生也扭头："这这这……这是？"

黄陶宁有些得意："怎么样，是不是很漂亮？我们实验室新来的助教，今天上午我就见过了。"

男生有些夸张地叫了一声："郑教授还收学生吗？我现在就转去你们实验室！"

黄陶宁忍不住觉得好笑。而旁边的白桃已经彻底白了脸，她在的每一个地方，纪明月都能突然出现，然后夺走所有人的注意力。

她满是不甘，却又无可奈何。

白桃从未觉得如此无力，连带着进了 M-1 的喜悦都被冲淡了几分。

纪明月傍晚回到星月湾时，不出所料，谢云持还没回来。

她在外面吃过了晚餐。

闲来无事，她忍不住琢磨了一下谢云持的用餐情况。按照谢云持工作狂的性格，这个时候大抵是没吃晚餐的。

想想就好惨。

纪明月在转椅上转了个圈，解锁了手机点进外卖 App。

她打算给谢云持点一杯奶茶，表示一下自己对他的关心和问候，也符合她穷人的人设。

奶茶里能加的料，纪明月全加了一遍。

她忍不住啧啧感叹，自己对谢云持可太好了，自己喝奶茶都没舍得加这么丰富的料啊。

刚下了单，纪明月就接到了一通电话，是远城的一个陌生号码。

她接听，电话里有些嘈杂："喂？是……谢云持谢先生吗？"

纪明月愣了愣才反应过来，应该是奶茶店店家。

她应了一声："嗯嗯，有什么事吗？是我点的奶茶。"

"哦。"对方了然，"这位小姐，您是给您……男朋友点的单吗？"

"我朋友。"

对方又应了一声，然后静默了几秒。

纪明月有些奇怪，店家特地打电话过来干吗？

没等她发问，店家再次开口，语气有些迟疑："那个，请问您是要录'奶茶店所有配料全部点一遍是什么样子'之类的视频，或是'最贵的奶茶是什么样子'这样的视频发布网站吗？

"如果是的话，我就……再多送您一杯，麻烦您千万在视频里说点好听的，谢谢了。"

纪明月沉默，而后说道："不好意思，我不是要录视频。"

"哦，这样啊。那不好意思打扰您了。"店家似乎也觉得很窘，"那您对您男朋友还挺好，这么舍得加料，一杯奶茶都快成粥了。"

"我都跟你说了，那是我朋友，不是男朋友。"

店家笑出了声："行行行，您说什么就是什么。"

纪明月挂电话前，还听见店家在那儿念叨："不过说实话，现在除了给自己男朋友，谁还舍得点这么丰富的奶茶给别人喝啊？要我我肯定舍不得。

"哦，对了，我想了想，给男朋友我也是舍不得的。

"哦，我又想了想，我好像没男朋友。"

纪明月手指飞快，"啪"地就挂断了电话。

现在卖奶茶的店家话怎么这么多！

二十五分钟后，正在办公室听方秘念着明天行程安排的谢云持突然听到自己的手机响了。

他看了眼手机，敛了敛眉。

知道他这个号码的人并不多，而且多是相熟的朋友，蓦地看到这么一个陌生的远城号码……

谢云持稍顿，接了起来。

"喂？您好，是谢云持谢先生吗？您的外卖到了，我上不去，就给您放前台这里了，您等会儿自己拿一下可以吗？"

谢云持再度敛眉，甚至觉得自己可能幻听了。

电话那边的人没听到他讲话，又接连"喂"了两声。

"嗯，我是。"

外卖小哥似乎放了心："行，那您早点下来拿啊。哦对，如果您满意

085

的话,麻烦您再给个五星好评吧,谢谢啊!"

说完,外卖小哥没等谢云持再说话,便挂了电话。

谢云持就这么举着手机,罕见地怔住了。

方秘困惑地抬头看着谢云持,思忖了下,还是试探着开口叫道:"谢总?"

"方秘,你去一趟前台。"谢云持思索了一下措辞,"……有我的东西,拿上来一下。"

方秘一秒明白过来,飞快点头,应了一声就转身退了出去。

方秘边往外走,边在心里思考,如果是快递文件之类的东西,收件人填的不都是总裁办吗?向来是他或者陈秘接到前台的电话再下去拿东西的,这次怎么谢总亲自接的电话?

三分钟后,方秘推门进来,手里拎着一只外卖袋子。

一只看起来像是奶茶的外卖袋子。

他恭恭敬敬地把外卖袋子放在了谢云持桌子上,放完后,也不走,就这么直勾勾地盯着谢云持看。

谢云持抬头,语气波澜不惊:"还有事吗?"

……其实没了的。

他就是想看看他们光风霁月、不染尘俗的谢总是怎么从袋子里拿出一杯奶茶,然后插上吸管吸上一口的。

会是什么表情呢?

美滋滋的享受表情?还是仍旧这么无波无澜的表情?再或者还能感叹一句"奶茶真好喝"?

只不过不管心里想的什么,嘴上却是一句话都不能说的,方秘只能假装自己一点都不好奇,满心遗憾地离开了办公室。

君耀吃瓜基地的匿名微信群聊。

W47:你们说,谢总喝奶茶的话,会喝哪种的呢?

E96:嗯?谢总哪会喝奶茶,醒醒。

P22:楼上说得对。我时常觉得吧,谢总那样的人能跟我们一样吃饭已经是奇迹了,得是仙风露水才能养出谢总那样的人吧!

R34：为什么突然这么问啊？

A01：我知道我知道！让我抢答！谢总今天晚上点了奶茶的外卖，而且把店里的料加了个遍！

G22：真的假的？

…………

而当事人谢云持盯着袋子看了良久，终于下手打开。

奶茶里放了不少冰块，可能因为时间有点长了，杯子外壁上已经冒了不少水珠。

他又瞥了一眼外卖单子，长得令人震惊。

这个牌子的奶茶，谢云持自然是见过公司里的女孩子们喝过的。

但他从来不喝这种东西，因为过于甜腻了。看着手里这杯不知是奶茶还是粥的东西，他莫名地感觉不会好喝。

一时间有些摸不清楚是谁的恶作剧，谢云持摇了摇头，又把注意力转到了工作上。

下一秒，就听到微信提示音响了起来，他漫不经心地瞥了一眼。

Moon：虽然感觉会挺饱腹……

Moon：但的确不是粥。

Moon：所以晚饭还是得吃。

谢云持神情一怔，瞥了一眼旁边的奶茶，又看了一眼手机上的消息。

下一秒，他蓦地笑开，眉眼间都像是突然被染上了欢喜的色彩，黑亮的眸子更是一瞬间波光潋滟。

他从来不敢想，有一天可以收到纪明月给他点的外卖。

Moon：作为昨天谢先生同意陪我看电影的谢礼吧。

谢云持轻轻笑了出来。

纪明月发完消息，整个人有点忐忑。万一谢云持不喜欢喝奶茶怎么办？抑或谢云持会不会觉得她管得太多了？

直到微信进来了一条消息。

101325：很好喝。

纪明月再也控制不住地扬起唇角。

就连晚上照常打视频电话给祝琴的时候，纪明月都是很开心的。

祝琴边挑着颜色染指甲，边奇怪道："猫猫，你今天捡钱了吗？这么开心？"

纪明月收了收笑容："捡了个寂寞。"

"今天工作还顺利吗？"

纪明月点了点头："挺顺利的。你女儿这能力你还不相信？能有什么不顺利的事？"

祝琴嗤笑了一声："恋爱。"

祝琴无视纪明月无奈的样子，自顾自地说："纪明月，你别告诉我你这么多年没谈恋爱还是因为喜欢那个小谢啊？"

她妈妈怎么什么都一清二楚，连她暗恋的人姓什么都知道？

"要是真喜欢，对方又还没女朋友，那就努努力嘛。猫猫你什么时候这么扭扭捏捏了？"祝琴摇了摇头，"你别忘了，你弟还等着给你当伴娘呢。"

纪明月静默两秒，说："纪淮前两天悄悄跟我商量说，他能不能送我一套婚房来免去做伴娘的灾难。"

祝琴再次嗤笑一声："你信你弟呢。你弟就是觉得你嫁不出去，婚房什么的随便许一下就行了，反正也不用兑现。"

纪明月挂掉了电话，呈"大"字形躺在床上，又翻了个身，给纪淮发微信。

Moon：要是我嫁不出去怎么办？

过了一会儿，微信同时进来了两条消息。

先是纪淮的一条。

阿淮淮淮：嫁不出去就不嫁呗，没事，姐，大不了我养你。

另外一条，则是祝琴的消息。

母亲大人：不过你要是真嫁不出去的话也没关系，大不了让你爸养你一辈子呗。

纪明月弯了弯唇角。

今晚陈秘留在总裁办加班到很晚，临走之前还敲门进谢云持的办公室去送了一份文件。

出来后，陈秘看到方秘还在盯着电脑，走过去叩了叩他的桌子："还不下班吗？"

方秘左右环顾了一下，做贼一样小心翼翼，看到周围的确没什么人了，这才轻轻站起身，附在陈秘耳边："你刚才进办公室，谢总有什么异常吗？"

"异常？"

"他桌上的奶茶……打开了吗？"

方秘这么一说，陈秘才终于意识到自己刚才进去后的那股违和感到底来自哪里了。

"打开了……"陈秘顿了顿，"而且谢总中途还跟我夸了一句，说那个奶茶挺好喝。"

方秘沉默了一下，缓缓开口："你说，谢总是不是……被人'魂穿'了？"

当晚，"谢总可能被魂穿了"这样的字眼就出现在了君耀吃瓜基地的匿名微信群里，并且从一开始的"被魂穿了"演变成了"也有可能是外星人"，最后就变成了"谢总被外星人抓走了"。

于文轩一脸震惊地给纪明月发消息。

于文轩：老谢被外星人抓走了？

刚好因为肚子有点饿，下楼去冰箱里拿牛奶的纪明月看见推门进来的谢云持，再看了一眼微信消息，淡定地回复于文轩。

Moon：被抓走的是你的脑子吧？

谢云持走进来，把从公司带来的喝得只剩下一小半的奶茶放在了餐桌上，跟纪明月打了声招呼，走向了卫生间。

于文轩又发了消息过来。

于文轩：我爬了1000楼才找到最上面的消息，好像是因为老谢今天破天荒地喝了奶茶。

于文轩：这年头造谣真不需要代价啊，让老谢喝奶茶，估计还不如让他去死。

Moon：[问号.jpg]

于文轩：老谢最讨厌甜的东西了，上次他被逼无奈，帮时辰尝了一块巧克力，然后两天没理时辰。

于文轩：幼！稚！

纪明月再次沉默两秒，喝了一口牛奶，正好看到谢云持从卫生间出来。

他洗了手，但没擦干，晶莹的水珠顺着纤长的手指往下滴，在灯光下折射出斑斓的光芒,衬得他本就漂亮的手更好看了。

可能是因为回了家,谢云持有些懒散,抽了张纸巾,有一搭没一搭地擦着指尖。

纪明月抬头看向谢云持,递过去一盒她今天刚买的甜牛奶:"喝牛奶吗?甜的。"

清隽出色的男人抿了抿唇,随意地把卫生纸扔进了垃圾桶。

他和煦的声音好听到了极点,不动声色却又暗含温柔。

"好。"

什么都好。

只要是她给的,他全都要。

3

纪明月顿住。

她又把牛奶收了回去,关上冰箱门:"不给你喝,我还要留作明天的早餐呢。"

谢云持蓦地失笑。

纪明月的心脏"怦怦"直跳,偏偏还状若不在意地问:"你喜欢吃甜的吗?"

"不太喜欢,"谢云持面上带着些许遗憾,倒是很诚恳,"但偶尔也吃。"

"偶尔?"

他点了点头:"对,比如饿得不行的时候。"

纪明月实在没忍住,"扑哧"一声笑了出来,自然而然地转了话题:"刚才我去冰箱里拿牛奶的时候,突然想起来,我小时候一直觉得冰箱是特别没用的东西。"

谢云持往后倚,靠在了一旁的柜子上,透出些许散漫的意味,却又很是潇洒。

他挑了挑眉:"嗯?"

"就比如很烫的水,我就会想把它放进冰箱里冰一冰,这样很快就凉了嘛。但是我妈从来都不让,说冰箱不是干这个的,我就理所当然觉得冰箱很无用。"

的确是挺像她的逻辑,谢云持轻声笑了笑,继续看着她。

纪明月还不忘征求他的同意："难道你不会这么觉得吗？"

"我们家……"他的语气很自然，一点别的情绪都没有，"小时候没有冰箱。"

纪明月蓦地怔在原地。

她一时间有些窘迫起来，忍不住低了低头，声音也弱了下去："不好意思，我不是故意这么问的。"

"没事，我不觉得以前的日子有什么不能提的。虽然小时候挺穷苦，但好像还挺快乐的。"

纪明月抬眸看了看他，又别开眼："你高中那会儿好像挺忙的。"

谢云持点头："是挺忙的，时间管理还挺难。"

那时候她很少遇到谢云持，他总是一放学就出去做兼职了。她记得谢云持最忙的时候竟然同时做了三份兼职，还得兼顾学业。

在那之前，她从来不知道达到温饱线竟然是这么困难的事情。

谢云持依旧坦坦荡荡："毕竟那时候我父亲住院，开支特别大，家里又欠了很多债，我妈妈一个人完全顾不过来。总得吃饭，不出去做兼职会饿，饿了就得吃甜的。"

怎么话题又绕回了原点？纪明月一向伶牙俐齿，可这时候也语塞了。

她那个时候作为一个旁观者都能知道谢云持以前过得多么艰难，但他现在提起当时，却好像一点诉苦和抱怨的意味都没有，甚至还能开开玩笑。

纪明月回了回神，又问："你那时候真的觉得快乐吗？"

"还不错，起码我父亲是真的疼爱我。要说唯一的遗憾……"谢云持垂了垂眼睫，"可惜我父亲还是没有治愈，去世了。"

纪明月呼吸一滞，她刚想开口安慰两句，又觉得自己好像说什么都特别无力。

谢云持忽然抬头，对上了她的视线："都过去那么多年了，没什么。而且你也看到了，我父亲去世后我妈妈就带着我嫁进了时家，我这不就衣食无忧了吗？"

他又说："况且大家有目共睹，叔叔对我这个拖油瓶还挺好的。"

纪明月听懂了，他说的"叔叔"指的就是时辰的父亲，君耀的董事长。

按照谢云持所说的话，他就是一个继子，时家就这么让他当上了君耀的总裁？

而且据纪明月所知，这个总裁并不是一个空架子，相反，谢云持在君耀有相当大的话语权。时父基本上已经不再管事，而时家女儿时辰似乎也对这些权力毫无兴趣的样子。

除非……谢云持是时父亲生的，那一切就都说得通了。

就连上次她迷惑了很久的"不是同母异父，两个都跟父亲姓但是姓氏不一样，还是医学生物意义上的亲兄妹"都有了解释。

谢云持和时辰的确是亲兄妹，谢云持应该也是时父亲生的，或者说，是私生子。

至于谢云持说的"跟父亲姓"，并不是生父，而是养父。

私生子这种事情，她以前也见过不少，毕竟所谓的豪门像她家一样干干净净的不多。但都做到这种份上了还没把姓氏改回去，甚至依旧称呼"叔叔"而不是"爸爸"，那就真的很少见了。

心里百转千回，纪明月面上却依旧什么都没说。

在她出国读书的这些年里，谢云持身上好像发生过很多很多的事情。

可经历了那么多事情之后，谢云持却依旧温柔而有力量，跟很多年前的那个少年一模一样。

她吸空了盒子里的牛奶，又晃了晃，听见里面还有声响，皱着眉头把吸管往里戳了戳，又吸了一口。

谢云持见状，说道："猫猫还挺勤俭持家。"

纪明月沉默了下，说："对，毕竟我现在是个穷人。现在你知道我给你点的那杯奶茶对我而言有多昂贵了吧？"

谢云持稍加思索，点了点头："知道了。"

没等纪明月说别的，他又笑了一声："那今晚你还看电影吗？我可以陪你再看一场。"

似乎看出来了纪明月的疑惑，谢云持顿了顿："你如果想请我吃别的，也不是不行。"

别的？

纪明月思索了一番，毫无诚意地说："OK啊，我之前还在一家奶茶店喝到过特别甜的，明天我给你点成全糖，保你精神一整天。"

说完，纪明月才意识过来他们俩的对话怎么突然这么幼稚！

她又无意间瞥了一眼墙上的挂钟，他们俩竟然就这么站在冰箱前聊了大半个小时！她的美容觉都没了！

再怎么天生丽质，也得好好保养才对得起自己的脸。纪明月冲谢云持挥了挥手："不说了，我去做美梦了。"

谢云持懒懒地点了下头，示意她自便。

纪明月"哒哒哒"地跑上楼梯，到了拐角处又想起来什么，回过头。

"谢……云持，"她顿了顿，"你明早想吃什么？"

谢云持正背对着她站在饮水机处接水，听到她的问题，回过头看了她一眼，又继续接水。

纪明月也没在意，自顾自地说："我会做简单款早餐，煎鸡蛋、三明治，你要是喜欢吃中式的话，我就直接下楼买点包子什么的也行。"

谢云持依旧没说话。

纪明月有些奇怪地叫了他一声："谢云持？"

谢云持没回头，声音自然："鸡蛋吧。"

"好。"

谢云持捏着水杯的手已经泛起了青筋。

刚才她的语气真的太自然太亲昵了，就像是一个妻子问丈夫明早要吃什么一般自然而然。

谢云持低低地叹了口气。

前两天，傅思远问他："你既然这么喜欢纪明月，以前没表白也就算了，现在怎么也没说出口？"

他想了想，说："能大刺刺说出口还不怕被拒绝的，那是喜欢吧。"

傅思远一脸纳闷："那你这是什么？"

谢云持沉默良久。

好半天，傅思远都已经准备好话题的时候，他才蓦地开了口："是渴望。"

纪明月第二天被闹钟吵醒的时候，整个人都还是蒙的。

我是谁？我在哪儿？我为什么要这么早醒？

拥着被子坐起来半天，她才想起来自己答应的今早要做早餐。

人间酷刑。

走到厨房，她打着哈欠发了会儿呆，终于回忆起要做的是鸡蛋。

纪明月先搞定了香肠，等她煎上了鸡蛋后才听到谢云持房门被打开的声音。

她抽空回头看了看，瞬间就愣住了。

——大概是因为刚睡醒，现在的谢云持和往常她所看到的完全是两个样子。

头发睡得乱哄哄的，身上还穿着长袖长裤的条纹睡衣，睡衣最上面的扣子解开了几颗，神情愣怔，鼻梁上架着一副平时并不会戴的眼镜。

向来清隽温和的男人，这时整个人都透着些许懒散和困倦的意味。

但，满是烟火气。

他似乎没想到纪明月正好看过来，整个人都怔在了原地。

纪明月实在没忍住，"扑哧"一声笑了出来。

4

纪明月没见过谢云持这般模样，她也说不清跟平时的他哪里不一样，反正她连手头的煎鸡蛋都彻底忘记了。

等听到身后谢云持"煳了"的声音时，她才猛地回过神来，吓了一大跳。

然后她看到自己煎的鸡蛋，又吓了一大跳，这都是什么鬼东西？

她一脸沉痛地准备把煎坏的鸡蛋倒进垃圾桶的时候，谢云持却走过来，拦住了她："等一下。"

纪明月顿住。

谢云持夹起平底锅里的鸡蛋，看了看："不用倒，只是煳了一半，等会儿切掉煳的部分，另一半还能吃。"

他已然恢复了一贯的淡定泰然。就连刚才有那么一点鸡窝的头发，这会儿也已经变成了平日里的顺毛，柔软地搭在前额，更显得他清俊温柔。

"这么有经验？"

谢云持点了点头："煎煳了的鸡蛋很便宜。"

纪明月一愣，但很快就恢复了镇静，还不忘吩咐谢云持："拿两个盘子过来。"

"纪小姐，可以啊，"他换了称呼，语气里带着笑，"说好的给我做早餐，结果还得我帮忙打下手。"

纪明月理所当然地点了点头："我都早起了，你打个下手怎么了？"她继续说，"要知道，让我堂堂纪氏大……"

谢云持："嗯？"

起太早果然容易脑子不够清醒，她刚才差点脱口而出"纪氏大小姐"，这会儿只能讪讪地笑了笑："即食大火腿肠还能做得这么香，你能尝到，那就是顶顶幸运了。"

谢云持轻声调侃："还真没看出来，纪小姐讲话竟然还有些口音。"

普通话很是标准的纪明月默默地把话咽了回去，然后很干脆利落地把那个煳了的鸡蛋递给谢云持，又塞给他一片刚烤好的吐司。

纪明月再倒了两杯牛奶，一顿简单却营养丰富的早餐就做好了。

两个人在餐桌前坐下，纪明月刚喝了一口牛奶就听到微信视频的提示音响起。

是她妈妈。

顿了顿，纪明月冲着谢云持比了个"嘘"的手势，示意他不要出声，接起了电话。

"猫猫？"祝琴直来直去，"你爸爸过两天要去远城出差，你有什么需要带的吗？"

"妈，我吃早餐呢，这种事你发微信就行了嘛。"纪明月边吃鸡蛋边含混不清地说。

谢云持拿起吐司，吃了一口，似乎被面包屑呛到了，小声咳嗽了一下。

纪明月生怕妈妈听见，连忙把牛奶递给谢云持，又飞快捂住了话筒。

谢云持喝下去半杯牛奶才缓了过来，纪明月松了一口气。

一口气还没松完，纪明月就听见祝琴带着疑惑地问："猫猫，你那边怎么有咳嗽的声音？你旁边还有别人吗？"

妈妈这听力到底是敏锐到了什么程度啊？

纪明月连连摇头："没有，妈，你还不知道我嘛，我旁边哪能有别人？再说了，我才来远城几天啊，认识的人都没几个。"

"不对，"祝琴皱着眉，"我刚才的确听见别人的声音了，是一个男人。猫猫，你该不会谈恋爱了吧？"

纪明月不用抬头都能感受到对面谢云持那惊讶的目光。

她摇了摇头，装作无意地说："妈，我都跟你说了，你真的听错了。刚才那声音就是……"

她顿了顿："QQ有人加你那个系统提示音你知道吧？就是那个'咳咳'

的提示音。"

谢云持差点笑出声。

看到纪明月警告的目光，谢云持很"懂事"地憋了回去，又冲着纪明月点点头，示意她继续。

好说歹说才勉强摆脱了"福尔摩斯祝妈妈"的怀疑，纪明月挂了电话，彻底松了口气。

连早餐都没什么心情吃了，她有一口没一口地喝着牛奶，感慨了一下这究竟都是什么悲惨生活。

"看来纪小姐不但口音很奇妙，生活经验也很丰富，都这么多年了还记得QQ系统提示音是什么。"

是谁突然咳嗽的？

感受到了纪明月控诉的目光，谢云持再次温和地笑了笑："不好意思，的确控制不住。"

纪明月啧啧感慨，转而想起了别的事情。

她以前在学校也颇有些名气，有各种认识的不认识的人排队加她的QQ好友。可她最期待的还是有一天可以看到谢云持的好友申请，只是她直到高中毕业才拿到了谢云持的账号，还因为一些特殊原因没有添加好友……

下午在实验室帮一个学生看实验设计时，纪明月突然收到了项目组微信群的消息，是群主于文轩@全体成员的群公告。

于文轩：大家请注意，为了以后更方便地共享群文件，我们新建了一个QQ群用来保存文件，大家请扫码进群。

项目组群瞬间炸开。

柯原：文艺复兴？

谭贞：……我裂开了，我QQ都卸载不知道多少年了好吧，说得好像现在我们文件保存不了一样？

桑修远：钉钉群不香吗？

张嘉荣：行了行了，大家别说了，估计组长也是传达消息的吧，就加个群嘛，也没什么大不了的。

这么一说倒也是。

纪明月：怎么听起来传文件是个名头，换个地方八卦约饭才是这个群的正确用法？

纪明月这么一说，大家果然又都冒了出来，七嘴八舌讨论着明天项目组会结束后的聚餐去哪里。她随意划拉了两下，戳开跟于文轩的聊天页面，发了一个问号过去。

于文轩很快回了过来。

于文轩：别问了，我也挺蒙的，就当集体文艺复兴吧。

他都这么说了，纪明月也没再问下去，打开电脑下载了QQ客户端，又费了点工夫才找回了之前的账号密码。

行，大家集体梦回中学时代呗。

第二天下午的项目组会议设在了三点钟。

纪明月向来是必须要睡午觉的人，今天中午因为工作没能休息，到了会议室她开始昏昏欲睡。

其他人都在叽叽喳喳讨论着项目组新进实习生的事情，至于实习生究竟是怎么进来的，这群人又不傻，各个心里门清。

于文轩也进来了，坐在了右边第一个位置。

桑修远先是跟他打了声招呼，然后问道："组长，那个实习生今天也来组会吗？"

于文轩点了点头，笑道："其余的不用问我，我也不知道了。"

没等大家再讨论多久，会议室的门再次被推开。

所有人不约而同看向了门口，就发现西装革履、清隽雅致的总裁正推门而入。

大家齐齐消了音，低头看着电脑，仿佛已经进入了认真工作的状态，只是谢云持并不在的微信群里这个时候刷屏飞快。

柯原：今天谢总也要参加组会吗？

谭贞：虽然看到组长没坐首位我已经猜到了，但现在还是……

张嘉荣：谢总真的帅得没天理了，我虽然见过谢总，但是依然每次见到他都能被惊艳到。

桑修远：其实也不只是帅，就是很……我也说不出来，总觉得在他面前我就不敢高声说话。

纪明月也精神一凛，打开电脑坐直了身体。

于文轩按照之前跟谢云持商量好的吩咐道:"行,大家先准备一下,一会儿挨个发言讨论一下进程。等会儿我们组的新实习生会过来,大家欢迎一下就行。"

纪明月点了点头,一边打开文件,一边在电脑上登录QQ。

她刚登上去,就听到了那个久违的、堪称时代的眼泪的系统提示音。

——"咳咳。"

好巧不巧,她的电脑还正好是声音最大的状态。静谧的会议室里,这个声音瞬间就博得了所有人的瞩目。

好半天,谭贞默默笑了笑:"刚才那声音是谁电脑里的?还挺复古别致,我都多少年没听过这种提示音了。"

"说起来这个提示音是什么来着?"柯原问道,"是有人上线了,还是消息提醒?"

坐在首位的清俊男人从文件里抬起了头,出乎意料地接了这个好像很无聊的话题。

"是好友申请。"

他没看纪明月,又笑了笑,清水滴淌般悦耳的声音像隔了一点距离,又直直地传进她的耳里。

"我发的。"

——隔了十年的、迟到的好友申请。

5

会议室里再次安静下来。

纪明月只觉得自己一瞬间一丁点困意都没有了,她握着鼠标的手心已经微微出了汗,眼睛紧紧地盯着屏幕上好友申请列表里的那个熟悉的ID。

101325。

是谢云持,是她少女时代最渴望看到的好友申请。

就连那些十年之前没有问出口的问题,好像也在这个瞬间得到了答案一般。

她以前想,如果毕业后她跟谢云持表白成功,那她就在国外读完本科然后回国;如果没成功,那她就继续努力。

她找尽理由,让谢云持给自己写了一页同学录。她在看到那页同学录上面"30号晚上毕业晚会见"的字样时,简直开心得快要疯掉了。

然而,她等到十二点,谢云持也没来。

等来的是谢云持班上的一个女孩子,那个女孩子告诉她,谢云持根本没有来参加毕业晚会。

其实想忘记一个喜欢的人真的很难。

她去国外读书、把曾经的东西全都锁起来、刻意不去关注所有和谢云持有关的消息,忙碌到没有闲暇,用了足足十年的时间才好像成功了。

然而,在跟他重逢的这一小段时间里,那些所谓的"成功"就全都土崩瓦解。十年的时间,好像是假的一般。

脆弱和泪意,在这个午后排山倒海一样地涌向她。她眨了眨酸涩的眼睛,没有抬头,往后靠在了椅子上,维持住了表面上的淡定。

会议室里很安静,其余的人你看看我、我看看你,都觉得好像有那么一些说不出的怪异,又隐约觉得可能是自己想多了。

谭贞暗自懊悔,真是的,谁让自己这么八卦的,本来好好地当没听见就可以了嘛,现在搞得这么尴尬。

虽然这么说,但是他依然好想八卦!

刚才谢总说是他发的好友申请?

发给在座谁的?

男的女的?

什么关系?

一堆问题就这么把谭贞淹没得彻彻底底。

……哦,准确来说应该也不止谭贞。

但很显然,坐在最前面的那位,并没有给大家解惑的兴致。

敲门声再次响起。

方秘推门进来:"谢总,白小姐来了。"

谢云持点点头,应了声:"请她进来吧。"

女孩子推门而入,声音清甜:"各位前辈好,我是新来的实习生,叫白桃,白色的白,桃子的桃。很高兴能进M-1项目组做实习生,以后还请各位前辈多加关照。"

纪明月带着几分错愕抬起头,朝白桃看过去。而后,她忍不住勾了勾唇角,连带着也从方才的情绪中剥离了出来。

她还真没想到世界就是这么小,白桃竟然就是那个走关系进项目组的实习生。换句话说,兜兜转转的,白桃又走到了她手下,这么一想还真是让人忍俊不禁啊。

白桃脸上还带着一贯甜美的笑容,然而,这个甜美的笑容在她看到坐在对面的纪明月时戛然而止。

她她她……怎么在这里?

这个问题只在白桃脑子里转了一圈,于文轩就开了口。

"白桃,你好,我是组长于文轩,也是M-1项目的负责人。"他先做了自我介绍,又继续道,"这位是副组长纪明月,也是M-1主要药物植株的发现人。"

白桃的神情僵住,她只觉得自己一瞬间好像话都说不利索了一样,愣愣的:"……药物植株的发现人不是……"

大名鼎鼎的Kiana吗?

纪明月调整了一下坐姿,懒懒散散地笑开,本就明艳的脸更是引人注目:"我那天在实验室忘了跟你们做介绍了。那现在补上吧,你好,我叫纪明月,英文名Kiana。"

柯原和桑修远对视一眼,同时摇了摇头,低低地叹了口气。

想想最初他们也是有眼不识泰山,看到纪明月那张脸,下意识地就以为她肯定是花瓶系列的,中看不中用。谁知道,纪明月的实验操作一上手就把他们"秒"得干干净净,等到于文轩给他们报了纪明月的英文名,他们才知道自己究竟有多傻。

干吗非得跟那位这几年间声名鹊起的大佬相比呢?自取其辱难道很开心吗?

组里另外一位女孩子向幼却敏感地发现了什么:"副组长,你刚刚说什么实验室?"

纪明月漫不经心地点头:"嗯,最近在帮远大的一位教授管理实验室,白桃就是那位教授的学生。"

她又笑了笑:"白桃其实还挺努力的。"

会议室里的其他人都看向了纪明月。

白桃呼吸一滞,也不知道为什么,她总觉得纪明月这句话好像格外意味深长。

"我第一天去实验室时,白桃身体不舒服,实验做着做着就分神了,结果还是在坚持。确实是一个挺努力的学生。"

会议室里静默了三秒。

三秒后,谭贞率先忍不住,"扑哧"一声喷笑了出来。

纪明月这也太狠了,表面上在不停地夸白桃,然而话中的意味稍微一听就懂了。这不就是在说白桃实验做得烂,还注意力不集中吗?偏偏听纪明月这语气,连反驳都让人反驳不了。

实在是……很难让人不支持啊。

白桃脸色难看,咬着嘴唇,努力顺了几口气才开口:"我……"

只是,压根没让白桃辩解出口,刚才一直安安静静看戏的谢云持淡淡出声:"行了,白桃坐过去吧,不要耽误时间。"

白桃简直快要气疯了。

什么叫"不要耽误时间"?刚才纪明月贬低她那么久,会议室的人又笑了好一会儿,她刚刚开口说了一个字,就落得一个"不要耽误时间"?

偏偏对着自己喜欢的谢云持,白桃还得强行维持人设,她深吸了一口气,应了声,朝着最末尾的位置走去。

组会的正题终于开始。

从于文轩开始,大家轮流汇报最近的项目进程和遇到的困难,其他人边听边时不时提出问题和建议。

纪明月话不多,但身为技术核心,她往往在三言两语间就提到了问题最关键的地方。

就连很不喜欢她的白桃,此时此刻都不得不承认,谈到科研项目的纪明月,简直在发光。

组会中场休息的时候,谢云持出去了一趟。

纪明月无意间瞥了一眼,发现白桃紧跟着也走出了会议室。她耸了耸肩膀,没在意,继续跟旁边的向幼聊着下一步的实验设计。

向幼也注意到了这一幕,用手肘撞了一下纪明月,脸上写满了八卦,小声说道:"我刚才可注意到了,那个实习生一直在盯着我们谢总看呢。是不是对我们谢总有意思啊?而且据说实习生是董事长亲自安插进来的,那……也就是说,之前实习生就跟我们谢总认识?"

纪明月懒懒地靠在椅子上,没说话。

向幼知道纪明月向来不是一个八卦的人,拿起自己和纪明月的水杯:"行,猫猫你休息,我出去接杯水喝。"

向幼端着两个杯子往茶水间走,途经楼梯拐角,正好听到那个叫白桃的实习生的声音,她似乎在打电话。

"爸爸!我总觉得云持哥对那个纪明月很特别,凭什么啊,明明是我先认识、先喜欢他的!"

虽然明知道偷听别人讲电话很不好,但涉及纪明月,向幼还是悄悄屏了屏呼吸,继续听白桃说话。

白桃又继续说道:"她的家境?不好啊,衣服都没有几件大牌的。就她这样的肯定帮不了云持哥什么……"

向幼忍不住在心里嘀咕:别说是不是大牌了,纪明月那样的身材和样貌,就是套个麻袋都好看吧。

有脚步声传来,向幼立马躲了起来……

白桃没注意到身后,还在兀自打电话,语气里全是抱怨:"……只有我这个白家人才最适合云持哥!"

"你说什么?"

刚准备探出头看看现在的情形,向幼就听到了一道熟悉无比的声音,她立马瞪圆了眼。如果不是理智阻拦着她,她现在恐怕已经惊呼出声了。

谢谢谢……总?

白桃听到脚步声转头看清来人,也被吓了一跳。她脸上闪过一抹心虚,可下一秒心虚又变成了坚定。

她挂了电话,咬了咬下唇:"云持哥,我知道你听见了,但我就是想说,她跟我们并不是同一个世界的人!"

"同一个世界?"谢云持笑了一声,语气轻缓,"那她在哪个世界,我就去哪个世界。"

6

向幼再回到会议室把杯子递给纪明月的时候,手都是轻颤的。

纪明月心下一阵奇怪,瞥了一眼向幼,还是忍不住问道:"你怎么了?"

向幼没说话,连连摇头,唯有一双眼睛瞪得像铜铃,眼睛里射出来的全都是八卦之光,还夹杂着些许羡慕和佩服。

纪明月一头雾水。她拧开杯盖喝了口水,又静默了两秒,再次问:"你是出去接了个水,遇见鬼打墙了吗?"

向幼先是摇头,然后顿了顿,又点了点头:"……也可以这么说,反正效果差不多。"

她又"嘿嘿嘿"笑了三声,还是没忍住八卦道:"猫猫,谢总是不是超级居家好男人啊?他平常那么忙,你们在一起的时候他也是在工作吗?跟我说点别的呗,啥都行,谢总生活里什么样子的啊?"

纪明月心下顿时一惊,瞬间坐直了身体。她在谢云持家里住的消息一直是对外保密的状态,向幼是怎么知道的?而且看向幼的状态,应该是刚刚出去那趟时无意间听到的,难不成方秘跟谢云持说话的时候被她听到了?

纪明月皱了皱眉头。

向幼宽慰地拍了拍纪明月的肩膀:"好了,猫猫,不要问我怎么知道的了,反正我会保密就是了嘛。"她又冲着纪明月丢了个"我懂"的眼神,端着水杯转身往回走。

纪明月眉头越皱越深。她倒不担心向幼会出去乱说,只是这种事情随便一听就很容易被人误会。

她倒是无所谓,就是怕有什么不好的传闻传出去,谢云持会以为她别有用心。

她想了想,又看了一眼门口。谢云持还没有回来的迹象。她解锁了手机,给谢云持发了消息过去。

Moon:……感觉我们的事情好像被误会了。

101325:嗯?

101325:哪件事?

不要说得他们之间好像有很多事情一样。

Moon:我在你家住的事情。

101325:哦。

见他这样的反应,纪明月惊呆了。

谢云持又回过来一条。

101325:难道不是事实吗?

这句话的关键难道是究竟是不是事实吗？

哪怕是隔着屏幕，纪明月都能想到现在谢云持的表情。

——一定是无波无澜、泰然自若的，就好像她说的那不是事一样。

行吧，人家谢总都不怕被知道金屋藏娇，她这个"娇"怕什么？

组会开完已经挺晚了，大家商量着要出去聚餐。于文轩报了地点之后，所有人都是一阵欢呼。

这家餐厅并不远，向来以价格昂贵闻名，味道的确一顶一的好，奈何消费之高往往让人望而却步。

于文轩满眼笑意，回头看了一眼谢云持："谢总，机会难得，你也和我们一起去吃饭吧！"

谢云持双手交叠，清隽潇洒。他摇了摇头："你们去吧，我今天得回一趟家。"

这个家，自然指的是时家。

谢云持的目光在纪明月身上停留了两秒，收了回去，语气里还带着笑，一字一顿："这顿饭报销。"

闻言，所有人瞬间齐齐欢呼出声，还不忘争先恐后地拍谢云持的"彩虹屁"："谢总财大气粗！"

谢云持都说要报销了，大家就没再强迫他也去聚餐了。

当然，事实上，就算谢云持不报销，也没人敢强迫。

一提到吃的，大家收拾东西的速度都快了几分。

向幼突然"哎"了一声，抬头看向谢云持："谢总，如果我没记错的话，您家里是在……华明路那里是吗？"

谢云持点了点头。

向幼立马激动了起来，忽视掉周围大家看傻子一般的目光，自顾自地说："正好，这家店离华明路很近！谢总，猫……副组长今天没开车来，我们这边车里的位置估计不太够，要不您顺路送一下副组长？"

突然被点名的纪明月愣了愣。

压根不需要她开口，旁边的桑修远已经拉了一把向幼，说："不要麻烦谢总了，于组长今天开了车……"

向幼手疾眼快地捂住桑修远的嘴。

桑修远白净的脸上瞬间显出一抹红意。他挣脱开向幼的手，声音里还带着不满和一丝不易察觉的别的味道："你干吗？"

向幼没理他，又冲着谢云持笑："谢总，您觉得可以吗？"

其余人虽然没说话，但都用一种"你疯了吧"的眼神看着向幼。

谢总是很温柔、是很和煦、是很让人看着就想亲近没错，但那不代表他是一个好接近的人啊！用这么蹩脚的理由让谢总送副组长，除非谢总转了性才会同意。

"可以。"

所有人齐刷刷地扭过头，看向首位的谢云持。

谢云持没怎么理会大家的注视，淡淡地转过头看向了纪明月："走吧。"

直到纪明月扶了扶额，迅速收拾好东西拎起包跟着谢云持走出去之后，会议室里的人都还处在定住状态之中。

好半天，张嘉荣才幽幽地问："刚才……是幻觉对吧？"

谭贞点了点头，语气如出一辙："我觉得是的。"

在场的人只有向幼是笑眯眯的，脸上写满了成胸在竹。

你们这些凡人！怎么可能会知道这些秘密！

俗话说得好，一回生两回熟。纪明月很熟练地坐到了副驾驶的位置，看了一眼缓缓启动车子的谢云持，低声道谢。

谢云持随意地应了一声，似乎没怎么放在心上。

纪明月叹了一口气："刚才我给你发消息说的那个知道我们俩事情的，就是向幼。"

"嗯，看出来了。"而且他还看出来了，向幼可能是误会了什么，但没关系，误会得好。

纪明月腹诽：看出来了你还答应得欢？

像是看穿了纪明月的想法，谢云持瞥了她一眼："或者我要毫不留情地拒绝，让他们以为你是在肖想我，而我对你不屑一顾？"

想了想那个场景，纪明月默默地闭上了嘴巴，窝回了椅子上。

不知怎的，纪明月蓦地想起中场休息的时候紧跟着谢云持出去了的白桃。她顿了顿，状若漫不经心地问："对了，中场休息时你怎么出去那么久？遇到什么人了吗？"

"嗯,"车子已经开出了车库,谢云持似乎无意多言,"一个我佛不度的人。"

我佛不度的人?

纪明月一脸茫然,又看谢云持仿佛并不太想给她解释,干脆在微信上戳舒妙。

Moon:"我佛不度的人"是什么意思?

舒妙不知道在干什么,一直没有回复。纪明月倒也不急,开了一局游戏。

顺风局顺利无比,匹配到的队友也还算给力。一局结束,纪明月心满意足地按灭了手机。

刚息屏,屏幕就又亮了起来。

妙不可言:憨憨。

Moon:[省略号.jpg]

Moon:不就是问你个问题吗?甭管简单不简单,你也不能骂人啊!

妙不可言:[问号.jpg]

妙不可言:我是说,我佛不度憨憨。

纪明月愣了一下,继而实在没忍住,"扑哧"一声笑了出来。她顿了顿,只觉得自己完全被戳到了笑点,就又开始笑。

谢云持一边开车,一边时不时转头看一眼抽风一样的纪明月。

良久,谢云持关心地问道:"需要送你去医院吗?"

纪明月连连摆手,好半天才强行收住笑,结果她刚准备开口说话,又"扑哧"一声笑了:"你今天到底是碰到了什么人啊,难得有能让你如此不喜欢的人。"

谢云持顿了顿,又上下打量了一遍纪明月。

所以,刚才她就是为了这个笑成这样的?他摇了摇头,实在觉得自己理解不了纪明月的笑点。

静默几秒,谢云持默默地转移了话题:"清明假,辰辰要回家一趟。"

清明节?

纪明月歪了歪头,算了一下时间,意识到清明假期的确没多久了。

谢云持笑了笑:"还是要谢谢你之前帮了我妹妹。"

这都多久的事了,纪明月都快忘了这件事情了。她摆了摆手,示意无须再提。

"我妹妹说她想请你吃顿饭,可以吗?"

Chapter 5
温柔

1

请吃饭？

谢云持表情很淡然，继续道："辰辰说她很喜欢你，明面上是为了感谢你，实际上也是想和你聊聊天。"

他这么一说，纪明月就明白了过来。她点了点头，应了一声："行，那我到时候再跟时辰联系。"

谢云持面不改色。

纪明月顿了顿，还是没忍住问道："时辰清明节回家，是……"

"祭奠她的母亲。"谢云持一眼看穿了她的想法，回答道，"每年清明节和她母亲的忌日，她无论多忙都会赶回来的。"

果然是这样。

纪明月又笑了笑："你跟时辰关系很好，还挺难得的。"

纪明月已经足够委婉了。就按照谢云持和时辰家里这复杂又复杂的关系，他们两个没有天天拎着棍子对打已经是很不容易的事情了。

纪明月又忍不住想了想：谢云持这样的人，会拎着棍子打架吗？

"怎么，是觉得我们俩得天天打架才正常吗？"

纪明月一惊：这人怎么回事，跟长在我脑子里一样？

谢云持的语气无波无澜："很不幸，你的表情已经把你想说的话都写出来了。"他稍顿,"辰辰其实也挺不容易的,她十三岁的时候母亲就去世了,之后你也知道,我妈妈带着我来了时家。所以她一开始的确不太喜欢我,但后来还是接纳了我们。"

纪明月没再说话。

谢云持的描述云淡风轻,好像这些都不是什么值得反复提起的事情一般。

明明其实他也是个受害者,一个从小不知道自己的生父是谁,还为了生病的养父拼了命地打工赚钱,知道了生父也不被承认不被接纳的受害者。

纪明月莫名就有些难过。

"谢云持,"她深呼吸了几次,缓和了一下语气,"你这些年……过得辛苦吗?"

平稳前进的车子里安静良久。好半天,纪明月才听见她最喜欢的那道声音响起,语速很慢,语气很淡,却带着点点笑意。

"说是辛苦,不如说是能看见希望。"

那一瞬间,纪明月觉得自己好像突然看到了一些东西——

看到了,跳动的光。

于文轩订的那家餐厅距离并不远。

谢云持和纪明月到的时候,已经有几个项目组里的人等在了餐厅门口。

谢云持刚把车停在路边,向幼已经"哒哒哒"地跑了过来,扒着纪明月这边的车窗,冲谢云持挥了挥手:"谢总好,谢谢您送猫猫过来!"

纪明月琢磨了一下,如果向幼身后有一条尾巴的话,这时候肯定摇得特别欢快。

谢云持轻轻笑了笑。

向幼却还在说个不停:"以后如果有类似的状况也要麻烦谢总。哎哟,我们猫猫啊,她连个车都没有,跟我们聚餐麻烦死了。"

纪明月惊呆了,她没车怎么了,怎么就麻烦死了?

她忍不住侧头瞥了一眼谢云持。

不知道为什么,明明谢云持的表情一如既往,但她总隐约觉得他身上一种名为愉悦的气息好像浓了那么一点。

向幼看了看纪明月:"行了,猫猫,谢总都把你送到这里了,你还不下车啊?"

纪明月赶苍蝇似的朝向幼挥了挥手，示意她走远一点，这才对谢云持道了声谢，下了车。

谢云持并没有立刻离开，而是面带笑容地看着向幼挽着纪明月的手臂往餐厅门口走。

女孩子的背影窈窕，走起路来摇曳生辉，是真正的移动吸睛体。

她在听旁边的向幼说什么，然后侧过脸笑了笑。

谢云持也不由得跟着扬了扬唇，正准备启动车子离开，就发现前面已经走出一小段距离的女孩子突然转过头看了他一眼，然后……回身，向他走了过来。

只是一小会儿的工夫，谢云持就听见了自己车窗被叩响的声音。

他顿了顿，降下车窗。

纪明月那明若星辰的脸上满是笑意，就连眸子都熠熠生辉："谢云持，你回去的路上小心一点哦。"

说完，纪明月就又冲着谢云持挥了挥手，转身向前跑走。

谢云持一愣，他着实没想到纪明月回来就是为了和他说这句话。

她身上总是带着不经意的温暖，让人一摄取到，就再也不想离开。

他又想起刚才纪明月问他的那个问题——

"你这些年过得辛苦吗？"

其实生活上的困苦他早就习惯了的，最辛苦的是看不到她，也不知道她究竟什么时候能回来，更不知道有没有那么一天他还能站在她身边。

得知纪明月要出国的那天，谢云持默默在网上查了一下机票的价格，又算了一下他最多同时打四份工可以赚到的钱。

他想，他可以在大学里多努努力拿奖学金，少吃一点，再咬咬牙多做一份兼职，然后没准一年就可以去那个遥远的地方看她一次。

可他又忍不住想，万一等自己好不容易攒够了钱，纪明月并不想看见自己怎么办？

但那也没关系，能远远地看见她一眼也行。

想到这里，他就又像充满了电，浑身都是力量，便又可以像现在一样看见希望。

餐厅的包间里，纪明月不出意外地受到了大家清一色的质问。

这状况实在让人好奇，但是好奇了也不可能更不敢去问谢云持，而现在，另一个当事人就坐在这里。

——不趁机追问一番，简直要误了这"天赐良缘"啊。

"猫猫，"张嘉荣率先开口，"你跟谢总很熟悉吗？"

纪明月思索了一番："高中校友。"

"哇哦！"包间里的人众口同声。

桑修远飞快接力："猫猫，谢总高中时是不是就和你关系不错？"

"……不算很熟。"

那就是从高中起便很熟了！

包间里的人继续默契："哇哦！"

谭贞的嘴角都快扯到天上去了，像是中了什么惊天巨奖："猫猫，谢总是不是对你还挺好的？"

纪明月挺诚实："是还不错。"

那就是超超超级好了！

包间里的人再齐齐喊道："哇哦！"

纪明月愣了愣，心想：所以他们这到底是脑补了什么东西？怎么越听越觉得可怕？

其乐融融的氛围里，唯有坐在角落的白桃神色愈来愈僵硬难看，她的下唇都快被自己给咬破了。

本来笑意满面的向幼瞥到了白桃的神色，转了转眼珠子，"无意"地问道："白桃，你怎么一个人坐在那里也不说话呀？"

白桃使劲抿了抿唇，勉强笑道："听前辈们聊天挺开心的。"

柯原接话道："真的吗？我怎么看你脸色不是特别好看，是不是身体不舒服？"

白桃摇了摇头，没再说话。

向幼耸了耸肩，轻轻嗤笑了一声。到底是还在读书的小女孩，段位还是不够高，让人一眼就足以看穿。

向幼决定了，她要从今天开始，当纪明月和谢总的忠实CP粉！

跟忠实CP粉们聚餐完毕的纪明月只觉得自己被扒了一层皮，已经筋疲力尽。她反思了一下，觉得大概是因为自己还不够高冷。想一想，要是她能跟谢云持一样时刻保持风范,那谁还敢来她这里八卦?

而且明明就没什么好八卦的,唯一值得讲一讲的大概只有她高中时都做了些什么傻事。

在微信上和时辰约定好了清明假见面的时间和地点,纪明月就看到项目组的群里发了通知,是于文轩@全体成员的。

纪明月飞快地瞟了一眼,好像是说按照惯例,君耀要在下个月中旬召开运动会,要求每人至少报名一个项目,赢得比赛的奖励十分丰厚。她没怎么在意,因为她只是来参与 M-1 项目而已,并不能算君耀的职员。

第二天,于文轩私戳了她,说是要统计报名项目,问她要报什么。

纪明月都惊呆了。

Moon:我也得报名?

于文轩:对,毕竟你也从君耀拿钱了是吧。我的好姐姐,别让我难做人,意思意思报一个吧。

Moon:呵,谁是你的好姐姐?

其实纪明月的体育还算不错,尤其擅长球类运动,奈何她实在是……太懒了。多一事不如少一事,她什么都不想报。

但好歹是君耀的规矩,纪明月还是看了看比赛的项目列表,研究了一番。大多是趣味项目,也有不少是团队合作的。隐约看到了一个球类接力,琢磨了一下应该是个挺省力的项目,她就直接报给了于文轩。

但她还是忍不住问了其他的问题。

Moon:话说,贵公司年年这么强迫职员参加运动会,没有人抗议吗?

过了一会儿,于文轩回复了消息过来。

于文轩:赢得比赛就可以拿到无比丰厚的奖赏。

纪大小姐耸了耸肩膀,提不起精神。

于文轩:而且是老谢亲手颁发的。

2

向幼近日发现,纪明月居然在好几次周末时约她去打羽毛球。其实打羽毛球这件事没什么值得怀疑的,但值得怀疑的是——

对象是纪明月,是除了对科研感兴趣,其余一概事情都懒得参与的纪明月。

对着向幼满是质疑的目光,纪明月一边挥着拍子,一边淡淡然:"觉得自己最近有点发胖,想锻炼一下身体,减减肥保持身材。"

向幼举起拍子用力把羽毛球打了回去,看着纪明月穿着运动服也掩盖不了的姣好身材和那极其纤细的手臂……

这要是还叫"发胖"需要"保持身材"的话,她这等普通人怕是真的没什么路可走了。

说实话,向幼以前还挺喜欢打羽毛球的,但自从最近被纪明月频繁约到羽毛球馆之后,她已经快要对羽毛球产生抗体了。

一方面是频率过高,另一方面她总觉得自己在单方面被纪明月虐杀。

所以究竟为什么会有人在这么懒惰的情况下,运动神经还能如此发达?

向幼越发觉得上天不公了。

打完一场,向幼气喘吁吁地坐在旁边的长凳上休息,拧开矿泉水瓶大口灌下去半瓶,这才有力气跟纪明月讲话。

"猫猫,你究竟有什么是不擅长的吗?"

纪明月没说话,只是偏过头看了向幼一眼。

但不知为什么,向幼就是看懂了纪明月这个眼神——"这还用问吗?我当然是十项全能。"

向幼放弃挣扎,长叹一口气,开始跟纪明月八卦往年君耀运动会的奖品。

"什么巨额奖金啊,iPad啊,手机啊,笔电啊……"她越数越兴奋,"而且是谢总亲手给的!这比奖品本身更有诱惑力好吧?"

纪明月在心里点了点头,面上不显山不露水:"是吗?"

向幼大手一挥:"猫猫,你肯定不会觉得有什么,但对我这样的普通人而言,谢总就是那天上月!哦不,明月是你,行,谢总就是那天上云!

"不过唯一遗憾的是,"她摇了摇头,"谢总从来都是旁观者,不会参加项目的。"

向幼用手肘碰了碰纪明月:"所以我们私底下有个群,每年都会讨论谢总是不是因为不擅长运动所以不愿意参加项目。"

纪明月嗤笑一声:"他高中的时候,是我们省高中生乒乓球单打冠军。"

向幼目瞪口呆。

纪明月没再说话,"咕咚咕咚"喝了几口水。

其实也不止乒乓球,但凡设有奖金的赛事,不管是文化类还是体育类的,谢云持都会报名参加。他那时候已经很忙了,所以这些竞赛的培训,他向来是不会参加的。

但有天赋的人就是有天赋,他就是优秀到那种地步。

纪明月想到这些,忍不住笑了笑。

明明纪明月什么也没说,可向幼就是莫名其妙间闻到了狗粮的香味是怎么回事?

纪明月和时辰的约饭定在了清明假第二天。

纪明月才来远城没多久,不了解远城吃喝玩乐的地方,吃饭的地点是时辰强烈推荐的一家日料店。

她提前十分钟到了店里,刚坐下,就收到了时辰的消息。

不是时间是时辰:明月姐,我马上就到了,你到了吗?

Moon:已经到了。

不是时间是时辰:那我催我哥快一点!

纪明月有些意外,谢云持送时辰过来的?

果然,不到五分钟,纪明月就看到熟悉的车牌出现在了街角,然后停在了日料店门口。时辰从副驾驶座下来,整理了一下裙摆,回过头冲着驾驶位的人挥了挥手,这才朝日料店走了过来。

直到在纪明月对面坐下,时辰整个人都还是气喘吁吁的。

纪明月递过去一杯大麦茶,时辰笑着道谢喝了几口才开口抱怨道:"明月姐,你没等太久吧?都怪我哥,本来我打算让徐临青送我的,谁知道我哥非说他送我来。"

纪明月心猛地跳了一下,看着时辰。

时辰还在嘟囔:"还说什么徐临青今天估计也很忙,拜托,我都没问呢就说肯定很忙,我也不知道该说我哥贴心还是虚情假意了。"

纪明月轻笑了一声。

"对了,明月姐,你怎么来的啊?我哥说他今天不太忙,如果方便的话还可以让他也送一下你。"时辰歪了歪头,想起了什么,"明月姐,你住哪里啊?"

……你哥哥家里。

差点脱口而出的答案被纪明月飞快地咽了回去,她故作不在意地开口:"我在远大工作,所以就住在远大南门附近。"

时辰瞬间眼睛一亮:"致知路?"

对着小姑娘亮晶晶的眼睛,纪明月实在是撒不下去谎。她点了点头,低低应了一声。

时辰"啪"地放下手里的水杯:"这不巧了嘛,我哥的公寓就在致知路,这是缘分啊,明月姐。"

纪明月呵呵笑,含糊其辞。

这可不真是巧了嘛,我就住你哥公寓里呢。

时辰当机立断,拍板决定:"行,那正好,我哥还说他今晚要回公寓住,到时候让他顺路送你回去。"

服务员送了菜单过来,两个人商量着,按照时辰的推荐边点单边聊天。

"对了,明月姐,"时辰突然想起什么,抬头看纪明月,脸上写满了八卦,"跟我哥那样的人谈恋爱,会不会超级无趣?"

纪明月一脸蒙。

时辰问完,又自顾自地说:"说起来无趣应该不至于,可能就是比较惨。他那样的人真的一肚子坏水,我都被他坑了好几次。"

纪明月更蒙了。

"你们当时为什么分手的啊?"时辰向来直来直去,问得也直接,"因为异国恋吗?"

纪明月及时叫了停:"你是不是误会了什么?"

时辰一顿,表情看上去比纪明月还蒙:"啊?你不是我哥的前女朋友吗?"

"不是。"纪明月突然间不知道自己该摆什么表情了。

时辰再次顿了顿,静默几秒后开了口:"那就是没分手?"

这姑娘的思维好像有那么一点异于常人。

纪明月端起水杯喝了一口,摇了摇头,哭笑不得地说:"我没跟你哥在一起过。"

时辰恍然大悟,拍板结案:"那就是我哥追你你没答应!"

"噗!"纪明月刚喝进嘴里的那口水差点就喷出去了。她被呛了一下,飞快地拿起纸巾擦了擦嘴巴,连续咳嗽了好几下才平复过来。

这到底是什么完美避开所有正确答案的推理能力啊?

可惜时辰同学完全看不懂纪明月那震惊的目光,还在努力推荐自家哥哥,帮谢云持说好话:"明月姐,我哥那个人还真挺不错的,反正你现在也单身嘛,可以考虑一下对不对?给他个机会。你看看,他能做家务会做饭,当得了总裁上得了厅堂,关键是买单还特别爽快……"

惊觉自己说歪了的时辰,又努力把话题歪了回来:"总而言之,给他个机会嘛。"

纪明月沉默了一下,才说道:"你哥跟我说你是一个不太能说会道的人,我觉得他对你的误解有点深。"

时辰兴高采烈,深以为然:"我也这么觉得的,其实我的嘴也不是很笨嘛。"

正在跟纪明月嘀咕她哥都做过什么灭绝人道的事,时辰就收到了来自谢云持的微信。

101325:你不是想买几条裙子吗?

时辰一愣,飞快回复。

不是时间是时辰:对啊!我还打算明天拉徐临青陪我逛逛街呢。

101325:刷我的卡吧。

时辰瞬间一喜。

不是时间是时辰:谢谢哥!

101325:君耀快开运动会了,你要来参加吗?

时辰思索了一下。

不是时间是时辰:看看时间安排吧,那我明天再顺便买几套运动服。

她又顿了顿,再给谢云持发消息。

不是时间是时辰:明月姐是不是也要参加运动会啊?她有合适的运动服吗?

对面的谢云持扬了扬唇,很好,他的妹妹果然很上道,单没白买。

101325:似乎没有,你或许可以约她出去,也好互相做个参考。

纪明月又喝了一口茶,发现自己的手机屏幕亮了起来。

竟然是谢云持发来的消息。

101325:我妹妹说她想约你逛个街,会不会打扰到你?

3

纪明月再次一怔，逛街？

明天她的确没什么事，但本来是准备躺在床上当一条完美的咸鱼的——就是那种睡到下午一点，随便吃点东西，瘫在沙发上刷会儿手机，再躺在床上睡到晚上，然后出门觅食的完美咸鱼生活。

时辰真的约她逛街？那怎么不直接跟她说？

纪明月正将信将疑，就看到时辰放下手机，开口："明月姐，你……明天下午有事吗？"

纪明月顿了顿，摇摇头："没事。"

时辰飞快接话："那正好。明月姐，你可以陪我逛个街吗？君耀好像快要运动会了，你应该也得买几件运动衣吧？"

这么说好像的确也是。而且，纪明月实在没办法拒绝时辰那双闪闪发亮的"卡姿兰"大眼睛。

她忍痛把原本那个完美的咸鱼计划搁置了，点了点头答应下来："行。"

点的菜陆陆续续端上来，时辰夹了一块炸豆腐放到纪明月的餐盘里："明月姐，尝尝这个，这个特别好吃。"

纪明月尝了一口，竖起大拇指比了个赞。

时辰："说起来，我哥做的豆腐也很好吃，可惜他不常给我做，说做起来太麻烦了。

"不过我哥吧，他真的除了有时候过于腹黑以外，没什么太大的缺点了。"

已经听时辰说了好几遍关于"腹黑"和"一肚子坏水"了，纪明月忍不住好奇："你哥哥到底是对你做过什么，让你如此……怨念？"

她明明觉得谢云持人很好来着，比如上次打雷的时候她请求谢云持留在公寓以及陪她看电影，谢云持都答应了。

提起这个话题，时辰的怨念瞬间加深。

时辰："寒假的时候吧，我跟我男朋友还没有在一起，我们家去塔希提度假，然后我哥拍了我的泳装照，悄悄用我的手机发了朋友圈，然后设置成了仅徐临青可见。"

纪明月："扑哧！"

她看着一脸愁苦的时辰，连连摆手："不好意思，我不是故意的。"

时辰提起这件事就忍不住嘀嘀咕咕："你说怎么会有这——么心机叵测

的人呢？我哥明明外表看起来又温柔又纯良，结果……啧！"

虽然听时辰讲了一堆谢云持做过的那些事，纪明月倒是没怎么放在心上。毕竟她现在对谢云持的滤镜厚达百米，谢云持在她心里就是一个表里如一的绝顶好人。

纪明月和时辰相处得挺好，哪怕认识的时间并不长，但也有一堆话题可以聊。虽然时辰总是聊着聊着就又把话题歪到了谢云持身上。

——想做媒人的决心简直要突破天际了。

这顿饭快吃完时，时辰接到了谢云持的电话，他说正在往这家店赶来。

时辰应了声，又看了看对面的纪明月："对了，哥，你明天下午忙吗？"

谢云持一边开着车，一边不怎么在意地回答："有点，有个跨国视频会议要开。"

时辰语气惋惜："这样啊，我本来还说正好你今晚要回公寓，明月姐也住在致知路，打算让你明天下午顺路送明月姐过来的。"

电话那边安静了几秒。

时辰以为信号不好，朝电话"喂"了一声，再晃了晃手机，就听到电话那边又传来了声音："明天的视频会议改到了中午。"

谢云持顿了顿，又道："到时候我送她去。"

时辰看了一眼自己的手机屏幕，彻底傻眼了。当然，她也不知道视频会议究竟是怎么突然改时间了的，反正跟她对面的人脱不了干系就是了。

心情复杂地挂了电话，时辰一脸认真地看着纪明月："明月姐，你真的不考虑一下我哥吗？"

纪明月的确想不到，都这个时候了，时辰还能如此坚持不懈地问这个问题。

"我说真的啊，明月姐，我还能不了解我哥嘛，他肯定是对你有意思，我以前可从来没见过他对别人这么好过的。"

纪明月慢悠悠地夹起一筷子菜，细嚼慢咽，吃了下去后才笑道："我大约是知道的，但我要的从来不是'有意思'。"

时辰张了张嘴，想说什么，又没再说出口。

她大概懂得纪明月的意思了。但感情这种事，如人饮水冷暖自知，她不是谢云持，只能知道他对纪明月的感情很特别，至于有多特别……

时辰咬了咬唇角，乖乖巧巧地转移了话题，没再提这件事。

结了账之后，两个人一边站在门口的台阶旁聊天，一边等谢云持开车来接她们。

时辰跟纪明月嘀咕："我跟你讲，我发现我哥他还有个秘技。"

纪明月看她，等她继续说。

"我哥吧，他竟然左手也能写字，而且字迹还挺特别，又帅又温柔的……"时辰很无语的样子，"我之前无意间看到的时候特别纳闷，问他他就说高中的时候特地练习的。"

纪明月也想不通："……所以为什么要特地练习用左手写字？"

时辰："我一开始也想不通，但后来我大概想明白了。"

纪明月摆出一副"愿闻其详"的表情。

"他肯定是要用左手拿笔写作业，腾出右手来吃饭。"

纪明月顿了顿："那他为什么不训练用左手拿筷子呢？"

时辰满脸都是"你问得特有道理"，脸上写满了震惊，还不停嘀咕："我怎么就没想到还有这种可能呢？"

谢云持来的时候看到的就是这一幕，他的妹妹和他喜欢的人笑作一团，亲密无间。

时辰率先发现了他，冲他招了招手，拉着纪明月几步走到车边，作势要拉开前面的车门要坐进副驾驶位。

还没拉开，时辰就听见了谢云持的声音："坐后面。"

时辰一瞬间以为自己听错了，抬头看了看谢云持。

谢云持面带笑意，语气一如既往的温柔，怎么看都是她那个宠她到不行的哥哥，除了他说出来的话。

"你坐后面，让猫猫坐这里。"

纪明月动作也顿住了，看了一眼谢云持，又看了一眼时辰。

谢云持对上纪明月的目光，笑了笑："我有事要跟你商量。"

时辰已经认命地朝后走了，还很有"工具人"意识地发挥着最后的光和热，朝前伸了伸手："明月姐，你坐吧，没关系。"

反正我哥"重色轻妹"又不是一天两天了。

这句话，时辰同学很理智地没说出口，拉开车门坐进去，自我安慰："行吧，反正后面的位置宽敞。"

谢云持笑道:"行,那希望你下次也可以自觉坐到宽敞的后面去。"

时辰瞪了谢云持一眼:"明月姐,你告诉我,我哥他高中的时候就是这种表面温柔、实则心狠的哥哥吗?"

到底是坐在人家的车里,纪明月偏头瞥了瞥谢云持,很给面子地说:"还好吧。"

谢云持一边启动车子,一边回过头朝时辰很温和地笑了笑。

"就是有一次,"纪明月说,"我们低一级的学弟学妹月考,负责出卷的英语老师把题目答案设置得很别致。"

"怎么别致了?"

"单选题填空全设置成A,完型填空全设置成B,阅读理解全设置成C,听力全设置成D。"

纪明月看了谢云持一眼,继续说:"后来答案出来后,学弟学妹们都快疯了,一个个跑去办公室问英语老师为什么要这么做。"

谢云持也想起来了这件事,轻轻笑了笑。

"所以是为什么啊?"时辰接话道。

"那个老师说,他出卷的时候找了谢云持帮忙,答案是谢云持调整的。谢云持的理由是……这样……好批改。"

一片寂静过后,时辰默默挪了一下位置,离她十全十美的好哥哥远了一点。她现在想了想,觉得她哥以前偶尔坑她的时候其实还是心存大爱的。

正好徐临青发来了消息,时辰瞥了一眼,瞬间觉得自己得救了。她语速飞快:"哥,徐临青说他正好在附近,你把我放在下个路口就可以了,不用送我回家。"

看着时辰飞速逃窜的身影,纪明月清了清嗓子,压了压笑意,故作不好意思:"抱歉,时辰好像对你的误解又多了一点。"

谢云持冲窗外的徐临青点了点头,打了个招呼。

直到车子开远,纪明月还忍不住回头看了一眼转角处的出色情侣。

时辰正抱着徐临青的臂弯面带笑意地说着什么,微瘪着嘴,似乎在撒娇。

徐临青耐心地听,不动声色地护着时辰往前走。

谢云持直视前方,面不改色:"不用看了,临青对我妹妹很专一。"

4

纪明月愣了愣。

谢云持还很问心无愧的样子,似乎一点都不觉得自己说了什么奇怪的话一般:"怎么了?"

"抱歉,"纪明月没好气,"我对姐弟恋没什么兴趣。"

谢云持"恍然",没什么诚意地道歉:"那不好意思,是我误会你了。

"作为赔罪,明早的早餐我来做好了。"

纪明月眼睛瞬间一亮。

他们两个人现在已经形成了默契,一人一天地做早餐。如果谢云持偶尔回时家,那第二天的早餐,纪明月通常就会去楼下的小吃摊随便吃点东西解决一下,但肯定是没有谢云持做的东西好吃的。

这么一听,纪明月心里美滋滋的,直点头,还顺带拍了拍"彩虹屁":"谢先生真是深明大义。"

谢云持似乎很受用,又漫不经心地转移了话题:"你这些年为什么没有恋爱?"

纪明月只觉得心里一突,仿佛心脏被重重地砸了下去一般,让她一时间失了开口的能力。

好半天,她才装作不在意,拧开水杯喝了一口水:"当然是没合适的。"

"合适的?"

纪明月还没开口,就听到电话响了起来,是纪淮。

她接起电话,手里拿着水杯不方便,又懒得戴耳机,想着自己与纪淮的聊天也没什么别人不能听的,干脆点了免提。

"姐?"

纪明月懒懒地"嗯"了一声。

"今天学校要模拟填志愿,你说我填什么好啊?"纪淮似乎有些纠结。

纪明月又喝了口水才回答道:"模拟填志愿而已,填什么不都一样?"

纪淮说道:"其实我有点想填远大。"

纪明月差点把水喷出来。她连忙从纸巾盒里抽出纸巾擦了擦嘴角,惊疑不定:"你说什么?远大?"

"对啊,"纪淮似乎还挺开心,"到时候我住你那边吧?我不太想住宿舍,或者平时住宿舍,周末再去你那里也行。"

这小算盘打得挺好。

纪明月还没说话，纪淮又继续说："哦对了，老妈让我问你最近找到理想型了没有。"

纪明月心里一"咯噔"。

纪淮还不忘补充："就是你之前说的那个不能低于一米八、瘦但是不弱、很帅、读书时成绩很好、性格很温柔、现在还是个集团总裁的理想型，找到了吗？"

纪明月一秒挂了电话。

车子里很安静，很沉默，很诡秘，很让人心慌。

谢云持一边开车，一边深深地看了纪明月一眼。

她忙不迭讪笑："你别误会，小孩子乱说而已……"

谢云持一字一顿地重复："理、想、型？"

"哎呀，就是……温柔优秀的高富帅，肯定是所有女孩子的共同梦想嘛，"纪明月开始胡扯，"你别多想……哎，我说真的，你别太自恋了。"

谢云持依旧不慌不忙，对"自恋"这个词也没什么太大的反应，甚至还好整以暇地反问："那我是有哪条不符合？"

纪明月彻底沉默。

他能有哪条不符合？

那根本就是她当时无意间根据他描述的！

谢云持再次很有深意地看了看纪明月："怎么不说话了？"

纪明月深吸一口气，挣扎了一番才开口："你要相信，如果我对你别有用心的话，你能到现在还这么安稳吗？"

纪明月回家后做的第一件事就是打电话给纪淮，噼里啪啦把纪淮痛骂了一顿。

好半天，等纪明月说累了的时候，纪淮把习题翻了个页，满不在乎地说："姐，你可别忘了，当时是你自己亲口这么说的，现在反倒怪起我来了？等等，突然这么激动……你该不会是遇见'理想型本型'了吧？"

他又顿了顿，继续猜："说不定还被当事人听见了对不对？"

纪淮轻笑了一声："可以啊，姐，用我们班那些喜欢看小说的女生的话来说，这叫什么来着？本以为是个原创角色，结果竟然是有原型的？"

纪明月静默两秒，说："纪淮，那你们班女生有没有告诉过你，在小说里知道太多的人是活不过第二章的。"

四月温暖的南方城市，纪淮硬生生打了个寒战。

纪明月继续威胁："你就等着给我当伴娘吧，我告诉你。"

说完，纪明月"啪"的一声就挂了电话。

爽快地挂了电话后，纪明月瞬间快乐了起来，扑腾到床上打了几个滚，把脑袋埋进枕头里深深地吸了口气。

刚才她那句"你等着给我当伴娘吧"，怎么听起来像是她明天就要结婚了一样？

然而事实是她还单身。

今天的快乐到此为止。

清明假的最后一天，纪明月搭了谢云持的顺风车去约好的地方见时辰，陪她逛街。

之前还不觉得什么，最近坐了太多次顺风车后，纪明月越来越觉得自己没有车太麻烦了。尤其是昨天那场"理想型"事故之后。

纪明月坐在副驾驶，埋头玩手机，后来干脆开了局游戏。

奈何今天实在不顺利，连遇到的队友也是"菜"得不行，本来一局顺风局被队友的操作直接送了个半死不活。

纪明月郁闷地按灭了手机，伸了个懒腰，偷偷瞥了一眼谢云持，却没想到正好撞进他的眼里。

纪明月迅速别开头，假装自己什么都没做。过了好一会儿，纪明月才懊恼地反应过来——她刚才这个动作，好像过于欲盖弥彰了一点。

果然，谢云持踢了个直球过来："我有这么可怕吗？"

他一边打着方向盘转过弯，一边语气和煦，怎么听都带着一种循循善诱的意味："又输了？"

纪明月瞪圆了眼："什么叫'又'？我胜率很高的好吧？"

谢云持笑了笑，语带安抚："好。"

纪明月有那么一点怀疑人生。她到底为什么以前会以为谢云持是一个温柔到不会怼人的人的？

他的确很温柔没错，但是用这么温和的语气怼人才更让人郁闷啊。

纪明月转了话题："你玩什么游戏吗？"

谢云持摇了摇头。

"为什么？"

谢云持笑道："大二之前是没时间，大二之后……"

纪明月看着他。

谢云持想了想，回答："还是没时间。"

纪明月一哽，大二……应该就是谢云持跟着他母亲进时家的时候吧？

那他这么说，倒也一点没错。

大二之前，他为了做兼职忙忙碌碌，没有时间；大二之后，努力在时家站住脚，做好这个万人之上的总裁，仍然没有时间。

她一时间只觉得心里有些刺痛。

而这种刺痛，在和时辰独处时更是达到了顶峰。

"你跟你哥哥关系还挺好的？"纪明月一边伸手摸了摸一件衣服，一边状若不经意地问。

时辰点了点头："对，我哥对我很好。"

她有些不好意思地笑了笑："其实我最初很排斥我哥。因为我妈妈去世一年我父亲就娶了沈姨进门，沈姨还是他的初恋情人，我那个时候甚至怀疑他对我妈妈到底有没有感情。

"所以哪怕我哥从一开始就对我很好，我也觉得他只是想要分家产而已。

"后来……我高三毕业的时候发生了一些事情，算是我哥救了我一命，他跟我说了很多，我才发现他其实是真的对我好。"

纪明月笑了笑，没开口。

"明月姐，我猜你应该也知道了，我哥是我的亲生哥哥，他其实是我父亲的私生子，只不过当时我父亲并不知道他的存在，他和沈姨分手后，沈姨去了端市才生下了我哥。"时辰沉默了一会儿，继续道，"但我父亲一直以为我并不知道这件事，所以直到现在，我哥都因为要顾及我的情绪，依然叫他的亲生父亲为叔叔。"

纪明月只觉得有一块石头直直地打在了她的心口，让她一瞬间呼吸都是一滞，闷闷的，却又有锐利的疼不停蔓延开来。

纪明月又问："他当时……为什么会选择来时家？"

123

时辰静默了一会儿，过了好半天才说道："他的确一点都不想来时家，所谓的家产和利益，他其实都不在乎的。他就是……

"沈姨希望他来，而已。"

纪明月低下了头，没说话。

她沉默地想这些年间的谢云持，想他孤立无援的样子，想他不被人认可的时候是怎样的心情，想那个连他讨厌茄子都不知道的妈妈拜托他也来时家的时候，他是怎么答应下来的。

的确，她最初喜欢谢云持是因为他温柔，温柔到站在茫茫人海中，他依然出尘干净、熠熠生辉。

他明明每天都在为了生计奔波，却又好像从来没有被这个世界打扰过，依旧善良着、向上着、微笑着。

可她现在又希望谢云持不要那么温柔了。

她更希望他可以快乐一点，甚至自私一点，再或者冷漠一点，做一个有铠甲的人。

而不是如同现在，在她回头去看谢云持的故事时，压抑到喘不过气。

像是一只本该有利刺的刺猬，亲手拔光了自己所有的尖锐，血肉淋漓地站在这个烟火人间。

他在很努力地去对得起任何人。

除了他自己。

5

尽管纪明月还在努力想着要扮演好自己的破产贫穷大小姐人设，奈何两个女人聚在一起的购买力过于惊人了一点。

本来说好只是来买衣服的，结果两个人从一楼的化妆品柜台，一路扫荡上楼。

时辰晃了晃手里的黑卡："没关系的，明月姐，我哥昨天就跟我说了，今天我们俩的单他买了。我们家家大业大的，你不用担心买穷我哥。"

纪明月受之有愧："这样不好吧？你花他的钱是应该的……"

她还没说完，时辰就打断了她："真的没关系啦，我哥亲口答应的，你不用跟他客气。他那个人，每天挣钱挣得多就是没时间花。你就当是陪我逛街的谢礼吧！"

话虽如此，时辰是有自己的小九九的，心里的算盘打得噼里啪啦响，纪明月现在可是她未来嫂子的第一候选人啊。

虽然她一辈子不愁吃不愁穿，但还是要讨好一下那个继承家产、让她衣食无忧的哥哥嘛，那就得讨好未来嫂子是不是？

总而言之，一路买买买上去，纪明月一分钱也没花成。甚至每次她刚试了一件衣服，自己还没做决定，时辰已经大手一挥把卡刷了，还不忘吹她的"彩虹屁"："明月姐，你真的太好看了，身材又好，穿什么都漂亮！"

女人在逛街的时候，战斗力是惊人的。在顶楼的咖啡厅点了咖啡和点心坐下来休息的时候，纪明月才觉得有些累了。

她靠在椅背上，扫视了一眼她们两人周围的一大堆手提袋，一时间有些失语。她问："我们等会儿该怎么回去？"

时辰浑不在意："我哥不是说他来接我们吗？"

时辰喝了一口咖啡，苦得皱了皱眉，缓了会儿才继续说道："我哥晚上没什么事，他来接我们。哦对了，他说顺便在外面吃了晚餐再回去。"

没有车就没有人权的纪明月点头应了下来。

果然，她跟时辰刚休息完准备下楼，时辰就接到了谢云持的电话，谢云持让她们直接去地下车库。

本来一切都很自然很顺利，直到在前往餐厅的路上，时辰突然叫了一声："啊！不行，哥，明月姐，我要先走了！"

纪明月心里瞬时一个"咯噔"。

"徐临青说今晚有音乐剧，我要跟他一起去吃个晚餐然后看音乐剧，你们两个人去吃饭吧！"时辰自然而然地指挥驾驶位的谢云持，"你还跟昨天一样把我放在前面的十字路口就行，徐临青说他正开车过来。"

时辰还语带遗憾："唉，我昨天听我哥说预订了这家餐厅还很开心来着，这家餐厅超级难预订的，我想吃好久了。明月姐，你可一定要都替我尝一尝啊。"

直到时辰屁颠屁颠朝徐临青的车子跑去，头都不带回地离开后，纪明月都还没回过神。

她愣愣地转头，看了一眼谢云持，好半天才问出来："时辰……一直都是这么'重色轻哥'的吗？"

谢云持毫无心理负担地点了点头:"对啊,我都习惯了。"

正准备启动车子的时候,谢云持听到手机振动了一下,有微信消息进来。

不是时间是时辰:哥,我表演得怎么样?是不是超级自然?我都被我自己的演技给震撼到了,水到渠成巧夺天工一气呵成。

谢云持没什么多余的表情,干脆利落地转账了"6666元"过去,然后,更加干脆利落地按灭了手机。

整个流程,比时辰的演技还水到渠成巧夺天工一气呵成。

纪明月顺口问:"怎么了吗?"

"没什么,"谢云持笑着启动了车子,"跟一个客户简单聊了两句,结了尾款。"

纪明月胡乱点了点头,没再多问。

时辰倒也没夸张,谢云持带纪明月来的这家餐厅的确很火爆,门口有不少在排队的人。

谢云持提前约到了位置,很快有服务员迎着他们往里面走。

"这是我朋友的店,"谢云持压低了声音,"如果合你胃口的话,下次再来吃可以直接联系他。"

两个人本来就并排走着,谢云持因为声音压低,不经意间就往纪明月的方向靠了靠,讲话时呼吸间的热气全都洒在了纪明月的耳后和脖子上。

她忍不住颤抖了一下,而后整个人都有些僵硬起来,却还要强装淡定,只能别开眼,僵着脖子点了点头,耳尖却完全不受控制地粉了起来。

幸好,谢云持说完这句话后就直起了身子,跟她之间有了些许距离。

纪明月很没志气地安抚了一下自己活蹦乱跳的小心脏,只觉得自己也太没有志气了,怎么他靠近一点就脸红?

两个人一路跟着服务员穿过大堂往里走,经过一间没关门的包厢时,从里面传出一道满含诧异的声音:"云持?"

谢云持脚步一顿,纪明月也跟着停了下来。她偏头看了看谢云持的神情——和往日一样,带着清浅的笑意。但不知道为什么,她总觉得和平时又好像有哪里不一样。

谢云持往回走了几步,站在那间包厢门口,笑着开口打招呼:"叔叔,妈,你们今天也在这里吃饭吗?好巧。"

纪明月蓦地愣住，也就是说包厢里坐的就是谢云持的父母？

这时，一个柔柔的女声也传出来："跟朋友来这里吃饭吗？人不多的话，就来这里坐吧。"

谢云持笑了笑，没说话，只是回过头看向了纪明月，似乎是在征求她的意见。

虽然完全不想在八字还没一撇的时候就见谢云持的父母，但谁能猜到这个世界就这么小呢？都如此巧遇了还不进去的话，感觉好像很没礼貌。

纪明月犹豫了三秒，对谢云持点了点头。

谢云持偏头，看向了不远处静静等着他们的服务员，示意跟这间拼桌，他们的预约暂且取消。

纪明月朝着对面的中年男女笑道："叔叔阿姨，你们好，我是纪明月，谢云持的高中校友。"

她从小受到的良好教养在这个时候发挥得淋漓尽致。

时德永和沈芝在看到走进来的纪明月时俱是一怔，他们这几年来，可从没见过谢云持单独带一个女孩子出来吃饭啊。

沈芝一瞬间明白了什么，脸上的笑意立马更浓了一些，连连招呼纪明月："叫明月是吗？好名字好名字，小姑娘长得真漂亮啊，快来阿姨这边坐。"

时德永也难得笑道："想吃什么菜？叫服务员进来加菜吧。"

纪明月拉开椅子坐好，稍显拘谨地抬头看了看谢云持，求助的意味很浓。

谢云持朝着她安抚地点了点头，笑道："叔叔，妈，你们别吓着她。"

"你这孩子乱说什么呢？"沈芝瞋了他一眼，又回过头跟纪明月说话，"想吃什么就点，不用跟叔叔阿姨客气。"

沈芝和谢云持长得有几分相像。沈芝现在已年过半百，但气质出众，岁月在她脸上并没有留下什么痕迹，甚至看不出在来时家之前，她和谢云持过的是那般拮据的生活。

而且，一见到沈芝，纪明月就知道了谢云持那温和的性子是随了谁，也怪不得那么多年过去，时父依然能对沈芝念念不忘。

心里百转千回，纪明月面上却什么都没有说，只是笑了笑："没关系的，阿姨，我不挑食。"

时德永拿起菜单翻了翻，沈芝凑过去看了几眼，指了指一处："给云持点一道宫煲茄子吧，也是这家店的招牌。"她又笑着摇了摇头，"可惜今天辰辰不在，不然这里正好有她最喜欢的金汤肥牛。"

纪明月一顿，抬头看了看对面面不改色的谢云持，转而跟沈芝撒娇道："阿姨，最近的茄子好像不算太应季，还是算了吧，不然换成别的？"

沈芝看了看她："是吗？我还想着这是云持喜欢的菜呢。"

纪明月皱了皱鼻子："再过一段时节，等到了夏季才是吃茄子的好季节，到时候再吃也不晚嘛。"

沈芝抬头看向谢云持，征求他的意见。

"嗯，没关系，听她的吧。"谢云持语气温柔。

纪明月没来由地心里一颤，她抿了抿唇角，低下了头。

沈芝继续翻着菜单，时德永却转过头，跟谢云持说道："对了，我听桃桃说她好像在君耀过得不算太开心啊。云持，桃桃是不是在公司里被欺负了？"

谢云持轻轻笑了笑："她可能不太适应，所以我在考虑让她过了这个月就回去休息。"

纪明月愣了愣，谢云持的意思是……过了这个月就让白桃收拾东西走人？

她心里忽然觉得有点痛快，M-1是他们多少人这些年来的心血，干吗要被一个什么都不会，也做不出任何贡献的人分一杯羹？

时德永自然也听出了谢云持话里的意味，不由得皱了皱眉："这怎么行！你白叔叔可是我多年的好朋友，他难得拜托我一件事，让桃桃去项目组实习一下怎么了？我当时是让你多照顾一下桃桃，可没打算因为一个不适应就让桃桃离开啊。"

时德永的语气并不算太好，甚至有几分严肃，多年上位者的压迫感也自然而然流露出来了。

谢云持自顾自地点了点头："嗯，叔叔，毕竟这个项目很重要。"

时德永的眉头愈皱愈深："云持，虽然我现在大多时候不干涉你的决定，但我才是君耀的董事长。"

包间里的氛围一瞬间就变得剑拔弩张了起来。

沈芝连忙对谢云持说道："云持，快跟你叔叔道歉，怎么跟叔叔说话呢？你这孩子怎么这么不懂事？"

她转头又拍了拍时德永的后背，带着安抚的意味："有话好好说，别跟孩子生气，他到底还年纪小不懂事，让他多照顾照顾桃桃就行。"

谢云持没说话，仍旧是温柔地笑着。

只是包间顶部的灯光打下来,好像蓦地就带上了几分阴影。

包厢里一时安静了几分。

本来这件事和纪明月这个外人一点关系也没有的,可她想起今天下午和时辰的对话,只觉得心里更加闷闷地痛,连面上的乖巧都装不下去了:"叔叔阿姨,你们这样说可就不对了。"

6

本来气氛就不算太好的包间,更是因为纪明月这突然插的一句嘴显得越发怪异起来。

就连沈芝看着她时,脸上的笑意都淡了几分。

纪明月扬了扬眉:"叔叔阿姨,谢云持在M-1项目上付出了多少心血,你们也是知道的。这种科研项目比不得其他,让白桃过来实习固然没什么,但是项目组现在已经因为这个'空降'而议论纷纷了。M-1成败在此一举,我想你们也不希望因为白桃,结果害得项目组人心动乱吧?"

时德永表情不善:"你是……"

纪明月点头笑了笑:"我就是M-1的副组长,所以对这个项目应该还挺有发言权。"

时德永沉默了一会儿,又呵笑道:"很好啊,我这个君耀的董事长,现在连安排一个实习生进去的资格都没有了吗?"

"叔叔,这从来不是资格不资格的问题。今天是白桃,明天就可能是黄桃,后天就是绿桃,再然后呢?您让我们这些人作何感想呢?您让……"

她顿了顿,才继续说道:"您让付出了几年心血的谢云持作何感想呢?"

纪明月深吸了一口气,又看向了一旁的沈芝。

"阿姨,虽然我知道谢云持他顾及您的想法一直没有说,但是……"她努力平复了下心情,尽可能地保持心平气和,"我们高中很多人都知道,谢云持很讨厌吃茄子,从高中到现在,一直都是。"

沈芝蓦地瞪大了眼,惊呼:"怎么可能!"

她急忙朝谢云持看去,似乎是在希望谢云持也帮她说几句话,但谢云持淡淡地避开了她的目光。

沈芝心下一冷,那就说明这个女孩说的是真的。她又有些不甘:"云持高中的时候经常……"

129

纪明月实在听不下去这些论调,她只觉得对谢云持的心疼已经快要割裂她的五脏六腑了。

"那是因为别的菜都比茄子贵,"纪明月有些讽刺地勾了勾唇,"阿姨该不会连这个都不知道吧?"

沈芝彻底愣住。

"阿姨,这些其实轮不着我这个外人多管,"纪明月顿了顿,"但,谢云持是您的亲儿子。

"陪了您二十多年,有求必应的亲儿子。"

沈芝再看了看谢云持的神情,彻底明白过来。她张了张嘴,却一句话也说不出来,好半天后也只能颓丧地靠在椅背上。

没等沈芝再说话,刚才一直一言不发的谢云持终于站了起身。

他的语气一如既往的和缓,好像刚才什么都没有发生过一般,还不忘朝时德永和沈芝点了点头:"叔叔,妈,你们先吃吧,我跟明月突然有些急事要处理。"说完,他拉着纪明月的手腕快步走出了包厢。

刚才还舌灿如莲能言善辩伶牙俐齿的纪明月,这个时候却一句话也说不出来了。她直直地盯着紧握着自己手腕的手,只觉得好像自己的心脏就被他紧紧握在手里。

就握在……手腕那里。

要不然怎么会越跳越快,像是马上就要跳出来一样呢?

谢云持的手一直都很漂亮,手指纤长,骨节有力,指甲更是修剪得整齐干净,一如他本人一般。

但纪明月从来不知道,当谢云持拉住自己的时候……自己竟然会如此紧张,却又如此开心。

像是天上空降一张巨额支票,她生怕一眨眼间那张支票就飘得无影无踪了。所以现在的她就只能一眨不眨地盯着那只手,那只紧握住自己心脏的手。

直到离开了包厢一段距离,谢云持才意识过来。他清了清嗓子,面上无波无澜地放开了手。

纪明月站直了身子,正准备开口说什么的时候,肚子就先她一步发出了声音——

"咕噜……"

纪明月默默地在心里骂了句,然后深深地捂住了脸。

谢云持偏偏还很不给面子，轻轻笑了出来。

纪明月连瞪他一眼的力气都没有了，只觉得自己这辈子能丢的脸可能全都在谢云持面前丢尽了。

谢云持很体贴地收敛了笑意："有什么想吃的吗？"

"想吃什么都行？"

"嗯，本来今天就是请你吃饭，什么都行。"

纪明月放下手来，瞥了一眼谢云持，毫不客气地说道："我想吃烧烤。"

谢云持愣了一下，怀疑地看了她一眼。

实不相瞒，纪明月想吃这些东西很久了，奈何在国外吃的不正宗，回国后又因为种种原因一直没吃成，现在既然"想吃什么都行"了，第一顺位当然是烧烤、啤酒！还得是露天的场地！

纪明月看了看谢云持："该不会你吃不下这些东西吧？"

谢云持轻笑了一声，没再多说什么，率先转身朝外走去。

纪明月一秒就懂了他的意思，连忙屁颠屁颠地跟在了他后面往外走。

现在想想吧，他们俩的关系，离男女朋友可能还有一段距离，又比校友亲近那么一些，总结下来应该是——饭友。

三天两头的相聚全靠吃饭的饭友。

一口水都没喝到，就又要坐车离开了。

纪明月低低地叹了口气，转过头问谢云持："那个……这家店真的很难约吗？"

谢云持笑了笑："你忘了我刚才告诉你的？这是我朋友开的。"

纪明月摇了摇头，沉默了一会儿才又开了口："刚才真的很不好意思。"

谢云持带着些许意外地看了她一眼："不好意思什么？吃烧烤吗？"

纪明月摇摇头："不是啦，就是……没有事先征求你的意见，便跟你父……叔叔和母亲那样说话了，是不是破坏了你们家的关系？"

毕竟别的不说，单从时辰的表述就能看出来，他们这样堪称特别的重组家庭能有现在的和谐已经很不容易了。

出乎她的意料，谢云持什么都没有说，反而还笑出了声。

谢云持停顿了两秒，又笑了出来。

明明他连嘴角的弧度都和刚才在包间里一模一样，可纪明月就是觉得，他现在好像是真的很高兴。

谢云持干脆把车靠路边停了下来，转过头，清亮的眸子直直地盯着纪明月看。

看得她一瞬间有些躲闪不及。

"纪明月，"他这样叫她，"我很高兴你那样说。"

纪明月不太自然地把鬓角的碎发别到了耳后，低低"哦"了一声，一时间不知道该说什么了。

"你会……怪你母亲吗？"

"她也很不容易。"谢云持语气淡了下来，"她早年和时叔叔相爱，却得不到时家的认可，两个人分手后她就离开了远城。她那个时候也不知道怀了我，然后嫁给了我父亲。

"虽然穷困，但我父亲待我母亲是极好的。她……"

说到这里，谢云持笑了笑："她也没什么，她就是太过于爱情至上了。所以在我父亲去世后，她会嫁给时叔叔好像也不是什么意外的事。"

"谢云持，你觉得谁都不容易，你体谅所有人，所以你谁都不会怪。那你自己呢？"纪明月蓦地就有些难过，"你自己，容易吗？"

谢云持看向纪明月，心里有个小小的声音在叫嚣着，却不敢说出口。

有你就容易。

7

谢云持沉默了很久。

纪明月也没再说话，似乎就只是在静静地等着他回答。

她真的不明白，谢云持体贴又包容，从来不曾不亏欠谁的，凭什么就要求他从小到大都要去体谅身边所有人呢？

这对他一点都不公平。

过了好久好久，谢云持才笑道："好像也不算太容易。

"可抱怨、难过和委屈从来不会改变什么，"他继续说道，"所以不如努力一点，再开心一点。"

纪明月一时间有些失语，这可真像是谢云持会说的话啊。

纪明月又想起她以前看到的那个场景。

那个时候知道了谢云持在那家花店工作后,她有意无意间就会多注意一点谢云持。因为谢云持脸上挂着的总是令她很愉悦的和煦又清朗的笑容,干净且温暖。

但是仅此而已。

直到有一次,纪明月看到谢云持从花店出来,然后用刚拿到的工资很开心地买了一份盒饭。

她清清楚楚地记得那份盒饭的价格,八块钱。可能是因为刚拿到了工资,谢云持还加了一份肉,比平常贵了三块钱。

那个时候她在想,怎么能有人因为一份加了肉的盒饭就高兴成这个样子,明明她每天的餐食比这丰盛一百倍。

正好谢云持也要回学校,纪明月便跟在他后面走了一段。

看那个平素稳重内敛的少年手里提着一份盒饭,高兴得时不时踢一踢路旁的石子,又随便一踢路上的易拉罐,下一秒好像意识到自己做了错事,一脸羞愧地小跑过去,飞快地把那个易拉罐捡起来丢进垃圾桶里。

纪明月跟在后面,实在忍不住笑了出来。

明明他向来沉稳淡定,一个人的时候却是这副样子的。很意外,很生动。

她跟着谢云持一起走过天桥的时候,发现前面的谢云持蓦地停了下来。她觉得奇怪,细细看过去,才发现谢云持竟是蹲在了一个乞丐面前。

下一秒,她就看见谢云持把那份对他来说很珍贵的盒饭送给了乞丐……

哪怕早已时过境迁,纪明月却依旧记得清清楚楚,就连谢云持那天穿了什么颜色的鞋子,她都记得。

她那个时候就在想,怎么会有人能因为一份八块钱的盒饭高兴得一蹦一跳,又怎么会有人轻而易举地就把自己的快乐转送给别人。

她不明白。

但不用明白,她便已轻而易举地动了心。

十年的时间足以改变很多很多,就连她自己和中学时的心境都早已不同。可好像唯有他,经历世事沧桑,依旧保持微笑。

——"不算太容易。"

——"所以不如努力一点,再开心一点。"

怎么能有人会说出来这样的话?就像个傻子。

纪明月张了张嘴,想说什么,又一时间一句话也说不出来。

她轻轻吸了吸鼻子，慌忙转过头，抹去眼角的湿意，心头百感交集。

情绪稍微平复了一点，纪明月依旧没转回头，还看着窗外的灯火，问道："哪怕你只能一辈子叫自己的亲生父亲叫叔叔，也可以去努力一点，再开心一点吗？"

谢云持似乎丝毫没有意外纪明月会知道这件事情，毕竟他也从来没打算瞒着她，而且她这么聪明，肯定可以猜到的。

"你还记得我上次和你说，我跟辰辰是异父异母的亲兄妹吗？"

"嗯。"

纪明月当然记得，她当时就是被这个"异父异母的亲兄妹"给迷惑了很久，猜测了那么长时间也没猜到他和时辰究竟是什么关系。

"于我而言，我的父亲已经在我高三的时候去世了。"谢云持稍顿，"所以也不单是照顾辰辰的情绪，时叔叔就是我的叔叔。"

纪明月愣了愣。她偏头看了看谢云持，意识过来谢云持从来都是把他的养父当成父亲。

所以他会尊敬时德永，会体贴又孝顺，但也只是把时德永这个亲生父亲当成继父看而已。

他也不会怪谁，但他还是会去做他自己该做的事，仅此而已。

谢云持看着纪明月蒙蒙的神情，忍不住愉悦地笑了出来，又启动了车子出发。

聊天归聊天，饿着她就不好了。

其实，谢云持有些事情并没有告诉纪明月。

比如，他一开始就对时辰那么好，一方面的确是因为想照顾这个初中就没了妈妈的女孩子；另一方面则是他有时候会想，在时辰的母亲没有去世之前，时辰肯定也像他喜欢的女孩子一样自在潇洒，被周围所有人宠爱着，美好无比。

每次这么一想，他就会觉得，如果他对时辰好，那远在异国他乡的纪明月也一定能被周围的人善意地对待。

她依旧可以活得像个公主，无忧无虑，百无禁忌，肆无忌惮，做的都是自己喜欢的事情，交往的都是真心的朋友，从不需要说违心的话，甚至……

甚至，如果纪明月哪天恋爱了，那个男人也可以把她捧在手心一辈子。

这么一想，谢云持竟然就只觉得满足。

Chapter 6
/
般 配

1

因为方才纪明月点名要去的是露天的烧烤摊,两个人便直奔远大。毕竟大学城周围别的店可能没有,唯有各种小吃摊保证琳琅满目。

但目前两个人的穿着都实在不太适合撸串,反正公寓也在远大附近,谢云持干脆先开车回了一趟公寓,打算换了衣服再去。

纪明月上了二楼,翻箱倒柜才找出来合适的衣服——

一件薄薄的浅粉色线衫。

她又找出来一条短裙,踩了一双平底鞋。

对着镜子照了照,纪明月装嫩上瘾,干脆把长发扎成了高高的马尾,连妆都卸了,不施粉黛,素面朝天。

镜子里的女孩子怎么看都只是二十出头的女大学生,谁能想到其实她是女大学生的老师?

冲着镜子比了个"耶",纪明月满意得不得了,她觉得自己现在去了远大,分分钟就能被别人叫学妹。

她又精心挑选了一个包包背着,蹦蹦跳跳地下了楼。

刚一过楼梯拐角,纪明月就注意到了正懒懒地倚着餐桌,背对着她,随手把玩着车钥匙的谢云持。

似乎是注意到了纪明月的动静,谢云持回过头看了她一眼。

这一眼,纪明月就愣在了原地。

她每次见到谢云持,谢云持穿的都是衬衣,西装革履,整齐干净,一身传说中的禁欲霸总味。

但是今天为了去吃烧烤,谢云持换上了一件浅蓝色的线衫,平时一丝不乱的头发这个时候也凌乱了些许,还有几丝头发垂在额前。

不知怎的,纪明月只觉得自己隐约间像是看到了大学时代的谢云持该有的样子——

五官清俊,性格内敛,却又满是遮挡不住的少年意气,些微懒倦,却又潇洒不羁。

谢云持轻轻笑出了声:"发什么呆呢,还不饿吗?"

他站在原地,不偏不倚地看着她,像是在等着她一步步靠近一般。

纪明月蓦地就生出了一种期待,如果她每次朝前走,他都能站在她的前方等着她,该多好啊!

谢云持扬了扬眉:"纪小姐这么穿,是打算出去被人搭讪的吗?"

纪明月听出了他话里的意味,瘪了瘪嘴。她算是发现了,谢云持平日里跟她亲友们一样,会称呼她"猫猫",但如果是带着调侃的语气和她讲话,就会称呼她为"纪小姐"。

纪明月以牙还牙:"那谢先生这么穿,是打算出去被女孩子们挨个要联系方式的吗?"

谢云持轻轻笑出了声。

扳回一局的纪明月开开心心,正要往前走,就听见谢云持缓缓开口:"那倒不至于。你站在我旁边,怕是没人敢和我要联系方式了。

"都有纪小姐这么漂亮的人了,其他人肯定会退居其次的。"谢云持笑了笑,"纪小姐放心。"

因为小吃街就在附近,走过去只要十几分钟,两个人便没有开车。

电梯很快到了,他们一前一后进了电梯。电梯里有一对似乎是夫妻的男女,看他们进来,冲他们两个人善意地笑了笑。

纪明月心情挺好,也笑了笑,随后就站在电梯角落开始掰着指头对谢云持说:"等会儿我要吃烤馒头、烤牛筋、凉面……哦对,蒜蓉金针菇也一定要来一份,我超级喜欢!"

谢云持边听边随意地点点头,听到最后又笑道:"蒜蓉?"

纪明月点头如捣蒜。

"不怕吃了……"谢云持斟酌了一下字句,"不太好闻吗?"

纪明月一秒颓丧。她在心里来来回回地挣扎了一会儿,还是抵挡不住蒜蓉金针菇的绝佳搭配,握紧拳头:"吃口香糖就行了。而且,嘴臭是对蒜蓉的基本尊重好吧?"

谢云持懒懒点头,一副"你说的都对"的样子。

纪明月还准备说什么,电梯"叮"的一声,提示他们到一楼了。

那对夫妻率先走了出去,妻子走出去之前,又回过头冲着纪明月笑了笑。

纪明月一时间有些摸不着头脑,抓了抓头发,而后跟着谢云持一起走了出去。

那对夫妻走得并不快,纪明月跟在他们后面,还能听到他们两个人的聊天声。

妻子笑道:"刚才那对情侣是不是远大的学生?在这边租房子住的吧?还真是出色,都太好看了。"

丈夫也应道:"估计是的,一看就是大学生,这会儿大概是出去吃夜宵吧?"

两个人越走越远,后面的内容渐渐听不清了。

纪明月终于明白为什么刚才那个女人会冲自己善意地笑了。

她心里有些甜蜜蜜的,又有些说不清的慌乱,抬头看了看谢云持,发现他正轻笑看着前方。

……他没听到?

纪明月也扬了扬唇,跟着笑了起来。

这个点正是大学城的学生们出来活动的时间,便宜又真的挺香的小吃摊是大学生们吃夜宵或聚餐的首选。

有宿舍全体出动出来吃东西的,有情侣约会完过来吃夜宵的,也有小群体在这里聚餐撸串的,热闹得不行。

虽说临时起意来吃烧烤,奈何纪明月刚来远大没多久,对这周围的美食实在算不上了解。她来来回回看着这一条街上各种各样的烧烤摊,犹犹豫豫,转过头问谢云持:"你说,我们去吃哪家?"

"味道应该都差不了多少吧,"谢云持答道,"找个还有位置的就行。"

纪明月刚想点头,就听见谢云持又补充道:"当然,如果你想站着吃烧烤的话,我也不反对。"

这是人说的话吗?

纪明月对谢云持表示了深深的鄙夷,抬手把碎发别到耳后,看了看,指着右边一个摊位:"就那里吧?还有个小桌的空位。"

谢云持不甚在意地点了点头,率先抬步朝那个摊位走过去。

纪明月连忙跟了过去,把背着的小包包放下。

旁边那桌似乎是一群人过来聚餐,很是热闹。她随意地瞥了一眼就转过了头,把菜单递给谢云持,问他:"你想吃什么?我去跟老板报。"

本以为按照谢云持的个性,他肯定会说"什么都行"的。结果出乎意料,谢云持竟然真的拿起菜单认真研究了一番,而后毫不客气地报出了一长串菜品,娴熟无比:"一串骨肉相连,三串烤面筋,三串烤鱿鱼……"

"等等等等,你慢点儿!"纪明月飞快地拿出手机打开备忘录。

等到谢云持报完菜,纪明月又翻着菜单,在备忘录上记下自己想吃的东西。她指了指自己的包包:"你帮我看一下啊,这个包可……"

"贵了"两个字,戛然而止。

她怎么总是忘记自己的人设?

胡乱地朝着谢云持点了点头,纪明月立马像只小蝴蝶一样朝着老板的烧烤车飞了过去。

虽说这个摊位已是人相对较少的了,但烧烤车前面还是排了几个人。

等待的时候,纪明月突然感觉自己的右肩被人轻轻拍了一下。

"小姐姐你好,我是远大的学生,那个……能加一下你微信吗?"

还没等纪明月说话,男生就已经错愕震惊得叫了出来:"纪助教!"

纪明月这个时候终于抬起了头,看清了男生的脸。

是郑教授实验室的廖博艺。

廖博艺一脸震惊,又很是尴尬。他挠了挠头,好半天才干巴巴地道歉:"那个……不好意思啊,助教,我……我刚才只远远地看了你一眼,就就就……没认出来是你,啊……那个……"

就问能有谁和他一样惨?好不容易惊鸿一瞥看到一位大美人,鼓起勇气来跟美人搭个讪,排在人家后面好一会儿才敢要微信,然后就搭讪到自己助教了!

纪明月不怎么在意地挥了挥手:"没关系。"

她今天的穿着的确跟往日里不太一样,头发也扎起来了,天色又暗,没认出来也正常。

再说了,她这些年来被人搭讪的次数还少吗?这次顶多也就是从陌生人变成了算不上特别熟悉的学生而已,没什么好尴尬的。

比起这个,纪明月显然更在意老板手里的那一堆烤串。

太香了,她觉得现在的自己分分钟就能撸上一百来串!

终于轮到了她,纪明月丝毫不在意自己的美女形象,大声点完单,就开开心心地拎着手机回了位置。

刚一坐下,纪明月就发现对面的谢云持正饶有兴致地盯着自己看。

她下意识地打量了自己一遍,没问题啊,还是跟以前一样,绝世漂亮。

正暗自纳闷着,纪明月便听见谢云持开了口,慢慢悠悠的,语带调侃:"纪小姐果然很受欢迎。"

纪明月这才明白过来,敢情刚才她被廖博艺搭讪的一幕被谢云持看到了。

她瘪了瘪嘴,正打算说什么的时候,就听见旁边那桌的人爆出了一阵惊天地泣鬼神的笑声。

纪明月匆匆瞥了一眼就看到了坐在角落里的廖博艺。

那桌人正好就是实验室的,大家出来聚餐。

没等纪明月做出什么举动,那边江闻便已站起了身,朝着纪明月这桌走过来。

走到他们两个人跟前,江闻先冲着一旁陌生的谢云持笑了笑,又跟纪明月打招呼:"助教,您也过来吃夜宵吗?正巧实验室今天聚餐,要不我们拼个桌吧?"

纪明月先是扫视了隔壁桌的一群人,有实验室的人,也有她没见过的陌生面孔。

但是,没有白桃,她心下满意。

在实验室和课堂上,她会尽到自己身为老师的职责,不会带自己的个人情绪进去,但是今天这么开心的烧烤时间,她不是很想见到白桃。

她又转过头看了看谢云持,用眼神征求他的意见。

谢云持带着微微的笑意点了点头:"没问题。"

139

纪明月又是一阵意外。她还以为按照谢云持的性格,这个时候肯定不会同意拼桌呢。

既然谢云持都这么说了,纪明月就也应了下来。

他们两个人的单桌很好挪动,那边又过来一个男生,跟江闻一起把桌子和他们的大桌拼在了一起。

他们刚坐下来,老板娘就端了一盘烤好的串放在了桌子上。

纪明月顿时眼睛一亮。

刚拿起一串烤馒头咬进嘴里,纪明月就听到黄陶宁语带八卦地问道:"助教,这是你男朋友吗?好帅啊!你们也太般配了!"

2

"噗,咳咳咳……"

那一口烤馒头把纪明月呛得咳嗽。

谢云持飞快地递了一瓶水过来,还贴心地帮她拧开了盖子。

纪明月"咕咚咕咚"灌下去几口水,才觉得自己这条命勉强保住了。

她抬眼看了看,发现周围所有的人都用跟黄陶宁同样的表情看着自己——满怀憧憬和羡慕。

除了尴尬扶额的廖博艺。

不过想想,纪明月也能理解他们为什么会这么想了。一男一女两个成年人在这个点单独出来吃饭,好像除了情侣也想不到别的了。

哦,还有可能是……

还没等纪明月的思绪飘到那个词语上,就听见谈辛恍然大悟地一拍手:"说不定不是男朋友,是老公对不对!"

纪明月的神情越发复杂了。

谢云持轻声笑了出来,瞬间吸引了大家的注意力。

刚才大家都只敢偷偷打量谢云持,现在认真看过去,看到谢云持那含笑的眉眼,有几个女生都有些脸红了,连忙移开视线。

这……这也太好看了一点吧……

谢云持神情里带着几分愉悦,旁若无人地拿起一串骨肉相连,用筷子撸到了自己的盘子里,夹起来尝了一口。

说来也奇怪,明明撸串这种别人做起来多少会带着几分粗鲁的事情,他做的时候就只让人觉得赏心悦目。

一阵微妙的静谧间,只有纪明月还在态度熟稔地跟谢云持讲话:"你笑什么呀?这都被我学生误解你是我男朋友了。"她瞋了谢云持一眼,又看了看他盘子里的骨肉相连,稍稍咽了咽口水问,"骨肉相连好吃吗?"

纪明月下意识地朝着中间的餐盘里看了一眼,这才想起来只点了一份骨肉相连,感觉很后悔。

谢云持轻挑了挑眉,把自己的盘子往前移了移:"要尝尝吗?"

纪明月只犹豫了一秒,一秒过后,肚子里的馋虫就战胜了一切理智。

再说了,她跟谢云持一起吃过那么多顿饭了,尝尝他盘子里的东西也不为过吧?

这么一想,纪明月就无比开怀地夹了一块,又在自己的盘子里蘸了蘸辣椒粉后放进了嘴,瞬间满意地眯起了眼睛。

嗯,昂贵的高档料理虽然好吃,但这种用调味品调出来的小吃也好香啊。

冲谢云持比了个大拇指,纪明月又拿了一串烤牛筋开始大快朵颐。饿到一定境界的时候吃东西,果然特别好吃。

纪明月一边吃,一边招呼安静无比的大家:"大家吃呀!怎么都不说话了?"

其余的人讪讪地笑了笑,江闻又招呼了一下,他们才各自选了东西吃了起来。

一片寂静中,身为大师兄的江闻冲着其中一个叫章贝洋的男生使了个眼色,接到任务的章贝洋咽了咽喉咙,问道:"那个……"他纠结了一下称呼,最后果断使用了最不会出错的方式,继续道,"谢先生,您现在是从事什么工作的啊?"

"一个上班族,从事的内容比较杂。"谢云持说。

撸串撸得正起劲的纪明月愣了愣。您把总裁叫上班族?普普通通平凡无奇的赚钱小能手?

"哦,"章贝洋应了一声,"那您现在在哪家公司工作?方便说吗?"

谢云持倒是无所谓地点了点头:"君耀。"

在场的其余人瞬间都"哇"出了声。

君耀!这两个字在他们心里简直就是厉害的典范,毕竟能进君耀工作的,肯定都是出类拔萃的人。

而这位谢先生只说是"上班族",问起来之后还把"君耀"两个字说得如此淡然,人肯定是谦虚低调但又很厉害!

看着大家赞叹和敬佩的目光,纪明月内心一阵无语。

知道他在君耀工作就能羡慕成这样,那要是知道他就是君耀的总裁呢?

不过之后,大家渐渐就聊开了。谈辛问黄陶宁:"陶宁,我怎么觉得最近白桃好像怪怪的?像是受了什么打击一样?"

打击?

纪明月心下一愣,偏头瞥了一眼谢云持。他恍若未闻,安安静静地吃着自己盘子里的东西,看起来像是完全不认识白桃一般。

黄陶宁摇了摇头:"我也不清楚,但她最近好像的确有点颓丧,不知道的还以为她失恋了呢。"

失恋?

行,这下纪明月可以百分百确定,白桃状态不对跟谢云持有关系了。

纪明月轻轻挑了挑眉,用纸巾擦了擦手,开始噼里啪啦给谢云持发消息。

Moon:看来谢先生的行情好像更好一点啊。

Moon:拒绝人都这么熟练,谢先生没少被人追吧?

Moon:谢先生怕是相当有经验了。

谢云持的微信提示音不停地响起,他每次都是看一眼消息就又放下手机,没有回复,而后继续面带笑意地吃东西。但是周围的人都莫名能感觉到,明明他和之前的表情、神态都没有什么变化,可就是让人觉得他周身的愉悦感越来越重了。

章贝洋忍不住问道:"谢先生是有什么事情要忙吗?我看您手机一直响个不停。"

谢云持慢条斯理地摇了摇头。

纪明月偷偷笑了笑,放下手机,佯装什么都不知道,一直在认真吃东西的样子。

谢云持倒也没看她,反而抬头看了看章贝洋,说道:"没什么,我家猫闹腾而已。"

我……家……猫……

纪明月只觉得自己心头升起一股热气,迅速涌上了脑袋。

那边章贝洋还在嘀咕:"那您家的猫还挺有趣,会给您发消息,都是语音喵喵叫吗？说不定是想您了。"

提起猫，大家都来了兴趣。

黄陶宁："谢先生，您家猫可爱吗？"

谢云持轻笑了笑："很可爱。"

谈辛一脸羡慕："我也好想养只猫，但住宿舍养不了。谢先生，养猫麻烦吗？"

"还行，"谢云持扬了扬眉，"有时候还挺护主。"

纪明月的头越埋越深，差点就要垂到自己盘子里去了。

坐在她邻座的女孩子看了看她，有些惊讶道："助教，您的脸怎么这么红啊？哎呀，耳朵都是红的，这么热吗？"

纪明月摆了摆手，示意自己没事，而对面的谢云持却蓦地轻笑出声。

章贝洋："谢先生，您笑什么啊？"他反思了一下自己：是刚才我讲前两天在学校看到一只猫，特地买了火腿肠过去喂，结果猫猫对我不屑一顾的"惨案"吗？这么好笑的吗？

谢云持再次轻笑出声，点了点头："没事，就是突然想起我家猫的一些趣事而已。"

章贝洋明白过来，冲谢云持比了个赞："看来谢先生是真的很喜欢您家猫猫啊。"

谢云持这次倒是偏头瞥了纪明月一眼，笑得意味不明，继续说道："就是觉得傻傻的。"

纪明月腹诽：你才傻傻的，你全家都傻傻的！

她一句话都不想说了，从餐盘里拿了一串烤鱿鱼，恶狠狠地咬了一大口。

别说，还挺好吃的。

这顿晚饭兼夜宵在大家的吹嘘拉扯下，硬是吃了近两个小时，筒子里的签子都不知道放了多少。

谢云持中途还过去加了一点东西，还特地多加了烤鱿鱼和骨肉相连。谈辛问起来，谢云持也只是说："嗯，还挺好吃。"

然后那些个烤鱿鱼和骨肉相连，大多是被纪明月给解决掉了的。

老板娘再端来餐盘的时候，江闻说："老板娘，结一下账。"

"不用了不用了，"老板娘连连摆手，又指了指谢云持，"这位帅哥已经结过了，你们放心吃。"

"哎呀，这怎么行，"已经彻底成为谢云持粉丝的章贝洋连忙拍了一下大腿，"我们这么多人，怎么能让谢先生请我们吃饭！"

唯有纪明月满不在乎，还示意章贝洋放宽心："没关系，他有钱，让他结就行。"

再说了，跟学生们一起吃饭，哪有让学生拿钱的道理？

谢云持语带调侃："嗯，没关系。

"就当买猫粮了。"

3

纪明月第二天上午没什么工作，所以她一直睡到临近中午才醒。

睁开眼的时候已经十一点了，她揉了揉眼，从枕头下摸出手机。刚一解锁，她就看到自己手机上的一大片微信消息。

有实验室微信群的消息，纪明月随手点进去看了看，发现他们都在疯狂讨论昨晚的那顿夜宵。她茫然了一下，纳闷地想他们是不是忘了自己也在群里，要不然为何大家怎么会如此肆无忌惮？

也有"四人一猫"的微信群聊，这会儿消息已经99+了，显示里面有人@她。她点进去，消息飞快地定位到了@她的地方。

裴献：猫猫@Moon，我后天要去远城出差，你记得空出时间陪我吃个晚饭。

邵泽宇：哟呵，献哥可以啊。

贺盎：献哥，你要记得看一看猫猫跟谢男神的进度，回来给我们一个反馈啊！

舒妙：进度？呵，她能有什么进度？

纪明月第一万次感慨，这个群每天的聊天记录都真无营养可言。

她慢悠悠地伸出食指，回复了裴献的那条消息。

Moon：空出时间可以，你请我吃。

裴献：嗯？

裴献：这可真像是你能说出来的话。

Moon：没办法，我要固守我破产大小姐的人设。

得意扬扬地回复完消息，纪明月退出了群聊界面，回复下一个人的消息。大上午的，向幼给她发了好多条消息。

向幼：猫猫！猫猫！

向幼：我听说，好像那个白桃快要离开我们项目组了？

向幼：真的假的啊，要是真的我就高兴死了！

想起昨天晚上回到公寓后谢云持接到的时德永的电话，纪明月回了消息过去。

Moon：嗯，这个月底吧。

向幼：太好了！

向幼：啊不对，那不就说明，下周那场快乐无比的运动会，我还是要看见她？

纪明月笑了出来，伸了个懒腰。

昨晚那件事，时德永最后还是妥协了。其实说实话，按照纪明月对谢云持的了解，就算时德永不同意，谢云持也不会放任白桃继续留在M-1的。

说到底，能够和平解决还是很开心的，虽然大概率因为这件事，时德永和沈芝都不会怎么喜欢自己了。

正在想东想西，纪明月蓦地听见自己的房门被敲响。她趿拉上拖鞋，"哒哒哒"地跑到门口拉开房门。

门外是谢云持。

他穿着一件白衬衣，整个人装扮得挺整齐的，看上去像是要出门一样，手里还提着大袋小袋。

纪明月一眼认出来，这就是昨天她跟时辰去购物买的一大堆东西。

这么一说还真是，她好像忘了从后备厢里拿出来了……

"你的东西。"谢云持将东西递给她。

纪明月道了声谢，接了过来。

"买了不少。"

可不是嘛，还是用您的钱买的呢。

纪明月冲谢云持"嘿嘿"笑了两声，没接话，反而转移了话题："你这是要出去吗？"

谢云持点了点头："嗯，所以午餐就得你自己解决了。"

纪明月应声，忽然觉得好像有哪里不太对。

这种男人要出门，交代女人要自己解决午餐的感觉，怎么就那么像已婚夫妇呢？

145

谢云持又说道:"有家宴要参加。"

其实您可以不用跟我交代得这么清楚的……纪明月的脑子,已经在想歪的路上一路狂奔再回不了头了。

时家算是一个不小的家族,所以一直有举办家宴的传统。家宴通常是三月一次,时家人基本上都会参加。

时德永是长子,有两个弟弟,还有一个妹妹。

这次正值清明假期后面一天,所以参加的人比往常稍微多了一些,举办得也更隆重。

谢云持刚开车到时家,就看见了正等着他的时辰。

"怎么了?"

"别说了,"时辰瘪了瘪嘴,"姑姑又在那里长篇大论,我不想听,就先溜出来等你了。"

不过转念一想,时辰就又开心了起来:"嘿嘿,但是等会儿你进去之后,姑姑肯定就把攻势转到你身上了。我想想啊……

"云持,你也老大不小了,不要把全部的心思都放在工作上。"时辰开始有腔有调地模仿时姑姑的语气,"你爸爸这两年身体也不好,还等着抱孙子呢。"

谢云持缓缓点了点头,而后竟然反问了一句:"孙女行吗?"

时辰愣了一下,一秒就意识过来什么,惊喜无比地问:"哥!你这是要成了吗?"

谢云持轻笑了笑:"没准。"

时辰顿时眼睛一亮。她很了解谢云持,他从来都不是会把话说满的人,所以他说"没准",那就是百分百一定行!

谢云持已经迈开长腿率先朝前走了过去,时辰屁颠屁颠跟在他后面追问不停:"哥,你再详细说点嘛,我什么时候能叫嫂子啊?"

谢云持想了想,转过头问时辰:"你是想你明月姐了吗?"

时辰撇撇嘴:"我不是昨天才跟明月姐逛了街喝了下午茶嘛。"

谢云持点了点头,继而拿出手机,郑重其事地给纪明月发消息。

101325:我妹妹想你了。

纪明月看到消息后一脸茫然,不是昨天才跟时辰见了面吗?

Moon：真的？

101325：嗯。

发完消息，谢云持没再过多解释，收起手机进了时家的院子。

我妹妹想你了。

这句话是假的，但我真的有妹妹。

可她真的很多余。

所以……

你把"妹妹"两个字去掉也没关系。

虽然裴献说的是让纪明月空出晚上的时间陪他吃顿饭就行，但怎么说好歹是从小一起长大的青梅竹马，纪明月嘴上一副懒得理他的样子，还是去了高铁站接他。

纪明月先陪着他去酒店放了行李，又带着他到处逛了逛。

吃饭的地点也是纪明月定的，她选了一家味道还不错的川菜馆，点了一堆一看就很辣的菜。

两个人算是打从娘胎里就认识的，所以裴献对纪明月很是了解，她一个动作，裴献就能轻而易举地看出来她到底在想什么。

裴献从毛血旺里夹了一块午餐肉尝了尝，抬头看了看她："猫猫，你看起来好像最近还挺开心的样子啊。"

他琢磨了一下，换了个词："应该说是……春风得意。"

纪明月扬了扬眉。

裴献静默两秒，语出惊人："你该不会是谈恋爱了吧？"

纪明月瞪眼。

裴献笑出了声："行行行，别生气，是我说错话了。"

"我就是觉得，没准我还真能跟他在一起呢。"纪明月抿唇笑了笑。

裴献观察了一下她的表情，问："谢云持知道你暗恋他的事情吗？"

纪明月摇摇头："我没告诉他，他以前又不喜欢我，我说了有什么意义？只要现在有机会在一起，那就是最重要的。"

至于以前的那些过往，就等着谢云持有一天自己发现就行了。

她叹了口气："其实我之前是有那么一些意难平的，总觉得我喜欢了他那么久，他对我可能仅限于知道名字的地步而已。

"但是我现在想想他以前的那个处境,他应该完全没有别的心思吧?"

纪明月只这么一想,就又开始陷入对谢云持的无限心疼之中了。

她紧握了握拳头:"没关系,以后还会有我对他好呢。"

裴献把自己的胳膊伸过去给纪明月看:"我一身的鸡皮疙瘩,你看见没?"

纪明月瞪了他一眼。

两个人吃完饭,纪明月带着裴献去湖边散步消食。

最近经历的事的确有些多,她跟裴献有一搭没一搭地聊了不少,等回公寓的时候只觉得心情轻松了不少。刚进电梯,纪明月就收到了裴献的消息。

裴献:我到酒店了。

Moon:好的,我也到家了。你早点洗洗睡吧,这都已经十一点了,明天还得工作。

收起手机,打开公寓的门,里面黑乎乎的,纪明月忍不住在心里猜测:谢云持今晚回来吗?还是在时家?再不然就是这个点还在加班?

刚脱下一只鞋,她就听到"啪"的一声响,客厅的灯顿时大亮。

纪明月被突如其来的光亮刺了一下眼,下意识地用手挡了挡,适应过来之后才看到站在房门边穿着睡衣的谢云持。

她愣了一下,谢云持今天这么早就睡觉了吗?

"你今天回来了呀?"纪明月讪笑了几声,"有朋友来玩,我陪朋友出去吃了顿饭。"

谢云持站得不算很直,微微弯着背,整个人看上去和平日有些不一样。

他没什么表情地稍稍点了点头,别开视线,一句话也没说,只是朝着冰箱的方向迈开了步子。

谢云持之前那样站着,纪明月还没察觉出来哪里不对,他现在一走动,她就感应到什么一样:"你身体不舒服吗?"

感觉……他走得很缓慢,有些许吃力,整个人没什么精神的样子。

谢云持没说话,也没看她,兀自走到冰箱前,打开冰箱门,拿出了一瓶冰水。

纪明月犹豫了一番,还是朝着谢云持走了过去,靠近他之后,纪明月才越发肯定他是身体不舒服。

谢云持喘着粗气,面部发红,隔着薄薄的睡衣,她都能感觉到他身上散发的热度。

她瞪大了眼，一把从谢云持手里夺过那瓶冰水，并用手背碰了碰谢云持的额头。

"你怎么烧得这么厉害！"

4

谢云持整个人都没什么力气的样子，倚在冰箱门上，微微弯着腰。

纪明月随手把冰水放在一旁的操作台上，正准备去找医药箱，就看到谢云持的腿轻颤了一下，似乎就要站不住了。

她飞快地搀住谢云持的胳膊："我扶你去床上休息，你要什么就告诉我，我给你找。"

纪明月一边扶着谢云持往他房间的方向走，一边紧皱着眉问："你烧到了多少度？"

"39.3℃。"

他只觉得太阳穴突突地疼，过高的温度烧得他有些意识不清醒，眼睛更像是看到了五彩斑斓的色彩一样，他甚至一时间分不清现在究竟是现实还是梦境。

纪明月搀着谢云持走进他房间，让他靠在床头，又问他："家里有退烧药吗？"

谢云持没什么力气地摇了摇头："我好多年没发过烧了。"

这都是什么坏毛病！没发过烧也得常备着这些药啊，不然像今天这样的情况，万一她没今晚没回来，他这不都烧出问题了吗？

纪明月一肚子的话，在看到谢云持状态的那一刹那，又全都咽了回去。

她认命地叹了口气，想起祝琴在她的行李箱里塞了一个小医药箱，里面应该有退烧药。

她用体温枪重新给谢云持量了一下体温，然后小跑出去，用冰水打湿毛巾后给谢云持敷着额头，还不忘叮嘱他："觉得不冰了就告诉我。"

她又倒了杯水放在他的床头柜上，再次小跑上楼，在小医药箱的最底下翻出一盒退烧药，不由自主地轻轻松了口气。

纪明月看着闭着眼的谢云持，把退烧药和水杯都递给他，提醒道："吃药了。"

谢云持睁开眼，直直地盯着纪明月。可能是因为发烧，谢云持的眼睛比平时还要亮上不少，灿若星辰。

在纪明月都快要浑身不自在时，谢云持终于点了点头，应了一声。

"你乖乖吃药，吃两粒。"

生了病的谢云持，听话得不得了，纪明月说什么他就听什么，跟平时那个云淡风轻、谈笑风生的他简直判若两人。

纪明月让他吃药，他就乖乖巧巧地点头。

……懂事得让人心疼。

纪明月一时间有些不知道该说什么，她抿了抿唇，打算再去冰箱里翻一翻有没有冰袋之类的东西。

等她拿了几个冰袋走回来的时候，就发现谢云持还低着头，似乎正研究着手里的药，另外一只端着水的手还颤颤巍巍的。

很明显，他还没吃药。

纪明月敛着眉："你怎么还不吃药？"

谢云持抬起头看着她，似乎很怕她生气，平素总是带着笑的脸上，这个时候看上去却有几分委屈的意味。他大脑越发不清醒起来，唯一的想法就是要听纪明月的话，不要让她生气皱眉头。

谢云持抖了抖手里的药盒，解释："这个……好像过期了。"

他又顿了顿，盯着纪明月，抿了抿唇："你别生气，我这就吃药。"

说着，他竟然就真的扣了两粒药出来。

纪明月"哎"了一声，连忙大步走过去，一把夺过他手里的药。

"过期了你还吃？"

她紧皱着眉头，找到药盒上的钢印——去年就过期了。

她妈妈究竟为什么会在她这个亲闺女的箱子里放上过期药？

纪明月一时间觉得着实想不通。

不过眼下最重要的当然还是谢云持的病情。

"楼下好像有家24小时的药店，我去买点药，你等我一下。"纪明月说完，正准备走，却被人拉住了衣角。

她无奈地回过头，低声安抚道："我很快就回来，你得吃药，烧得这么厉害是不行的。"

谢云持盯着她，不说话，也不松手，像是一个固执的孩子一样。

纪明月觉得这个时候跟他讲道理好像完全讲不通。

她蹲下来，谢云持的眼睛就跟着她的脸移动，只盯着她，一眨不眨，仿佛一朵向日葵只追随着它的太阳一般。

纪明月叹了口气。她觉得今天怕是把这一辈子的气都给叹完了。

"你不吃药，退不了烧怎么办？"

谢云持依旧不说话，只是抿了抿唇，脸上再次露出了委屈的表情。

纪明月觉得自己可能真的太心软了，但看到谢云持这样的神情谁能受得住啊？

在理智投降的前一秒，她飞快地别开了眼，觉得自己不能再跟谢云持耗时间了，得快去快回。

而后，纪明月就感觉到自己的衣角又被抓紧了几分。

谢云持开了口，声音里竟然带了几分祈求的意味，手背因为用力都显出了青筋。

"……你真的会回来吗？"

纪明月的理智顷刻间灰飞烟灭。她愣在了原地，目光也从谢云持的手一点一点上移，移到了谢云持的脸上。

谢云持又抿了抿干燥的唇角："你会回来对不对？"

纪明月就这么蹲在地上，看着脸上写满了固执的谢云持，一言不发。

好半天，她才终于忍不住扬了扬唇角："算了，我不走。"

谢云持却依旧没有放松，还在紧紧盯着她，似乎觉得自己稍一眨眼她就会从自己身边消失了一样。

就像是十年前，她突然便从自己身边消失得无影无踪。

他心底发疯了一般，却无力得连去见她一面都做不到……

纪明月又点了点头："我不出去了，我看看有没有外送的药店行吗？"

谢云持那双亮晶晶的眼睛里瞬间染了几分喜色。他依旧不说话，也不闭眼休息，就这么看着她。

刚开始时，纪明月还只觉得浑身不自在，被他盯的时间长了也就随他去了。

找了一家最近的药店，纪明月选了药下了单，放下了手机。她这才意识到，自己回来后，衣服没换、妆也没卸地忙了好半天。

但是按照眼下的状况，想要去洗澡也是不太可能的了。

151

纪明月拿了药回来，又从卫生间端了一盆水和一条毛巾来。

谢云持乖乖吃了药，她拧干毛巾，帮谢云持擦了擦脸上和脖子上的汗珠。

"你睡吧，"纪明月安慰他，"我不走，帮你量着体温。"

"我以为你今晚不回来了。"谢云持沉默了一会儿，突然语气不太高兴地开口道。

纪明月一哂："你在说什么？我不回来我能去哪儿？我就是陪朋友逛了逛、吃了个饭而已。"

谢云持似乎松了口气，蓦地冲着她笑了笑。

纪明月晃了晃神，就又听见他说："我觉得我……做了一个很好的梦。"

如果发高烧就能做这么美好的梦，能看见她陪在自己身边，能听她告诉自己"我不走"，那发烧一定是最最最快乐的事情。

那他愿意发一辈子的烧。

然后就能看见希望。

谢云持到底是没抵过药力，昏昏沉沉地睡了过去。

纪明月打了个哈欠，又帮他擦了擦汗，换了个冰袋。

退烧药见效挺快，谢云持又是一个身体很好的成年人，现下烧退了不少，起码额头没有之前烫得那么厉害了。

纪明月刚回来碰到谢云持的一刹那，简直吓了一大跳，那体温感觉都快能煮熟鸡蛋了。

纪明月瞥了一眼时间，发现已经近凌晨一点钟了。

这么一算，还折腾了挺久。

正打算去换一盆水时，纪明月就看见自己的手机屏幕陡然亮了起来。

不是时间是时辰：明月姐，很不好意思，虽然这会儿你肯定睡着了，但我怕我明早就忘了说了。

不是时间是时辰：我好像把那天逛街买的一条项链落在你那一堆袋子里了。你明天白天可以帮我找一下吗？

Moon：嗯，没问题。

不是时间是时辰：明月姐，你怎么还没睡啊？都这么晚了。

Moon：有点事耽搁了。

纪明月犹疑了一下，还是没忍住发问。

Moon：那个……你哥哥生病频繁吗？

不是时间是时辰：怎么突然问这个啊？

不是时间是时辰：不频繁吧，我哥身体好着呢，感冒发烧都很少。

不是时间是时辰：哦，我想起来，沈姨提到过，说我哥上次发高烧是在十年前了。

不是时间是时辰：好像那次烧得特别厉害，高烧不退了好几天，打吊瓶什么的都不行。后来不知道怎么突然退了烧，沈姨说那次她都快被我哥吓死了。

……十年前？

不是时间是时辰：不过我哥好像有时候会失眠……我看见过他吃褪黑素。

不是时间是时辰：但我问起来的时候，我哥就说他是偶尔失眠，没什么大事。

不是时间是时辰：虽然我觉得偶尔失眠已经很可怕了。

纪明月皱了皱眉头，正准备继续问下去，就听到睡梦中的谢云持蓦地发出一阵梦呓，整个人看上去很不安稳，似乎是做了噩梦。

纪明月很仔细才听清他说的内容："……你什么时候回来啊……"

摸到床边纪明月的手，谢云持立马紧紧抓住，抓得纪明月都有些疼。

好半天，谢云持才慢慢安稳下来，又沉沉地睡了过去。

看到他的嘴唇一张一合，纪明月顿了顿，还是凑过去又仔细听了听。

"我好想你啊。"

他的语气温柔得不可一世，带着满满的眷恋，哪怕他是在深沉的睡梦中，并没有什么意识。

5

晨光初放时，谢云持悠悠转醒。

他向来有早起的习惯，所以哪怕不定闹钟，他也能早早醒来，好像和平日里也没什么不同。

除了……

谢云持稍稍一动，就感觉到自己手心里正紧紧攥着什么。

他一愣，意识和回忆渐渐回笼。

谢云持看着自己紧握的那只纤细的胳膊，视线顺着纤细的胳膊上移，最

153

后完整出现在他眼睛里的是纪明月。

她坐在地板上，趴在床沿，一条胳膊垫在下巴下面，另外一只手被他紧紧握着。

谢云持整个人愣了一下。

他昨晚回来时，发现纪明月并不在家里，便洗了澡准备睡觉，却觉得浑身发冷，整个人都没什么精神，继而就发了高烧。

他当时没怎么在意，他身体一向很好，更是许久许久没有发烧了。家里没有药，他也没打算去医院，想的是睡一觉醒来烧肯定就退了。他一直是很独立的人，这些年来遇到小感冒都是这么处理的。他准备去冰箱里拿瓶冰水冰一下额头的时候，纪明月就推门进来了。

之后，好像就是纪明月一直不停地给自己找药、量体温、冰额头。

所以，她就这样睡了一整晚吗？

似乎因为保持一个姿势久了很难受，纪明月在睡梦中嘤咛了一声，而后轻轻挪动了一下右腿。下一秒，她立马倒抽了一口凉气，表情瞬间就拧巴了起来，没被谢云持握住的那只手也下意识地去安抚自己的右腿，眉头还紧紧皱着。

看着女孩子的动作，谢云持一时间有些好笑，又忍不住心疼。他轻轻放开纪明月的手，掀开被子下了床。

只犹豫了一秒，谢云持就决定弯下腰把女孩子抱上床，一想到她是因为照顾自己才这样睡了一夜，他心里又冒出了些愧疚。

纪明月很轻，谢云持只是稍稍一用力，她就落到了自己怀里。

似乎感觉到了姿势的变换，又的确比趴在床沿要舒服很多，睡梦中的女孩子锁住的眉头渐渐解开。

睡着的她，和平日的张扬又明艳的她有些不一样，带着难得的乖巧和甜意。

谢云持只觉得自己的心轻而易举就融成了一团。这是他第一次抱她，第一次感觉到她在自己怀里，她的耳朵就贴在自己的胸口。

谢云持连呼吸都屏住了，生怕打扰到她的好梦。

可他只觉得自己的心越跳越快，她离自己的心脏这么近，会不会觉得很吵？

直到把纪明月放在床上，替她盖好被子，又满含笑意地看了她许久，谢云持才转身离开。

　　昨晚睡得很晚，又忙碌了很久，再加上纪明月又的确是个能睡的人，被放到柔软的床上后，她更是睡得深沉了。等她一觉醒来迷迷糊糊地睁开眼时，已是日上三竿。

　　谢云持帮她关上房门前，还贴心地拉上了房间里的遮光窗帘。所以等纪明月醒来的时候，整个人全然是迷茫的状态，不知时间。

　　她盯着天花板发了五分钟的呆，终于想起来转动一下僵硬的脖子。

　　这一打量，她才意识到这个房间是灰蓝色的，跟她的房间布置也不一样。

　　下一秒，纪明月彻彻底底地僵在了床上。

　　她脑子里来来回回地疯狂滚动着弹幕。

　　她睡的是谢云持的床，她盖的是谢云持的被子，她轻轻一闻，闻到的全都是谢云持身上那特别的味道。

　　纪明月本来就不怎么清醒的脑袋彻彻底底地宕机了。

　　只是还没宕机太久，她就听见了房门被叩响的声音。

　　不疾不徐、轻重得当的三声。

　　又停顿了一下，隔着房门传来男人清润的嗓音，带着清明的笑意："猫猫醒了吗？都十二点了，起床吃午饭吧。"

　　纪明月脑子里一闪而过的念头竟然是：原来现在中午十二点了啊！

　　那她好像睡得也不算太久。

　　见里面没有动静，谢云持没再催她，却也没走开。

　　她清了清嗓子："我知道了，我现在就起床。"

　　等了等，还是没听见谢云持的脚步声，纪明月心不甘情不愿地开口："你等会儿就当没看见我。"

　　她现在彻底清醒过来了，然后想起自己昨晚没洗澡没洗头没换衣服，蓬头垢面地就在谢云持的房间待了一晚上。想想就知道，现在的她可能形象上和一只流浪猫是没有差别的。

　　纪明月单手遮住脸，没脸见人了。

　　纪明月从谢云持的房间出来后，做贼一样偷偷瞥了瞥正在厨房里忙碌的谢云持的背影，稍稍松了口气，蹑手蹑脚地直奔二楼，迅速回了自己的房间，

155

开始整理仪容仪表。

只是纪明月没看到,她一消失在楼梯口,谢云持就回过头面带笑意地看了看她这边。

别说,溜得还挺快。

等她终于一身清爽地下楼时,谢云持正端着两份米饭从厨房出来。餐桌上摆了好几盘菜,纪明月大致瞄了一眼,发现都是很合她胃口的菜色。

纪明月刚坐到椅子上,谢云持便把一份米饭放在了她面前。她冲他道了声谢,继而犹豫了一秒,开口问道:"你……烧退了吧?"

谢云持拉开椅子坐下来,点头:"嗯,已经彻底好了,昨晚谢谢你。"

纪明月摇了摇头,想说什么,张了张嘴还是放弃了。

她拿起筷子,夹了一块炸豆腐尝了尝,眼睛顿时一亮:"这个好好吃!"

谢云持轻笑了笑。

等等,炸豆腐……

纪明月觉得自己最近听到过这个词。

她一边吃,一边使劲回想了一下,是上次和时辰一起吃饭的时候,时辰告诉她的。

说谢云持做的炸豆腐特别好吃,但很少做,因为太麻烦了。

纪明月沉默了下,又夹了一块:"这个做起来麻烦吗?"

"不麻烦,"谢云持答得自然而然,"家常菜。"

纪明月又夹了一筷子青菜尝了尝:"对了,你昨天怎么突然发烧了?"

她"啧啧"感慨:"而且谢云持,我真不知道你生病时竟然会跟平常一点都不一样。"

"可能是着凉了吧,"谢云持无意多提生病的原因,倒是笑了笑反问,"怎么不一样了?"

"太听话了,"纪明月很是惊奇,"我让你干什么你就干什么,我差点让你把银行卡密码告诉我。"

谢云持抬头瞥了瞥她,优雅地吐出一块骨头,又抽了一张纸巾擦了擦嘴角的油渍,点点头:"也不是不行。"

纪明月整个人都震惊了。

说起这个,纪明月蓦地想起昨晚那盒过期的药,拿起手机给祝琴发了消息。

Moon：妈，你为什么在我行李箱里放一盒去年就过期的退烧药？

祝琴：你发烧了？

Moon：不是，没有。

祝琴：那就是你身边有人发烧了？

祝琴：不然按照你那个懒成鬼的性子，绝对不可能打开那个医药箱看的。

知女莫若母。

祝琴：男的女的？

祝琴：有希望拿下吗？

纪明月觉得自己真是一时间脑子抽了，才会去问妈妈这个问题。

她放下手机，看了看谢云持，问道："你昨晚烧得那么厉害，如果我没回来，你就准备硬扛过去吗？"

谢云持又笑了笑，但没说话。

纪明月却不依不饶。

这是高烧，如果温度再高一些，可能就会危及神经的。明明他还有亲人，却没有向任何人求助，只打算去拿一瓶冰水冰一冰而已。

这可能是多年养成的习惯，但这个习惯一点都不好。

好久，谢云持才开口："你有听说过沈从文的一句话吗？

"孤独一点，在你缺少一切的时节，你至少会发现，原来你还有个自己。"

谢云持的语气很淡，像是真的在背诵一句话而已。

纪明月一哽。

谢云持仍旧无波无澜："我以前也是这么做的，但我现在发现沈从文说得并不对。"

纪明月愣了愣，什么意思？

谢云持看着她："我忍受不了孤独了。"

Chapter 7
/
告白

1

纪明月回房间后，犹豫了一番，还是在"四人一猫"群里发了消息。

Moon：如果，我是说如果，有人说他忍受不了孤独了……

Moon：是什么意思？

贺盈："他"是谢男神？

舒妙：什么场景下说的啊？猫猫，你连个上下文都不给我就让我做阅读理解？

邵泽宇：猫猫，你老实交代，你是不是对持哥做了什么事？

Moon：[省略号.jpg]

纪明月觉得自己脑子可能真的是抽了，要不然怎么会试图来这群损友这里寻求答案？

裴献：对了，猫猫，你昨天晚上回去后，持哥有什么特别的反应吗？

Moon：反应？

裴献：比如不太高兴之类的。

纪明月琢磨了一下昨晚谢云持的反应，好像是有点说不上来的不太对。但他那个时候高烧得那么厉害，有什么反应的话能作数吗？

裴献：不是我劝你啊猫猫，如果你跟我出去玩了一整天，持哥还一点点反应都没有的话，那你差不多也该放弃了。

纪明月瘪了瘪嘴，没说话。

裴献：我想起来，你昨天是不是跟我说你们公司这两天就要举行运动会了？还要求全员参加，持哥一定会去？

纪明月没明白裴献为什么突然提起来这件事，但还是"嗯"了一声。

裴献：那正好。

裴献：我在远城多待两天吧，你们运动会时我去替你加油，顺便帮你观察一下持哥的反应。

贺盈：[问号三连.jpg]

贺盈：献哥！献哥！我可以申请一场直播吗？我能有幸看到如此精彩的一幕吗？

裴献冷漠又无情：不能。

裴献此人，深谙商人之道，不愧是端市知名商界大鳄之子，擅长精打细算，上一秒还冷漠又无情，下一秒就对他有所求的人，换了一副嘴脸。

裴献：希望猫猫可以看在我舍身付出的发小情谊上，五一回家时替我美言几句。

裴献：让我妈别再安排一周三场相亲了。

裴献：受……不……住。

关于那次谢云持发烧时在梦中挣扎的"你什么时候回来"，其中的"你"究竟是谁这个问题……

纪明月其实有思考过。

搞科研的人对于寻求答案这件事都是分外严谨的，她习惯性地按得分点分析了一下这个问题可能会有的答案种类。

还挺多——谢云持喜欢过的人、谢云持的父亲，也有可能是她。

纪明月向来是个很直白的人。她本来还打算直接去问谢云持，但第二天看谢云持的状态，他可能压根不知道自己究竟说过什么，她就很果断地放弃了。

这三个答案选项里，最坏的情况也不过是"谢云持喜欢过的人"，那也只是"喜欢过"对吧？

失落和一点点的难过肯定是会有的，但是，真没必要如此和自己过不去。

她很自信，她才是谢云持的将来时。

既然上天让她十年之后再次遇见他,她又不可避免地再次喜欢上了他,那就说明他们俩之间是天大的缘分。

网络一线牵,珍惜这段缘。

在远城待了好一段时间、非常努力地当好了自己的追嫂子工具人之后,时辰还是被毕业论文导师召唤回学校了。

利用完妹妹的谢云持难得良心发现,开车送她去机场。

时辰坐在车上还在哼哼唧唧:"我不想回学校,我还想在家里当一个快乐的小废物。"

谢云持语气淡淡的:"优秀毕业论文不想要了吗?"

时辰哼哼唧唧得更厉害了一点。

当然想要啊,就是因为想要拿优秀,也想继续当废物,所以才会这么左右为难的嘛!她哥真是一点都不懂她的心思,哼。

"哥,我还忘了说你呢……"

谢云持瞥了她一眼,心想:你有什么好说我的?

"就那次啊,我在温泉那里碰到明月姐的时候,打电话给你问你跟明月姐是什么关系你记得吗?"

谢云持好整以暇地点了点头。

时辰"啪"地拍了一下座椅:"你当时怎么跟我说的?你说,明月姐是你初恋!

"哥,你不要当我什么都不知道好吧?"时辰鄙夷,"我知道得可多了,明月姐从来没有跟你一起过,你哪儿来的初恋?"

谢云持轻笑出了声:"那你知道'初恋'这个词的意思吗?"

时辰想说自己当然知道,可看着谢云持笃定的表情,一瞬间又忍不住开始怀疑自己了,干脆拿起手机百度了一下,念道:"初恋,顾名思义,是指人的爱情萌发的最初部分。也可以说是人第一次尝到'情'的滋味……"

时辰念着念着,越念声音越低,到后来干脆沉默了。

安静了好一会儿,她脸上写满了匪夷所思:"哥,你在这儿跟我玩文字游戏呢?"

谢云持再次笑了笑,没答话。

他没说错,纪明月是他第一次喜欢的人,也只可能是他第一次恋爱的人。

是，初恋即一生。

君耀的运动会快要到了。

据说，这场一年一度的运动会是君耀传统的团建活动，而且是完全不占用周末，利用工作日来进行的团建活动。

纪明月当时随便报了个项目，是一个五人团体合作的球类运动。五个人分别用不同的球类进行接力，包含了乒乓球、网球、毽球、羽毛球和篮球五种球类，每一项都有特别的要求。纪明月是第四棒，要求连续对墙打五十次羽毛球不掉落，才能顺利地把棒接力给最后参加一个篮球项目的人。篮球更是有一定难度的，要求直接空心三分投篮。

最先完成所有项目的团体为胜利。

……不过说实话，纪明月对这个团体项目不抱什么希望。

在运动会开始前两天，他们组的五个人私下练习过几次，状况百出。

尤其是第五棒的那位号称自己打了好多年篮球的男同事，在他们练习的这几次里，纪明月压根没见过他投进去过几次三分球。

纪明月琢磨了一下，觉得自己不可能被谢云持亲手颁奖了……

她跟裴献抱怨的时候，裴献还不甚在意。

"猫猫，"他语重心长，"不要计较一时的得失好吧？输了怎么了？你应该把这次比赛的心思放在谢云持对你的态度上，知道吗？"

纪明月一脸摸不着头脑的表情看了看他。

裴献恨铁不成钢："你想想啊，你要是真能跟谢云持在一起，别说什么亲手颁奖了，让他做什么他就做什么，那还不是任你为所欲为？"

不得不说，裴献真的是个很合格的发小。为了让纪明月能早点做到"为所欲为"，他很尽心尽力地发挥着自己今天的测试工具人职能。

甚至为了更引人注目一点，他还特地跑去给纪明月定做了一个手幅。

运动员入场的时候，所有人都一秒就注意到了看台上有个人高举着手幅，上面写着"纪明月加油"的字样，还自带荧光棒，就差为纪明月摇旗呐喊了。

纪明月本来打着哈欠走在队伍里，有一搭没一搭地跟旁边的向幼聊天，突然她就感受到了来自向幼的一阵疯狂摇动，和兴奋无比的语气："猫猫，你艳福不浅啊，谢总就算了，怎么还有这么帅的男人特地来给你加油？这么张扬,不怕我们谢总不高兴吗?"

纪明月一愣,跟着大家一起朝着看台的方向看了过去。下一秒,她就扭回了头,装作没看见和不认识看台上的人。

裴献看清了纪明月的动作,心里狂笑不止,偏偏面上还要装作一副深情的模样。

等纪明月从他正前方经过的时候,裴献站了起来,高举手幅:"加油啊,猫猫!我相信你!"

如果说刚才向幼他们还有什么怀疑的话,现在一听这位帅哥对纪明月的称呼,瞬间一丁点别的想法都没有了。

拜托,都叫"猫猫"了,那说明肯定不是追求者这么简单的啊。

裴献真的太惹人注目了。

谢云持照例登场讲话的时候,一抬头便看到了这位高调的加油者,他微微眯了眯眼。

他简单发表完开场白,广播里便有播报员读起了今天的规则。

"……最后一条,为了大家的安全着想,'手幅''灯光'之类的物品一律不准入场,稍后我们的安保人员会逐个检查,谢谢大家配合。"

2

裴献在心里骂了句脏话,特地提及"手幅""灯光"这种东西了,说不是针对他的他都不信好吧……

还没有来得及作出反应,广播中刚才提及的"安保人员"已经直奔他而来——

"先生您好,这些东西都不允许带进来,请暂时交给我们保管可以吗?"

裴献咬牙切齿。

他好不容易找人定做的,可麻烦了呢。

心不甘情不愿地把东西递给安保人员,裴献就听到自己的手机振动了一下。竟然是纪明月发的消息。

Moon:我刚给钟姨打了个电话。

裴献下意识就觉得不太妙,他心里颤了颤,手也跟着颤了颤。

裴献:你打电话给我妈干什么?

Moon:没什么,只是想起来也有一段时间没和钟姨聊天了,就打电话跟她聊了几分钟。

裴献皱了皱眉。他太了解纪明月了，她既然特地这么说了，那就说明绝对不会这么简单的。

果然，下一秒，纪明月又发来了几条消息。

Moon：哦对了，钟姨还跟我聊起了你的相亲事宜。

Moon：钟姨很苦恼地问我，都给你一周安排三次相亲了，你怎么到现在还一点动静都没有。

Moon：我回答说，钟姨，那还是说明你没努力。一周安排七次，一天不落，保证顺利解决裴献的单身问题。

裴献叹了口气。

最狠不过女人心。

女人心也狠不过"猫猫心"。

纪明月终于舒坦了。

真是的，裴献是不是脑子有问题啊，干吗无缘无故拿了手幅跟荧光棒过来？刚才她都听到公司有人在打听究竟谁是纪明月了，丢脸死了。

她放下手机，得意扬扬地隔着运动场冲着坐在对面那片观众席的裴献挑了挑眉，又比了个"耶"的手势，眼睛里写满了挑衅。

裴献冷嗤一声，同样单挑眉，双手环胸，更加挑衅地看了回去。

两个人的"眉来眼去"，全都落入了谢云持的眼中。

站在谢云持身后的方秘敏感无比地察觉到了自家总裁身上气场的变化，实在没忍住打了个冷战。

纪明月一如既往地获得了"眼神对抗"的胜利，更加得意起来，心里的猫尾巴都快翘上天了。

向幼凑过来，八卦得不得了："猫猫，那位到底是谁啊？该不会真是你的追求者吧？"

"不是，"纪明月言简意赅，"我发小。"

"哦，"向幼飞快地换了一个称呼，"就是青梅竹马呗。可以啊猫猫，那你到底会选择竹马还是'天降'呢？"

"哦对了，猫猫，我跟你说，"向幼突然转移了话题，"我昨天无意间跟组长聊起比赛项目的事情，组长告诉我说，白桃也报了你那个五人团体赛，而且选的和你一样的羽毛球。"

纪明月偏过头，疑惑地看了向幼一眼。

"那个白桃到底想干吗啊？我怎么想都觉得绝对不可能这么巧。猫猫，你等会儿上场的话小心一点，别受伤了。"

纪明月没怎么把这事放在心上，随意地点了点头。

两个人正有一搭没一搭地聊天，第一项比赛就开始了。

纪明月被向幼拉着过去围观。本来一切都很好，奈何彻底被挑衅到了的裴献同学从来不是一个能见好就收的人，他拿了一瓶矿泉水，直直地朝着纪明月走过来。

周围的人挤挤攘攘，全都在围观这场赛事。只是不知道谁先注意到了裴献，又认出来这位就是刚才坐在看台上高调地举着手幅的人，接着，一个接一个的人都发现了，一瞬间，"看戏"两个字就布满了周围所有人的脑子。毕竟这么难得的帅哥美女戏码，不看白不看啊。

大家连赛事也不关注了，全都有意无意地注意着这边的动静。

裴献浑然不在意，递过去水："猫猫，累了吧？来喝点水，有什么想吃的吗？"

纪明月打了个寒战。

实不相瞒，她和裴献从小一起长大，小时候两个人天天打架。大了以后虽说不打架了，但依旧是标准的铁哥们相处方式，她什么时候听过裴献用这种"温柔"的嗓音跟自己讲过话？

太假了！

裴献给纪明月递了个眼神，示意她看不远处。

纪明月瞥了一眼，谢云持似乎正注意着这边。

她咬了咬牙，接过矿泉水，又冲着裴献笑了笑。

"咔嚓"一声，方秘颤颤巍巍地看向谢云持手中被折断的笔。

隔得有些距离，又是背对着谢云持的，纪明月完全看不清他的表情。她看到裴献再次递过来一个眼神，示意她继续。

纪明月心里莫名其妙抖了抖，努力放软了声音："你怎么现在就来给我送水啊？我的项目还早着呢。"

裴献内心已经快要笑抽过去了，但面上还一本正经的："没关系，不要渴着你才是正事。"

"啪"一声，方秘整个人都快抖成了风里的筛子，惊恐地看向谢云持另一只手里被捏变形了的胸针。

左右看了看，方秘在看见谢云持口袋里露出的发卡一角时，眼睛一亮。那枚发卡肯定不是谢总自己的，但是能被谢总这么宝贝地随身携带，那肯定和纪小姐有关系。

事实证明，求生欲爆棚的时候，人是可以爆发出无限可能的。

方秘脑子里瞬间有了主意，走上前一步，附在谢云持耳边低声说道："谢总，我有个办法。"

谢云持淡淡地瞥了方秘一眼，示意他继续往下说。

半分钟后，广播里再次响起了播报员的声音："插播一则失物招领通知。有人在运动场拾取女士发卡一枚，上面有三颗粉色碎钻装饰，品牌为L家，发卡底部有月亮图案。请遗失该发卡的人员到三楼失物招领处领取，谢谢。"

本来正在跟裴献互飙演技的纪明月顿时一愣。

裴献："怎么听起来，这发卡这么像是你的？"

纪明月也点了点头。

女士发卡这种东西固然很多，播报员前面的描述也挺大众的，但最后那个"发卡底部有月亮图案"，80%的概率可以确定是纪明月的。

因为那枚发卡是纪丰送给她的生日礼物之一，特地找人设计的，那三颗粉色碎钻更是价值不菲。她很喜欢那枚发卡，前几天还别在头发上，结果这两天没找到，她还在想是不是落在了哪里。

纪明月一路上还在兀自思考那枚发卡到底是什么时候掉的，到了失物招领处后，却意外地发现里面空荡荡的，一个人都没有。

她疑惑了一下，难不成工作人员出去了？

正在心里想东想西，纪明月就听到身后有脚步声响起，由远及近。

她松了口气，正要转身："你好，我是……"

"咔嗒"一声，身后的门落了锁。

纪明月一愣，飞快地转过身，在看清来人的瞬间，她几不可见地轻轻松了口气："谢云持，你怎么来了呀？真是的，你来就来，还落什么锁……"

话只说到一半，纪明月的声音就越来越小。她最后几个字，更是直接被吞回了肚子。

她敏感地意识到，现在的谢云持和平时的他好像有哪里不太一样。他脸上没有了一直带着的笑意，没什么表情，看上去越发清冷和难以接近。

谢云持一步一步朝纪明月走过来，她莫名其妙地吞了吞口水，下意识地想往后退。

谢云持皱了皱眉头。

纪明月抓了抓头发，讪讪笑了笑，开口缓解气氛："你是不是不太……"

"高兴"两个字还没说出口，谢云持就打断了她。

"你为什么会下意识躲我？"

纪明月蒙了蒙，着实没想到谢云持竟然会问这个问题。

谢云持也没等她回答，再次开口道："纪明月，是你自己说你和裴献没有关系的。"

纪明月眨巴眨巴眼，回答压根就没经过脑子："……是没关系啊。"

谢云持闭了闭眼，生怕现在的自己会让纪明月感到压力。他深吸了几口气后，转过身往回走。

他要冷静一下。

他迈开第一步时，身后传来女孩子的声音，带着跳动的欢喜："谢云持，你是不是吃醋了？"

3

谢云持僵在原地。

偏偏身后的女孩子还不肯放过他，看他站在原地不走也不回头，还开开心心地跑过来，绕到他面前，又仔仔细细看他的表情，并再次重复了一遍她刚才的问题："你就是吃醋了对不对？要不然怎么可能会这么不高兴？"

沉默良久，谢云持终于点了点头。

纪明月霎时喜笑颜开。

暗恋一个人真的太难了，每次都是心如死灰，再次死灰复燃，然后又一次心如死灰的过程。

这个过程，纪明月曾经重复了整整三年。

是什么心情呢？

早上看到有人给他送情书，一瞬间心如死灰；看他轻笑着拒绝那封情书，又顷刻死灰复燃。

甚至有时候是在自己给自己找借口，想他今天看到自己时好像还是不认识自己，那没关系啊，再努努力，他一定会记住自己的。

不停地重复，再重复。

这一切，在她没能在毕业晚会等到谢云持时才是彻彻底底地结束了。

她那个时候想，就干干脆脆放下这段感情，离谢云持远远的，再也不要给自己死灰复燃的机会。

太苦了。

可十年后的现在，她依旧如飞蛾扑火一般奋不顾身，再次喜欢上了谢云持。

或者换句话说，她从不曾真的放下过谢云持。

纪明月活了二十多年，所有的心动，全都给了谢云持。

在谢云持点头，承认他的确是吃醋了的那一瞬间，纪明月马上就懂得了所谓的"心里开出一朵花"究竟是如何的盛大喜悦。

这么一想，纪明月的眼睛都笑成了月牙。她兀自点头："没关系，你不高兴的话，我以后就少和裴献接触嘛。

"你不要不开心。"

谢云持心头一震。

他渴望纪明月太久太久了，也习惯了在她身后注视她，所以蓦地听见纪明月说"你不要不开心"时……

一瞬间，竟只觉得天崩地裂。

明明是有些昏暗的室内，门外的走廊上还有人走动的声音，纪明月就这么站在他面前，近得像是他伸手就能揽她入怀中。

可他一瞬间像是什么也做不了。

只觉得波涛翻滚间，一阵一阵的风浪全都朝他涌了过来。

最后的最后，他只能看见站在重重迷雾中对着他微笑的纪明月。

谢云持背光而立，纪明月有些看不清他的神色，但没关系，她已经得到自己想要的答案了。

良久，他才微微哑着嗓子开口："不用。"

纪明月怔了怔："什么不用？"

"你不用和他少接触，"谢云持已经恢复了一贯的神态，继续说，"越多人照顾你越好，他是你的朋友。"

纪明月彻底愣住。

这是谢云持真心想说的话。就算他真的和纪明月在一起了，他也不会要求纪明月因为自己而和朋友断了来往。

他希望他的女孩能被周围所有人诚心相待，他只愿她可以快快乐乐的，别无他求。

他也许会吃醋，会忌妒，也会失落。

可他想，没有什么比纪明月活得肆意潇洒更能让他开心的事情了。

她就该天生自由，爱情也不该是她的羁绊。

只要她能回头看看自己，就足够了。

裴献：你怎么去了那么久？刚看你表情有点奇怪，怎么了吗？

刚回到看台，纪明月就收到了裴献的消息。她一时间只觉得自己的心情难以名状，就连自己到底在想什么都有些说不清楚。

好半天，纪明月才回复了他。

Moon：我决定，跟谢云持表白。

裴献：[问号三连.jpg]

裴献：我的姑奶奶，您这是突然受什么刺激了？

Moon：没什么，就是觉得……

Moon：我真的太喜欢他了。

Moon：我只想和他在一起，别的人我都不想要。

裴献那边一时没有回复，纪明月顿了顿，又继续打字。

Moon：我也不一定会被拒绝，他是在乎我的，虽然我也不知道这究竟算是在乎还是喜欢……

Moon：就算被拒绝了也没关系，我继续努力就好。

Moon：就死磕嘛。裴献你也知道，我特别特别想做的事还没有做不到的。

又是一会儿，裴献才回了消息过来。

裴献：现在就去吗？

刚才还斗志昂扬的纪明月一秒就有点尿了。

Moon：五一之后吧。

Moon：我五一要回家拿一些东西，然后告诉他，我真的喜欢他很久很久了，从他可能还不知道我的时候开始。

这句话一说出来，纪明月就像是突然做了一个很重要的决定一般，一时间只觉得松了一口气。

她要把那个满载过去的盒子交给谢云持，连同她的未来一起，随他处置。

裴献：你说你，你要是早做了这个决定，我今天还这么麻烦地过来一趟干吗？

裴献：哦对了，纪大小姐。

纪明月心里一个"咯噔"，裴献向来叫她"纪大小姐"的时候，都没什么好事。

果然，下一秒，裴献又发了消息过来。

裴献：报下账，定制手幅+荧光棒，人民币一千八，你直接转账就行了。

Moon：[自动回复] 您好，我现在有事不在，一会儿再和您练习。

Moon：怜惜。

Moon：……联系。

裴献：[无语.jpg]

可能是因为做了这个决定，纪明月明显比之前要轻松很多。

就连向幼拉着她去围观比赛项目的时候，她的笑意都多了不少。

向幼有些奇怪："猫猫，你刚才是遇到什么好事了吗？"

纪明月挑了挑眉，正准备跟向幼胡扯，就听到周围一阵沸腾喧哗。

"没事吧？"

"我的天，是不是伤到了？"

"好像有点严重……"

纪明月和向幼同时转了头，朝着人群中央看去。

这是一个趣味跳高项目，有一个参赛人员跳下来的时候摔出了地垫的范围，受了伤。一直在场地外待命的医护人员迅速上前处理，结果是那人的确伤到了，但好在不算太严重。

大家都松了口气。

纪明月却面色凝重。

向幼一脸纳闷:"猫猫,你怎么了?"

正好那位受伤人士被扶着走出了人群,向幼瞥了一眼,看清他的脸,顿时一愣:"这这这……这不是你们团体赛那个第五棒吗?"

纪明月叹了口气,点了点头。

"……那你们等会儿的比赛怎么办?"向幼担心地问,"临时找能投空心三分的人很难啊。"

纪明月再次点了点头,又耸了耸肩:"那也没办法了,你看他都受伤了。"

唉,可惜了她辛辛苦苦锻炼出来的高超羽毛球技艺啊。

果然,他们参赛小组的微信群聊很快就"炸"起来了。

组长:刚才有工作人员找我聊了一下,说如果我们能在项目开始前找一个人替代他就可以上场,不然只能休息了。

几个人在微信群里七嘴八舌,一时间都有些一筹莫展。

其实最简单的就是放弃,但大家为了这场比赛付出了不少努力,轻言放弃,到底是有些不甘心。

奈何一时半会儿想在公司找一个认识的人替补,谈何容易。

组长又@了一下一直没说话的纪明月。

组长:明月,你们项目组有没有什么体育健将呀?输归输,还没上场就放弃多难受啊。

体育健将?

纪明月瞄了一眼旁边的向幼,贴在她耳边轻轻嘀咕。

向幼一秒瞪大了眼:"猫猫,你疯了?你让我去投空心三分?那你不如让我去死。"

"不要这么绝情嘛。"

最后还是没办法,向幼太过坚决,纪明月也没能说服她。

刚准备在微信群里回复组长,纪明月回头瞥了一眼办公楼,灵光一闪。

空心三分,谢云持会,而且几乎百发百中。

她以前看谢云持打球,他总是轻而易举地就夺得了全场人的注意,哪怕他从来不争不抢,队友们也很信任他,抢到球的第一反应就是传给他,而他也不负众望,轻轻一抛,获得满堂喝彩。

只犹豫了一秒,纪明月就跟着自己的心走了。

Moon：那个……谢云持，你等会儿有时间吗？我们团体赛差一个投篮的人，对你来说很简单的！轻轻投一个球就好！

消息一发出去，纪明月就有些不安了起来。她隔一秒就看看手机，再看看手机，然后开始纳闷自己花大几千买的手机是不是突然坏了。

幸好，谢云持回复得还算快，而且颇有他一贯的风格。

101325：也不是不行。

纪明月开始默默等他的条件，果然……

101325：说点儿好听的吧。

纪明月：帮帮我嘛，谢哥哥……

压根没等脑子反应过来，手已经按下了发送键，纪明月蓦地想起来什么，脸色一僵。

等会儿，谢哥哥？

……不久之前做的一个梦里，她好像叫的就是"谢哥哥"。

4

纪明月再次忐忑地看了一眼手机，亮屏又息屏，心脏跳得愈来愈快。幸好，就在她心跳快要心律不齐的时候，她终于收到了一条微信。

裴献：中午还能请我吃顿饭吗，纪大小姐？

纪明月暗骂：吃吃吃，就知道吃，吃你个大头鬼。

正跟裴献"对线"，微信突然又进来了一条消息，她毫无心理准备地切到新消息界面，脑子还没反应过来的时候，眼睛就已经看到了消息内容。

101325：好。

紧接着又是一条。

101325：妹妹。

不知道为什么，明明谢云持说的是两句话，但纪明月已经自行脑补出谢云持用他那一贯和煦带笑的清润嗓音说——

"好妹妹。"

"猫猫，你的脸怎么红成这个样子了？"向幼一脸震惊，"你这到底在脑子里幻想什么呢？"

纪明月略略心虚地别开眼："我真什么都没想。"

"你该不是在想我们谢总吧？"

171

纪明月在心中哭诉道：求求你们不要再念读心术专业了，教授们已经没什么可以教给你们了！

不过无论如何，起码第五棒现在有人上了。

纪明月在微信群里跟大家说了一声，让大家安心准备比赛后，另外几个组员同时松了口气。

组长放轻松的同时，还是问了一句。

组长：明月，你找的谁呀？是你们项目组的吗？

Moon：……算是吧，等上场的时候你们就知道了。

还挺神秘。

组里另外几个人都笑了起来。

方秘今天彻彻底底体会到了传说中的"伴君如伴虎"究竟是何种心情。

谢总向来是一个很好的领导，不端架子，能力强又很温和，所以做谢总的秘书是挺轻松的，但只要一涉及和那位纪小姐相关的事情，他就要一个人独自面对来自谢总的风风雨雨，在一片汪洋大海中孤独求生了。

不过幸好，谢总刚才出去见了一趟纪小姐之后，再回来就好像阴转晴间多云了。

方秘暗自松了口气。

而后，他听见谢总的微信提示音响了起来。谢总拿起手机回了几条消息之后，就直接晴间多云转大晴了。

正在想东想西，方秘突然听见谢总开了口："方秘，给我准备一套方便运动的衣服。"

方秘下意识地应了一声，就转身朝外走去。走到门口，方秘微微顿了顿脚步，蓦地想到一个问题——

方便运动的衣服？

现在？

谢总要的？

项目进行得还挺快，微信群里大家讨论了一下等会儿的比赛项目，就听到广播里通知让参加这项团体赛的运动员开始检录。

组长任从妍替他们组里的人做了检录，又拿了号码牌回来，把号码牌分发给他们。

把号码牌递给纪明月的同时,任从妍往四周张望了一下,没看到第五棒的人。

她语气里有些疑惑:"明月,你找的负责投篮的人呢?我怎么没看到?"

纪明月也微微踮起脚看了看,目光触及入口处正朝着运动场缓缓迈步的清俊男人时,微微瑟缩了一下:"来了,你身后。"

这次不只是任从妍,组里的其他两位也都同时朝着任从妍身后的方向看了过去。

负责网球的男同事郑佐语带疑惑:"谁啊?我怎么没看到人?"

"就是啊,明月,"踢毽球的秘书处女同事何静娴也接话道,"从妍后面除了方秘以外哪有什么人?不过说起来,方秘今天竟然也穿得这么休闲运动,还挺帅……"

说着说着,何静娴的声音越来越小。

最后,她停顿下来,跟着郑佐和任从妍一起以三百瓦亮度的灯泡目光看向了纪明月。

刚才还叽叽喳喳的几人,这时候只剩下一片诡异的死寂。

好一会儿,还是挑大梁的组长任从妍打破了这片死寂:"明月,你不要告诉我,你找的那位负责投篮的……就是方秘?"

要是方秘,那他们就"死"了。

何静娴更是一脸紧张。她虽然也是秘书处的人,但现在只是一个小助理秘书而已。方秘是谁?那可是她顶头上司的顶头上司,谢总身前的红人啊。要是让方秘来给他们做投篮接力,想想就知道得有多轰动。

不过幸好,纪明月摇了摇头,否定了他们的这个猜测。

大家齐齐松了口气。

任从妍这次却留了心,及时间道:"不是方秘是谁啊?"

这次压根不用纪明月回答了。

因为方秘已经走到了他们跟前,朝纪明月恭敬又礼貌地点了点头,笑着说:"谢总说他已经准备好了,就在比赛场地等你们。

"纪小姐,谢总说等会儿还要麻烦您告诉他具体的规则和要注意的事项,辛苦您了。"

见纪明月点点头,方秘又朝纪明月稍稍欠了欠身,转身离开了,徒留一片比刚才更加诡异的死寂。

不知道为什么,纪明月总觉得在这种死寂里,隐约透露着山雨欲来风满楼的意味。

"纪明月。"

行,组长这次直接连名带姓地喊了。

任从妍幽幽道:"说实话,比起让谢总屈尊降贵地给我们做第五棒接力,我觉得好像还是弃赛更让人容易接受一点。"

郑佐和何静娴没说话,只是默默点了点头表示赞同。

该怎么形容现在的心情呢?

本来是想让纪明月给他们找一个小竹筏,好随便过一下窄窄的河,可纪明月不声不响地请来了航空母舰。

这还过什么河,怎么不上天?

纪明月一哽,连忙劝道:"别啊,检录都做了,怎么能说放弃就放弃?"

何况如果是她自己的话,放弃就放弃了呗,没什么大不了的,可现在谢云持都来了!还是她用一个"谢哥哥"才换来的!

当然,任从妍也就是说说而已,让她现在放谢总鸽子,她觉得比参加比赛死得更快。

四个人就保持着这种诡异的静谧走到了比赛场地。

果不其然,穿了一身浅色运动服的谢云持就站在场地上,面带笑容地等他们过来。

任从妍硬着头皮,上前一步:"谢总好,我是组长任从妍,宣传部的,这次负责第一棒乒乓球。"

郑佐和何静娴也只能头皮发麻地跟上前,同样做了一番自我介绍。

谢云持一贯的表情浅淡,听他们讲话,然后轻轻点头。最后,他的眼神落在了纪明月身上。

"纪明月,"谢云持开口,言简意赅,却又暗含温柔,"过来。"

纪明月一瞬间心跳如雷,她这个时候只能暗自庆幸,谢云持没当着她队友们的面叫她"猫猫"。

不过想想,要真叫了也行,那就到处都是绯闻了。跟谢云持传绯闻,是多开心的事情啊。

脑子里还在东一榔头西一棒槌幻想的纪明月往前走了几步,到了谢云持跟前。

"给我讲一下规则。"

闻言,纪明月点了点头。

托她强大的表达能力的福,她噼里啪啦的一番描述后,谢云持微微颔首表示明白了。

他轻笑了笑:"如果我赢了,你怎么报答我?"

纪明月目瞪口呆,这是"奸商本商"啊,都叫了"谢哥哥"了,还得报答?

而其余队友看着纪明月和谢云持之间熟稔又暧昧得像是情侣一样的互动,只觉得一阵魔幻,有一种世界观都被颠覆了的错觉。

明明一位是清润温柔,另一位是明艳浓郁,怎么看都不像是一个维度的,可他们站在一起说话时,你只会觉得他们真的太般配了,仿佛天生一对。

不过,并没有给他们再多想什么的时间,裁判提示所有小组做好准备,比赛马上开始。

周围其他团体也陆陆续续注意到了这边的谢云持,交头接耳下,都知道了谢云持就是替代这组第五棒的人。所以,在一片热闹中,场地上的画面就有点奇怪了。

明明聚过来围观的群众越来越多,但现场就是很安静。

只有君耀吃瓜基地的匿名微信群聊炸成了一片废墟。

T33:谢总到底为什么会去投篮?

Y72:不知道啊,但我总觉得和那位叫纪明月的小姐姐有关系!

X11:怎么隐约有一种谢总就要谈恋爱了的错觉……天神就要走下天坛了吗?

066:比起这个,难道你们都不关心谢总究竟擅不擅长运动吗?我在君耀这么些年,可从来没见过谢总参加运动会。

W46:不知道,总觉得谢总好像不是那种擅长运动的人啊。说起来,谢总又厉害又有钱又帅,已经这么完美了,要是还擅长运动……让我等普通人怎么活?

饶是纪明月这种向来被围观习惯了的人在这个时候都觉得有些不自在了起来。

不过很巧合的是,白桃那组就在旁边。纪明月抽空偏头瞥了白桃一眼,发现白桃正怔怔地注视着他们这边,面色发白。

她耸了耸肩膀,没再分给白桃一点注意力。

5

因为总裁的突然到来,裁判也提起了精神。

一声口哨吹响,比赛正式开始。

第一棒是组长任从妍负责的乒乓球接力。

可能是因为高坐神坛的谢总这次也在他们小组的缘故,本来还心存几分吊儿郎当的任从妍打起了十分的注意力,眼睛紧紧地盯着那枚乒乓球,简直快要到了人拍合一的地步。

第一棒乒乓球的要求是参赛选手在原地别着手摸鼻子转十圈,然后把连续五枚乒乓球打进篮筐里。一旦有一枚乒乓球没进篮筐就要重新开始,直到完整地进行整个流程之后才能接力给第二棒。

其他组的选手状况频出,不是转十圈后原地打了一套醉拳,就是乒乓球频频落空。

说实话,任从妍也晕。

但她眼角的余光瞥到了站在一旁认真地看着这边比赛状况的谢总,顷刻间精神抖擞。

什么晕不晕的,脑子里全都是"天啊,谢总在看着我""如果输了,今年的年终奖是不是就没什么希望了"以及"我要是输了是不是就耽误谢总追老婆了"。

强大的求生欲拯救了一切,任从妍一秒飘到乒乓球桌旁,紧紧地握着乒乓球拍,使出全身力气挥动球拍,连击五球。

裁判哨声吹响,宣布任从妍可以把接力棒递给第二个人。

任从妍跑得飞快,直到把接力棒递给第二棒负责网球的郑佐,然后才放心地让自己跟着身体本能瘫软在地。

转十圈也太晕了,策划疯了吗!她今天要去君耀吃瓜基地的匿名群里打听一下究竟谁是策划,然后把策划的名字加入今晚"暗杀名单"。

郑佐的部分也进行得格外顺利。何静娴虽然有一些失误,但也飞快地调整了过来,她一路飞奔到纪明月这边,把接力棒交给纪明月后才彻底松了口气。

再来几次这样的比赛,她就要心脏骤停了,真的。

到此为止,因为何静娴的一些失误,他们小组暂时排在第二。

而第一的正是白桃那组。相比纪明月,白桃已经率先拿到了接力棒,开始进行第四棒的接力。

羽毛球这一棒的要求更是奇葩,需要参赛选手先在案板上把洋葱和辣椒切成丁,裁判检查合格过后才能开始打羽毛球,还得连续对墙打五十次而球不掉落才可以。

纪明月私下已经不知道跟向幼吐槽过多少次了——因为把洋葱和辣椒切丁这样的规定之前并没有提,是今天临时加上的,还美其名曰"检验一下大家真正的刀工如何"。

恰恰因为事先不知道还要考刀工,白桃这种完全不会做饭,也压根没来得及练习的人,一秒就傻了眼。

切丁容易,切得合乎规矩就难了。

白桃微微颤着手,握着刀开始切洋葱。洋葱特有的刺激性气味直冲鼻腔,白桃的眼角瞬间就带了泪光。

被泪花蒙了眼,一个不留神,手里的刀沿着洋葱表皮下滑,落在了她的手指上。

白桃"啊"地痛呼出声,看着自己手指上滚出来的大颗血珠,眼泪更是簌簌地就下来了。

相比起来,纪明月虽然也不怎么会做饭,但是为了装酷把刀工练得还挺厉害,此时她切得飞快,将洋葱丁和辣椒丁码得整整齐齐。

任从妍不由自主地抬头看了一眼谢云持。

他有点懒散地靠着乒乓球桌站着,盯着纪明月的方向,什么话都没说,脸上带着温柔的笑容。

比平常温柔一千倍一万倍。

下一秒,任从妍就看到谢云持突然脸色微变,大步朝着这边走过来。

任从妍飞快偏头看了纪明月一眼。果然,纪明月正皱着眉头盯着自己的手指。

"去医院。"谢云持的语气不容拒绝。

纪明月满不在乎地摇了摇头:"就破了一点点皮而已,去医院干什么?"说着,她又把手指伸到谢云持面前,"你看,都不带流血的。"

她一边说,还一边在心里暗自吐槽:怪谁?还不是怪你。

纪明月刚才都切好了，正要放下刀，无意间抬头看了眼谢云持，就看到他正对着自己笑。

她的脑子一瞬间就空白了几秒，再回过神来的时候，刀已经擦着手指滑了下去。不过还好，她及时收了力，并没有什么大碍。

谢云持却面色严肃："不行，要是感染了就糟了，去医院。"

知道他是在担心自己，纪明月心里多了几分甜意，但她还是摇了摇头，小声说："都到这里了，得比完赛。"

她又看了看谢云持的神色，打商量："比完赛我就去，行吧？"

任从妍他们也不知道谢总和纪明月到底说了什么，反正最后，谢总还是皱着眉头走开了。

纪明月一次性解决了五十个对墙打，然后小跑过去，把接力棒递给谢云持。

谢云持看了她的手一眼，又敛了敛眉。

纪明月冲着他弯眸笑了笑："我真的没事。"

谢云持拿过接力棒，对纪明月扬了扬唇角："再叫一遍。"

纪明月一蒙。

再叫一遍什么？

谢云持没说话，只是随意地转动了一下手里的接力棒以作提示。

纪明月一秒明白过来，脸瞬间就红了："叫什么呀，不叫。"

谢云持轻笑了一声，语带调侃："那我还挺怕自己发挥失常的。"

说完，他转过身，往最后一棒的方向走了过去。

纪明月顿了顿，朝着谢云持的背影喊道："加油！"

谢云持这次没回头，只是单手举过头顶，对纪明月比了个"OK"的手势，整个人都透着一种自信又洒脱的气场。

这样的谢云持真的太耀眼了，让人看一眼就迷恋。

不只是纪明月，她还听见周围很多人在暗自吸气。

因为纪明月的超常发挥，现在他们这组的进度现在已经远超白桃组，目前只剩下谢云持这最后一棒了。

赛点来袭，围观的群众越来越多，君耀吃瓜基地的匿名群各种消息更是刷得沸沸扬扬。

裁判哨子吹响，谢云持站在了三分线外，轻拍了几下篮球，忽视掉了周围挤挤攘攘的围观群众，隔着人群找到了纪明月站的位置，扬起唇角笑了笑，又抬头看了一眼篮筐的方向。

　　纪明月站在人群中，面带笑容地看着他，心跳的速度越来越快，不知道究竟是紧张还是心动。

　　谢云持目光笃定，脸上带着轻松的笑，双手高举，一起发力，朝着篮筐投出篮球。

　　纪明月仿佛心跳骤停，目光紧跟着篮球的轨迹移动。

　　——空心三分！

　　进了！

　　进了！！！

　　世界像是静止了一秒，再次按下播放键后，场上因为这个球一瞬间沸腾起来。

　　一片热闹中，纪明月只觉得自己好像瞬间就回到了高中时期。

　　穿着白色校服的少年接过队友传来的球，吸气、发力、投篮，一个完美的三分球，顷刻间引爆全场，所有人都为了他大声喝彩。

　　场上的选手那么多，可谁也比不过他光彩夺目。

　　哨声吹响，挑战成功。

　　谢云持把手高举于头顶，朝着身后的方向又一次比出了那个张扬肆意的"OK"手势。

　　纪明月，你看，我答应你的，全都做到了。

　　无限的欢呼声中，人潮涌动。

　　纪明月忽然间热泪盈眶。

　　她想跟着大家一起欢呼雀跃，她想冲过去给场上那个十年后依然少年的人一个拥抱，她还想对所有人高呼"我永远喜欢谢云持"，让全天下的人都知道她到底喜欢那个人多久了。

　　可她什么都没有做，她只是看着谢云持的身影，兀自流泪。

　　旁边的任从妍正欢呼的时候，转头就发现了哭得一塌糊涂的纪明月，瞬间一蒙："明月，你哭什么呀？这么开心的事你怎么哭了？"

　　纪明月捂着脸，哽咽地回答她："真好啊。"

能在十年后再次遇见你，能和你站在一起，能看见你对我笑对我温柔，能活在有你的世界里，真好啊。

6

最后，纪明月还是没去医院。

在方秘隐晦的提醒下，关心则乱的谢总终于想起来了，为了安全起见，早已经安排了医护人员在运动会场地外等候，就是为了避免出现这样的意外情况。

而且坐镇的医生还是谢云持很信任的朋友，林堰。

比赛一结束，周围的群众还没走开，谢云持已经目不斜视地朝纪明月走过来。

顶着一群人八卦的目光，饶是纪明月一时间都觉得颇有压力了。

偏偏谢云持仍浑不在意，他自顾自走到纪明月跟前，垂眸看向她的手指，语气很坚定："去包扎手。"

纪明月也低头看了看自己的手，一阵无语。

哥，我的亲哥。

您看看，我自己都快要找不到伤口了，还包扎个什么劲？

不说别的，我读书时做实验，随随便便受一个伤都比这个严重几十倍好吧？

但是，压根没等纪明月反驳出口，谢云持已经再次开了口，语气比刚才还严肃了几分："必须去。"

"猫"在屋檐下，不得不低头。

纪明月在心里腹诽了几句，努力催眠自己忽视掉大家复杂的目光，默默地用手挡了挡额头，跟在谢云持身后出了运动场，去了设在旁边的临时医务点。

谢云持率先推开医务点的门，走了进去。

纪明月只听见从室内传出的一道满是调侃的声音："哟，今天这吹的什么风呀，我们谢总怎么来了？"

声音还挺好听的，只是怎么听都觉得有那么一点不正经。

纪明月从谢云持身后探出脑袋来，朝声源处看了一眼。

林堰被这突然出现的毛茸茸的脑袋给吓到了，缓了一口气才勉强平缓下来。

"可以啊,谢云持,你什么时候学会金屋藏娇了?"林堰啧啧称奇,"我还想你今天怎么有闲情逸致来找我了,果然是我多想了而已。"

谢云持却没什么心情跟林堰扯皮:"她刚才参加比赛的时候伤到手了,帮她包扎一下。"

纪明月朝林堰笑了笑,伸出手自我介绍道:"你好,初次见面,我是纪明月。"

林堰被纪明月的笑容晃了晃神,下意识地也伸出手,说道:"你好,我是林……"

他"堰"字还没说出口,谢云持已经拦下了他的手,跟纪明月道:"用不着和他自我介绍。"

林堰忍不住对谢云持翻了个白眼。他吊儿郎当地坐下来,随意一指面前的椅子,示意纪明月坐:"说吧,手伤到哪里了?伸出来让我看看。"

纪明月把伤口递到林堰面前给他看。

林堰盯了半天,开始在抽屉里翻找。

"林医生,你在找什么?"纪明月问。

林堰言简意赅:"放大镜。"

纪明月一愣。

林堰停顿了几秒,又继续道:"其实本来该找显微镜才行的,但是你看,这是临时开设的医务点,所以还真没带。"

林堰瞅了半天,最后放弃寻找,又抬头看谢云持,一脸"到底是你有病还是我有病"的表情。

"谢云持,我亲爱的谢总,"林堰指了指纪明月那个伤口,"真的,幸好您来挺早。

"再晚来一会儿,我可能都得帮忙切个伤口才能包扎了。"

这次,就是当事人纪明月也忍不住略表赞同地点了点头。

向来很好说话的谢云持这会儿却颇为一意孤行。他站在一旁,淡淡吐出两个字来:"包扎。"

林堰和纪明月同时愣了愣。

接下来,在一片寂静中,一个人低头找消毒水和纱布,另一个人再次圈出伤口的位置。配合默契,简直满分。

181

盯着林堰帮纪明月处理完伤口，谢云持的神色才缓和了几分。

没有大 Boss 的高压在身，林堰只觉得轻松了一百倍。解决完该做的事，他又优哉游哉地跷起了二郎腿："纪小姐看上去好像有点眼熟，我以前是不是在哪儿见过你？"

纪明月不甚在意，只觉得他是在胡侃，干脆也胡侃回去："巧了，林医生看上去也有几分眼熟。"

林堰马上坐直了身子，仔仔细细地打量了一番纪明月："难不成，纪小姐高中是端市一中的吗？"

纪明月这下倒是真的一愣。她先看了看谢云持，继而朝林堰点了点头。

"那就真的巧了，原来纪小姐是我学妹啊。"林堰指了指谢云持，"谢总是低我两届的学弟。怪不得我觉得你这么眼熟，哎呀，你说这世界可真小是吧，太巧了。"

比起"纪小姐"这三个字，"学妹"这个称呼听起来好像就亲昵了不少。

谢云持稍稍敛了敛眉，正准备开口说什么的时候，他的电话突然响了起来。他瞥了一眼手机上的来电显示，淡声道："我出去接个电话。"

走之前，他又瞥了一眼林堰。

虽然谢云持什么也没说，但林堰就是感受到了来自这位好友浓浓的警告意味。

纪明月看了看谢云持离开的背影，思索了一下，还是问道："林医生，你跟谢……总，高中时关系怎么样啊？"

"还行。"

"那……"纪明月斟酌，"你知道谢总以前喜欢过谁吗？"

看到林堰微微错愕的神色，纪明月连连摆手："我没别的意思，就是单纯好奇而已。"

"我只知道他以前喜欢过一个女生，但那个时候我和他关系一般，所以还真不知道到底是谁。"

发现纪明月神色略微失落，林堰忍不住安慰她："不过你也不用多想，老谢现在的状态倒是能看出来，他是真的在意你的。"

纪明月笑着点了点头，没再问下去，转了话题。

她有些说不清楚自己现在的心情，说不失落肯定是假的。

想想那个时候，她用尽所有的办法，都没能让谢云持多分给她些许的注意力。

这样的谢云持,那时候竟然也在喜欢着什么人吗?

谢云持打完电话后很快就回来了。

纪明月收起心思,装作若无其事地跟他们又聊了会儿天。

谢云持看了看腕表:"不说了,林堰,你好好工作,我跟猫猫先回去了。"

"哟——"林堰再次"啧啧"出声,"都叫'猫猫'了呀。"

好好一句话,硬生生被林堰讲出了抑扬顿挫高低起伏波澜不平的感觉,也不知道他究竟拐了多少道弯。

纪明月难得有些羞赧起来。

谢云持轻轻笑了笑,语气温和:"对,但是你叫不得。"

纪明月跟着谢云持走出医务室,她走在谢云持身后,也不说话,低着头。

走到一个拐角处时,谢云持却突然停下。

猝不及防地撞到谢云持背上,纪明月"啊"了一声,飞快地揉了揉被撞疼了的鼻子,嘟嘟囔囔地抱怨:"你怎么停下来也不……"

没等纪明月说完,谢云持忽然转过了身,打断了她的话:"纪明月,你为什么不开心?"

纪明月愣住。

她沉默了一会儿,看向谢云持的眼睛,那双清澈的眸子里,全是她的倒影。

"谢云持,如果,我是说如果,你发现你以前很喜欢很喜欢却求而不得的一个人,她喜欢过别人……你会怎么想?"纪明月只觉得自己整颗心都提了起来。

"她现在喜欢我吗?"谢云持问。

谢云持现在喜欢她吗?

纪明月思索,回答:"应该是喜欢的。"

谢云持笑了笑,答得毫不迟疑:"那就娶她。"

纪明月这次彻彻底底地怔在了原地。

谢云持却压根没等她回神,一点一点地弯下腰,朝着近在咫尺的粉唇靠近。

纪明月似乎意识到什么,连呼吸都敛了敛,看着在她面前慢慢放大的脸,整个人一动也不敢动。

"猫猫！猫猫！你在哪儿呢？你去个医务点怎么这么久啊？"

两人吻上的前一秒，向幼出现在拐角处。

场面静止三秒，向幼飞快地转过身子，同手同脚地大步往前走："啊呀我什么都没看见……那什么，请你们继续。"

说完，向幼使出飞毛腿技能，以迅雷不及掩耳之势逃离了现场。

7

纪明月摸了摸鼻子，抬头朝谢云持笑了笑，只觉得刚才还有些郁闷和低沉的心情，现在明朗了起来。

只不过，想到刚才的事情，她还是忍不住扶了扶额头："按照向幼那个性格，估计我们俩刚才的事情整个公司都知道得差不多了……"

谢云持好整以暇："这么一想，好像有点亏。"

亏？亏什么？

看懂了纪明月眼里的疑问，谢云持解释："明明没成功，却要被传遍。"

纪明月的耳尖彻底红成一片。

她只觉得平时牙尖嘴利的自己，这个时候一句话都说不出来了，低着头直直地往前走。

谢云持忍不住觉得好笑，跟在她后面，唇角的弧度比平时加深了几分，眉眼间全是温柔。

想想好像的确有些遗憾，就差那么一点便吻到了啊。

嗯，那就继续努力。

向幼一路跑回去，坐在看台上之后整个人还是气喘吁吁的。

桑修远关心道："向幼，你这是怎么了？看起来这么慌乱。"

谭贞也接话道："对啊，你刚刚不是说好久不见猫猫，去找她了吗？"

向幼终于喘过气，整个人有些绝望，垂头丧气道："我觉得我可能要在君耀待不下去了。"

这么严重的吗？

张嘉荣沉思了几秒，问："你该不会是撞破了哪位领导的恋情吧？"

向幼更加绝望了:"……差不多。"

谭贞安慰她:"哎呀,没关系的,你能力那么强,别的部门领导又管不到你。除了撞破谢总的可能有点严重以外,其他人都没什么太大关系的。"

他不安慰还好,一说这话,本来丧着一张脸的向幼这个时候都快哭了。

"向幼,你不要告诉我,你说的领导就是……"张嘉荣吞了吞口水,"谢……谢总?"

向幼没说话。

几个人之间一阵静谧。

好一会儿后,谭贞拍了拍向幼的肩膀,发挥了身为同事的最后一点光和热:"我们会帮你收拾东西的。"

张嘉荣沉默了一下,接话道:"你就放心走吧。"

向幼一脸生无可恋。

几个人正聊着,远远地就看到纪明月从运动场入口处走了进来,微微垂着头,身后还跟着他们的谢总。

平时看起来温柔清冷的谢总乖乖跟在女生身后,此刻看起来好像很开心,身边莫名洋溢着一些奇奇怪怪的粉色气息……

谭贞只觉得一阵疑惑。他忍不住回过头,又看了看向幼:"你真的是撞破了谢总的恋情?跟纪明月?"

桑修远也表示赞同地点了点头:"你们什么时候见过副组长娇羞成这个样子的?"

谭贞越想越觉得魔幻:"副组长到底什么时候跟谢总勾搭在一块的?我怎么觉得一点痕迹都没有。"

向幼白了他一眼:"那是因为你傻。"

别的不说,谢总每次看猫猫的眼神,炙热得都能把人融化了好不好!

运动会的项目进行得很快。

最后一项,则是最为隆重的,也是君耀职员们每次运动会最为期待的闭幕式。

按照往年的惯例,谢总会亲自在闭幕式上给每一项比赛的一二三名颁奖。

纪明月所在的小组以优秀的成绩高居这项团体比赛的第一名。而第二名,正是隔壁的白桃组。

按照惯例，每个小组需要推选一位组员上台接受最高荣誉嘉奖，这个人选一般都是组长。

组长任从妍连连摆手："不不不，我不去。"

虽然她最初想当组长，就是奔着谢云持去的。但是！这个时候，就算是个傻子，也绝对不可能去！

何静娴和郑佐齐齐说道："明月，你去就好。"

所以，纪明月就这么全票当选。

流程正常进行，一切顺利。

所有单项比赛获奖人员都兴奋地上了台，毕恭毕敬地从谢云持手里接过奖杯和奖品，在心里感慨他们总裁真的太完美了。

主持人继续说道："接下来，请团体球类接力比赛的第三名和第二名上台领奖。"

第二名的小组代表是白桃。

她走上台，谢云持脸上带着一贯的笑意，把奖杯和奖品递给她，还朝着她轻轻点了点头，跟对之前的员工没有任何差别。

白桃抿了抿唇，什么都没说，手捧着奖杯和奖品走下了台。

到这里为止，一切正常。

接下来，主持人宣布让该项比赛第一名上场领奖，刚才还秩序井然的看台立马一阵躁动，不少人争先恐后地朝着纪明月这组所在的位置看了过来。

发现领奖代表人员是纪明月时，围观群众更是兴奋不已，一个个拍手起哄，嘴里的"哇哦"就没停过。

身为"CP粉头"的向幼，那脸上的姨母笑就没停下来过。

桑修远："我怎么觉得你现在比自己谈恋爱还高兴？"

向幼点头如捣蒜："那肯定的好吧。拜托，现在是什么？现在的情况是，我嗑的CP成真了！你懂那种心情吗？"

桑修远沉默了下，诚实地摇了摇头。

这种持续的躁动，在纪明月登上台朝着谢云持走去的时候，更是达到了极点。

纪明月都难得有了想要捂脸的冲动，偏偏谢云持对这些躁动毫无反应。

其实也不能说毫无反应。

准确来说，是自从纪明月站起身，他带着温柔笑意的目光就全程落在了她身上，带着快要融化人的爱意，跟着她一步一步移动。

明明就是跟别人一样的流程，也只是上台领个奖而已，她怎么就觉得这么羞赧呢？

纪明月慢慢挪到谢云持面前，抬头看了他一眼，视线直直地落在他黑亮的眼睛里。他本就漂亮的眼睛，因为带了浓浓的笑意显得更是晶亮。

太容易让人痴迷了。

纪明月一秒别开眼。

谢云持脸上的笑意更深，他从方秘手里接过奖杯和奖品，再亲手递交给纪明月。

一切都和之前的没什么不同，但就在纪明月伸手去接的那一瞬间，台下的起哄声响成一片，一个个兴奋得像是围观了什么现场偶像剧一样。

纪明月本就不怎么自然，被这么一起哄，她更是指尖颤了颤。

下一秒，在奖品的遮掩下，纪明月就感觉到了有温热的皮肤触碰到自己。

谢云持的手轻轻拉住了她，他的动作很快，只过了几秒钟，就放开了她。

台下的向幼从工作人员那里抢来话筒："那个，谢总，我有个提议可以讲吗？"

谢云持淡淡地瞥了向幼一眼。

"刚才纪副组长的表现，我相信我们大家都有目共睹，实在是太优秀太厉害了。为了表示对优秀员工的奖赏，谢总，您可以……"向幼顿了顿，"拥抱一下我们纪副组长吗？"

围观群众瞬间沸腾了。

"我同意！"

"附议附议！"

谢云持面带笑意地点了点头，语气轻缓："你说得对，优秀员工值得这个奖励。"

他刚说完，纪明月就感觉到自己连人带着奖品奖杯一起落入了一个温暖又清新的怀抱里。他抱得很紧，小心翼翼的，却又用尽了力气。

有温热的气息附在耳边，和着身后围观群众沸腾的背景音，一起传入她的耳朵里。

谢云持说："纪明月，我喜欢你。"

很多年了。

Chapter 8
十 年

1

谢云持的声音不大,但两人靠得近,所以纪明月听得清清楚楚、一字不落。

每个字都像是朝着平静湖面扔下的一块石子,单看只是轻轻泛起涟漪,但合在一起,无端在她心里翻出滔天巨浪。

谢云持已经站直了身子,放开了她,脸上依旧带着清清浅浅的笑意。

纪明月看着他,张了张嘴,可又不知道该说什么。大脑正在缓慢重启,一点一点,她渐渐意识过来——

谢云持刚才……好像跟她表白了。

表白了……

纪明月都不知道自己究竟是怎么下的台,又是怎么回的座位,脑子里回荡的全都是"我喜欢你"这四个字。

任从妍笑眯眯地看着纪明月:"谢总抱你一下,这么开心啊?"

"嗯?"纪明月还是愣愣的。

郑佐一脸欣慰地说:"我们组竟然有一个未来的总裁夫人,真是与有荣焉啊。"

何静娴羡慕不已:"明月,你是怎么跟谢总认识的呀?之前提都不见你提一句的。"

"啊?"纪明月依旧愣怔。

三个人看着纪明月的反应,齐齐摇了摇头,唉,看上去完全就是被幸福爱情给冲昏了头啊。

好半天,纪明月才勉强回过神,软着手指在手机屏幕上一阵戳。
Moon:救命!
舒妙:猫猫你咋天天事这么多?
裴献:啧。
邵泽宇:看献哥的反应,怎么觉得好像有故事?
贺盈:快快快,我最喜欢听故事了,求告知!
裴献:见色忘友第一人,纪明月是也。我要是再帮她我就不姓裴。
邵泽宇:献哥,你这句话高中的时候就说过无数遍了,你早就不姓裴了,下次换个别的誓言吧。
裴献:[省略号.jpg]
Moon:诸位。
Moon:他好像跟我表白了,怎么办?
舒妙:你说谁?谢云持?
贺盈:献哥这么厉害的吗?"舍己为猫"啊!
邵泽宇:恭喜猫猫,快请客。
舒妙:必须请,吃穷她,不能浪费我听她暗恋心事错过的美容觉。
Moon:[省略号.jpg]
纪明月都要怀疑人生了,这到底是一群什么朋友?

她"啪"的一声按灭了手机,盯着黑色的屏幕发呆。直到这个时候,她才终于有了那么一些真实感。

——她暗恋过的人,跟她表白了。

下午才得知谢云持以前也有喜欢过别人,现在就亲耳听见了他的表白,坐垂直过山车的刺激都不过如此了吧?

不过,她好喜欢坐这样的垂直过山车。

她还在喜滋滋地想今晚回去之后要跟谢云持做些什么,嗯,可以再看一部电影,或随便聊一聊过去的故事也好。

只是纪明月压根没想到,谢云持晚上并没有回去。

今天下午她在林堰那里包扎时，谢云持出去接的那通电话来自B城的合作伙伴。

等到闭幕式一结束，他只留下一句"等我回来"就跟方秘一起匆匆赶往机场了。

纪明月虽然有些失落，但她知道谢云持向来忙碌，她当然十分理解。

这几日临睡前，谢云持都会打来一通电话跟她聊上一会儿。但不管怎么说，电话里还是不太适合聊严肃正式的事情，纪明月常常只是跟他讲一讲今天发生的事，再聊一聊工作上的进展。

五一临近。

纪明月本来打算等谢云持出差回来和他聊一聊，再回家过一个舒服的假期。结果，这个计划却被M-1项目上的一些问题给打乱了。

纪明月的实验出了一些问题，而这边的实验室里没有当时的数据和需要的仪器。

跟导师沟通了一番，导师建议道："你来这边把你需要做的事情解决是最为便利的，也耗费不了太长时间。"

纪明月只是稍加思索便决定了下来，她跟郑教授请假，郑教授欣然同意。

除此，其他的事情都很顺利，运动会结束后，白桃也离开了M-1项目组。

而且颇为意外的是，在纪明月出发去国外之前，白桃找她单独聊了聊，状态和之前的那个白桃很不一样

"助教，"白桃沉默了一会儿，"下个学期我就要出国了。"

"出国？"

白桃点了点头："我申请了交换生，已经成功了。"

她笑了笑，长舒了一口气："我放弃了。"

纪明月轻轻挑了挑眉。

"我发现了，无论我再怎么努力，他都只能看得见你。"白桃抿唇，"有些事并不是我努力就能成功的，他是真的很喜欢你。

"……而且，我也不得不承认，你的确很优秀，也很漂亮。所以，我打算以你为目标，好好学习，充实自己，争取找到一个比他还好的男朋友。"

纪明月再次挑眉，语气淡淡的："这还用得着'不得不承认'？"她轻轻撩了撩头发，"我优秀又漂亮这件事难道不是公认的吗？

"再说了,这世界上哪里还有比谢云持更好的男人?"

白桃一瞬间就没了继续聊下去的心情,纪明月的确是优秀又漂亮没错,可她讲起话来真的是让人太想揍她了。

白桃转身就打算走。

"加油。"纪明月懒懒地靠在椅子上,讲话依旧没什么波澜起伏,听起来像是快睡着一样。

白桃顿住,看了看椅子上那个让她感情无比复杂的女人,沉默了一会儿,又继续往外走。

只是临拉开门的时候,白桃停顿了几秒:"嗯,你也跟他好好的。"

纪明月轻哂一声,没再说话。

白桃拉开门走了出去。这段时间以来所有的不甘和酸涩,全都被她这样丢在了身后,连带着她对谢云持很多很多年的喜欢。

就当今天是个……

阅后即焚。

第二天,纪明月就动身出国。

到底是她生活了近十年的城市,虽说阔别了一段时间,回来还是觉得颇有几分亲切感。

她见了导师,跟导师谈了谈 M-1 的具体进展,就又开始像读书时一样没日没夜地泡在了实验室。

这个小实验的确不怎么耗费时间,何况纪明月这么拼,比预计的时间还提前了两天结束了所有的工作。

临近傍晚,纪明月喝了点下午茶,就在实验室附近随便逛了逛。

这附近是个居民区,来来往往的,倒是有不少人。沿着一排排住宅走过去,纪明月蓦地想起来,好像她刚来这边读大学的时候,纪丰给她买的房子就在这里。

只是那时她觉得这附近不太便利,就干脆托人把房子转卖了出去,换到了学校的另外一边住。

纪明月在转卖房子之后就没再留意过这里,现在看来倒是比那个时候要便利了不少。

迎面走过来一对三十多岁的夫妻,金发碧眼,还推着一辆婴儿车,小婴儿正玩着拨浪鼓玩得不亦乐乎。许是因为纪明月的容貌过于出色，小婴儿一看到她，拨浪鼓也不摇了，朝着纪明月"啊呜啊呜"地伸着手。

纪明月觉得好笑，朝着这对夫妻点了点头，露出了个友善的笑容，又往前走去。

只是她刚走出去没多远，身后就传来了那个妻子的呼唤声。

似乎是在叫她。

纪明月只觉得有些意外，回过头看了那对夫妻一眼。

妻子让丈夫推着婴儿车，自己一路小跑过来，像是生怕纪明月走掉一样。

纪明月见对方真的是在叫自己，干脆主动问道："你好，请问我有什么可以帮你的吗？"

女人稍稍喘过气，先自我介绍了一下："你好，我叫Lora（萝拉）。"

纪明月点了点头，示意她继续说下去。

"请问你是中国人吗？"

纪明月笑了笑："是的。"

"那请问，你姓 ji 吗？"

纪明月的笑意顿住，微愣了一下。看出她是中国人她毫不意外，毕竟黑头发黄皮肤，一看就是标准亚裔，可知道她姓纪，是怎么做到的？

Lora脸上顿时现出了几分惊喜的味道，又连忙追问道："你认不认识一个很帅的男人，他叫……"

Lora一时间有些想不起来名字，幸好Lora的丈夫推着婴儿车及时赶到，帮她补充了。

纪明月这次彻底愣在了原地。

念中国人的名字，对外国人而言是一件很困难的事情，所以Lora的丈夫念得极其不标准。

可纪明月还是听了出来，那个发音是"谢云持"。

这绝对不可能是巧合。

"我认识。"纪明月顿了顿，"你们见过他？"

Lora连点了几下头，再看向纪明月的目光里就多少带了几分羡慕。

"他以前每年都会来这里，拿着一张一寸照片问我们有没有见过照片上的女孩子。"Lora继续道，"刚才我就觉得你有些眼熟，你一笑起来就跟照片上看起来一模一样了。"

"……每年?"纪明月有点蒙。

Lora 点了点头。

"差不多连续来了有十年左右?" Lora 征求地看了看自己的丈夫。

丈夫表示赞同:"嗯,我们刚搬过来这边的那一年他就来了。头两年差不多一年来一次,后几年来得就频繁了一些,一年来个两三次吧。"

Lora 又笑了笑:"不过我们也不知道他为什么来这里找你,他一开始每次都敲我们家的门,问你是不是住在这里。"

"你们家……"纪明月只觉得有一座山压在自己心口,让她完全喘不过气来。

她深吸了几口气,指了指其中一栋楼:"是住在那里吗?"

"你怎么知道的?"

……因为,那是她在毕业册上登记的地址。

2

一瞬间,纪明月脑子里浮现出了千千万万种可能。

那个她从未想到过的可能,随着 Lora 的话一点一点出现。

Lora 见纪明月神色恍惚,忍不住安慰她:"他一定很喜欢你,所以才坚持来找你这么多次。我也不知道你们两个人究竟发生了什么故事,但希望你们可以终成眷侣。"

说完,Lora 和丈夫对视了一眼,和纪明月道别,推着婴儿车转身离开了。

纪明月只觉得一记重击敲在了她的脑子里,让她有些发蒙。

在她来国外的十年间,谢云持每年都会来找她。

十年。

Lora 说谢云持一共来了二十三次,次次无功而返,下次却还能继续满怀希望地问他们今年有没有见过她。

Lora 说:"一开始的时候,我们跟他说没有见过,不认识你。到后来……看见他那个表情,我们都不忍心回答了。

"他每次都……你懂吗,脸上写满了希望,眼睛里还带着祈求,问我们今年有在附近见过你没有。我说不出话来,他就明白了我的意思,很失望,却还要笑着跟我们道谢,说对不起打扰了。

"其实,头两年他来的时候,看上去处境好像有些困难。他见不到你,

193

又不肯放弃,说想第二天再在附近逛一逛,说不定会碰见。我丈夫问他晚上住哪里,他回答说哪里都行,男生总有可以应付一下的地方。

"我们说这个城市这么大,很难碰见的。他却告诉我们,能看看你生活的地方也挺好的,说不定你昨天刚从这里经过,他也想走一走,感受一下。

"他头两年穷困潦倒,我们问起的时候,他只是语气很淡地回答说攒了挺久的钱来的,钱只够买机票,所以他会背一个书包,里面带一些吃的,作为那几天的口粮。"

Lora说了很多很多,没什么逻辑,想起什么就说什么。

但那一字一句,像是一把把钝刀,磨在纪明月的心上,让她怎么都喘不过气,只能大口大口地呼吸,脑子里乱糟糟的,什么也想不起来。

她想,还不如她听不懂英文,不知道Lora在说什么。

可她在这里生活了十年,清清楚楚地听懂了每个单词,然后再眼睁睁地看着那些单词戳在心尖上,戳得鲜血淋漓。

纪明月低着头往前走,她浑身无力,连指尖都在发颤。

转角的路口,贴了好些传单,家具城酬宾、新开业餐厅优惠、二手车低价转让……

她瞥了一眼,走了过去。一秒后,她突然顿住。

没有覆盖住的角落,一张粉色的传单上写了一串数字。

是她见过的,在端市一中留言板上,少年谢云持写下的一长串十六位数字。

2425032408101325。

最后六位,是谢云持的微信ID。

纪明月愣愣地盯着这串数字,开始猜测这数字究竟是什么意思。

不是九宫格,有0又不像是用单个数字编码的文字,那如果是两个数字对应一个呢?

最大的数字是25,最小的数字是03。

是26个英文字母?

她逐一对换过去。

——XYCXHJMY。

谢云持喜欢纪明月。

如当头一棒,打得纪明月一阵发昏,她呆愣地站在原地,盯着那串数字一动不动。

明明很好破译的。

明明他把她名字的缩写都当成了微信 ID。

明明他在很多地方都写了这串数字。

明明……他喜欢了她这么多年。

"纪明月？"

一道带着些许诧异的女声在纪明月身边响起。

纪明月偏头看过去时，女声带了几分惊讶："你怎么哭了？没事吧？"

纪明月一句话都说不出来，她只觉得整个世界都是"嗡嗡嗡"的声音，而她好像完全丧失了言语的能力一样。

"好久不见啊，我刚才经过这里看到你还有些不太敢认呢。你不是已经毕业回国了吗？"女人指了指自己，"我是你高中时隔壁班的易琼，还有印象吗？"

隔壁班，那就是谢云持所在的班级。

纪明月僵硬地点了点头，示意自己想了起来。

"说起来，纪明月，我一直都没联系上你啊。之前想着都在这边读书，有时间见见面也好，但你同学录上给的联系方式只有一个邮箱，那个邮箱你是不是也弃用很久了？"

……邮箱。

纪明月愣了三秒，蓦地想起来了什么，飞快地朝着易琼点了点头，只来得及说一声"抱歉"就疯了一样朝前跑。

"纪明月，你着急去哪儿呀？我开车了，要不要送你过去？"

纪明月顿了一下，跟易琼道了声谢，说自己想回趟学校，然后就坐上了易琼的车。

"麻烦你，可以稍微快一点吗？"纪明月犹豫三秒，还是对易琼说道。

易琼看出来纪明月情绪不对，没再追问原因，只是加大了油门。这里离学校本就不远，易琼开得又快，很快就到了目的地。

纪明月连最基本的形象都要维持不下去了，只跟易琼说了谢谢，又说下次一定请她吃饭，就快速地朝着导师办公室跑了过去。

纪明月找了一台空着的电脑，回忆了一下自己当初注册的邮箱账号，登录时却发现自己怎么也想不起密码了。

　　这是她高中时用的邮箱,填同学录时给别人的联系方式填的也全是这个。

　　只是高考完之后,她觉得没什么人会发邮件,一直懒得登录邮箱。来国外之后,她又换了学校的官方邮箱,这个邮箱长期不用,早就忘记了密码。

　　纪明月干脆用了密保问题登录。

　　你最喜欢的人是?

她毫不犹豫地输入"谢云持"三个字。
后面的问题也全都跟谢云持有关——

　　谢云持的生日是多少?
　　谢云持最讨厌的菜是什么?
　　…………

她全都记得清清楚楚。
密码找回,她点击回车登录的时候,竟然犹豫了一秒。
最后,她闭了闭眼深吸了一口气,敲下了回车键。
尘封已久的邮箱欢迎她回来,提示她有 3569 封未读邮件。
她动作迟缓地点进去,发件人的名字全都是"242503"。
——谢云持。

最早的一封,是十年前的 6 月 9 日。
高考后的第二天。

纪明月:
　　Hello!
　　我一直在想跟你说些什么,但又觉得好像有点傻,所以发一封邮件给你吧。也不知道你究竟能不能看到这封邮件,毕竟我上次送出去的信就杳无音信。
　　嗯,第一封,就写得简短一些,反正以后还会给你发不少邮件。

我是谢云持,我喜欢你。

6月10日。

纪明月:
果然没收到回复。
想了想,按照你的个性,可能会懒得登录邮箱吧?
不过也没关系,我写一写,你以后总会看到的。

6月11日。

纪明月:
听一个朋友说,你打算出国了。
我最担心的事情还是发生了,毕竟如果你在国内读书,我就可以填和你一样的城市,还可以经常见到你。
但是如果你出国了……
嗯,没关系,我支持你的所有决定。就算你出国了,我就再努力一点,总可以买机票去见你的。

6月28日。

纪明月:
我父亲最近身体不太好,住了挺久的院,我有一点点累。
我在你同学录里写得很隐蔽的"毕业晚会见",不知道你注意到了没有。
我准备了很久的当面跟你告白,也不知道你会不会答应。
不答应也没关系的,我还会继续喜欢下去。
……说实话,真的有点紧张。

6月29日。

纪明月：

……我失约了。对不起。

我父亲昨晚突然病重。

他去世了。

我以后好像，就没有爸爸了。

我总想着我可以再努力一点，赚更多的医药费，让我父亲住更好的病房。

我跟我父亲说，我一点都不辛苦，其实都是真的。他生病了很多年，可我总觉得只要他还活着陪在我身边，我就一点都不辛苦。

可他怎么就走了呢？

纪明月，我好想见一见你啊。

6月30日。

纪明月：

原来你今天就出国了啊。

祝你一切安好，学习顺利，我知道你会很优秀的。

可我怎么就开始想你了？

11月5日。

纪明月：

我太想你了。

发了新生奖学金，我算了一下，正好够买机票。

男生嘛，偶尔不吃饭应该也没什么问题。

我想去见一见你，你等等我。

11月8日。

纪明月：

……我没找到你。

我看了那个地址很多很多遍，可里面住的是一对新婚夫妇，他们说你不住在那里。

那你在哪啊？

我是不是一个天生运气就这么差的人？

你回复我吧，告诉我你在哪里就好，我会想尽一切办法去看看你。

11月11日。

纪明月：

我要回国了。

我知道你对我不在意，可我好希望……

你可以喜欢我一下。

第二年的9月14日。

纪明月：

今天是我生日。

我许的生日愿望是今年可以见到你。

我又攒够钱了，再一次出发去你那个城市。

9月16日。

纪明月：

这个世界太大了，想遇见你真的好难。

我坐在街角，有点难过。可我又想万一正好遇见你，你看见一个沮丧的我，肯定会讨厌的吧？

那就笑一笑。

这个城市，好像真的有你的气息，真好。

第三年的1月7日。

纪明月：

你知道吗？我找到了我的亲生父亲。

我妈妈嫁给了他。

我的亲生父亲告诉我，我要叫他叔叔，因为我还有个亲生妹妹，怕我妹妹难过。

可我好像也有些难过。就一点点，因为我什么都理解的。

你在就好了，我就一点都不难过。

5月5日。

纪明月：

我妹妹好像很不喜欢我，我也明白，她怕我抢走她的一切。

可我什么都不想要，我只想要你。

她其实还挺可爱的，又坦率又真诚，身边好多人宠爱她。我想了想，好像和你有点像。

我对她好，就也有人对你好，对不对？

希望你快乐一点。

第四年的6月2日。

纪明月：

你快要毕业了吧？

回国吗？

回国吧，让我见一见你，什么理由都行。

7月23日。

纪明月：

你没有回来啊？

你是在那里读研吗？

嗯，我知道你一定会很棒的，你果然就是这么厉害。

我喜欢的人，全天下第一棒。

第五年，第六年，第七年，第八年，第九年……
最后一封信，停在了今年的3月17日。

纪明月：
　　明天就是舒妙的婚礼了，你去当伴娘了，我知道。
　　好庆幸我妹妹去了那趟温泉，遇到了你。她告诉我她见到了你的时候，我真的好开心好开心。
　　你终于回来了。
　　我好想见你一面。
　　我对你的这十年一无所知，你身体怎么样？你开心吗？你学习顺利吗？你……
　　有男朋友吗？
　　纪明月，我就要见到你了。
　　我终于可以见到你了。
　　纪明月，我喜欢你，十三年了。

第一年的6月9日到第十年的3月17日。
3569天，3569封邮件，一天不落。
纪明月花了整整一晚上的时间，一封一封邮件看过去，从第一封就开始哭，到后面，屏幕上的字都看不清楚了。
可她还是一封又一封地点开未读邮件的标志，一个字一个字地看过去，看谢云持这十年都经历了什么，想他在写这些邮件的时候，是什么样的心情，猜他是不是很想收到回复，然后登录邮箱，却发现仍旧空空荡荡的。
她的眼睛都快要哭肿了，对周围的环境一无所知，连导师是什么时候走的都不知道。
她只知道机械地看信，抽抽纸擦眼泪和鼻涕。
直到垃圾桶都满了，她还在不停地看。
她突然疯了一般开始寻找自己的手机，然后把机票改签成第二天上午最早的航班。

纪明月想,她要去见一见谢云持。

3

明明一直无比迫切地想要见到谢云持,明明花了大价钱才改签了机票,明明有很多很多话想要当面跟谢云持说,可在飞机备降时,纪明月突然有了一种奇怪的近乡情怯的感觉。

她要跟谢云持说什么呢?

说她终于看到了那些邮件,知道了他从很久以前就开始喜欢自己吗?

说她傻乎乎的,明明他留下了那么多线索,可她就真的什么也没猜到,甚至误以为他以前喜欢的是别人吗?

说她也暗恋了他很久,是因为觉得自己没有机会了,才决定出国去忘记这段感情的吗?

说她发现他们错过了整整十年吗?

纪明月只是稍稍一想,就只觉得如鲠在喉。

她这两天甚至都不敢合眼,只要稍稍一闭上眼,谢云持的身影就在脑海中浮现。

看见他背着包,孤身一人,拿着她的照片到处找她;看见他一字一句,把那些邮件里的话念给她听。

她甚至都不敢想这十年间谢云持到底是怎么走过来的。

养父去世,母亲更看重爱情,叫亲生父亲为叔叔,喜欢的妹妹一开始敌视他。

他穷困潦倒,明明也是十几岁的年纪,却要承担起家里的重任,还要给养父还医药费。

就连她,谢云持喜欢的人,都远走他乡,杳无音信,怎么都找不到人。

可谢云持就是永远面带笑容,温柔向上,把所有能做的事做得出色到让人惊叹,甚至对她……都毫无怨言。

纪明月又想起来,上次谢云持跟她说的。

——"好像也不算太容易。"

——"可抱怨、难过和委屈从来不会改变什么,所以不如努力一点,再开心一点。"

你看,他连话都从来不会说满的。哪里是努力一点,再开心一点啊?他在拼尽一切地去努力，竭尽所能地去开心。

纪明月低声叹了口气。

长途飞行，又压根没怎么睡着，她只觉得头痛欲裂，各种各样的复杂情绪萦绕在心头。

遗憾，懊恼，心疼，难过，甚至还有一点害怕。

她不知道现在的自己该怎么面对谢云持。

飞机在远城机场安全降落。

纪明月本来打算直接去见谢云持的，但坐上出租车时，她又胆怯了。

"这位小姐，您去哪里呢？"

"……高铁站。"

那个天不怕地不怕，什么都敢试试，好像永远都无所畏惧的纪明月，活了二十七年，第一次临阵脱逃。

"纪淮，你姐姐这次回来是怎么了？"祝琴瞥了一眼楼上，一脸纳闷。

纪淮摇了摇头，继续埋头啃排骨。

"真是的，我让你姐回来是给你高考加油，她倒好，整天垂头丧气的。我上次看她一个人坐在沙发上，盯着手机屏幕看了半天，我本来以为她在玩手机，结果我从她后面经过的时候，发现她手机屏幕都是黑的。"

祝琴越想越觉得无语。

也不知道女儿这段时间着了什么魔，整个人都奇奇怪怪的，有事没事就叹气。更可怕的是，上次女儿一个人在花园里坐着，她经过花园时发现女儿竟然在偷偷抹眼泪……

纪淮啃完排骨，又心安理得地又夹起一个鸡腿，说："可能是恋爱了吧。"

空气寂静了三秒。

正在啃鸡腿的纪淮愣了一下，慢动作地转头看向了祝琴，顿时一脸惶恐："妈，你别多想，我随口说的！"

"不，"祝琴一脸思索，"我觉得你说得有道理。真的是，我怎么就没朝这方面想呢？"

盯手机、偷哭、精神不振……一系列的反应结合起来，非常明显，纪明月不仅恋爱了，估计还跟男朋友吵架了，可能是在冷战。

越想越觉得自己的推理完全正确，祝琴先是一喜，继而又是一忧。

纪淮这下真的看不明白了："不是，我姐要真恋爱了，妈你不应该很高兴才对吗？"

祝琴瞪了他一眼，一脸"你懂什么"的表情。

"我是希望你姐姐可以谈个恋爱，但我也不希望她被欺负啊。你看你姐姐这段时间的反应，她那个男朋友是不是让她受气了？"

纪淮轻嗤了一声。

拜托，那是纪明月哎，他最亲爱的姐姐。就纪明月那个性格，谁能让她受气？她不让男朋友当牛做马的，就已经是对男朋友很好了。

两个人正聊着，就看到当事人趿拉着拖鞋，精神萎靡地走下了楼。

祝琴跟纪淮对视了一眼，越来越相信自己的推论是正确的。纪明月这样子，那就是标准的受了情伤才有的反应啊。

不行，这样下去不如果断分手。

纪明月浑然不知她妈妈究竟在想什么，垂着头走到餐桌旁，拿起筷子，有一口没一口地吃起了早午餐。

纪明月一边吃，一边瞥了一眼纪淮，然后又百无聊赖地别过了眼。

回到家的这两天，她以"回家了不太方便"为由，没再和谢云持打电话。主要是她觉得，自己肯定一听见谢云持的声音，所有的情绪就都会绷不住了。

实话说，她也不知道自己到底是在纠结什么。

正啃着第二个鸡腿的纪淮也察觉到了确实有哪里不太对。

如果是平常的话，纪明月绝对会嫌他吃得多，再嘲笑他一番。今天只这么平平无奇地看了他一眼，就放过他了？

纪丰边系领带边下了楼梯，看了看餐桌上的三个人，忍不住笑了笑。

"出去啊？"祝琴起身，帮纪丰拿了公文包。

纪丰冲着妻子点了点头，又在她脸颊上轻轻落下一吻。

纪淮忍不住翻了个白眼："爸、妈，你们够了。"

祝琴朝他比了个拳头。

识时务者为俊杰，纪淮低下头继续默默无言地啃鸡腿。

纪丰一边换鞋子，一边交代祝琴："今晚有个生意要谈，对方问能不能来我们家里谈，你记得让阿姨准备一下晚餐。"

祝琴点头应下来，问了对方的偏好和禁忌，就送纪丰出了门。

纪明月放下勺子，看向门口。

她最早对"爱情"两个字的认知，全都来自父母。

像他们这样的豪门家族，好像从来都离爱情很远。从小到大，她听说过很多八卦，那个看上去很和蔼的叔叔出轨了、学校新转来的学生是私生子、某对模范夫妇其实早已貌合神离……

但纪丰和祝琴不一样，他们是自由恋爱，结婚几十年了，还能恩爱依旧。

……那她自己呢？如果她结婚了，会是什么样子呢？

按照谢云持的性格，一定会支持包容她的所有，就像当初不管她是留在国内还是决定出国，谢云持的邮件里，全都是"你开心就可以"。

谢云持会很努力工作，但也一定会抽出时间来陪一陪她，哪怕是像之前那样她想看《蜡笔小新》，谢云持也会笑着说"好"。

他们也一定会有很可爱很懂事的孩子，谢云持那样的人，绝对可以把孩子教得很好很好。

他们互相喜欢了这么多年，也一定会一直一直互相喜欢下去，陪着对方朝未来坚定地走去。

这么一想，她对未来好像充满了希望和信心。

有人陪她共度余生，而这个人，是她从情窦初开就一直一直喜欢着、深爱着的人。

那也真的……太幸福了。

纪明月好像突然间就想通了，猛地站起身。

她要去找谢云持说清楚，不管是曾经的遗憾还是对错过的后悔，再或者是这些年来从来没有忘记过的刻骨思念，全都对他摊牌。

他们已经错过了这么久，以后的每一分每一秒，一定要更珍惜。

祝琴拍了拍胸口："猫猫，你干什么？干吗突然站起来？"

纪明月转身就要上楼："妈，我突然想起来有些急事，我今天就回远城。"

知女莫若母，祝琴还能看不穿纪明月想干吗？

她一把拉住纪明月："不行。"

一看就知道她闺女准备先低头。那不行，她女儿娇生惯养的，被她跟纪丰捧在手心里长大，哪能受这气？这还是谈恋爱呢，男朋友就不知道忍让一番，那以后可得了？

纪明月一脸纳闷地看了祝琴一眼："什么不行？"

"你爸刚才交代我了，说今天的客人很重要，让你晚上也在家吃饭，陪客人聊聊天。"

她爸爸的客人，关她什么事？

压根没等纪明月多想，说一不二的祝琴已经拍板定下："你要回远城也行，明天再回去，今天不要乱跑。一会儿跟我去趟美容院，再做做发型挑件衣服，晚上好好接待客人。"

纪明月愣了愣。

她妈妈的态度不像是让她接待客人，倒像是……

4

祝琴语重心长："猫猫，妈妈不是不让你今天回去，但你爸爸难得有客人来家里，你今天就走像什么话对不对？"

纪明月不敢说话，默默点头。

祝琴苦口婆心："你三月份回国，在家待了没几天，这五一假也刚回来两天就急着回去，搞得好像你不喜欢回家一样。"

祝琴耐心诱导："你今晚好好陪客人聊聊天。妈妈看出来你最近心情不太好，今天就当散散心好不好？"

纪明月依旧不敢说话，默默点头。

"那你为什么心情不好？"

纪明月猛地抬起头，看向自家老妈。

"谈恋爱了？跟男朋友闹别扭了？"

纪明月一阵无语，否认："不是，妈，你别多想。"

"是那个叫谢云持的？"祝琴了然地点点头，拍了拍纪明月的肩膀，"猫猫啊，妈妈让你谈恋爱，可没让你受委屈。你爸爸今天早上特地跟我提了，说今晚这位客人呢，是个年轻的俊杰，一表人才还能力强大，你今晚陪人家好好聊聊，知道了吗？"

纪明月愣了一下，明白了过来。

敢情她妈妈今天这么卖力，是打算把今晚的商务宴彻底变成相亲宴吗？这算盘打得都噼里啪啦响了……

但纪明月现在心思全都放在谢云持那边，一心只打算吃完了今天的晚饭，明天就奔赴远城。

她打了个电话给谢云持,可对方一直是关机状态。

她又打电话给方秘,这次倒是有人接了。可方秘只说谢云持出差了,此时应该在飞机上,所以没开机。

她现在只能静静等待明天去远城了。

啊,为什么猫猫不能拥有翅膀?

在外奔波忙碌了一天,被祝琴从头到脚地安排了一遍,纪明月只觉得身心俱疲。不知道为什么,她隐约间有点明白被王母娘娘拦着不让去找牛郎的织女是什么心情了。

临近傍晚才回到家里,纪明月提着东西,保持着新做的造型上了楼。

祝琴一边去厨房看阿姨准备的菜,一边扯着嗓子跟纪明月说道:"猫猫,等会儿客人来了我就让纪淮上去叫你,你记得快点下来啊!"

纪明月有气无力地应了一声,走进房间关上了房门,瘫在了椅子上,叹了口气。

稍顿,纪明月拉开旁边带锁的抽屉,小心翼翼地从抽屉里捧出一个盒子。

昨天跟舒妙出去吃饭时,舒妙跟她说:"猫猫,十年前你匆匆忙忙出国时把这个盒子交给了我,跟我说让我扔掉它。那个时候我看你进了安检口,还不忘回头看一眼这个盒子,我就想,如果你之后谈了恋爱,真的忘记了那段暗恋,我就扔了这个盒子;如果你回国时还是孤身一人,那只能说明你根本忘不掉他,那我就把这个盒子再转交给你。

"你看,都十年了。"

可不是吗,都十年了。

十年前纪明月觉得这个盒子就是她所有的青春记忆,只要把它交给舒妙,什么都能忘得一干二净。可她这两天在房间里翻箱倒柜,才发现和谢云持有关的回忆又何止是这盒子。

用从谢云持那里买的玫瑰做成的标本、最开始被谢云持批改的物理卷子、被她从其他合照上剪裁下来的粘成两人合照的照片……

这些东西散布在她房间的所有角落里,可能在书架上某一本书里夹着,可能在橱柜角落里放着,还可能在校服的口袋里窝着……

这些东西填补着她生活的所有空隙。

纪明月把这些东西全都找了出来，如珍似宝地放进了盒子里。

正仔仔细细地端详着盒子里的东西，纪明月听到自己的房门被敲响。

纪淮在门口喊："姐，客人来了，老妈让你下楼。"

纪明月应了一声，飞快地把盒子盖好，塞进抽屉。

纪淮离开前，还不忘转述祝琴的叮嘱："哦对了，老妈说让你展现出最好的精神面貌，争取给客人留下好印象。"

纪明月一阵无语。

但不管怎么说，到底是纪丰的客人，将自己收拾整齐也是起码的礼貌。

纪明月踩了一双微跟鞋，沿着楼梯缓缓下楼，走进客厅。

正对着她的长沙发上，纪丰和祝琴面带笑容地坐着，祝琴还在招呼坐在拐角处短沙发上的男人吃水果。

纪丰正跟祝琴介绍："这位就是我今天的客人，你叫他小谢就好。"

纪明月只是瞥了一眼，就看到了祝琴脸上写着满意。

200%的满意。

她心中警铃大作，能让祝琴这般挑剔的人满意……

正这样想着，纪明月朝着坐在短沙发上的男人微微点了点头："你好，我是纪……"

"明月"两个字还没说出口，她看清了短沙发上坐着的人。

"谢谢谢……"

祝琴连忙打断她的话："你这丫头怎么回事？好好自我介绍着呢，怎么就突然开始谢谢别人了？"

"……谢云持，你怎么会在这里？"

空气蓦地寂静了三秒。

祝琴和纪淮听清楚纪明月叫的名字，一脸震惊地齐齐看向了纪明月。

纪丰也一脸震惊地看向自家闺女："猫猫，你认识小谢？"

一片诡异的寂静中，唯有谢云持仍旧保持淡定，一副好整以暇的态度，靠在沙发上，语调微扬："好久不见，纪小姐。"

巨大无比的信息量冲击中，纪明月脑子里冒出来的第一个想法竟然是——所以，谢云持早就知道我是纪丰的女儿，也早就知道我们家压根没破产是吗？就这么看着我装穷装了近两个月？怪不得爸爸早上说今天的客人要求在我们家吃饭。

在场几人，唯有纪丰什么都不知道。他看看这个，再瞅瞅那个，最后眼神落在了自家老婆身上，成功地目睹了什么叫世界上最快的"变脸"。

刚才还对谢云持万分满意，恨不得让他立马娶了猫猫的祝琴，在知道了他的全名是"谢云持"后，立马冷下了脸色。

没等祝琴说话，谢云持已经站起了身，再次朝着纪丰和祝琴毕恭毕敬地行了个礼："叔叔阿姨，我还没来得及做正式的自我介绍。我叫谢云持，现任君耀集团总裁，目前正在追求猫猫……"

谢云持还没说完，一旁的纪明月就已经一头扎进了他的怀里，使出全身力气紧紧搂住他。

他微怔了一下，下一秒，他只觉得胸前有些濡湿。

怀里的女孩子哽咽的嗓音闷闷地传了出来，尾音还带着颤抖："谢云持，我好想你啊，我真的真的太想你了。"

他抬起僵硬的手，搭在纪明月的头发上轻轻地揉了揉，稍作安抚，示意她不要哭。

他不知道纪明月这两天究竟发生了什么，也不知道她到底是为什么会在看见自己的一瞬间就不管不顾地冲过来。

但他也什么都不想问，他只想就这么抱住她，任时间蔓延，苍老白头。

也不知道过了多久，纪明月从谢云持怀里撤了出来，看了一眼他干净的白衬衣上被自己哭得乱七八糟的印迹，有些不好意思起来。

她拉起谢云持的手，看向纪丰和祝琴，郑重其事地介绍："爸、妈，他是谢云持，我的男朋友。"

5

本就寂静的客厅，因为纪明月这句突如其来的话，气氛更是直接跌到了冰点。这下不只是祝琴了，就连本来和颜悦色、努力充当和事佬的纪丰，表情都变了。

唯有谢云持，他那本来沉静如水的眸子，刹那间像是被什么东西点亮了一般，熠熠生辉。

纪丰站了起来，脸色着实不怎么好看。

也不知道为什么，明明刚才还怎么看都觉得一表人才，优秀得不得了的谢云持,这个时候只让他越看越不顺眼。

对,最不顺眼的就是还拉着他宝贝女儿的那只手。

凭什么,猫猫都多少年没让他这个当爸爸的抱过了,结果今天一上来就冲进了这个人的怀里,这人怎么配得上自己如珠似玉的宝贝女儿?

看看他女儿,漂亮得一绝。

再看看这个突然冒出来的男朋友!

虽说现在纪丰酸气攻心,但他还是怎么都说不出一句"谢云持长得丑"之类的话。

那再看看他女儿,博士毕业,SCI论文都发了好几篇,在这个领域成就卓绝。至于这个突然冒出来的男朋友,小小年纪就当上了君耀的总裁,几年间更是带着君耀走上了新的辉煌。

一项一项比过去,纪丰越比越生气。

"妈,"还没等纪丰横眉竖眼,纪明月已经率先开了口,跟祝琴说,"你这两天肯定误会了什么,我没跟谢云持吵架,我们两个人也是刚刚才正式在一起的。我和他之前有很多你并不知道的事情,我之后会慢慢跟你讲,现在……"

她抬头瞥了一眼谢云持:"我想带他去我房间看一些东西,你们不要打扰我们,我们等会儿再下来吃饭,可以吗?"

谢云持敛了敛眉,从纪明月的话里听出来一些别的味道。

纪丰表情不悦:"你一个女孩子的房……"

还没说完,他就感觉自己的腰上被掐了一把。

不对啊,他老婆掐他做什么?他们两个人不是一个阵营的吗?

祝琴没什么表情,高贵冷艳地朝着纪明月点了点头:"不要太久,饭快好了。"

纪明月应了一声,看向谢云持,弯眸笑了笑,说道:"走吧,我带你看几样东西。"

这是谢云持第一次进纪明月的房间,而且是在这样堪称诡异的情况下进她的房间。

她的房间整体是白色调的,偶尔有一些粉蓝色的装饰,简洁又整齐。房间里还萦绕着似有若无的香气,和刚才她抱住自己时他嗅到的香气如出一辙。

种种迹象都表明,他真的进了他喜欢了很久的女孩子的房间。

更表明……

他刚才听见的"我的男朋友"这五个字,是真的。

不是在做梦。

谢云持其实一点都不淡定。

他刚刚甚至没怎么反应过来,所以只能强行维持住表面的镇静。直到现在一路跟着纪明月进了她的房间,他再也控制不住自己,在纪明月跟他说"随便坐"的时候,迈上前,猛地把她抱进怀里。

纪明月能感觉到他把自己抱得很紧很紧,到最后,她甚至都感觉到了一丝疼痛。

但她还是努力踮起脚尖,在他下巴处轻轻落下一吻,然后撤开了身子,对着他笑:"我先给你看些东西。"

说完,她小心翼翼地打开抽屉,拿出了那个盒子,那个她本来计划要在明天带去远城的盒子。

"在给你看之前,我先对我这两天的逃避表示歉意,对不起。"

谢云持笑着摇了摇头。那天运动会,是他太急切了,所以才会在那样的情况下突然对纪明月表白。

纪明月会躲避一段时间,也是他早就料到了的,而今天她突然答应自己,对他而言才是真真正正的意外之喜。

纪明月吸了口气,才继续说了下去:"其实我前几天回大学母校了,实验结束后我出去逛了逛,然后,遇见了 Lora。"

谢云持面色微变。

"对,谢云持,我那天登录了我高中时用的邮箱,看见了你这十年间给我发的邮件。我一封一封全都看完了。"

谢云持敛眸:"你知道了。"

静默了两秒,纪明月才继续说道:"我刚才会跟你说那些,并不是因为被你感动所以才想要和你在一起。"纪明月看了看他,"而是——"

她打开那个盒子,双手递过去,郑重又郑重地放到了谢云持面前。

"谢云持,我也喜欢你,很久了。"

谢云持猛地抬起了头,怔怔地看向纪明月。

纪明月抿了抿唇:"你也想不到是吧?其实我也是,在那天知道之前,

211

我甚至以为你以前从来不曾在意过我。

"谢云持,我从以前就开始喜欢你了。你生日的时候,课桌肚里收到的那个小蛋糕是我送的。我会开始认真学习,是因为你;毕业晚会结束后,我匆匆忙忙就选择出国,是因为你;我这十年间拼命地做科研,还是因为你。

"所有的一切,那些你不知道的事情,我这些年里全部的变化,都和你有关。

"我喜欢你。"

她顿了顿,从盒子里拿出那些"回忆",一样一样地给谢云持看。

"傅思远说的你光荣榜不见了的照片,是我偷的。

"你丢掉的用完了的数学作业本,是我捡回来收藏的。

"我那时候从你打工的花店里买来的玫瑰花,都做成了标本,一片也没舍得扔。

"你看,还有这封我打算在毕业晚会上,送给你的情书。"

说着,纪明月颤着指尖,拆开了那封早已泛黄的情书,开始念给谢云持听。

"谢云持:

"展信佳。

"你可能还不怎么认识我,但你应该听过我的名字吧?我叫纪明月。

"对,就是那个以前成绩的确不怎么样,现在依然没你好,但是应该能够和你去同一个城市的,纪明月。

"其实这封情书我已经熟背在心,但我还是打算念给你听,因为跟你当面表白这件事真的是太让人紧张了,紧张得我觉得自己随时都可能忘词。

"我知道你很忙,你有很多兼职要做,所以在这封长长的情书最开头,我先跟你说最重要的事情吧。

"谢云持,我真的好喜欢你呀……"

只来得及念到这里,纪明月自己连同那封保存完好的情书就一起被谢云持用尽全身力气紧紧地抱进怀里。

大颗大颗的泪珠如同断了弦一般,在她闭眼的瞬间全都掉落了出去。

她再也撑不下去了。

她以为自己这十年间真的不曾想起谢云持,可少女的喜欢这种东西,早就在最开始的时候便刻进了骨子里。

那时候刚出国,站在异国他乡的街角处看人来人往,纪明月忍不住想,自己为什么要来这里啊?

这里的人,金色的头发,蓝色的眼睛,说着她还不怎么熟悉的语言,匆匆忙忙与她擦肩而过。

没有一个人像谢云持。

她在国外读书时总是让自己很忙很忙,就连导师都说已经很久没见过像她这么拼的人了。

纪明月也不想让自己如此忙碌,可是,好像只有在被实验充斥了生活的分分秒秒时,她才会不去想念谢云持。

可是,纪明月这些年来总是不由自主地在想,那个清俊优秀的少年在时光洗礼后,是不是更加让人移不开眼。

你看,是啊。

她亲爱的少年一直都在好好地成长,让十年后的她还能一眼万年。

"谢云持,好久不见。"

Chapter 9
/
主 动

1

好不容易和喜欢的人这样抱在了一起,纪明月只觉得谢云持的怀里是这个世界上最最最安全的地方。

纪明月想,她应该就这样赖在谢云持的怀里,管它天崩地裂,管它沧海桑田,管它翻天覆地,就一直这样站到时间尽头。

三分钟后,她发现时间的尽头来得有点快。

因为,她爸敲门了。

"嘭嘭嘭……"

不间断的敲门声重得让纪明月都误以为她爸是要上来拆家了。

"猫猫,都多久了,快下来吃饭。"

纪明月这才想起现在不是在远城谢云持的公寓里,而是在自己家里。她撇了撇嘴,不太甘愿地从谢云持怀里退开半步,擦擦脸上的泪,而后冲着门外喊了一句:"我知道了,爸。"

她又想起了什么,犹豫了一下,对谢云持说道:"哦,对了,我爸妈其实都是很好相处的人,他们就是……一时间好像有点接受不了,你不要往心里去。"

谢云持点了点头:"嗯,没关系。"

纪明月正准备往外走,又听见谢云持那悦耳又好整以暇的声音:"猫猫尽管放心,我一定会尽力讨好我未来岳父岳母的。"

她瞬间顿在了原地,看着谢云持带笑的眉眼,耳尖再也不受控制地粉了起来。

纪明月低低咳了一声,假装刚才什么也没有发生,拉开了门。

纪丰黑着脸直直地杵在门外,见他们出来才憋出来一句:"吃饭了。"

纪明月实在没忍住,"扑哧"一声笑出来,和谢云持一前一后下了楼梯,到了餐厅。

家里的阿姨忙了一整天,准备了一大桌丰盛的晚餐,其中不少是纪明月喜欢的菜色。本来这该是顿觥筹交错的热闹晚餐,奈何因为这突然的变故,导致现在整个餐厅的氛围都颇为怪异。

出乎意料,祝琴先开口招呼了谢云持:"小谢是吧?过来这边坐吧。叔叔阿姨也不知道你喜欢吃什么菜,下次再过来就提前跟叔叔阿姨报菜。"

纪丰冷哼了一声,别开了头。

怪不得今天谢云持还没开始谈生意就对自己这么客气,还拎了各种大包小包的礼品给自己。

他问起来的时候,谢云持当时只是说:"这些都是远城的特产,不值什么钱,给纪总拿来尝尝而已。"

现在一想!敢情是那个时候就没安好心!

只是还没来得及再摆脸色,纪丰就感觉祝琴又踢了他一下。他哽了哽,只能也臭着脸勉强开口招呼:"小谢坐吧,吃饭。"

谢云持丝毫没有坐冷板凳的感觉,仍旧面带笑意,礼貌又亲切:"谢谢叔叔阿姨。我不挑食,你们做这么多菜招待我,我已经很开心了。"

一番话说得滴水不漏,饶是纪丰也一点刺都挑不出来。

纪丰一边给老婆夹菜,一边瞥了一眼坐在纪明月旁边的谢云持,开始刺探军情:"小谢是远城人吗?那是不是对我们端市不太熟悉?"

谢云持温和地笑了笑:"我在端市长大的,跟猫猫是高中校友,读大学后才离开端市的。"

祝琴又问道:"小谢跟我们猫猫好多年没见过了吧?我们猫猫在国外读了这么多年书,她之前差点被导师硬留在国外没回来。她导师说她在国外发展会更好,但猫猫想回家,所以才回来了的。"

215

谢云持点了点头:"嗯,我知道。"

没等祝琴继续说下去,谢云持就又语气和煦地接着说:"君耀近几年一直在发展海外市场,我之前想的是,如果猫猫还不回国,我就过去。"

明明谢云持的语气很淡,像是说了一句"饭菜真好吃"一样,但餐桌上的其余几人全都同时抬起了头,面带错愕地朝谢云持看了过去。

祝琴心下一愣:不对啊,听谢云持的话,怎么感觉跟我心里的剧本不太一样呢?难道不是我女儿喜欢了人家十几年,回国后追上了人家吗?

"妈,我都说了,我们两人之间的事情太复杂了,所以还没来得及跟你讲。"纪明月停下默默扒饭的动作,抬头跟祝琴说道。

之前一直在努力降低自己的存在感,只想当一个安静吃饭的小透明的纪淮,又抬头瞥了一眼谢云持,越想越觉得他的名字实在是熟悉。

……这么一想,长得也挺眼熟。

纪淮努力回忆了半天,像是突然间想起了什么,眼睛蓦地一亮,准备开口却又止住了。

谢云持看出了纪淮的为难,从容地帮他解决难题:"叫我'谢哥'就好。"之后再改口叫"姐夫"也不迟。

纪淮从善如流:"谢哥,你高中时有被秦舜秦老师教过吗?"

谢云持点了点头:"嗯,我高三时的班主任。"

果然!就说嘛!

纪淮喜滋滋的:"那还真是缘分,秦老师也是我的班主任。怪不得我觉得谢哥你的名字这么熟悉,都这么多年了,秦老师还经常在我们班上夸你,说你成绩常年第一,家境贫寒但是努力向上,哪怕是经常出去做兼职也不耽误学习。我们班还有女生百度了你当年高考时的新闻,拿你当时的照片当考神拜呢。"

说着说着,纪淮隐隐觉得好像有哪里不太对。

家境贫寒?经常出去做兼职?

纪丰也忍不住抬头,看了谢云持一眼。

谢云持不卑不亢地说:"嗯,那个时候我父亲病重,所以我也会做一些事来补贴家用。"

总而言之,一顿饭下来,纪丰和祝琴已经把谢云持的信息打听得一清二楚。

尤其是在知道谢云持的过往，以及谢云持喜欢了自家女儿很多年，并且一直都是单身在等纪明月之后，两人的态度跟吃饭前简直发生了翻天覆地的变化。

特别是祝琴，她本来就是个面硬心软的人，最听不得谢云持这样的故事。听说他以前打工来给父亲还医药费，读大学后对自己女儿念念不忘，还经常跑去国外找纪明月之后，简直都要泪洒餐桌了。

她盛了一碗汤递给谢云持："唉，真是辛苦你了，好孩子啊。"

"妈，"纪明月连忙拦了下来，"你汤里放了红萝卜，谢云持他吃不来。"

谢云持对她温柔地笑了笑，又冲着祝琴点头："没关系的阿姨，阿姨盛的都可以。"

祝琴对他的喜欢又加了几分，看看这孩子，多懂事、多招人待见啊。

而且刚才她可看见了，明月想吃虾，又懒得下手剥，一句话都没说，只是犹豫地朝着那盘虾看了一眼，云持分分钟就看出了明月的意思，一直在剥虾放进明月的盘子里，面上却不动声色的，像是自己做的事完全不值一提一样。

就连纪丰对谢云持的态度都变了不少。

主要是他也想通了。算了，反正女儿迟早得嫁人，这个谢云持好像又确实对他女儿挺好的，长痛不如短痛。

祝琴还在给谢云持夹菜："小谢，来，多吃一点，你看你瘦的。平常是不是很忙啊？哎呀，猫猫脾气不好，以后还得你多担待她了。"

纪明月愣了愣。

谢云持摇头，笑道："没有，猫猫性格挺好的。"

纪丰又点了点头。对嘛，他女儿，那性格当然好着呢。

2

这顿晚餐倒是真的吃了挺久。

好好的生意没怎么谈，就这么猝不及防地变成了见家长。

——当然，也不能算真的一点生意都没谈。

谢云持状若不经意间想起来今天来纪家原本的目的，而后朝着纪丰笑了笑："对了，叔叔，至于这次的合约，基于对纪氏的信任，君耀会再让利2%，一切按照您之前拟好的合同来就好。希望我们合作愉快。"

在此之前，君耀一点都不肯让步，而纪氏又很希望达成合作，谢云持这才在前两天突然提出说要来当面谈的。

纪丰之前还觉得肯定是一场苦战外加持久战，结果人家谢云持倒好，不仅签约，还主动让利了。

他越想越觉得蹊跷。

——怎么感觉谢云持之前不肯让步，就是为了找个借口来端市呢？再当面追他女儿？

偏偏祝琴喜欢谢云持喜欢得不得了，一个劲儿招呼谢云持吃这吃那，甚至开始跟谢云持聊起什么时候让双方父母见个面了。

就连纪淮都轻而易举地被谢云持给收买了。他一拆开谢云持给他买的礼物，眼睛瞬间就亮了："我的天，谢哥，这不就是我想买很久但一直没能买到的限量版航模吗？谢谢谢哥！谢哥万岁！"

谢云持的表情依旧淡淡的，好像完全不值一提一样："嗯，你喜欢就好。"他顿了顿，又道，"如果你高考发挥不错，我可以再送你一套别的限量版。"

纪淮的眼睛更亮了一些，就差冲上去抱住他了，嘿嘿直笑："好，那我顺带许愿让我早点改口叫姐夫。"

又聊了一会儿，谢云持看时间不早了，就提出要回酒店。

祝琴连忙指挥纪明月："猫猫，下楼送小谢。对了，猫猫，你明天还回远城吗？"

回远城？谢云持看了纪明月一眼。

纪明月摇头："不了吧，等过了五一假再回去。"

谢云持都在这儿了，她还回什么远城？

"那正好。"祝琴一拍手，"小谢也挺久没回来了吧？让猫猫带你到处逛逛，这丫头回来这两天，大门不出二门不迈的，让她也动一动。"

说实话，纪明月有那么一点怀疑人生。

谢云持有可能挺久没回端市了，但难道妈妈忘了吗？她也在国外读了十年书，偶有假期回来，也只是和舒妙他们吃个饭而已，几百年没逛过端市了。

让她带谢云持逛一逛？那还不如一起上天开飞机。

纪明月压根没来得及反驳出口，就已经被祝琴连推带拉地弄出了门，祝琴甚至还扔了件外套给她："你送送小谢啊，不用太着急回来。"

刚说完，家里的门就"啪"的一声在纪明月面前关上了。

纪明月脑子里还一团蒙，就听见旁边传来一声低笑，一贯的悦耳，却又带了更多别的味道。

好像是……满足。

她怔怔地偏过头，看了看一旁的谢云持。

谢云持脸上还带着笑意，唇角上扬的弧度比平时要大不少："所以，我这是得到了未来岳父岳母的认可吗？"

纪明月瞪了他一眼，却也不由自主地笑了开来。

两个人并肩向外走去。

纪家住的是湖畔独栋小别墅，外面正是当时开发映月公馆而挖的人工湖，湖的面积还不小，周围绿化做得很好，是映月公馆最值得称道的景色之一。

"这个湖就是映月湖吗？"

纪明月点了点头："对。我们家在这边住了挺久了，映月公馆是我出生那年着手准备的项目。我爸爸说，是因为我叫明月，所以才给这个湖起名叫映月湖的。"

谢云持笑了笑："嗯，我知道。"

"知道？"

"我以前听说过你住在映月公馆，查了一下这边的情况，顺带看了一下楼盘的价格。"谢云持垂了垂眸，"那时候我在想，将来我该怎么努力，才能让你继续住这样的家。"

其实，他想的并不止这些。

他在想，还在泥沼里挣扎着的他，跟公主一样的纪明月到底有没有未来。

谢云持以前拒绝别人的告白，用的词都是一样的——"对不起，我不喜欢没有未来的人。"

好像这么一想，他和纪明月似乎才是最没有未来的，他俩是地上沼泽和天上明月的区别。

可喜欢这件事，哪里是人能控制得了的。

他思考了很久很久，如果有一天，纪明月和他告白，他会怎么回答？

那个答案写在了那年圣诞节他送给纪明月的那封信里——

我会努力去亲手开创一个未来。

3

好不容易成了正大光明的男女朋友，纪明月一整晚的梦里都是谢云持。

梦境里，她对谢云持的称呼已经从"谢哥哥"变成了更加亲密的"哥哥"，甚至到最后，自己还叫了一声"老公"出来。

梦境是被一阵敲门声给打断的。

纪明月满脸迷茫地睁开眼，直直地盯了会儿自己房间的天花板，就听到她妈妈的声音伴着敲门声传来："猫猫，起床了，都几点了还睡呢？人家小谢都过来了，你也起来收拾一下跟小谢出去逛逛啊。"

她转过头，眯着眼看了一眼手机，七点五十九分。

好好的五一假期，她究竟为什么要在八点之前就醒来？

刚在心里嘟囔了两声，纪明月隐约听见外面传来谢云持的声音："阿姨，没关系的，难得假期，让猫猫多休息一下吧。您不用叫她，我等一等就可以。"

一听这话，祝琴敲门的力度就又大了几分。

"哎呀，小谢你这孩子就是太懂事了。我跟你说，猫猫太懒了，你可不能天天这么惯着她。"祝琴一边说，一边继续敲，"猫猫，起床了！"

纪明月默默地用被子蒙住了自己的头，回味梦境三秒，才闷闷地应了声："我知道了，妈。"

她又在心里琢磨了一下，越发觉得自己不能再在家里待下去了。

再待几天，她估计就会忍不住怀疑，她跟谢云持两个人究竟谁才是祝琴亲生的那个了……

话虽如此，到底是顾及谢云持等在下面，纪明月收拾的速度还是不由自主加快了不少。

洗漱过后，她对着镜子化了个精致的妆容，又弄了弄头发，挑衣服的时候却犯了难。

纠结良久后，纪明月打开了手机，迅速地往置顶的"四人一猫"微信群里发消息。

Moon：紧急请求组织支援！

Moon：诸位……我今天第一次跟他出去约会，该穿什么呀？

Moon：呜呜呜，怎么穿才能让他觉得我漂亮呢？啊，我好纠结，快帮我挑一件衣服。

说着，纪明月就拍了一张衣柜一览图，发进了群里。

怎么感觉挑个衣服比写一篇论文还要艰难？

正兀自纠结着，纪明月就听见自己的微信提示音响了起来。

"组织"回应速度果然一如既往的快。

她迅速解锁手机，看了看消息。

101325：原来跟我出去要挑这么久的衣服吗？受宠若惊。

101325：你穿什么都很好看，但非要让我帮你选一件的话，这个吧。

最后还有一张图片，纪明月下意识地点开看了一眼，是一条米白色的裙子，干净却又极富设计感，倒是真的挺适合今天穿出去的。

但又觉得好像有哪里不太对。

她退了出去，抬眸看了看发消息的人。

101325，谢云持！

她的微信消息置顶就是"四人一猫"跟谢云持，刚才她点得太快了，那几条消息全发给了谢云持这个当事人！

纪明月动作呆滞缓地再次点进跟谢云持的聊天界面，又看了一遍自己刚才发过去的消息。

要不今天还是别跟他出门了吧？嗯对，明天再见面也不晚。

正兀自在脑子里百转千回，纪明月就又听见祝琴在催了："猫猫，你动作稍微快点，小谢都陪我吃了早饭了！"

纪明月收拾好以后，面色镇定地和谢云持出了门，还在心里夸奖自己过硬的心理素质：看吧，我就是这么强大，永远都能保持云淡风轻。

谢云持不着痕迹地打量了她一下，然后笑道："穿这件果然很漂亮，不过猫猫穿什么都很好。"

纪明月的淡定一秒破功，腹诽道：谢先生的特长果然是把不开的壶全都整整齐齐地拎起来吗？

谢云持轻笑出声，然后点了点头，很明事理地转移了话题："昨晚睡得怎么样？"

纪明月瞪了他一眼。

谢云持面露惊诧："这个也问不得？"

他又点头:"嗯,你今早的脸色不太好,怎么了?"

纪明月打算放弃和谢云持沟通了。

一开始说的是出来逛逛,但两个人并没有什么目的地。

在游乐园、电影院、公园、博物馆甚至还有动物园等一系列的提议中,谢云持顿了顿,问:"要回一中看看吗?秦老师前不久还跟我打电话聊了聊近况,他今天正好在学校值班。"

端市一中?

纪明月顿了顿,犹豫了两秒,还是点了点头。

进学校之前,纪明月突然想起什么,拉了拉谢云持的衣角,兴致勃勃地问:"说起来,学校后面那条街上的早餐店还在吗?"

她边说边揉了揉肚子。

她早上起来只喝了一杯牛奶,就被祝琴给推出了家门。现在牛奶早消化完了,只剩下了一个饥肠辘辘的纪猫猫。

谢云持干脆带着纪明月去学校后街转了转。因为正值五一假期,这条平时热闹得不得了的后街此刻安静了不少,只有附近的居民在这里吃饭散步。

纪明月笑道:"我当时真的太喜欢这条街了,因为这里的东西比食堂的饭菜好吃太多,就是人有点多。"

谢云持附和地点了点头:"我那个时候也蛮喜欢,因为在这里做兼职,回学校很快。"

纪明月一怔,又忍不住想起少年谢云持在这里拿了工资,兴高采烈地买了一份快餐,最后还是送给了乞丐的场景。

她看了看谢云持:"你现在还能吃得下东西吗?"

谢云持稍稍疑惑,但还是点了点头。

纪明月拉起谢云持,凭着记忆找到了那家快餐店。

幸好幸好,那家店铺还没有搬走。

纪明月从包里拿出卫生纸擦了擦椅子,示意谢云持坐下来,自己则"噔噔噔"地跑到柜台前,跟老板娘点餐:"麻烦要两份盒饭,嗯,一份土豆炖鸡肉,另一份……"

她回忆了一下,接着说道:"青菜盖饭,加三份牛肉。"

老板娘都傻眼了:"美女,这样点不划算的,你不如直接点牛肉盖饭,我们家牛肉很多的。"

"不用了，按照我刚才说的就好。"

到底是快餐店，老板娘很快就端上了两份饭。

纪明月把那份加了三份牛肉的青菜盖饭推到谢云持面前，又递给他一双筷子。

谢云持愣了一下。

"不知道你还记不记得那件事了，但是我当时真的特别特别想请你吃一顿加三份肉的盒饭。"纪明月叹了口气，"但是我想了想，觉得按照你的性格，肯定不会答应我的。"

"哪，不过现在请好像也一样。"

"你怎么知道我不会？"

"不是都说十几岁的男生是自尊心最强的吗？想想就知道啊，而且那个时候我们俩都不怎么认识，你怎么可能会让我请你吃饭？"

谢云持想了想，如果当时纪明月拦住他，说要请他吃饭，他会答应吗？

……好像真的不会。

倒也不是因为所谓的自尊心，他就是单纯地害怕纪明月会看不起他而已。

偏偏谢云持也装模作样地叹了口气："唉，当时你要是请了，我肯定就答应了。"

纪明月一愣。

谢云持更加一本正经："这样不就有理由请回去，然后再让你请下一顿吗？"

纪明月一顿，瞬间笑出了声。

两个人正聊着天，纪明月的电话突然响了起来，是向幼打来的。

她也没怎么在意，接起电话："喂？"

"喂，猫猫，你什么时候回远城啊？"向幼问道，"我看到你传过来的实验数据了，一切进行得都很好，最近进展很不错。估计等你回来，这边的项目就离成功不远了。"

纪明月夹了一口饭，淡定地说："那当然，我做的实验怎么可能会差？我过两天就回去。"

她正说着，谢云持就夹了一大筷子牛肉放进了她的餐盘里。

她连连摇头："你吃你吃，我吃不了那么多，这份饭就是我买给你的！"

谢云持虽然很感动,但再看了看餐盘里那铺了厚厚一层、完全看不见下面的青菜和饭的牛肉,还是正义凛然地说:"吃点牛肉对身体好,听话。"

纪明月还想继续挣扎一下,就听到电话里突然炸开一声长长的尖叫。她被吓了一大跳,差点把手里的手机给扔了。

"猫猫,你旁边是谁啊?你不是回端市了吗?旁边怎么会有男人?"向幼又仔细琢磨了一下,"不对啊,我怎么听这个声音,感觉像是谢总呢?"

纪明月一时不知如何回答。

"猫猫,"向幼很严肃,"你给我老实交代,你是不是跟我们谢总暗通款曲很久了?现在被家人发现了,所以五一带着我们谢总回家见父母?"

纪明月还没来得及否认,向幼已经兀自脑补完了整个剧情,整个人都开心得像是喝了美酒:"呜呜呜,猫猫你真的太争气了,我嗑的CP马上就要结婚了!"

纪明月一头雾水。

假期的学校里很是安静。

纪明月有点吃撑了,所以干脆拉着谢云持到处遛弯消食。

路过一间教室,纪明月突然顿住脚步,指着一张靠窗的桌子,说:"我突然想起来,我高三的时候好像就坐在这个位置。"

谢云持点了点头,他向来记忆力良好,有关纪明月的事情更是记得一清二楚。

"嗯对,你还经常在上课的时候打瞌睡。"

纪明月一时间有些无语。

所以到底能不能记点好的?她哪里经常打瞌睡了?

谢云持笑出声:"也没有经常,你学习还是很努力的。"

幸好这位谢总求生欲很强,纪明月这才满意地移开眼,又看了看那个座位。

看着看着,她忍不住扬了扬唇角。

"在想什么?"

闻言,纪明月偏头,瞥了一眼谢云持。

在想什么?

在想……

我高三那年坐在课桌前,看你从窗边走过,看你去打篮球,看你干净的衣领,看你优秀的成绩单。

那时候我在想,将来到底是哪个女孩子能这么幸运,可以被你喜欢。

哦,原来是我自己啊。

4

纪明月每次回端市一定会做的一件事,就是和"四人一猫"微信群里的大家见个面。

这次也不例外。

贺盈:猫猫,你明天有空吗?最近开了一家新餐厅,晚上去吃吧!

舒妙:我时间也OK。对了,猫猫,我看你朋友圈,昨天上午发了一张一中那家快餐店的盖饭,你哪儿来的闲情逸致回去忆苦思甜啊?

邵泽宇:去一中?猫猫你跟谁去的?

裴献:呵。

纪明月真的无语了,她这群朋友没去当侦探,真的是太浪费他们的才华和天赋了。

Moon:那个……谢云持。

贺盈:真的假的!

舒妙:纪明月,实不相瞒,我一开始还真没想到你能追到谢男神。

邵泽宇:惊天大新闻。猫猫,你可以啊。

裴献:呵。

贺盈:……献哥,你能不能不要只呵呵笑了?闹得我心里还挺慌的。

裴献:呵。

裴献:@Moon 纪明月,我明晚跟你吃不了饭。

舒妙:献哥你有什么事吗?

裴献:相亲。

纪明月愣了愣,实在没忍住,"扑哧"一声笑了出来。

裴献:纪明月,恩将仇报第一名,你给我等着。

纪明月丝毫不在意裴献的威胁,心满意足地放下手机,托着下巴盯着对面的谢云持看。

谢云持抬眸："怎么了？"

"为什么所有人都毫不犹豫地认为是我追你的呢？"纪明月发出了灵魂质问。

虽然她并不在乎到底是谁追谁的，但是为什么大家都这么默契地公认是她追的谢云持呢？

谢云持笑了笑，并没有直接回答，而是打开自己的手机，发微信给了傅思远。

纪明月一脸疑惑地看着他的动作。

101325：我跟纪明月在一起了。

那边飞快地回复了一条消息过来，是一条长达十秒的语音。

谢云持淡定地点开。

傅思远："我就知道你肯定行的。兄弟，果然厉害，连纪明月都能追到！"

纪明月愣了愣。

谢云持再次朝着她轻轻点了点头："心理平衡了吗？"

"……傅思远是你找来的群演吧？"纪明月语气很冷。

虽然裴献嘴上说第二天晚上没时间聚餐，但他还是第一个到了餐厅。

邵泽宇优哉游哉地端起水杯喝了口水，问道："献哥最近相亲怎么样？"

贺盈也接话："对啊，献哥不是说今天忙着相亲，没空来吃饭吗？"

"啧啧，你们也真信他说的没空吗？"舒妙摇了摇头，"记得吗？高中有一次猫猫体育课崴了脚，裴献见了她还在肆无忌惮地嘲笑，说猫猫怎么这么笨，结果下了晚自习，裴献就在教室门口等着送猫猫回家呢。"

贺盈点点头："当然记得。更关键的是，猫猫说怕谢云持误会，不让裴献送。"

裴献默默在浏览器上搜索"如何毒哑一个人不被发现"了。

四个人正说笑着，就听到包厢的门突然被敲响。

贺盈眼睛一亮："猫猫来了吧。"

说着，她很快站起身小跑到门口，迫不及待地拉开门。

"猫……"贺盈还没叫完，看清门外站着的人时瞬间消了音，好半晌，才愣愣地叫，"谢、谢云持。"

不知道为什么，虽然早有心理准备谢云持会来，但是亲眼看到他本人站在门口，贺盈还是有点受不住。

"嘿！"谢云持还没开口，旁边就窜出来一个女孩子。

贺盈被吓得连连退后了三步。

一旁的谢云持笑着拉住纪明月，低声说："小心点，别摔了。"

这下贺盈实在忍不住了，在心里连续尖叫了三声。她还是第一次从谢云持脸上看到这样堪称"宠溺"的笑容。

纪明月抬头，看见贺盈愣怔的神情，抬起手在她面前晃了晃："贺盈？你在发什么呆呢？"

贺盈这才回过神来，招呼他们进来。

这顿饭吃得很热闹。

舒妙跟贺盈这才发现，原来谢云持也是很好相处的人。

他话倒是不算多，但一开口就引得满堂彩，大家笑得简直停不下来。

谢云持一边跟大家聊天，一边事无巨细地照顾着一旁纪明月的用餐。

舒妙看得直在心里啧啧称奇。她本来还担心，想着自家闺蜜追了十几年才追上，会不会显得太过倒贴，谢云持能不能对纪明月好。

现在看来，是她白担心了。

酒足饭饱，大家又八卦起来。

舒妙张了张嘴："那个……谢男神，我能问你一个问题吗？"

谢云持挑了挑眉，示意她继续说。

"你，是从什么时候开始喜欢猫猫的啊？"

"见她的第一面。"

谢云持明明是回答舒妙的问题，眼睛却直直地看着坐在他旁边的纪明月。

其余几人腹诽：喂狗粮真的很爽吗？

呵，呵呵……

在端市过了一个愉快无比的五一假期，纪明月对着镜子捏了捏自己的脸蛋，在心里估摸了一下自己到底在家里吃胖了多少，然后暗暗下定决心回远城后要减几天肥。

她收了收行李，这才跟着谢云持一起回了远城。

到了远城后，照例是方秘开车到高铁站接他们的。

方秘看见纪明月，眼睛瞬间一亮。

他想起最近君耀吃瓜基地的匿名微信群里，有人爆料说谢总跟纪明月在一起了，他一开始还不相信来着。

现在看来……

方秘一边启动车子，一边在心里美滋滋地感慨着：谢总既然跟纪小姐在一起了，估计以后心情会好上不少，那我的好日子也就快要来了！

正开开心心的时候，方秘听见谢云持带着笑意的声音："猫猫，我跟你介绍一下这位。"

介绍？方秘愣了愣。

纪明月也一蒙：介绍什么？我又不是不认识方秘。

下一秒，她就听见谢云持优哉游哉地开了口："这位就是我的秘书，目前相亲了十几次还没有成功。"

她"咝"了一声："不对啊，我怎么记得上次方秘说他有老婆呢？"

谢云持轻轻耸了耸肩："快有老婆的是我。"

纪明月笑了几声，偏了偏头，又盯着谢云持的侧脸发起了呆。

为什么会有人的侧颜也好看成这个样子啊？

饱满的额头，带笑的眉眼，挺挺的鼻梁……

纪明月的目光，最终定定地落到了谢云持的唇上。

不知怎的，她又想起昨晚临睡前祝琴跟她说的话——"你们俩一直没什么过界的举动，你主动点。"

在一起将近一周了，谢云持的确很尊重她，他们两个人顶多也就是牵了牵手，连吻都没接。

纪明月抿了抿唇，在心里嘀咕了一声，戳起了舒妙的微信。

Moon：妙妙，情侣确定关系一周只是牵了牵手，正常吗？

妙不可言：[省略号.jpg]

Moon：[省略号.jpg]

妙不可言：我觉得这样不行。猫猫，要不你主动点吧？

Moon：你们怎么一个两个都让我主动？

妙不可言：起码得接个吻吧？这样，你听我的。

妙不可言：趁着谢云持在办公室的时候，你进去找他，然后把办公室的门锁了，起码得先把初吻交出去，知道了吗？

5

舒妙向来是一个执行力高得可怕,并为自家闺蜜操碎了心的人。

当天晚上,纪明月一回到公寓,还没来得及喝口水喘口气,舒妙就打来了电话。

纪明月瞬间一阵心虚,连行李箱都不要了,冲着谢云持笑了笑,晃了晃自己的手机:"那啥……我上楼接个电话啊。"

说完,纪明月立马一路小跑,冲进自己的房间,仔细关上房门,这才放心地接了电话:"喂?"

"猫猫,你到家了吗?"舒妙问道。

"刚到。"

"行。"舒妙开门见山,毫不拖沓,"那我们现在就来制定计划,争取这周之内搞定这件大事。"

纪明月没回应。

似乎看穿了纪明月在想什么,舒妙义正词严:"纪明月,我告诉你,这种事情绝对绝对拖不得,你分分钟就得解决了。"

她迫不及待地给纪明月制定了一个详细的"强吻谢云持计划",计划里有无比具体的时间、地点、什么样的情况比较适宜、穿什么样的衣服、该有什么样的动作……

纪明月甚至听见舒妙在那边噼里啪啦敲着键盘的声音。

不一会儿舒妙就发了一份文档过来,加重了语气:"纪猫猫,听好了,这件事呢,不成功便成仁,知道吗?"

纪明月不解:这么严重吗?

五一小长假结束,大家又开始了忙碌的上班生活。

M-1项目组最近收获喜人,上一部分内容比计划提前完成,组长于文轩直接飞去了国外着手准备进一步开拓海外市场,而下一部分要进行的内容和所需要做的具体工作,就要由副组长纪明月带领大家完成了。

所以小长假后的开工第一天,纪明月就忙碌得不行。

五一之前她就跟郑教授请了几天的假,再加上五一小长假,她已经挺久没去远大了。

所以这天上午，纪明月先去了实验室，跟大家核对了一下实验进度。而下午，她则是去了君耀，要跟项目组开组会，布置下一阶段的工作内容。

照理来说，这应该是很平常的工作，但不知道是不是因为昨天那个很突然的接吻计划，今天纪明月进君耀的时候，总觉得好像有哪里怪怪的。

尤其是进电梯之后。

不是高峰时间，电梯里人不算多，像是相熟的几个人正在聊天，纪明月赶到时，里面的一位男士迅速按住了电梯门的按钮，她才顺顺利利地进了电梯。

她笑着冲这位男士道谢。

男士跟同伴们交换下眼神才说道："纪小姐不用客气。"

纪明月顿了顿："你认识我？"

电梯里的一个女孩子笑了笑："纪小姐这话说得，君耀上上下下，谁不知道你啊！"

纪明月想起来上次运动会的时候，自己的确也算是出了一把风头。估计君耀里的人对她的传闻早已变成了"那个抱过谢总的女人"了。

出了电梯往外走的时候，一路上更是有不少人见到她就主动跟她打招呼。

"纪小姐下午好。"

"纪小姐今天穿得很漂亮啊。"

"纪小姐，五一假期过得怎么样？"

纪明月纳闷：我在公司有这么多认识的人吗？

就算谢云持当着大家的面，作为奖励抱了她一下，大家至于反应如此强烈吗？

这种反应，在项目组开会的时候，简直达到了巅峰。

不知道为什么，纪明月总觉得大家看自己的眼神，简直像是看……君耀未来老板娘。

开会前，方秘还特地过来了一趟，告诉她谢云持今天不参加会议，有工作要忙。

纪明月犹豫了一秒，还是问道："谢总在办公室里吗？"

"在的。"方秘点头，"谢总交代过了，如果纪小姐您忙完了，可以去办公室找他。"

办公室……

组会开得并不久，开完后，纪明月一边收拾文件，一边在脑子里不停地想这三个字。

她又紧抿着唇琢磨了一番之后，跺了跺脚，抱起了那一堆文件站起身，像是下定了什么决心似的，给舒妙发了个消息。

Moon：我要去了！

纪明月"上战场"的前一秒，向幼叫住了她："猫猫。"

纪明月回过头。

向幼："你要去找谢总吗？我看你现在的表情，怎么觉得不像是去谈恋爱的，而像是要去英勇赴死的？"

纪明月一哽，于是乎，她就这么怀揣着英勇赴死的决心，敲开了谢云持的办公室门。

进门时，纪明月牢记舒妙的叮嘱，反手锁上门。

谢云持坐在桌子后面，抬头看了看她，朝着她笑了笑，示意她随便坐。

"稍等。"

"吃零食吗？"谢云持指了指一旁的桌子，"我让方秘特地去买了一些你喜欢的零食。我这边还有工作要处理，稍微等我一下。"

纪明月深吸了一口气，在心里默背了一遍舒妙昨晚的叮嘱。

没回答谢云持的问题，纪明月上前了几步，走到谢云持的旁边。

谢云持眸子里闪过些许意外，向后靠在了椅背上，问她："怎么了？"

纪明月依旧没回答他的问题，闭了闭眼，动作飞快地侧过身，坐在了他的腿上。

谢云持一怔，怕她滑下去，下意识地迅速伸出右手，揽住了她的腰。

纪明月生怕谢云持说出什么让自己勇气全无的话来，压根没等谢云持回过神，飞快地伸出双手抱住谢云持的脖子，向他靠了靠。

她靠在谢云持耳边，心跳得飞快："谢云持，我想吻你。"

大概是怕索吻被拒绝，女孩子说话的声音有点大，尾调却是上扬的。

她又重复了一遍："要接吻吗？"

谢云持眉眼间的笑意渐渐淡去，好看的眼睛浓黑如墨。

见他张了张嘴，纪明月生怕他说出什么拒绝的话来，一咬牙，低下头，双唇就轻轻触到了他的嘴唇。

231

她神色一僵，柔软的触感不停地通过神经向大脑皮层反馈这种奇妙的感觉，吻住喜欢的人，更是让心跳声越来越强烈。

下一秒，谢云持抬起右手，单手扣住纪明月的后脑勺，然后……吻了上去。

和刚才那个可以说只是嘴唇碰嘴唇的浅尝辄止完全不同，谢云持的这个吻，多少带了点和他性格完全不同的凶狠。

蓦地，纪明月身后的电脑里突然传出一个熟悉的男声，听起来……像是远在大洋彼岸的于文轩。

"老谢，人呢？这都几分钟过去了，会还开不开啦！"

谢云持抬手："有事，先不开了。"说完就挂断了语音电话。

纪明月愣住了。

她突然意识到，自己刚才进办公室的时候，谢云持说的那句"稍等"并不是和她说的。

而是……跟开语音会议的那群负责人说的……

所以，谢云持刚才说的"有工作要处理"，就是继续开远程会议。

但她从头到尾压根没给谢云持说话的机会，就已经……坐上了谢云持的腿，并且严格按照舒妙的计划，强吻了谢云持。

她无比惊恐地问谢云持："刚、刚刚，他们都听到了吗？"

谢云持倒是笑了笑，出奇淡定，丝毫没有尴尬："没关系，迟早都是要知道我有女朋友的。"

不不不！

知道有女朋友，和知道女朋友今天是来强吻谢总的能一样吗？

然而，谢云持完全没给纪明月再说话的机会，他再次轻轻扣住女孩的后脑勺，俯身，毫不犹豫地吻住了她的粉唇。

谢云持低声哄她："乖。"

纪明月只觉得自己整个人都如在云端，轻飘飘的，没有了反应能力和思考能力，谢云持说什么，她就做什么。

呼吸相融，两人像是一点点合为整体。

绵长的亲吻结束，纪明月整个人都软在了谢云持的怀抱里，拼命地大口喘气。

谢云持却并不打算就此放过纪明月。他把头埋在纪明月的脖颈处，深深地感受着她身上独特的香气。

谢云持吻了下去,很用力。

纪明月却根本没有力气阻止他,只能接受着所有谢云持带给她的陌生的感受。

谢云持的呼吸热热的,又带着雾气。

他语调轻柔,再次哄她:"还要接吻吗?"

"纪明月,我还想吻你。"

6

陈秘刚从外面办事回来,进了秘书办,一抬头就看见了时不时盯一眼谢总办公室门的方秘。

——他看着电脑,噼里啪啦打了会儿字,然后看看不远处紧闭的办公室门,"嘿嘿嘿"笑几声,再低下头继续打字,再抬头看着办公室的门"嘿嘿"笑……周而复始,像是一台让人震撼的永动机。

陈秘走过去,屈起食指叩了叩方秘的办公桌:"你干吗呢?一直在这儿看谢总的办公室?"

方秘再次"嘿嘿"一笑:"没事。"

陈秘撇了撇嘴,也没打算继续问下去,转身就朝着总裁办公室的方向走去。

方秘一愣,飞快地起身拉住了陈秘:"你去哪儿?"

陈秘一脸莫名其妙,指了指总裁办公室:"这还用问吗?当然是找谢总签字啊。"

"你现在进去会被谢总杀了的。"

闻言,陈秘回过头看了看方秘,琢磨了一番,觉得方秘的表情着实不像是在骗人。

她沉默了一会儿,问道:"纪小姐在里面吗?"

方秘沉重却又喜悦地点了点头。

两人对视一眼,陈秘也笑了:"目测接下来一段时间,谢总的心情应该会挺好吧?"

虽然谢总本来脾气就好,但是自从吃瓜基地的匿名群说谢总疑似恋爱了之后,他整个人都跟往常的感觉不太一样了。

那简直是,如沐春风啊。

"不过,都这个点了……"陈秘看了看挂钟,犹豫了一番,"我本来是要拿文件给谢总签字,顺便提醒谢总要去今天的晚宴现场了,这……"

办公室里。

纪明月气喘吁吁地撤开身子,用手抵在了谢云持的身前,挡住他的再次靠近。

谢云持轻轻挑了挑眉。

纪明月抿了抿唇,脸上全是粉意,不知道究竟是羞的还是闷的。

"不、不吻了……"纪明月指尖都在颤抖,根本不敢抬头看谢云持那双蛊惑人的眼睛,她一双眸子到处瞟,就是不看谢云持,"我、那个……"

还没等纪明月找完借口,办公室的门幕地被敲响。

门外传来陈秘小心翼翼胆战心惊战战兢兢的声音,如果仔细听,甚至还能听出那么一点颤音来:"谢、谢总,时间不早了,您该准备去今天的晚宴现场了。"

而办公室里,谢云持的脸色却愈来愈难看。

他的手还紧紧地搂着纪明月纤细的腰肢,而且越搂越紧,眼睛直勾勾地盯着纪明月的脸。

纪明月心尖一颤,咬了咬下唇:"那个,公事、公事重要。"

现在的谢云持,和平日里温柔清澈的他截然不同,眸色如墨,神情矜冷。

门外的陈秘脑补了自己的一万种死法之后,终于听见了谢云持的声音:"我知道了。"

"呼……"陈秘长长地出了一口气。

办公室里的纪明月也稍稍松了口气。

看谢云持都应声了,她准备起身,做一个不打扰男朋友工作的好女朋友。

然而……

纪明月低了低头,看着仍然紧紧抱住自己、力道一点都不带放松的谢云持,小声叫他:"谢云持?"

谢云持没说话,只是看着她。

就这样抱她在怀里,吻住她,看她绯红的脸,感受着她的依赖,谢云持才有了实感——

她真的属于自己了的实感。

很满足。

可是随着满足滋生的,却是更大的贪欲。

他想让全世界的人都知道纪明月是自己的,想让纪明月的眼里都是他,每分每秒。

那种丝毫没有随着时间消散、反而在与日俱增、融入骨髓的渴望,一直被他强行压抑住,可因为今天纪明月主动的吻,又如野草一般肆意生长起来,都快让他控制不住自己。

到底是怕自己吓着纪明月,谢云持深吸了几口气,凑近了些,吻了吻纪明月的耳后,声线偏低:"起来吧。"

纪明月这才红着耳尖,松开了谢云持的脖子,站起了身。

谢云持已经恢复如常,甚至还帮她整理了一下凌乱的衣服:"我今晚有一个晚宴要参加,没办法陪你吃晚饭了,你自己好好吃饭。"

纪明月低着头,使劲点了点。

"晚上回去后关好房门,有什么想吃的夜宵告诉我,我给你带。"

纪明月还是低着头,使劲点了点。

谢云持有些无奈,再次说道:"乖乖等我。"

纪明月闻言,猛然抬头,抿了抿唇角:"我、我可能会早点睡。"

谢云持挑了挑眉,看着说话语气都不怎么自然的女孩子,一点戳穿她的意思都没有,甚至还顺着她的话往下说:"行,早睡身体好。"

纪明月一秒泄气,又静默一会儿:"那我先回去了,你少喝点酒。"

谢云持轻笑出声。

纪明月转身走了两步,回过头看谢云持,问道:"谢云持,你喜欢……吻我吗?"

谢云持不答反问:"你觉得呢?"

纪明月沉默了下,也是,他要是不喜欢,也不可能一吻再吻了。

"那、那你之前为什么都没有想要吻我的意思啊?"

谢云持盯着她,眸光清亮:"你知道当一个人心底的无限渴望,突然被满足了一点的时候会是什么样子吗?"

纪明月摇了摇头。

"会更加渴望。"谢云持说。

生生息息，永无穷尽。

面对纪明月，他的防线薄弱到不堪一击，而他又怕吓到她。

所以，他一直在等。

等自己真的忍不住，或者，有万分之一的可能，纪明月想要亲近他。

谢云持靠在椅子上笑了笑。

今天纪明月的主动亲近，让他满心欢喜。万分之一的可能也是存在的，不是吗？

纪明月似懂非懂地拉开办公室门，正准备往外走，瞬间瞳孔一缩，整个人差点跳起来。

正想要叩门的陈秘讪讪地放下了手："纪小姐好。"

纪明月瞬间明白陈秘过来是想再次提醒谢云持晚宴的事情，指了指里面："谢总在里面呢。"

说完，她冲着陈秘挥了挥手，一路小跑地开溜了。

而当天傍晚，临近下班时间，一则八卦在君耀吃瓜基地的匿名微信群里迅速传播开来。

T64：……谢总也太厉害了吧，瑞思拜。

I95：瑞思拜什么意思啊？

A88：楼上好土，一看就跟我不在同一片互联网冲浪，就是respect的意思了。别插嘴别插嘴，@T64，快展开说说谢总怎么个厉害法了。

T64：你们知道今天下午，纪小姐进了谢总办公室待了一个多小时吗？

X11：这有什么好说的，这不天经地义吗？

Y88：本来的确是天经地义的事情，但是不知道为什么，你这么一说总觉得……

T64：纪小姐从办公室出来的时候，我正巧遇见了她。

T64：她嘴都肿了。

八卦的力量是无穷的。

这条爆炸性的八卦，更是演变着演变着就越发奇怪了起来。

纪明月一路小跑回了公寓，一进房间，整个人往床上一扑，飞速扯过被子蒙住了脸。

下一秒，纪明月终于肆无忌惮地叫了出来："啊啊啊……"

她竟然真的强吻了谢云持，啊啊啊！

纪明月整个人在被子里滚来滚去，却怎么都平复不下内心的激动和躁意。

7

M-1项目组的群里，这时候倒是颇为热闹。

向幼：恭喜猫猫！恭喜谢总！虽然谢总不在群里，但还是要恭喜谢总！

张嘉荣：哇，我也看到了！祝有情人终成眷属。

柯原：副组长属实厉害！

桑修远：总感觉好事不晚了。

纪明月一脑袋问号。

他们这都是知道了什么？

纪明月甚至觉得，君耀可能存在着什么她并不清楚的"地下组织"，要不然她为什么总感觉大家都在传一些奇奇怪怪的传闻，而整个公司唯有她一人对此一无所知？

但她转念一想，如果"地下组织"里流传着的传闻都是关于她和谢云持的八卦的话……

那，一无所知就一无所知吧。

是的，人的好奇心和求知欲不要那么强。

虽然跟谢云持说的是"今晚要早点睡"，但是给舒妙打完电话之后，纪明月在床上辗转反侧，一点想睡的意思都没有。

她脑子里在不停地循环播放下午在谢云持办公室的吻，越想心脏跳动得越快。

到最后，纪明月干脆认命地从床上起来了，披了件衣服打算去阳台那里晃一晃。

刚到走廊上，纪明月就听见门把手转动的声音，紧接着门就被推开。

谢云持回来了。

他穿着浅蓝色的衬衫，西装外套搭在手臂上，整个人都透着清冷矜贵的气息。

谢云持走到玄关处，换好了鞋，单手扯开领带就要往客厅走。

像是有心灵感应似的，他蓦地抬起头，直直地朝着站在二楼走廊上的纪明月看了过来。

纪明月躲闪不及，就这么落入他清亮的眸子里，避无可避。

视线相对的瞬间，谢云持先解开了领带，又慢慢解开了衬衣最上面的两颗扣子。

他这样仰着头，漂亮的脖颈更是展露无遗，拉伸着的弧度美好无比。

不知为何，纪明月竟然生出了想要在那上面咬一口，留下些印迹的奇怪想法。

两人久顾无言。

还是谢云持扬了扬左手提着的纸袋，眉眼带笑，先开口问道："要一起吃夜宵吗？"

……说实话，纪明月不知道自己究竟是被看起来秀色可餐的夜宵，还是被更加秀色可餐的谢云持给吸引下楼的。

反正等她回过神来的时候，她已经坐在了餐厅里，谢云持正在把纸袋里的食物拿出来装盘。

"有点晚了，我就只买了一些面点和烤串。"

纪明月只顾着盯着谢云持一张一合的嘴巴看，至于他究竟说了什么……她真的一句都没听进去。

谢云持把盘子递到纪明月面前，看到女孩子直勾勾的目光，不由得顿了顿："猫猫。"

"嗯？"

谢云持再次扬起唇角，笑了笑："你再这样看下去，我不保证你还有时间吃夜宵。"

纪明月此刻只是稍微有那么一些迟钝而已，脑子又不傻。

她飞快地低下头，拿起筷子开始吸溜吸溜吃面，根本不敢抬头看谢云持。

谢云持笑意更深，没再逗她，也拿起筷子尝了尝，而后又不知道从哪里拿出来一个袋子。

纪明月有些奇怪："这是什么啊？"

她一边说着，一边打开袋子拿出了里面的东西。

看起来像是……药膏？

"唇部消肿的。"

谢云持言简意赅,干脆利落地讲清楚药膏的功效,一个字都没多说。

……唇部。

……消肿。

纪明月默默低下头,什么都不敢再问,继续佯装认真吃面。

说起来,这个面是什么味道来着?

好像没什么味道啊,她怎么什么都吃不出来?味觉失灵了吗?

偏偏谢云持笑了笑之后,还不打算放过这个话题,叮嘱:"记得睡前涂药膏,不然我怕明天会肿得更厉害。"

别、别说了。

谁害的!

虽然谢云持嘴上又"调戏"了纪明月几句,倒是没再做别的事情。

谢云持还是颇有些担忧的,怕自己做得过火了,万一纪明月一个恼怒不理他了,那就不好了。

谢云持拍了拍纪明月的头,笑道:"时间不早了,快去睡吧,不然明天就没有精力了。"

纪明月应了一声。

谢云持站起身,开始收拾餐桌上的残局,把垃圾都清理好扔进垃圾桶,又洗了洗手。

回到餐厅后,谢云持发现纪明月竟然还坐在那里,一动不动。

他挑了挑眉:"怎么了?"

纪明月站起身,走到他面前,抿了抿唇:"你……不抱我一下吗?"

女孩子微垂着头,看不清神色,可仔细听来,她的语气里好像又带了那么几分委屈的意味。

谢云持顿了顿,张开双臂,一把将女孩子完全揽进自己的怀里。

纪明月这才笑了起来,细细地闻他身上的味道,皱了皱鼻子:"好像真的没什么酒味。"

"嗯,"谢云持笑道,"酒席上有人敬酒,我说女朋友不让喝。"

她迅速抬起头看着谢云持:"我什么时候不让你喝了?再说了,你这样做都不怕被别人说你'妻管严'吗?"

"事实如此,说就说吧。"

239

闻言，纪明月却不由自主地笑了开来。

第二天。

纪明月上午照例要去远大，她今天除了要去实验室一趟，下午还要帮郑教授代一节课。

郑教授人真的很好，哪怕纪明月还没入职，他就已经帮纪明月找了一个办公室的工位，好让她备课的时候有地方可以去。

办公室里大多是生科院的老师，也算是纪明月以后的同事，人都挺好相处的。

远大临近百年校庆，这些老师也或多或少有些任务，便显得纪明月最为清闲。

纪明月一边在脑子里整理着今天的行程，一边迷迷糊糊地揉着眼睛下楼。

谢云持向来比她起得早，这会儿已把两份早餐端到了餐桌上，正随手解着围裙放到了一边。

纪明月眼睛亮了亮，加快步子下了楼，走到餐桌旁，问道："今天早上吃什么啊？"

说起来，天天让日理万机的谢总给她做早餐，还真的是……太罪过了。

以前起码两人还经常交替着做，后来因为早上纪明月实在起不来床，就变成了谢云持一个人做。

"豆浆和油条，我还做了小菜。"

看，不但做得好吃，还中式西式早餐换着做，甚至营养搭配都考虑得无比全面。

纪明月"嘿嘿"一笑，正准备拉开椅子坐下来吃早餐，就注意到谢云持还在盯着她看，一点移开目光的想法都没有。

她有些茫然地挠了挠头，不明所以："怎么了？"

谢云持颇为满意地点了点头，看来林堰给他的药膏效果的确挺好，这一晚上过去，纪明月的唇已经完全消肿了。

他想着，可以给林堰再加点工资，犒赏一下。

看谢云持没回答自己的问题，纪明月越发疑惑起来。

她正准备再说什么的时候，却见谢云持突然抬起了手臂，蓦地就把她拽进了他的怀里，抱得很紧很紧。

压根没等纪明月再做什么反应,谢云持已经单手抬起纪明月的下巴,准确无误地覆在了她的唇上。

纪明月猛地瞪大了眼。

缠绵悱恻且绵长的亲吻让纪明月一时间不知今夕何夕。

良久,谢云持才撤开身子,朝着纪明月笑了笑,用很理所当然的语气说:"早安吻。"

这、这样吗?

听起来倒是很冠冕堂皇……

8

谢云持以前是个工作狂,恋爱后,对工作的确不如之前上心了。

周五晚上,谢云持更是早早就下了班,说是要陪自家女朋友看电影。

纪明月的确很喜欢看电影,也很享受谢云持精心布置的这个影视厅。

当然,如果真的是看电影,而非刚看了个片头,剧情都还没展开,旁边的人就已经将自己搂在了怀里,并且上下其手的话……那就更好了。

纪明月坐在谢云持的怀里,被他以极亲密的姿势拥住,呼吸间全都是谢云持身上的味道。

肌肤的紧密相贴,让纪明月整个人都漫着粉意。

时间已经到了五月中旬,远城这个南方城市早已入夏。

纪明月爱美,穿得更是单薄,今天也只穿了一件很薄的线衫而已。

谢云持揽着她光滑纤细的腰肢,微微带着薄茧的手掌毫无阻隔地和纪明月的肌肤相触,让她整个人战栗了一下,背绷得紧紧的,像是一张拉满的弓。

谢云持在她耳边轻笑,声音有点哑,低哄道:"不要紧张。"

他一边说,一边在纪明月耳后根处落下细细密密的吻,带着热气,轻而易举地就染红了纪明月的脸颊和耳尖。

过大的感官刺激让纪明月一时间有些神志不清。

谢云持转过头,手往上游移,准备吻住女孩子的唇时,电话响了起来。

在这个只有电影的光和声做背景的影视厅里,突如其来的铃声把纪明月吓了一跳。

谢云持神色不悦,却丝毫没有放开纪明月的意思。

纪明月微微挣扎了一下,提醒他:"那个,我的手机……"

谢云持不说话，但也没动作，带着一些很少能在他身上看见的幼稚感。

纪明月有些想笑，却又觉得现在这个环境好像确实不太适合笑，只能憋着，然后晃了晃他的手臂，撒娇："我的手机响了，我要接电话。"

谢云持"啧"了一声，按住在自己身上乱蹭的女孩，哑着嗓音说："不要乱动。"

纪明月一句话都不敢说了。

事实证明，不管是温柔体贴的谢云持，还是幼稚偏执的谢云持，永远都对纪明月的撒娇零抵抗力。

哦不，算了算，应该是负的。

虽说心里并不怎么高兴，但谢云持还是长臂一伸，拿到了纪明月的手机，递给了她。

看清来电显示，纪明月有些诧异："向幼？"

接通电话，向幼欢快的声音一秒传来："猫猫，你在干吗呢？"

纪明月："看电影。"

"你还挺闲的啊。"向幼径直道明来意，"对了，猫猫，明天下午你有事吗？"

纪明月稍稍心虚地抬头看了一眼谢云持，不答反问："怎么了吗？"

"没事的话陪我出去逛个街呗！"向幼语气兴奋，"夏装都上了，我想去买两条漂亮的小裙子！"

小裙子？

纪明月那名为女人的第六感拉响警报，直觉哪里不太对。

向幼穿向来是极简的穿衣风格，常年是衬衣裤子的搭配，什么时候会穿裙子了？

……不过眼下的环境，好像不是特别适合追问。

谢云持也不说话，只是笑着看纪明月，纪明月更心虚了。

其实按理来说明天下午是应该陪一陪男朋友的，但连续多日搂搂抱抱亲亲实在让人吃不消。

纪明月稍加思索，应了下来："明天下午是吗？行。"

刚一说完，纪明月就看见谢云持的笑容加深了几分。

挂了电话，纪明月整个人缩入谢云持的怀里，纠结一番后，她拽了拽谢云持的衣角:"我明天想陪向幼逛个街。"

谢云持低低地叹了口气,纪明月自从发现自己对她的撒娇毫无抵抗力之后,便把这招发挥到了极致。

就像现在,香软的女孩子窝在他怀里,仰着头看他,漂亮的眼睛像是盛了春水,轻轻一笑,吹皱一池水波。

她神情里微微带着祈求,可又带着她一贯的张扬。

——就这样子。

谁能拒绝得了?

何况,他本来也只是和她开个玩笑而已。逛街这种事,更是她的自由,他从来不会干涉。

但是,既然都这样了,天才商人谢云持怎么可能不好好珍惜?

他微敛了敛眉,似乎稍带不悦地思索了一下。

察觉到纪明月又晃了晃他的衣服,谢云持才不紧不慢、好整以暇地开了口:"也不是不行。"

纪明月眼睛微亮。

谢云持优哉游哉地补充条件:"那今晚,去我房间睡。"

纪明月有些挣扎,同床共眠这种事,想想就……过于亲密了一点。

而且她睡相那么差,万一压到了谢云持怎么办啊?万一在她自己不知道的情况下打呼噜了呢?或者早上醒来,发现自己的枕头上有一摊口水呢?

纪明月想想就有点窒息,眼神微微闪躲:"那个,要不还是……"

谢云持却一眼看穿了她在想什么,完全没给她反驳的机会。

"猫猫,我们以后一定会一起生活的。"

纪明月又想了想,这么一说好像也是,逃得过今晚,也逃不过以后啊。

谢云持又笑道:"而且我也不会嫌弃你的。"

纪明月在他心里完全就是没有缺点的人。她做什么都是对的,她就是他的唯一原则和底线。

纪明月一怔,这才点头同意下来。

电影已经接近尾声,两个人不知道秉着什么样的想法,保持着这样相拥的姿势,看到了最后。

纪明月从来没想过,有一天,她也会和自己最爱的人站在卫生间对着镜子一起刷牙洗脸。

她稍稍一抬头,就能从镜子里看见谢云持的脸,他还在对着自己笑。

男人洗漱到底是比女人要快的,谢云持率先一步进了浴室冲澡,还不忘叮嘱她:"床我已经铺好了,你慢慢来,不急。"

纪明月点点头。

让她神志不清的人离开后,她的"猫脑袋"终于又开了机。

她终于意识到一个问题——

所以自己就这么被谢云持三言两语拐去了他房间?

洗漱完毕,两个人躺在一起。

谢云持轻拍纪明月的肩膀,语气里带着安抚,温柔得不可一世:"乖,睡吧。"

纪明月只觉得自己有什么话想跟他说,可又不知道该说什么,只能紧紧地抱住他,整个人窝在他的怀里,一动不动。

好半天,被谢云持拍得昏昏沉沉,半踏入梦乡的时候,纪明月才喃喃道:"谢云持,我真的好喜欢你啊。"

谢云持一怔,继而再也控制不住地笑开。

不及我喜欢你之万一。

第二天,纪明月跟向幼在约好的地点见面。

向幼刚见到她,一边给了她一个夸张的拥抱,一边嘀咕:"猫猫,我刚才进来的时候,发现至少有五个男人在偷看你。

"更可怕的是,全场的女人都在关注你,你发现了吗?"

纪明月当然可以感受得到,只不过是早就习惯了周围人若有若无的注视,所以并没有怎么关心。

纪明月清了清嗓子:"我们先去哪个商场?"

向幼指了一个方向:"就那个吧。"

两个人一路逛着,纪明月给向幼做"军师"。

逛了几层楼,向幼指了指奶茶店:"走,为了答谢我今天的'军师',请你喝奶茶!"

纪明月没有拒绝。

奶茶店人还挺多,两人排上号后便站在一旁说说笑笑地等。

正听向幼说着公司里的一些八卦，纪明月突然觉得肩膀被拍了一下。

她稍感疑惑地回过头。

是一个穿着长裙的女人，笑容还挺灿烂，跟她打招呼："纪明月，还真是你啊，刚才我还不太敢认呢。"

纪明月记忆力不错，对方一说话，她就认出来了。

这是谢云持的高中同学，并且运气很好地和谢云持同一个班三年，叫曾迎夏。

纪明月也露出一个浅浅的笑容："你好。"

曾迎夏表情有些意外："你不是在国外读书吗？什么时候回国的？"

"嗯，今年刚回来的。"纪明月无意多谈。

"说起来，谢云持也在远城，你见过他吗？我还时不时跟他约个同学局之类的呢。"曾迎夏表情有些骄傲。

9

本来氛围还算正常，向幼也只是安安静静看着纪明月和曾迎夏"叙旧"，但曾迎夏这猛地一提谢云持，不说纪明月，她都忍不住"扑哧"一声笑了出来。

向幼似乎意识到自己的反应不太礼貌，低声道歉道："不好意思，你继续说。"

曾迎夏没看懂向幼到底在笑什么，顿了顿，自顾自地说："谢云持现在身家虽和往日不一样了，但他到底还是念着同学情的。"

纪明月随意地点了点头："这样吗？'时不时'是多久的频率？"

"同学局吗？"曾迎夏语气得意了几分，以为纪明月听起来不太对劲的语气是在羡慕她，"起码一年一次吧。"

呵，都一年一次了。

行，今晚回去"审问"一下谢云持。

暗暗在心里嘀咕一番，纪明月面上倒是云淡风轻，只是浅淡而礼貌地笑着，并朝曾迎夏点了点头。

奶茶店叫到了她们的号，向幼示意她们继续说，自己去柜台处拿奶茶。

其实，记得曾迎夏这个人，不单单是因为纪明月记性好。

毕业晚会那晚，她在礼堂外等谢云持赴约，等了很久很久都不见他出现。

后来就是曾迎夏看见了她,告诉她谢云持根本没来参加毕业晚会。

当时她一脸错愕,泪珠都快要溢出来。

她抓着曾迎夏的手,就像是抓着一根救命稻草一样,死死不松手:"我不信,谢云持给我写了同学录,说今天的毕业晚会见,他怎么可能没来!"

曾迎夏吃痛,甩开她,一脸看疯子一样的表情:"同学录?"

她点头。

曾迎夏轻轻嗤笑:"谢云持给每个人的同学录写的都是毕业晚会见,你想太多了吧?"

这话犹如压死骆驼的最后一根稻草,让她整个人心灰意冷。

原来谢云持的那句话并不是约她见面,而是给每个人的客套话而已。

可她偏偏就当真了。

那晚,她在礼堂门外等到了十二点。

从人声鼎沸,等到了寂静悄然。

好像整个世界只剩下了她一个人……

纪明月看了邮件才知道,原来谢云持那晚失约是因为他父亲去世。

她也知道了,原来谢云持只给她的同学录上写了那个约定。

只不过事情已经过去很久,现在她又和谢云持在一起了,实在懒得分给曾迎夏半点心思,表情也就真的是无波无澜。

曾迎夏暗地里打量纪明月,又看了看她提着的袋子,故作惊讶:"呀,明月,我看你还买了男士的衣服和领带?是给你男朋友买的吗?"

纪明月懒懒散散地点了点头。

曾迎夏:"你什么时候交的男朋友啊?有机会一起吃个饭呀。"

还没等纪明月拒绝,向幼便提着奶茶走了回来,递给纪明月一杯。

向幼突然想起什么似的,问:"猫猫,等会儿逛完了你怎么回家啊?"

纪明月这会儿真心笑了出来:"他说他来接我。"

"哦。"向幼这个"CP 粉头"一脸激动,"真是的,我就不应该拉你出来逛街,太打扰你们了。"

——买衣服算什么!裙子可以不穿!恋爱可以不谈!但我嗑的 CP 一定要结婚!

纪明月忍不住笑了,又抬起手腕看了眼时间:"没事,我正好也想帮他买衣服。”

向幼捂住胸口。

看吧，她就知道，她嗑的 CP 就是天下第一甜！

明明纪明月也没秀太多恩爱，但甜意就是轻而易举地散发了出来……

向幼顷刻间就觉得仿佛全世界都恋爱了。

无意再和曾迎夏交谈，正好奶茶也已经拿到，纪明月简单地和曾迎夏道了别，跟向幼并肩向前走去。

和不怎么喜欢的人聊天，真的不如把这个时间拿去再给谢云持买几件衣服。

纪明月向来爱美，也一直是个喜欢买衣服包包的人，但不知道为什么，自从恋爱之后，她发现给谢云持买衣服、领带之类的东西，远比给自己买要开心。

今天给谢云持买的衣服，也不知道他会不会满意。一想到他穿的是自己选的衣服，就真的很有小夫妻过日子的感觉了……

身后，曾迎夏看着纪明月和向幼的背影，久久矗立。

纪明月真的恋爱了？

而且听她们刚才的意思，纪明月的男朋友等会儿会过来接她。

她倒要看看，纪明月的男朋友到底是什么人。不过想想就知道，肯定是不如谢云持的。

曾迎夏扯了扯嘴角。

向幼吸了一口奶茶，含混不清地说道：“我怎么觉得刚才那个女的跟你说话时那么不安好心呢？你们俩有什么过节吗？”

纪明月轻嗤一声：“最大的过节，就是她曾经撒谎骗了我，让我误会了谢云持。”

向幼瞬间就变得暴躁了：“这是什么人啊，安的什么心思啊？她凭什么这么做？”

纪明月：“大概是因为她也喜欢谢云持吧？”

要不然还能有什么理由？

不愿意再提这种扫兴的人，纪明月瞥了眼对面的一家店，一眼看中了橱窗模特穿着的那件衬衣，拉着向幼就往那边走。

谈恋爱才是正经事，无关人等速速退散。

把商场逛完，两人收获颇丰。

向幼在纪明月的建议下，挑了好几件衣服、裙子。而纪明月给自己买了几条裙子，又买了两双鞋，还给谢云持买了好些东西，从领带到上衣到裤子到袖扣，一应俱全。

向幼"啧啧"称奇："这人恋爱了果然就是不一样啊，猫猫，你以前从来不这样的。"

当事人纪明月还挺骄傲，嘚瑟地笑了笑："你别光说我。你可不是喜欢穿小裙子的人，怎么突然转性了？"

向幼一顿，开始顾左右而言他，摸摸头发喝喝奶茶吸吸鼻子，就是不正面回答纪明月的问题。

纪明月本来还没多想，一看向幼现在的神情，还有什么不明白的？

她惊奇："谁啊谁啊，我认识吗？"

"也不是啦。"向幼推了推纪明月的肩膀，好半天才含含混混地回答，"其实也不算恋爱，就是他跟我说对我有意思，但我还没决定要不要同意……"

纪明月摸着下巴，好生揣摩了一番，才笑着看了一眼不自然的向幼："组里的桑修远？"

向幼一惊。

压根不用向幼回答，纪明月就明白自己猜对了。

秉着"姐果然天下第一聪明"的骄傲，纪明月笑开了："这也太好猜了。小桑同学是个不错的男人，你可以好好考虑一下。"

向幼的表情更纠结了。

"这种事没必要这么纠结，跟着感觉走就成，相信你自己的判断。"纪明月拍了拍向幼的肩膀。看她这老成作态，不知道的还以为她已经谈了千百场恋爱了呢。

但是算算，纪某人也才脱单半个月吧？

向幼正准备再说什么，一抬头就看见了正等在电梯不远处，斜倚着栏杆看着这边的谢云持。

因为不在公司，谢云持今天穿得比较休闲。

他穿了一件黑色的上衣，黑色的裤子衬得他双腿又直又长，此时他倚在栏杆上，整个人透着些许散漫的气息。

他干净的碎发微微凌乱地搭在前额，冷白的肤色、清隽的面容引得周围的人频频回首。

他整个人是清冷的，偏偏看向纪明月的时候，眉眼间全是缱绻笑意。

向幼捂着心口缓了半天，凑在纪明月耳边嘀咕："看样子，谢总在这儿等你有一段时间了，他对你也太好了吧！"

纪明月抿了抿唇角，到底还是没忍住，一双眸子都弯成了月牙。

纪明月和向幼正准备大步朝着谢云持走去的时候，就看见不知道从哪里冒出来的曾迎夏抢在她们前面，快步走到了谢云持面前。

隔的距离并不远，所以纪明月可以很清楚地听见曾迎夏非常惊喜的声音。

"谢云持，你怎么在这里？好巧啊。"

见到越发清冷出色的谢云持，曾迎夏的心狂跳不止。

看谢云持的状态，一点都不像是来买东西的，反倒像是在等人。

按照言情剧的经典桥段，谢云持这个时候说不定就会和她说"不巧，我在等你"。

这么一想，曾迎夏的心忍不住跳得更快了一些，眼里的笑意不断加深，甚至紧张得有些呼吸不过来。

谢云持终于淡淡地把目光落在了曾迎夏身上一秒。

一秒后，他再次移开，看向了曾迎夏身后的纪明月。

嗯，她看起来很开心，好像又买了不少东西。

他果然要努力工作，赚钱养家，才能让她以后想买什么就买什么。

谢云持无波无澜地开口："不巧。"

曾迎夏瞳孔一缩，紧紧地盯着谢云持，不放过他脸上的任何一个神情。

谢云持缓缓接上了下句："我在等我女朋友。"

"扑哧！"

几步之外，目睹了一切的向幼同学实在没忍住笑了出来。

曾迎夏面色僵住。

谢云持却已经没有耐心再和她讲话。"好巧"这种美妙的词，当然是要用来形容和想见的人偶遇才能用到的。

249

至于曾迎夏……她还配不上。

他站直身子,跟曾迎夏错开,忽略各方投来的惊艳目光,只朝着那个女孩笑:"猫猫,今晚想吃什么?"

听见"猫猫"两个字,本就神情僵硬的曾迎夏一瞬间想到了什么不太好的事情。

她顺着谢云持的目光转过头,就看到拎着大包小包的纪明月正笑得放肆恣意:"想吃火锅。"

谢云持的声音和表情都是如出一辙的温柔:"回家吃吗?"

"好!"纪明月的声音脆生生的。

几句话的工夫,纪明月就走到了谢云持和曾迎夏跟前。她似乎这时才注意到旁边的曾迎夏,故作惊讶:"呀,又在这儿碰到你了?"

纪明月和谢云持之间亲昵的态度、谢云持说的"在等女朋友",尤其是他最后的那句"回家吃",都在不断地印证曾迎夏心里的那个猜测——谢云持和纪明月,在一起了。

她忍不住倒吸了一口凉气,好半天才勉强挤出一个笑容:"嗯,随便逛了逛。"

纪明月点了点头,想了想,说:"应该不用我特意介绍了吧?这就是我男朋友,谢云持。"

她特地在"男朋友"三个字上面,加重了语气。

曾迎夏笑得又勉强几分。

纪明月再次做作地叹了口气:"唉,虽说当时被某些不安好心的人阻挠了,但最后我还是和谢云持在一起了。缘分这种东西,还真是妙不可言。"

说着,她还不忘征求旁边谢云持的意见:"你说是吧?"

谢云持已经接过纪明月手里的大包小包,听见她的话,只觉得有些好笑。

他女朋友怎么能可爱到这种程度呢?

过于犯规了。

Chapter 10
爱你

1

纪明月上了车还在不停地笑。搭顺风车去地铁站的向幼坐在后排,也捂着肚子狂笑不已。

"真的,刚才那个女人的表情太好笑了,她该不会以为谢总在等她吧?哈哈哈!"

向幼不说还好,她这一说,纪明月再次回想起刚才的场景,又忍不住笑出声。

谢云持一边发动车子,一边偏头看了一眼副驾驶位上乐不可支的纪明月,也忍不住扬了扬唇角。

地铁站离商场并不远。

纪明月再次问道:"真的不用送你回家吗?"

向幼摇头拒绝:"不用不用。"

"真的不用吗?"

"不用!"向幼斩钉截铁,"谁都不能打扰我嗑的CP谈恋爱,我自己也不行!"

目送向幼进了地铁站后,谢云持启动车子,打算去趟超市买菜,再回家吃火锅。

纪明月捏了捏自己的手指,整个人懒懒散散地窝在了副驾驶位上,开始跟谢云持算账。

虽然他刚才在曾迎夏面前表现得很好,但是,该算的账还是得算一算的。

"谢云持,你知道高三毕业晚会那次,我在礼堂门外等你的时候,见到曾迎夏了吗?"

谢云持稍稍意外:"是吗?"

纪明月应了一声:"她还跟我说了话,她说……"

顿了顿,她才稍显疲惫地接了下去:"你给我的同学录上写的'毕业晚会见',给每个人都写了。"

"吱——"的一声,谢云持猛地一个急刹车,车子停在了路边。

纪明月被吓了一跳,连忙转头看谢云持,却发现他一向带着笑意的脸上此刻正阴云密布。

"你说什么?"

纪明月没再说话,她清清楚楚地知道,谢云持听明白了她说的每一个字。

"所以当年,你是因为她的那句话,才以为我真的对你一点意思都没有的吗?"谢云持语气冷冷的。

纪明月点了点头。

谢云持脸色很难看,他一直以为他们当年的错过,纯粹是因为阴错阳差。直到今天才发现,原来里面还有一些人为因素。

纪明月静默了几秒,轻轻拥抱了一下谢云持:"都过去这么久了,不要多想了。"

她又笑了笑:"起码我们现在还好好地在一起啊。"

谢云持看清她眼底的担忧,到底是舍不得让她挂心,伸手揉了揉她的头发,点了点头。

只是他心里,还是多了几分计较的。

曾迎夏是吗……

错过这么多年的事情已无法改变,可让谢云持如鲠在喉的是,当年那个骄傲的女孩子听见曾迎夏说他给每个人的同学录上都写了那句话,让她不要自作多情,她是不是很难过,很受打击,很想彻底放弃?

可那样子的纪明月,在多年后,却依然愿意为了他张开怀抱。

他捧在手心的,舍不得让她折去一丁点骄傲的人,却因为那个人的一句话，可能暗自神伤了很久。

他捏紧了方向盘，手上青筋毕露。

纪明月一边安抚他，一边瘪着嘴说："曾迎夏刚才可跟我说了，说你们这些在远城的同学还时不时聚会呢，起码一年一次。"

谢云持强压下心头的些许戾气，脸上又现出一贯的笑意，看着纪明月，语带调侃："听起来，我家的猫猫像是吃醋了？"

纪明月沉默两秒，感觉这个问题有些无法回答。

偏偏谢云持还用清亮的眸子看着她，目光直勾勾的，让她有稍许不自在。

谢云持生得好看，那双眼睛更是漂亮到极点。此时他的眼睛比平时更亮，像是缀着星光，流光溢彩，让纪明月一时间不敢直视。

"如果我家的猫猫吃醋的话，我会很开心。"谢云持语气带笑，"但是，我还是想申请一个解释的机会。"

纪明月轻哼了一声，也不说话，表情却在催促他继续往下说。

那副傲娇的模样，可爱得像是有羽毛尖划过谢云持的心脏，全是痒意和悸动。

谢云持点头道："的确是时不时会有同学聚会。"

纪明月看着他，她其实也就是故意闹一闹而已，同学聚会这种事情是在所难免的。

谢云持扬了扬眉："但这十年间，我只去过两次。"

纪明月一怔，有些不可置信："真的？"

谢云持轻哂："你又不在，我去有什么意思？"

去了，也只是徒增思念而已。

纪明月故意叹了口气："不，我看你就是想去找个女朋友而已。"说完，她自己都没忍住，"咯咯咯"地笑开了。

谢云持也跟着笑了。

纪明月犹豫了几秒，问道："那些年里，你没想过去调查我的住处吗？"

谢云持沉默许久，敛了敛眸，笑道："想过。"

不等纪明月追问，谢云持又继续说道："但我以为，其实你是不想见我，不然地址和邮箱怎么可能都留的是错的。

"其实我一直以为，你可能一辈子都看不到那些邮件了。

"按照你的性格，也一定不愿意被别人调查吧？"

纪明月怔怔地看着谢云持。

谢云持永远都是这样，对自己的处境一概不提，就算提起也云淡风轻。他心里考虑的，永远都是她的意愿。

"那你还去妙妙的婚礼？"纪明月小声问。

谢云持拉住了她的手："嗯，理智归理智，可纪明月，我那个时候真的太想你了。"

想得快要撑不下去了。

"我那个时候想着，在她的婚礼现场见你一面，就够了。"

纪明月看着他，没说话。

谢云持轻哂："但我后来才发现——

"人果然都是贪心的。"

不够，一点都不够。

我果然还是想要拥有你，永永远远，彻彻底底。

这是纪明月第一次跟谢云持一起逛超市，这种感觉很奇妙，像是一对……新婚夫妇。

谢云持推了购物车，似乎对这个大超市很熟悉。

他征求纪明月的意见："先去买底料吗？还是蔬菜？"

纪明月轻嗤："谁吃火锅吃蔬菜啊？"

"……我。"

纪明月一脸震惊："你吃火锅竟然还有胃口吃蔬菜？"

她开始掰着指头给谢云持数："先吃点肥牛，再吃点丸子和午餐肉，喝点可乐，最后再来一份川粉，这已经吃得很饱了，还怎么可能吃得下蔬菜？"

谢云持好整以暇："吃蔬菜对身体好。"

纪明月义正词严："吃蔬菜那是对火锅的不尊重。"

"新婚夫妇"第一次一起逛超市，就有了如此大的分歧。不过好在今天请吃火锅的谢云持同学，是一个有钱，并且非常善于对亲爱的女朋友让步的好男朋友。

所以他沉吟了一会儿，提议道："那不如你陪我买点蔬菜，我自己吃？"

纪明月思索了一下，觉得自己不吃也不让男朋友吃，好像的确有些不人道。

她勉为其难地点了点头。

谢云持同学立马夸奖:"我女朋友真善解人意,人美心善说的就是她。"

纪明月"扑哧"一声笑了出来,跟在谢云持旁边,开开心心地往火锅底料区走。

推着购物车去结账的时候,纪明月还在跟谢云持嘀嘀咕咕:"我们这买多了吧,会不会吃不完?"

谢云持一边听她说话,一边留心着旁边的环境。

在纪明月快要擦到一排货架时,他手疾眼快地揽住她的腰往自己怀里轻轻一带,完美避开。

"没关系,吃不完明天给你炖汤。"

嗯,听起来也不错。

虽然……

她瞥了一眼满满当当的购物车,觉得炖汤可能也要吃很多顿。

收银员小姐姐光是将商品挨个扫码就花了不少时间,纪明月在旁边疯狂装袋,而后就看到谢云持从柜台处拿了一盒东西,微笑着递给收银员:"把这个也结了。"

纪明月顺口问:"什么啊?"

"薄荷口香糖,"谢云持面不改色地回答,"吃完火锅清新一下口气。"

"哦。"纪明月继续埋头装袋,完全忽视了收银员小姐姐目瞪口呆的表情。

小姐姐看看自己手里的盒子,再看看上面的英文字母,冈本什么时候出薄荷口香糖了吗?

薄荷味的安全套她倒是见过。

2

今天真的是大丰收。

加上纪明月下午买的大包小包,以及傍晚去超市采购的各类菜品和零食,谢云持的车后备厢都快塞不下了。

纪明月还挺开心:"不得不承认,购物真的是人生第一乐事。"

说完,她还不忘征求谢云持的意见:"你觉得呢?"

"不是。"

纪明月:"嗯?"

255

好家伙，现在谢云持都敢反驳她的意见了！这才刚恋爱呢，等结婚了怎么办？

她一边在心里嘀嘀咕咕，一边反问："那你觉得什么是人生第一乐事？"

谢云持静默两秒，开口笑道："恋爱。"

纪明月先是一愣，下一秒就再也忍不住笑了。

怎么回事啊？这男人怎么一谈恋爱，就从闷骚变成了明骚了呢？她觉得自己完全骚不过啊，呜呜呜……

最关键的是纪明月觉得自己竟然还真的挺高兴的。

买东西时有多快乐，把堆成山的购物袋拿上楼就有多痛苦。

虽说谢云持告诉纪明月不用管，但纪明月自认为是一个心怀人道主义的善良美女，所以实在是不忍心看他一个人拿那么多东西上楼。

纪明月一进公寓就气喘吁吁地瘫在了客厅的沙发上，整个人呈咸鱼状："太累了，不想动。"

谢云持走过去，给她捏了捏肩膀："你休息一下，我去煮火锅。"

说完，他顿了顿："猫猫，你体力不太好，这样不行。"

下午那杯奶茶已经彻底消化完，纪明月现在又累又饿，开始在"猫脑袋"里脑补自己是可怜的卖火柴的小女孩。

她没听懂谢云持话里的深意，还自顾自地问："怎么不行了？"

体力差怎么了？当咸鱼，我快乐！

谢云持轻笑了一声，弯下腰，附在纪明月耳边，压低声音说了一句话。

说完后，谢云持直起身子，摸了摸纪明月一点一点变红的脸，转身往厨房走，开始准备今天的晚餐。

徒留纪明月一个人瘫在沙发上，耳尖红得要滴血，语气恼羞成怒："谢云持，你流氓！"

"流氓"已经围上了围裙，快乐地煮起了火锅。

虽说已经在心里痛骂了一万遍流氓，然而，纪明月同学还是轻而易举地就被"流氓"煮的火锅给俘获了。

她一边在心里觉得自己没有一丁点骨气，一边自我安慰：不是我没骨气，实在是谢云持的厨艺太好了！

说来也很奇怪，同样的火锅底料，同样的步骤，她总觉得自己做出来的味道就是不如谢云持做出来的好。

当然，纪明月此人，丝毫没有想要追问谢云持是怎么做出来的，然后自己加以模仿和学习的念头。

世上无难事，只要肯放弃。

别的不说，有谢云持做饭这么好吃的男朋友，她还学什么？

纪明月一边这么想着，一边夹了一块炖得无比入味的鱼豆腐，蘸了蘸酱料，送进嘴里，顿时幸福得眯起了眼。

她放下筷子，含混不清地问："你知道我今天下午买了什么吗？"

谢云持抬眸："裙子？鞋子？"

纪明月点了点头，又摇了摇头，一脸神秘。

看谢云持稍带疑惑的神情，纪明月"嘿嘿"笑了两声，咽下嘴巴里的食物，又抽了一张纸巾擦了擦嘴，起身走到了那一堆购物袋旁边，拎出自己给谢云持买的东西。

"嗯，这件是我给你挑的衬衣……这是一条领带……这是一件平时可以穿的上衣……夏天的T恤……啊，还有一款我一眼就看中的袖扣……"

纪明月打开袖扣的包装盒，正得意扬扬地想要把那枚袖扣展示给谢云持看，胳膊还没伸过去，就已经被谢云持用力拉进了怀里。

她愣愣地感受着这个突如其来的拥抱，手里还攥着那枚袖扣，眨巴眨巴眼，一时间没反应过来。

旁边的火锅还在"咕噜咕噜"冒着泡，散发出浓郁的香气，盈满了整个餐厅，满是烟火人间的气息。

就连身上向来带着清冷气味的谢云持，好像都被这浓烈的食物香气所覆盖。

那个温柔却冷清的谪仙人，却只对着她敞开怀抱，再紧紧相拥。

纪明月笑了笑，回抱住谢云持，又轻轻拍了拍他的肩膀。

"猫猫。"谢云持如清水流淌般悦耳的声音，就在她头顶响起，"已经有很多很多年，没人帮我选过衣服了。"

纪明月微顿，那种像是被钝刀缓慢又缓慢折磨的疼痛，再次在心脏里蔓延开来。

她方才以为谢云持反应这么大，是被她突然送的礼物给感动了而已。

没想到……竟然是因为这个。

谢云持一直是个很独立的人,就连高中时开家长会,都是他自己去开的。老师问起来,谢云持也答得不卑不亢:"我父亲生病住院,母亲没有时间。"

纪明月只是这么一想,就又开始讨厌高中时那个完全不谙世事的自己。

她那个时候只知道谢云持的父亲生了病,常年住院,然而从小锦衣玉食的她,哪里能明白一个病人的治疗费用对本就不富裕的家庭而言是多么大的压力。

她只是自顾自地喜欢,却不曾体谅过那时的谢云持分毫。

所以,纪明月又忍不住庆幸,幸好是现在这个成熟了些许的自己被谢云持如此偏爱,否则,去哪里做到问心无愧?

她闭了闭眼,强压下心头各种各样的想法,微微撤开身子,朝着谢云持笑。

餐厅里的灯光打下来,她身上好像突然多了几分温柔的气息。

"那正好,我最会选衣服了,以后你的衣服,我全包了!"

谢云持垂眸轻笑,目光落在她身上,眉眼间全是满足。

看,他怎么可能见一面就会满足?

少年时的他,见过夜里的太阳啊。

这顿火锅吃了很久。

吃到最后,纪明月整个人瘫在了椅子上。

有一个厨艺太好的男朋友好像也不是一件完美的好事。比如,她明明已经吃饱了,却还是因为真的太好吃了而舍不得撂下筷子。

她揉着肚子,叹了口气,说:"我觉得明早起来称体重,估计得胖个两三斤。"

谢云持一边收拾着碗筷,一边忍不住好笑。

真是的,他明明跟她说吃不下就不要再吃了,结果她还在那里吃个不停,现在被撑着了。

他顿了顿,提议:"猫猫,我有个晚上吃东西还不怕胖的方法。"

"什么什么?"纪明月来了兴趣。

谢云持点了点头,继续说道:"晚上做做运动消化掉就行了。"

一听,纪明月就又瘫回了椅子上:"瞧你这话,我要是喜欢做运动,我还怕胖吗?"

谢云持没马上接话，把碗筷送去厨房。

纪明月拿了抹布，正准备擦桌子，却被谢云持拿了过去。

他熟练地擦拭着桌子，继续说道："有的运动，很快乐的，而且很适合晚上做。"

纪明月撇了撇嘴，表示不相信谢云持的鬼话。

谢云持扬眉轻笑："以后我教你。"

他做家务活做得太熟练了，纪明月忍不住坐直了身子，说道："谢云持，你真的是我见过的最勤俭节约朴实劳动的总裁了，连家务都是自己做。"

谢云持："嗯，早些年习惯了。"

而且，这种有纪明月参与的家务——一起做饭、边聊天边慢悠悠地吃东西、吃完之后再一起收拾的感觉，太美好了。

像是真的夫妇一样。

说实话，他很享受。

但谢云持这么一想，心里又有了几分别的顾虑。

他自己倒是习惯了的，但纪明月这种被照顾惯了的人，肯定并不愿意做很多家务。

"回头我让方秘找一个家政阿姨吧。"

纪明月不太清楚谢云持为什么突然这么说，但是于她而言，其实怎么都可以。

"你刚才买的薄荷糖呢？"

火锅也吃完了，碗筷也收干净了，差不多该清新一下口气了。

谢云持顿了顿，而后淡然自若地说："吃什么薄荷糖，该洗漱了。"

在外面逛了一天，纪明月也确实累了。谢云持这么一说，她便打了个哈欠，懒懒地站起身："行，那我去刷牙洗脸洗澡了。"

纪明月一边说，一边往卫生间走，走到一半，她看见了那个超市的大购物袋就在地上放着。

嗯，果然还是想吃颗薄荷糖。

纪明月在袋子里翻翻找找，找找翻翻，却连薄荷糖的影子都没看到。

"谢云持！"

谢云持以为纪明月出了什么事，疾步走过来，看到她毫发无损地站在那里,这才松了口气。

只是一口气只松到一半,他就看见了纪明月手里拿着的盒子。

"这是什么?"纪明月脸上全是震惊和不可置信,还带着一丝不易察觉的羞恼。

怪不得她刚才找了半天薄荷糖都没看见,敢情在结账的柜台那里,谢云持拿的就是安全套!

当然,谢云持是谁,是泰山崩于前都可以面不改色的淡定界祖师爷。

所以,就算一些背地里的勾当意外被女朋友大人发现,谢云持同学依旧保持了出色的镇定。

镇定得让纪明月有那么一瞬间都开始在心里质疑是不是自己太过于小题大做了。

幸好纪明月是一个拥有着坚定意志的人,所以,她只质疑了自己一秒,就立马清醒了过来。

什么小题大做!

谢云持不但背着她偷偷买,还骗她说是薄荷糖!

而且,买……买这种东西,他安的什么心思?

纪明月越想越觉得自己现在的反应是正确的,又晃了晃手上的盒子,再次质问沉默但是竟然还在笑的谢云持:"我问你,这是什么东西?"

谢云持又静默了两秒,轻轻扬了扬眉。

纪明月听见他颇为认真,语气和煦,让人听了只觉得如沐春风的回答:"气球。"

3

饶是自觉已经习惯了谢云持无限套路的纪明月,蓦地听见他这句"气球",还是忍不住愣了愣。

回过神后,纪明月就彻彻底底地被谢云持的厚颜无耻给震撼到了。

……这到底要厚如几个城墙的脸皮,才能如此淡定地把这个说成是"气球"?

她真的觉得自己要被气笑了。

手抖了好半天,纪明月长出了口气:"你以为是在角色扮演'引诱纯洁女生的怪大叔'吗?"

谢云持带着笑意看了看她。

虽然谢云持还是一贯的表情,但不知道为什么,纪明月就是从他的眼睛里读出了"原来你喜欢这种角色扮演游戏"的震撼。

而"怪大叔"依旧慢条斯理,甚至纪明月还隐隐约约听出来那么一些宠溺和纵容的味道:"也不是不行。"

谢云持逗够了女朋友才笑着走上前,轻轻抱了抱她:"不用担心。"

纪明月不解:"嗯?"

担心什么?

"只是用来做准备,有备无患而已。"谢云持压低了声音,"在你准备好之前,我不会强迫你做任何事。"

纪明月顿了顿,想说什么,又一时语塞,只能闷闷地回抱住他。

然而,压根没等纪明月感动三秒钟,谢云持又好整以暇地开了口:"所以,你今晚陪我睡吧。"

纪明月觉得脑海里的小问号排成了排。

到底为什么谢云持可以用"所以"这个词呢?

这两句话究竟有什么因果关系吗?

没等纪明月发出疑问,谢云持就俯了俯身子:"那我们现在一起去洗漱好吗?"

谢云持说话时离她很近,湿热的气息就落在她的耳尖,气氛瞬间暧昧了起来。

纪明月觉得自己现在已经短暂地丧失了思考能力,好像谢云持告诉她该干什么,她就要跟着他一起去干什么一样。

更不用提谢云持本就温和,此刻还刻意放柔语气、尾调轻扬满带诱哄的嗓音了。

过大的信息量在纪明月的脑袋里不停旋转,直到"噗"的一声,"CPU"烧坏,"猫脑袋"彻底宕机。

不管是"薄荷口香糖"还是"气球",早就被纪明月给忘得一干二净了。

她现在只知道面前这个人,其余的……都不重要了。

万物寂静,世界空荡。

"气球"还是发挥了它原本的职能。

这是当晚，纪明月嗓子都快哑了的时候，脑海里一闪而过的念头。

陌生的刺激一次次地将她湮灭，她不知道该作何反应，更不知道该怎么把这过度的愉悦排遣出去，只能一声声地喊"哥哥"。

所以……

等第二天醒来的时候，纪明月发现自己喉咙哑了。

谢云持还寻着她的唇去吻，轻笑："早安。"

纪明月愣了一下，然后一骨碌就坐直了身子。

谢云持挑了挑眉，似乎不太明白纪明月为什么反应如此激烈。

纪明月张了张嘴："我……"

听到她的嗓音，谢云持也愣了一下，下一秒只觉得心疼，又有些许好笑。

他先去客厅倒了一杯温水回来，喂纪明月一口一口喝掉，才又问道："好些了吗？"

纪明月只想以头撞墙来表达自己内心的悲愤之情。

她清了清嗓子，内心复杂无比："明天远大校庆，我还有工作要做呢，现在都哑了怎么办？"

她脸上写满了纠结，又抬头瞪了一眼罪魁祸首："都怪你！"

谢云持从善如流地接过自家女朋友大人扣过来的一口"大锅"，还顺着她继续往下说："对，都怪我。"

他这一接"锅"，让本来理直气壮的纪明月反而有些不好意思了起来。

但是想想就郁闷，她校庆当天还要代表实验室做一些工作，就这么哑着嗓子到时候可怎么办？

似是看穿了纪明月的想法，谢云持沉吟两秒，长臂伸展，捞过来床头柜上的手机，当着她的面拨通了林堰的电话。

正值周日，又是大清早的，林堰硬生生被恼人的铃声从梦中揪了出来，偏偏还是顶头 Boss 的电话，不得不接。

他语气里多少带了些不耐烦："老谢，你大清早的扰人清梦啊？"

"有什么治疗喉咙发哑的良药吗？"

闻言，林堰脑子空白了三秒。

三秒后，他觉得好像有哪里不太对。

大清早的，有人喉咙发哑了……

那个人又不是谢云持本人。

林堰顿了顿,开始向谢云持求证自己的猜测:"你昨晚对纪学妹做了什么过分的事情吗?"

因为开了外放,所以被迫听得一清二楚的纪明月只想挖个地洞钻进去。

这群人都是推理学博士后出身吧?

谢云持笑了笑,不承认也不否认,只是继续问:"到底有什么药吗?"

林堰在心里笑了两声,才正色道:"嗯,我这边有药,还挺有效的,今天给你送过去吧。哦对了,最重要的是,这两天保护好嗓子,不要再过度使用了。"

总觉得他在隐晦地暗示什么的纪明月缓慢地把被子一点一点拉上去,直到彻底蒙住了头。

谢云持挂了电话,对做蜗牛状的纪明月笑个不停,又怕她闷坏了,只能轻声哄道:"乖,没关系的,吃了药,明天工作就能正常进行了。"

好半天,才有声音闷闷地从被子里传出来。

"那你今晚不许再做了。"

"好,不做。"他叹了口气,"乖,快从被子里出来吧。"

林堰送来的药,效果的确十分不错。

纪明月当天好好地保护了嗓子,第二天醒来的时候已经好很多了。虽然还是能听出来一些沙哑,但正常说话已经没什么问题了。

她多少松了口气,不耽误工作就行,毕竟百年校庆这么重大的事,她如果给远大、给实验室丢人了,那她估计也没什么颜面再待下去了。

远大的校庆,纪明月负责的工作其实并不多,毕竟她还没有正式入职,她只需在有校友来参观实验室时加以引导就好。

校庆倒是真的很热闹。

学校里飘满横幅,各个学院也做各种活动海报,一派喜气洋洋。

纪明月被这满溢的青春和活力感染到,哪怕是周一早上起了个大早,也十分精神。

她吃了谢云持做的充满爱的早餐,挑了衣服和搭配的鞋子以及饰品,还化了个精致的妆。

收拾整齐,她在谢云持面前转了个圈,兴高采烈地问:"漂亮吗?"

谢云持轻扬了扬眉："我亲爱的女朋友打扮得这么美丽，是要给谁看？"

被夸漂亮，纪明月更高兴了一些。她踮起脚，飞快地在谢云持唇边落了个吻，又帮他整理了一下领带："嗯，我的眼光真不错。"

她挑的衬衣和领带都很适合谢云持。

谢云持看着她得意地自夸，也想逗她："是挺不错，尤其是看男人的眼光。"

纪明月一脸狐疑地扯了扯谢云持的脸，整个人无比疑惑："你是不是换了灵魂？快把谢云持的皮撕下来！"

君耀和远大离公寓都很近，两个人一起出了门。

纪明月挽着谢云持的胳膊，一边沿着小区的路往外走，一边突发奇想地跟谢云持说道："你觉不觉得我们现在这样子很有老夫老妻的感觉？"

她甚至可以想象得到，他们结婚之后会是什么样子。

他们还会住在这个公寓里，一起做饭吃饭，时常坐在一起聊天，闲暇时可以看部电影，或者去逛逛超市。

工作日的时候，他们再这样一起出门，谢云持去公司，她去学校上课。

没课时，她还可以去君耀陪谢云持一起工作。

好像，真的很不错。

谢云持偏头看了她一眼，抓住关键字："老？"

纪明月决定跟谢云持画一条三八线，彻彻底底地分清边界。

谢云持笑着把她拽进怀里，在她头发上落下一个吻："乖，今天也要努力工作。"

纪明月点了点头："你不但要努力工作，还要跟异性保持适当的距离！"

跟谢云持分别后，纪明月走进远大的校门，拿起手机看了一眼办公室的群消息。

办公室的诸位老师这个时候正热火朝天地讨论着今天的校庆活动。

李灵珊：我刚才随便扫了一下花名册，发现真的有不少企业家捐了款，一个个财大气粗啊。

岳逢：好像有不少人趁今天来做公司宣讲会吧？我校的学生还真的很吃香。

常兴贤：别说了，今天真的工作太多了，我昨晚还熬夜加了班，现在困死我了。

纪明月随手划拉了一下，正打算退出微信进实验室，就看到李灵珊私戳了她。

李灵珊：明月，我看了你的工作安排，上面只写了在实验室接待校友参观。那这样的话，你好像上午十点后没什么事是吧？

Moon：对，有什么需要我帮你的吗？

李灵珊：金融学院那里有一个我期待了很久的宣讲，你跟我一起去吧？

4

纪明月今天的工作的确比较轻松。

在这个办公室里，李灵珊和她年纪相近，早她两年进远大，性格外向，对她这个新人也是十分欢迎的态度，更不消说后面经常和她聚在一起八卦，两个人关系还不错。

实验室今天也没有工作，她接待完校友之后就清闲下来了，便很干脆地答应了李灵珊。

只不过她还是顺嘴问了一下。

Moon：怎么突然想起去看宣讲了？

李灵珊一个生科院的人，跑去别人金融学院凑热闹看宣讲，真的是……想想就离谱。

李灵珊：哎呀，今天又没课，大家不都是跑来跑去四处围观的吗？多正常。

Moon：说人话。

李灵珊：据说……做宣讲的人很帅。

Moon：我就知道。

李灵珊：你不要这么冷漠嘛，我亲爱的月月，你难道不想找个帅哥做男朋友吗？

李灵珊：哦对，我忘了你最近脱单了。

李灵珊：哎，你男朋友帅吗？

纪明月都不带犹豫的。

Moon：全天下第一帅。

李灵珊"哈哈"笑了几声，倒是没怎么当真。

纪明月是很漂亮没错，但是这世界上哪有那么多好看的男人啊？估计全在娱乐圈里吧？

不过，情人眼里出西施，何况是纪明月这种刚恋爱没多久的。

像李灵珊这种已经结婚多年的，和老公早就相敬如宾，就差相看两生厌了。

这么一想，李灵珊倒是忍不住有些羡慕，年轻可真好啊。

纪明月被郑教授给予了充分的信任。

一大堆生科院杰出校友参加校庆，大早上的来参观实验室，纪明月负责带他们参观并介绍。

纪明月平时就常待在这个实验室里，所以介绍起来自然有条不紊、头头是道。

为首的几个校友脸上都露出了满意的笑容。

其中一个在科研所工作的中年教授还特地夸了她一番："小纪看起来对实验室很熟悉啊，在实验室工作好几年了吗？"

"今年刚博士毕业，有幸进远大任职。"纪明月回答得不卑不亢，未语先笑。

这么一听，校友们更是频频点头，这么年轻就有如此出色的能力，这个姑娘还真是不可小觑啊。

纪明月把校友们送出实验室的时候，那位夸她的中年教授走慢了几步，又打量了一番纪明月，问道："小纪有男朋友了吗？"

纪明月一愣，一时间没搞明白这位教授的意思，不过还是立马如实答道："有了。"

中年教授顿时一脸遗憾，又有些"果然如此"的感慨："也是，小纪这么漂亮优秀，有男朋友才是正常的。本来我还觉得我儿子挺适合你，现在……唉，遗憾啊。"

纪明月回过神来，顿时失笑。

她看起来这么像没有男朋友的人吗？怎么动不动就有人想给她介绍男朋友？

但纪明月面上还是带着礼貌的笑容："的确是挺遗憾的，教授您的儿子想必十分优秀。"

中年教授笑得更开怀了一些,又跟纪明月聊了几句别的,才和那群校友一起离开,去下一个参观的地点。

今天上午的工作告一段落,纪明月微微提着的心也彻底归回原位。

她松了一口气,看了一眼时间,打算等会儿直接去找李灵珊,再一起去金融学院。

跟她一起负责接待的江闻也轻松了不少,一边收拾着东西,一边问纪明月:"助教,您等会儿要去做什么吗?实验室好多师弟师妹都要去金融学院看宣讲,您如果没什么事的话也可以过去凑个热闹。"

之前纪明月还没觉得什么,现在江闻这么一说,那估计是真的……

很热闹吧。

她随意点了点头,顺便问道:"嗯,大家去看宣讲,是对公司有兴趣还是对……"

她压根还没问完,江闻似乎就已经知道她要问什么了,摊了摊双手,说:"都有兴趣。"

行吧。

也不是不能理解,毕竟帅哥人人爱,对吧?

虽然已经做好了心理准备,但纪明月跟李灵珊到达金融学院礼堂的宣讲现场时,还是被在场的人给震撼到了。

李灵珊语气里满是懊恼:"唉,我早该料想到人这么多的,应该再早一点过来的,也不至于现在连个位置都没有。"

纪明月一边抬头四处看,一边问李灵珊:"这到底是哪家公司来做宣讲啊?人这么多……"

话音刚落,纪明月就看见了礼堂正前方挂着的一个大大的横幅。

欢迎君耀集团……

她的目光在"君耀"这两个字上打转,转着转着,只觉得自己整个人都有点不太好了。

李灵珊还在旁边说:"当然是君耀啊,除了君耀,还有哪个公司能有这么强的号召力?"

纪明月偏头问:"那你说的很帅的宣讲人是……"

"于文轩。"李灵珊对宣传单上的名字记得很清楚,还颇有兴致地跟纪明月讨论,"真的挺帅的,而且好像在君耀职位还挺高。最重要的是,据小道消息说,他还是单身。"

纪明月悄悄松了口气,她还以为宣讲人是谢云持呢。

不过想想,这毕竟只是一个校园宣讲而已,谢云持这种日理万机的总裁,哪有时间亲临现场啊?

虽然碰到于文轩也很巧就是了……

她边想边应声:"嗯,是还不错。"

李灵珊错愕:"你认识他?"

纪明月暗骂自己说漏嘴了,笑着打哈哈:"因为工作原因见过几面。"

不过李灵珊还没有再追问出口,就被旁边一个男生的话给打断了。

男生看起来大二大三的样子,身上自带独属于这个年纪的青涩和活力,长得白白净净的,笑意腼腆,脸上还带着一抹意味不明的红意。他对纪明月说道:"学姐,你也没有位置吗?我……我这边帮朋友占了个位置,但他临时有事,你、你要坐吗?"

纪明月怔了怔,笑了出来:"不好意思,我不是学姐。"

男生的脸更红了一些,连忙道歉:"对不起对不起,学妹。"

旁边的李灵珊"扑哧"一声笑了出来。

两个人对视一眼,实在是不忍心说出她们是老师这个事实,生怕伤害了学生弱小的心灵。

男生看她们的反应,只以为是一个位置不够,连忙站了起来,走到过道上,腼腆道:"你们坐……你们坐。"

这边乌龙还没结束,蓦地,已经很热闹的礼堂人潮涌动起来,不少人开始鼓掌,只见从讲台的幕后走出两个人,一个是于文轩,另一个则是君耀财务部的高管,两人笑着对大家鞠了个躬。

瞬间,纪明月明显感觉到现场更热闹了一点,还能听到不少女生兴奋的讨论声。

她笑了笑,既然陪李灵珊来了,干脆认认真真听起了于文轩的宣讲。

不得不说,于文轩的准备工作做得十分充分,他在宣讲中还穿插了一些

M-1 的成果分享,引得全场沸腾。

财务部的高管也讲得很用心,现场气氛好到爆。

接近宣讲会尾声的时候,于文轩突然顿了顿,露出个有些许神秘的笑容:"其实今天除了我和魏高管,君耀还有一位神秘嘉宾也来到了我们宣讲会的现场。这位可是超重量级人物,是作为今天的一个特别惊喜带给现场的各位同学的。"

闻言,李灵珊忍不住有些疑惑地附在纪明月耳边嘀咕:"还有神秘嘉宾呢?君耀搞得还挺有仪式感。"

纪明月跟着笑了笑,心里却隐约觉得好像不太妙,能被于文轩说是"超重量级人物"的……

果然,于文轩的声音紧接着就传到了纪明月的耳朵里:"让我们热烈欢迎君耀集团总裁,谢云持谢先生!"

偌大的礼堂里,随着于文轩的话音落下,整整寂静了三秒。

三秒过后,人群的欢呼声、尖叫声和掌声简直要掀翻礼堂的天花板。

纪明月心想,果、果不其然……

李灵珊也一脸激动,又考虑到自己是个老师,不能激动得太明显,强行按捺住:"我们校庆这么厉害的吗?能请到君耀总裁来现场?"

她顿了顿,细品了一下纪明月的表情:"月月,我怎么觉得你这么不自然呢?"

纪明月"呵呵"一笑:"有、有吗?"

来看帅哥的宣讲会,结果看着看着看到了自己的男朋友,这种隐秘的被现场抓包的感觉,能让她自然到哪里去?

前排的两个女孩子激动地低声讨论着:

"这真的是总裁吗?这也太帅了吧!"

"我要被帅哭了,怎么会又帅又年轻又有钱,小说男主的存在吗?"

李灵珊也好奇地朝台上看了过去。

台上,一个穿着浅蓝色衬衣和黑色长裤的男人,正闲庭信步地朝着台中央走去。

他很年轻,看上去二十七八的年纪,干净的黑发搭在前额,肤色冷白,眉目清隽如画,却又自带独属于上位者的矜贵气息。

男人笑容浅淡,更难得的是他身上那与现代社会格格不入的温润如玉的气质，温文尔雅中隐约带着疏离感，让人生不出丝毫亵玩的想法。

太干净了。

这是李灵珊看到台上的男人时，脑子里冒出来的第一个想法。

她刚才以为是前排两个小女孩子的夸张，现在真的看见了谢云持的脸，才清清楚楚地意识到她们一点都没有说错。

最让人意想不到的，便是他如此年轻就当上了君耀集团的总裁。

谢云持走到台中央，先礼貌地对大家点了点头："大家好，我是君耀的总裁，谢云持。"

面对沸腾起来的观众，谢云持淡然地笑了笑，似乎早已习惯了众人对他的追捧和热情。

他的目光，定定地落在了观众席某个方位数秒。

数秒后，不说旁边被波及到的李灵珊，就是自认为对谢云持那张脸免疫了的纪明月，都只觉得隐约有些呼吸困难。

等谢云持缓缓移开目光，纪明月才连忙低下头，拍了拍自己的胸口以示安抚。

李灵珊总觉得有哪里不太对，低声问纪明月："你有没有觉得刚才谢总看了我们这边好久？"

纪明月很诚恳："对，他看了我很久。"

李灵珊"扑哧"一声笑出来，脸上写着"你醒醒吧"四个大字，低声说道："月月，你都有男朋友了，就少做一点梦吧。"

纪明月一时失语：难道我的话可信度有这么低吗？

主持人在旁边介绍道："本次远大百年校庆，谢总代表君耀集团给远大捐赠图书五千册，并捐款修缮远大的体育馆和生科院实验室，设立君耀特别奖学金……感谢君耀，感谢谢总！"

谢云持轻轻笑了笑："不客气，这是我应该做的。"

主持人连连捧场："君耀真是一个有社会责任感的企业。其实说起来，君耀和远大也颇有渊源，不少远大的学生都以进入君耀工作为荣呢。"

谢云持扬了扬眉，一贯的云淡风轻，听完主持人的一堆"彩虹屁"，他才悠悠然地淡声补充："的确颇有渊源。

"我的女朋友，也就是我未来的妻子，如今就在远大工作。"

5

谢云持的话音落下,礼堂里这次足足安静了五秒钟。

就连一向反应颇为迅速的主持人,对着谢云持笑意温柔的清隽眉眼,都觉得脑子里空白了好久。

主持人咽了咽口水,半天才勉强找回自己的声音:"这样啊,那看来谢总和您的女朋友感情很不错哦。"

一提起女朋友,主持人明显感觉到谢云持脸上的笑意加深了几分,眼睛里波光潋滟,全是柔意。

旁边的于文轩翻了个白眼,腹诽:有女朋友了不起啊?

他发现了,自从纪明月回国、进了君耀之后,谢云持就跟只孔雀一样,动不动就"开屏"。

主持人心里快被八卦的念头给憋疯了,总觉得看这位君耀总裁的反应,他跟他女朋友的故事绝对值得一扒!

奈何看谢云持并没有继续说下去的想法,主持人考虑到种种因素又不敢问太多,只能强行压下自己心头的那些痒意。

这可太难受了,就像是有只手一直在挠着心尖。

看看下面一个个被这个大八卦震惊到的观众,主持人眼睛里闪了闪光,干脆提前进入观众提问环节:"大家有什么问题想要问我们台上三位的,可以积极地举手提问!"

纪明月感觉到自己的手机在不停地振动,又偷偷瞥了台上的谢云持一眼,才拿起手机看了看。

是实验室的闲聊群。

她设置的是接收但不提醒群消息,所以能振动得如此激烈,那就说明是……有人在不停地@她。

她猛地想起来了什么,瞪大了眼睛,迅速戳进群聊界面。

黄陶宁:我为什么会觉得这个帅得逆天的总裁这么熟悉,不管是名字还是样貌,不过能帅成这样的,我好像也就记得一个人……

谈辛:看来不只是我一个人这么觉得。我记得,当时跟@Moon,还有谢先生一起吃饭的时候,谢先生说他在君耀工作啊!

廖博艺：在君耀工作，呜呜……

章贝洋：所以……听谢先生的话，我们助教@Moon 脱单了？我心中现在有一万个"啊啊啊"要发泄，但我还什么都不能说！

黄陶宁：我想了想纪助教@Moon 跟谢总的颜值，以及他们站在一起时的画面，我觉得我分分钟就要少女心"咕嘟咕嘟"冒泡了！

黄陶宁：到底是什么小说现场啊！

纪明月开始装死。

任凭群里的大家再怎么@她想要八卦，她都默默地装死，假装自己什么也不知道。

直到向来不怎么参与他们八卦的江闻也在微信群里冒了泡。

江闻：@Moon 助教今天不是也去宣讲会现场了吗？看来谢总是在当众示爱啊！助教开心吗？

纪明月暗骂：不说话你是不是会死？是不是？

江闻这句话一出现，微信群更是直接闹翻了天。

黄陶宁：我的天我的天，助教你在哪儿？@Moon

谈辛：哎，我好像看到助教了。嘿嘿嘿，助教真的在！

纪明月锁了屏，继续当"乌龟"。她倒也不是不敢承认，只是在学生面前这么高调好像不太好啊。

……虽然，谢先生刚才的举动已经蛮高调了。

李灵珊注意到纪明月的动作，有些许疑惑地问："明月，你这是怎么了？怎么看起来这么绝望呢？"

纪明月叹了口气，深沉无比地说真话："我是谢总女朋友的事实，被别人发现了。"

李灵珊沉默两秒："你梦还没醒呢？"

纪明月一时语塞——怎么回事，我看起来难道这么不像谢云持的女朋友吗？

似乎看穿了纪明月的表情，李灵珊默默点了点头："感觉谢总会喜欢贤良居家型的大家闺秀。"

纪明月只觉得自己受到了人身攻击。

正准备说什么，纪明月就注意到中排的一个男生接过了工作人员手里的话筒，开始了今天的第一个问题。

万众期待中,男生推了推眼镜,开口:"谢总您好,我是金融学院大三的李常庚,我想问您……"

大家齐齐屏住呼吸。

"如果在君耀暑期实习表现出色的话,会有提前转正拿到offer的机会吗?"

"噫——"

所有想看八卦的人齐齐嘘了声,表示对这个男生问出来的问题强烈不满。

暑期实习有什么好问的?问女朋友!

谢云持听得认真,在男生问完问题后,面上并没有什么波动,只是细致而耐心地介绍了起来。

他的声音本来就动听,语气也十分温和,哪怕是讲这种别人说起来只会显得枯燥的东西,也只让人觉得悦耳,听着听着,竟然隐隐有些沉醉。

饶是听过谢云持最温柔时声音的纪明月,这个时候也只觉得心脏在飞快跳动。

这个男生坐下来之后,大家你看看我我看看你,而后,前排的一个女生勇敢地站了起来。

"谢谢谢总……"声音还在发抖。

谢云持轻笑出声,压低的笑声成功地让女生红透了脸。

"你还没问问题呢,怎么就开始谢我了?"

"救命……"旁边的李灵珊实在受不住地捂了捂胸口,"他能不能别笑了,他一笑,我这个已婚妇女都有点受不住啊。"

纪明月表示了一番赞同,而后噼里啪啦地给谢云持发消息。

Moon:别笑了!不要再对小女生笑了,你会让别人受不住的!

Moon:你别忘了你已经是有女朋友的人了,再这么笑我要暗杀你。

Moon:你自己长什么样子心里没点数吗?

她想了想,又再次补充了一条。

Moon:还有,宣讲会这么重要的场合,你不要暴露我的身份,听见没?

痛骂了谢云持一番,纪明月心满意足地收起了手机。

而后,完全出乎纪明月意料的是,台上的谢云持竟然在众目睽睽之下拿出了手机。他看了一眼消息,像是无意间般往她这个方向瞥了一眼。

主持人立马追问:"谢总有什么急事吗?"

十分"妻管严"的谢云持先生这次的确没再露出那种让人想犯罪的笑容,表情淡淡的:"没什么,女朋友管得严,她让我不要乱对别人笑了。"

纪明月羞恼地把头埋下去,腹诽:谢云持他肯定不是人!

跟纪明月的反应截然不同,在场众人听见谢云持这句话,齐齐"嗷"了一声。

主持人愣了一下,只觉得自己被硬生生喂了一大口"狗粮",简直是有"糖"说不出,整个人处于一个拧巴的状态。

然而……

作为一名有职业操守的主持人,他只能强行压下八卦之心,笑着应和了谢云持一声,而后拼命朝着台下那个女生使眼色,示意她快点问出一些劲爆的东西。

女生还沉浸在刚才谢云持的笑容里无法自拔,脑袋的CPU超负荷运转,主持人使眼色使得眼睛都快抽筋了,她还是想不起自己究竟该问什么问题。

问谢总你为什么会这么帅吗?

好半天,该女生才哭丧着脸说:"对不起,我没什么问题。"

纪明月在心里暗暗感慨:疯了,都疯了。这小姑娘的抵抗力果然就是不够强大啊。

…………

一场宣讲会,就在这种全民八卦的状态下结束了。

只是,明明主持人已经宣布今天的宣讲会到此为止,台下的人却全都没动,硬生生地坐在那里,像是臀部被502黏在了椅子上一样。

谢云持还在台上跟金融学院的领导交流问题,大家秉承着"他不动我不动"的坚定态度,或坐在原处玩手机,或者和同伴聊天,没一个人肯先谢云持离开现场的。

纪明月低头看了一眼另一个角落里正在寻找自己的那群学生,压低声音问李灵珊:"你知道这里有没有别的出口吗?"

李灵珊有些好奇纪明月怎么了,但也没多问,想了想,回答说:"嗯,有一个。"

纪明月松了一口气,她要是现在被自己那群八卦的学生拦住,会被问到死的!

他们有本事去抓谢云持问啊,凭什么一个个就欺负她?

纪明月示意李灵珊一起偷偷溜走。

她刚刚站起身,还没迈开步子,就听到那熟悉的声音从台上轻轻地飘了过来。

"猫猫。"

纪明月僵住,保持着这个诡异的姿势三秒。

三秒后,她努力忽视那直直的目光,还想拉着李灵珊走。

什么猫猫不猫猫的,她才不认识!

台上的人似乎有些无奈。

静谧到让人不安的礼堂里,再次传来那个男人的声音:"纪明月。"

李灵珊愣怔了。

纪明月这次彻彻底底地僵在了原地。

大家似乎意识到了什么,全都跟着谢云持的视线朝纪明月的方向看了过来,然后开始交头接耳,讨论这位究竟是谁,是哪个院系的。

这么一个场合,成百上千人,唯有谢云持仍然保持着一贯的淡定:"宣讲会都结束了,你还不准备认我这个男朋友啊?"

6

纪明月维持着一个僵硬而诡异、诡异而离奇、离奇而呆板的姿势良久,犹如魂魄飞离了般。

直到她终于意识到自己可能再也逃不过了之后,魂魄才"啪"的一声又跌落在了原地。

满堂寂静。

大家在注意到女主角竟然出奇漂亮时,八卦的眼神乱飞。

太精彩了,这是什么现实生活中的偶像剧剧情!

旁边的李灵珊只觉得自己整个人都不太好了。她想起来,刚才纪明月一直在跟她说,自己就是谢云持的女朋友,而她当时是什么反应来着……

谁能想到纪明月说的是真的?

纪明月静默两秒,开口回答:"要不……我们回家再慢慢说?"

外人看只觉得两人秀足了恩爱,唯有谢云持看懂了纪明月脸上的表情——回家你就死定了。

纪明月一战成名。
远大校园论坛和各个群聊里全都在讨论今天金融学院的这场宣讲会。
楼主：诸位，我突然发现了一个糖点啊，嗑死我了！
楼主：君耀这次特地花重金修缮了生科院实验室是吧？怪不得怪不得，那个好漂亮的老师就是生科院的！九月份入职！
1L：我的天，配一脸，我疯了。
2L：突然开始羡慕起生科院的学生了，竟然可以拥有这么美的老师，上课都成了一种享受啊。
3L：不过，这个jmy真的是靠自己进的远大吗？该不会是通过君耀的关系塞进来的吧？我总觉得jmy那个样子不像是一心搞学术的人。
4L：我怎么从楼上的话里听出来柠檬的味道呢？这么酸？不就是忌妒纪老师好看吗？
5L：呵呵，我忌妒她干吗？我就是看不惯这种自己没什么本事，傍上一个好男朋友就为所欲为的人而已。远大好歹也是一所重点，我都不知道什么时候这么好进了。
…………

论坛上一群人吵得不可开交，盖起了高楼。
一部分人表示纪明月长得漂亮，但并不代表能力不强；而另外一些人，则坚定地认为她是靠着别的手段进的远大。
47L：免鉴定，生科院大二学生，之前上过纪老师代的课。纪老师的确很漂亮，但上课也是真的很用心。现在像纪老师这样不读PPT认真讲课的老师，有几个？
48L：我是郑教授实验室的学生，纪助教做实验很厉害的好吧，专业。
…………

79L：嘿，点进论坛发现你们竟然在讨论纪老师的业务能力？这还有什么好讨论的，查一下纪老师的简历不就行了？哦，忘了说，纪老师的英文名是Kiana。
79L这么一说，楼里似乎真的有人跑去查了纪明月的简历和对应英文名发过的文章。

83L:……我回来了,朋友们。

下面附带一张纪明月的简历图片。

事实胜于任何的雄辩。

那些刚才叫嚣着纪明月是走关系进远大的人,一瞬间全都消失得无影无踪,只剩下楼里一群不停膜拜的人和一个崭新的头衔——远大女神纪明月。

当然,"远大女神纪明月"同学对论坛上闹得沸沸扬扬的争吵一无所知。

她向来不太在乎别人的看法,反正实力强就是可以为所欲为、秒杀一切。这么一想,她就觉得很快乐了呢。

参加完宣讲会,纪明月当然没有直接回家。

毕竟校庆要搞一整天,她还得留下来看看有没有其他需要帮忙的地方。

宣讲会结束后,谢云持只来得及跟纪明月说几句话,就接到了方秘的电话,说公司有急事。

听李灵珊讲述着她内心的波澜起伏,纪明月无奈地回应:"我真没有骗你嘛。"

李灵珊语气深沉:"的确,有时候真相比谎言更像谎言。"

纪明月一时没理解这句话。

李灵珊笑眯眯地八卦道:"你跟谢总之间是怎么样的故事啊?讲来听听吧?"

怎么样的故事啊?

纪明月思索了一下。

良久,她才笑道:"说来话长。"

李灵珊眼睛一亮:"那正好!说吧!"

一通电话拯救了不太想完完整整讲述这曲折离奇、谁听了可能都不会信的故事的纪明月。

李灵珊只好放过她,说:"你接电话。"

纪明月笑眯眯地走到一旁,接起电话。

是裴献。

裴献的语气优哉游哉:"猫猫,你收到我发的快递了吗?"

快递?

纪明月愣了愣，才回答："你给我寄东西了？寄的什么？吃的吗？"

"你怎么天天就想着吃啊？"裴献颇为无语。

不过，他顿了两秒，又说道："给你塞了不少零食，还有你前两天嚷嚷着想吃的端市那家面店的面，老板说出了真空包装的，我买了尝了尝跟在店里吃的味道差不多，就给你装了几袋进去。"

纪明月眼睛一亮，嘴也甜了几分："谢谢献哥！献哥真大方！"

裴献在心里呵呵笑了一声，也就这个时候她才会说两句好听的，这个实用主义的人精！

不过，裴献没有忘记今天打电话过来的重点："前两天我在书架上找书的时候，发现了一封很久以前你夹在我书里的信。"

"信？"纪明月一时间摸不着头脑。

"对⋯⋯我记得你当时说是女生写的，大概是个恶作剧，就塞我书里了。这次翻到我就打开看了看，总觉得写信人的口吻不像是女孩子。不过我也不知道究竟是谁写的，就给你寄过去了。"

曾经一些串不起来的细节，随着裴献的话，在这一瞬间连成了串。

高中时她收到了一封信，信上的字迹娟秀间隐隐透着股潇洒。

时辰说谢云持曾特地练习用左手写字，写的字跟他平时的很不一样。

谢云持发的第一封邮件里，说自己高中时给她写过一封信。

她那时只以为自己是因为某些原因没收到谢云持的信，甚至没来得及追问谢云持信里都写了什么东西。

现在⋯⋯

她沉吟两秒："你给我寄的快递什么时候能到？"

"应该今天就能到，毕竟端市跟远城这么近。"裴献隐约察觉出什么，"那封信有什么问题吗？"

纪明月闭了闭眼。

"那封信⋯⋯"她嗓子有些发涩，"可能是⋯⋯谢云持写的。"

纪明月是在傍晚时分收到裴献寄来的快递的。

谢云持还没回家，她抱着快递箱上了楼，进了房间。

拿剪子拆开快递箱的时候，纪明月的手都是轻颤着的。

她紧绷着神经，"哗啦啦"地把快递箱里的东西全都倒在了地毯上，在一大堆各式各样的零食里疯狂地翻找。

直到她的手在零食堆里触摸到一个信封的棱角时,像是蓦地被按下了暂停键。

纪明月慢慢地拿起那个信封。

浅蓝色的,哪怕隔了这么多年,上面也依旧干干净净的。

裴献的书把这封信保护得很好。

上面是娟秀的字迹,跟谢云持平素潇洒遒劲的字迹截然不同。

给纪明月

纪明月一时间有些不太敢去拆开信封来看。她瘫坐在地毯上沉静许久,一点一点抽出那封信。

纪明月:

展信悦。

圣诞快乐,听说在今天送出的情书会得到祝福,所以我就想试一试……

她的目光,在看到其中几行字的时候,猛然停住。

如果你能给我回应,不管是拒绝还是答应,我都送你一朵小玫瑰吧,像是《小王子》里面的小玫瑰。

所以,请你看我一眼。

纪明月不知道为什么,脑子里突然想起一件东西。她飞快地站起身,把信放在书桌上,不管不顾地跑下了楼。

纪明月跑得飞快,可真到了书房跟前时,她反而像是失了勇气一样。

书房依然没上锁,她深呼吸了好几次才推开房门,来到那张书桌前。

抽屉锁的密码和上次一样,没有改变。

101325。

锁应声而开,她慢慢地拉开抽屉。

那个丝绒的小盒子一如既往地显眼,纪明月那时候以为里面装的是戒指耳环之类的首饰,可现在……

她拿出小盒子,打开金属底座上的罩子,里面是一朵毛毡质地的玫瑰花。

十二年的时间过去,它依旧鲜艳如初,能看出来被主人保护得有多好。

小盒子里,还有一张小卡片。

上面的字迹和那封信上的娟秀字迹一模一样,证明了纪明月心里的所有猜测。

谢云持,他什么都不会说。

那些爱意和缱绻,他全都放在心底。

他只在卡片上写——

纪明月,你终于看见了。

纪明月一瞬间泣不成声。

时间好像就在这一秒无限停滞。

直到纪明月落入一个温暖的怀抱,她才发现窗外已是夜色降临,才意识到自己在这个书房站了多久,愣怔了多久。

"谢、谢云持,你回来了……"

谢云持并没有回答,只是低头吻住了纪明月。

吻她的唇,吻她的眼睛,吻她的泪水。

他什么都没有问。

不管她是怎么发现的,她现在在想什么,还是她以前究竟是怎么对待那封信的,他都没有问。

他只是无限包容她,随时献上一颗赤诚多年的心,随她处置。

她爱也好,不爱也罢。

谢云持渴求的,从来都只是纪明月看他一眼。

可是你看,他得到的,已比奢望的多一千一万倍。

那颗月亮,就在他怀中。

她正泪眼蒙眬地抬头看他。

谢云持笑了。

温柔万年。

他看见世事沧桑,银河虚妄,风雨雾光。

漫长岁月啊,有人爱你。

Chapter 11
/
后 来

1

纪明月同学有一个人见人夸的优点——保持本心，做一个始终如一的21世纪好青年。

所以感动归感动，算账归算账。

此时，她很随意地坐在椅子上，一边吃着谢云持同学做的美味晚餐，一边絮絮叨叨着："我都跟你说了，让你不要在宣讲会上暴露我是你女朋友这件事，你为什么不听话？"

谢云持面带笑容，夹了一筷子尖椒炒牛肉到纪明月的碗里。

按理来说，这种时候，她应该很有骨气地拒绝谢云持的投喂，让他自个儿反思去。

但是……谢云持做的菜真的太好吃了。

纪明月只纠结了一秒钟，就想明白了一件很重要的事情——人活一辈子，骨气当然要有，但也没必要跟吃的过不去。

所以她颇为愉快地接受了谢云持的投食，边吃边继续嘟囔："你知道这样会让别人用异样的目光看我吗？"

谢云持同学这次没有再尝试用食物堵住纪明月的嘴，他沉默了两秒，反问道："怎么个异样法？"

"他们可能会觉得我进远大靠的不是我自己的本事！"

嗯，这个问题好像是有那么一点点严重。

谢云持思考了两秒。

两秒后，他再次反问纪明月："你在意吗？"

纪明月一时间词穷了。

有一个太过了解你的男朋友，好像也不是什么太好的事情。

比如这个时候，她就被谢云持一句轻飘飘的"你在意吗"直接击中命门。

因为她……的确不太在意。

而"进远大是靠关系还是靠自己的本事"这件事证明起来也没什么麻烦的，而且"证明自己"这种事情，难道她不是每时每刻都在做的吗？

好，那这么说来，的确没什么问题了。

纪明月彻底语塞，找不出算账的理由，只能闭嘴吃饭。

当然，她没话说了，不代表对方也是如此。

谢云持低低地叹了口气："所以，猫猫，你是不愿意承认你是我女朋友，对吗？"

纪明月被一口饭卡住，接过谢云持递过来的水连灌了好几口后，才一脸震惊地看向了谢云持。

这说的是人话吗？

谢云持神色平淡："如果你真的不愿意承认，也不是不行。"

他又低低地补充道："反正我也已经习惯了跟在你身后，没什么的。"

"我错了。"纪明月生平第一次感受到孙悟空被师父"折磨"的苦楚，"我很高兴能被大家发现我是未来谢太太的身份。"

谢云持再次叹气："猫猫，你不用勉强自己说这些的，我知道你……"

"停！"纪明月彻底受不住了。

她静默两秒，看着谢云持，深吸几口气："说吧，你想怎么样？"

天生商人谢云持眼见自己的目的被识破，却一点尴尬窘迫都没有，反而是一贯的淡定沉稳，脸上还带着笑意。

"从今天起，搬来我房间。"

他说话的语气也不像是在跟他的女朋友讲条件，反倒像是在说"今晚夜色不错"一样自然。

纪明月一时间不知道自己究竟是被谢云持的厚脸皮给震撼到了，还是被这个要求给惊到了，总而言之，她不是很想说话。

谢云持还自顾自地笑道:"我房间也不算小,我们两个人住挺够的。如果你有什么不喜欢的地方可以换掉,随你更改,觉得床小也可以换成大的,你想怎么样都没问题。

"当然,如果你不想搬过来也可以。"

纪明月完全不抱什么希望地抬头看了他一眼。

谢云持继续说:"我可以搬去你的房间。"

纪明月绝望地闭上了眼。

她忍不住在心里自我反思起来。

今晚究竟是怎么从她找谢云持算账,变成了现在谢云持厚颜无耻地跟她讲条件的?

纪明月认真地思考了这个问题很久很久。

好一会儿后,她才清醒地认识到了一个很残酷的现实——只要你够厚颜无耻,没有什么不可能的。

纪明月把自己的这个重大发现告诉了谢云持。

现实再次挑战了她的下限——

谢云持颇为骄傲地点了点头:"嗯,没错。"他停顿了一下,"但是我不要脸皮,要女朋友就够了。"

大概是纪明月的表情过于震撼了一些,谢云持竟然低声笑了出来。

纪明月:"……我总觉得我以前可能对你有什么错误的认知。"

谢云持挑了挑眉,对纪明月的话不置可否。

不管她认知错误与否,反正现在她都是自己的女朋友了,跑也跑不掉。

得逞了一件事之后,谢云持又从厨房端过来一份煲好的汤,给纪明月盛了一碗:"你经期要到了,好好养身体。"

纪明月一愣:"啊?你怎么知道我经期的?"

谢云持笑了笑:"我女朋友的事情,我当然知道。另外,我……还有一件事想跟你说。"

纪明月尝了一口汤,而后颇为奇怪地打量了一番谢云持的表情。

他似乎有一些罕见的为难。

这种表情很少会出现在谢云持的脸上,他向来干脆利落,果断坚定,"犹豫"这两个字似乎不在他的字典里。

可现在……

"猫猫，"谢云持终于开了口，"时叔叔和我母亲说想和你一起吃顿饭。"

纪明月怔了怔。

"不过，你不愿意也没有关系。"他又道，"而且你尽管放心，即便是婚后，如果你不开心，不想与他们有太多交集也可以。"

纪明月动作缓慢地放下手里的汤勺。

平心而论，她知道谢云持说出这番话有多不容易。

他当初为了母亲来时家，也是因为一直对亲情有所向往的吧？

可这个时候他竟然能为了她，说只要她不开心，就可以不和他们有太多交集。

她代入了一下自己，如果是自己的父母和谢云持有过矛盾，自己能说出只要谢云持不愿意，就可以不和他们有太多交集也无所谓的话吗？

好像不能……

面前的这个人，就是这样无底线地包容她所有的任性，告诉她，她做什么都好，只要她开心。

这样的人，让她怎么任性得起来啊？

"我不是不愿意和你的父母吃饭，而且我上次那样说话确实很不礼貌，但，我当时真的太……"纪明月低下头，"太心疼你了。"

她扬起头对谢云持笑了笑，想让他宽慰一些："什么时候吃饭？时间地点定下来了吗？我也好跟叔叔阿姨道个歉。"

谢云持晃了晃神，蓦地失笑："我母亲说，道歉不用了，你如果真的想做什么的话……"

他扬了扬眉："就亲亲她儿子吧。"

跟谢云持的父母吃饭是几天后的事情。

只是纪明月着实没想到，跟未来公婆一起吃饭的地点竟然是时家。

她人都傻了。

哪怕早已见过未来公婆，纪明月还是慌乱无比。

她不停地照镜子，衣服试了一件又一件，拉着谢云持给她做参谋："这件怎么样？"

谢云持懒懒地坐在沙发上，一边翻着财经日报，一边抬头看看，真心实意地夸："很漂亮。"

"真的吗？"纪明月皱着眉嘟囔了一声，又对着镜子来回看了看，摇头，"但我觉得好像不够稳重。"

她"哒哒哒"地跑去衣帽间，选了一条 C 家的当季新款，这才满意。

化妆、卷头发、挑选配饰……

一整套流程下来，花了挺长的时间。

谢云持在一旁安安静静地做着自己的事，时不时抬头夸赞一下自己女朋友的盛世美颜，一点不耐烦的情绪都没有。

纪明月临出发前又看了看自己挑选的一堆礼品，还是不安："叔叔阿姨真的会喜欢这些东西吗？"

谢云持只觉得自己的女朋友可爱出了新高度，他佯装思索，过了很久才回答："其实……"

纪明月紧兮兮地盯着他："其实什么？"

"你人去就够了。"

纪明月在心底翻了个白眼，觉得自己不能再问谢云持的意见了，一丝用处都没有。

星月湾的公寓离时家并不远，谢云持开车，很快就到了。

到了时家门口，越发明显的紧张感让纪明月一时间有些不敢进去。

她偏头，问谢云持："……上次那件事之后，叔叔阿姨有说我什么吗？"

这叫什么来着？

"发飙一时爽，事后火葬场"。

谢云持觉得有些好笑，心想：当时维护我倒是毫不犹豫，怎么现在看起来厌巴巴的？

事实证明，的确是纪明月多想了。尽管上次不欢而散，但这次在时家吃饭，氛围还算和谐。

时德永和沈芝很是和善，像什么事情都没发生过一般，热情地招待着纪明月。

沈芝给纪明月夹了一只小鸡腿，笑得亲切又温和："好久没见到明月了，最近过得还好吗？阿姨看你上次点了这道菜，特地让家里的厨师也做了一道，你尝尝味道怎么样。"

纪明月道了声谢，没再客气，低头吃着。

"我上次就觉得你跟我们云持很般配。你们俩能在一起真是太好了,我和你时叔叔一直跟云持说让他带你回家吃顿饭,他只说你太忙了。但忙归忙,身体还是要照顾好的。"

沈芝说话语速慢,让人听起来只觉得柔意满满。

纪明月心下有些恍惚,面上却一派自然,还时不时主动跟时德永、沈芝说笑。

一顿饭吃得宾主尽欢,比纪明月预想的好上许多倍。

吃完午饭,几个人又转移阵地到客厅,一边吃水果和饭后甜点,一边聊天。

时德永到底是年纪大了些,精神不如从前,跟他们聊了一会儿后,就说自己要去睡午觉了。

沈芝也跟着站起身,准备送时德永上楼。时德永冲她摆了摆手,让她再跟纪明月聊一聊。

离开之前,时德永又对纪明月说道:"现在时家也只剩下我跟你沈姨了,你跟云持有空的时候……多回来吃饭。"

说完,没等纪明月回话,时德永就朝他们摆了摆手,兀自上了楼。

谢云持把刚削好的一盘苹果放到纪明月手里,电话就响了起来。他瞥了一眼屏幕,示意自己有工作上的事,便进了书房。

这么一来,客厅里就只剩下沈芝和纪明月。

纪明月有些尴尬地叉了一块苹果送到嘴里。

沈芝笑道:"云持总叫你猫猫,阿姨竟然没想起来,实在是上了年纪。女大十八变,足足十三年没见,你比以前更漂亮了。"

纪明月"唔"了一声,眨了眨眼。

"没想起来是吗?看来你当时确实没放在心上。云持父亲做手术那会儿缺手术费,是你帮我们垫付了一些。"

纪明月终于回忆起来。

沈芝又笑了笑,说:"拿了你的钱,云持更加不安了,又多找了一份家教的兼职,想早点把钱还上。他那会儿……确实太辛苦了。"

纪明月没说话。

沈芝叹了口气:"云持这孩子,多少是有点怨我的吧。"

纪明月摇了摇头:"他很尊敬您,也一直很爱护您。"

"唉，其实我也都知道。"沈芝垂下眸，"他太懂事了，在别的孩子还在哭闹的时候，他就已经在努力分担家里的重任了，成绩还那么好。他的老师们见了我都问我是怎么教的，可我自己知道，我什么也没教他，他所有的一切都靠的自己。"

纪明月张了张嘴，想说什么，但最后还是沉默下来。

"云持读初中的时候，有一次我看见了他的作文。老师让他们写自己的梦想是什么，我以为他会写想当什么样的伟大人物，结果他写的是，想去一次游乐园。"沈芝顿了顿，"云持这孩子啊，什么都不说，所有的苦痛和委屈他都自己扛，也得亏他坚强。

"就像上次那个茄子一样，如果不是明月你告诉我，我可能还会一直误解下去。但他只会觉得告诉我会让我难堪，会让我觉得我自己太失职了，所以都闷在心里。

"可那……的确是我这个当母亲的失职了啊。"

纪明月抿了抿唇。

"明月啊，阿姨能看出来，云持是真的喜欢你。"沈芝笑得和善，"你能那么维护云持，阿姨放心了。"

谢云持忙完工作，从书房出来的时候，就看见自家女朋友正坐在客厅，一边吃着零食，一边看搞笑综艺，笑得不亦乐乎。

他环视了一圈，问："我妈妈呢？"

"哦，阿姨要我们留下来吃晚饭，去厨房准备晚餐的食材了，还怎么都不肯让我帮忙。"

谢云持轻轻笑了笑，坐在纪明月旁边陪她看电视。

突然，纪明月叫了他一声。

谢云持偏头："嗯？"

纪明月神秘兮兮地凑到他跟前，压低声音问："想去游乐园吗？"

2

这一天，谢云持明显觉得自己女朋友要比平时热情很多，包括但不限于对他投怀送抱，在车上就开始索吻，走路非要牵着他的手……

回到家洗漱完之后，纪明月从浴室出来，看到正拿着笔记本工作的谢云持，主动凑过去看他的电脑屏幕："你在做什么呀？"

女孩子身上本来就有种香香的味道,加上刚洗完澡,又凑得近,谢云持轻嗅着萦绕在鼻尖的香气,顿时就没了工作的心思。

他无奈地伸直手臂拿了干毛巾,帮纪明月擦着她还在滴水的头发:"这样子多容易感冒啊。"

纪明月不甚在意,心安理得地享受着谢云持的服务,嘟嘟囔囔:"反正有你在嘛。"

帮纪明月把头发擦到半干,又拿起吹风机帮她吹好,谢云持才放下心来。

他也不知道自己到底是养女朋友还是养女儿。

纪明月把自己鬓边的碎发往后压在耳朵后面,站起身,冲谢云持笑了笑,然后坐在了他的腿上。

她微微仰着头,满是依赖地盯着他看,脸上还挂着甜甜的笑意。

谢云持看得心神一晃。

他顿了顿,又生怕纪明月没坐好掉下去,勉强调整了一下呼吸。

理智稍稍回笼后,谢云持稍加思索,问纪明月:"今天我母亲和你说什么了吗?"

她今天中午吃饭时还一切如常,自从单独和沈芝聊了一会儿之后,好像就变得格外黏他。

纪明月摇摇头:"没什么呀,阿姨就跟我随便聊了一会儿。"

谢云持盯着纪明月看了许久,看得纪明月忍不住有些紧张起来,他才低声笑了笑。

其实纪明月不说,他也能猜得到。

沈芝大致是在和纪明月说一些自己小时候的事情吧,比如自己以前多么早熟又多么懂事。

他的确很享受纪明月的亲近,可他却一点也舍不得她心疼他。

谢云持猜测道:"我母亲是不是告诉你,让你早点给她生孙子孙女?"

纪明月彻彻底底不知道该说什么了,这是什么人啊?

她在心里翻了个不甚优雅的白眼,正准备说什么,清隽的男人却再也没有给她开口说话的机会。

他轻轻扣住她的脑袋,把她往自己怀里又带了带,而后低头不停地在她的耳根处落下湿热的亲吻。他压低了声音问她:"宝宝,你今天经期结束了吧?"

289

谢云持呼出的气息落在纪明月耳边,让她觉得连心尖都跟着一阵发痒。偏偏被谢云持固定住了后脑勺,她想往后躲也躲不开,只能轻颤着指尖,生生地承受谢云持的亲昵。

纪明月呜咽了一声,凑在他怀里:"没、没有……"

谢云池笑她:"小骗子。"

他微哑的笑声直直地传入纪明月的耳朵里。

纪明月这下更是头也抬不起来了,却又忍不住在心底嘟囔:有个对自己经期了如指掌的男朋友,真的不是什么太好的事情啊。

谢云持蓦地把纪明月拦腰抱起,她吓得轻呼一声,脑子微微反应过来之后才抓住他的衣服:"明天还要去游乐园……"

谢云持很想跟她说,那就不去了。

去游乐园只是他年少不知事的时候一个很小的梦想而已,早就已经没那么重要了。

纪明月肯定是想给他一个圆梦的机会,才主动提议要去游乐园的。

他笑着叹了口气,应声:"好。"

谢云持把纪明月放在柔软的床上,盯着她看了许久。

他眼里的深色越来越浓郁,眼底也像是在酝酿着什么风暴一般。

然后他俯身,吻了下去,细细密密的亲吻落在了纪明月的眼睛、鼻尖、嘴唇上……

"乖猫猫。"他轻哄的声音带着一丝压抑,还有一丝蛊惑。

好像在邀请她一般。

纪明月没有忍住,伸长了脖子,回吻过去。

房间里顿时被旖旎的氛围所笼罩……

直到在游乐园门口检票的时候,纪明月都还在懊恼——自己真的定力太差了!

昨天她虽然因为很心疼谢云持,所以显得比平日里稍微主动了那么一些,但她也只是想亲亲抱抱呀。

没打算再做后面那些事情的!

结果呢?

谢云持只是三言两语,她就忘记了自己的初衷,轻而易举地就跟着"谢老贼"的思路走了！

好气哦。

总而言之，"乖猫猫"现在是睡眠不足、声音发哑，嘴唇还微微肿着。

瞪了一眼旁边意气风发的谢云持，纪明月发现顺着这个角度看过去……嗯，对面至少有十来个女孩子在偷偷地盯着她男朋友看。

谢云持没发觉纪明月在想什么，瞥了她一眼，把手里的水递给她："怎么了？"

纪明月又看了一眼谢云持。

……行吧，完全不能怪对面的那些女孩子。

谢云持今天穿了一件浅蓝色的上衣，下面搭了一条浅色的休闲裤子，整个人看上去和平时的他很不一样。

再加上他自带的温和气息、清隽到了极点的容貌、修长的身材以及明眼人一眼就能看出来的名贵配饰……

这一堆加在一起，谢云持走在人群中，简直就是自带高光，让人想不注意都难。

纪明月"啧啧"感慨："我觉得我男朋友太帅了也不太好，看看，随时被别人盯着看。"

谢云持思索了一番，反问："那女朋友太漂亮了就是好事吗？"

他叹了口气："其实我并不太喜欢漂亮的女孩子，但是谁让纪明月长得那么美丽，我真的没办法了。"

自打恋爱后，纪明月已经听过了谢云持各式各样的"彩虹屁"。

她抿了抿唇，瞥了谢云持一眼，眼底的笑意藏都藏不住。

时间已进入六月。

远城到底是南方城市，哪怕现在还是上午，已经让人觉得有些热意了。

这个大游乐园算是远城著名景点之一，加上今天是周末，一大早就来了很多游客。

即便如此，纪明月还是兴致勃勃。

连环过山车和U形滑板等项目是游乐园的热门项目。

进入园内，纪明月琢磨了一下，指着过山车跟谢云持说道："我们先去玩那个吧？"

谢云持抬头，瞥了一眼纪明月指的项目。

正好过山车攀升到轨道最高处，在空中悬停了一秒后，"唰"地冲了下来。清晰可闻的尖叫声随着过山车的下冲传了过来，听得人心脏都跟着揪紧。

他抿了抿唇，而后点头应了一声："好。"

排队是一个无比漫长的过程。

太阳越来越大，谢云持看了看前面长长的队伍，思索了一下，低声问纪明月："要不然加点钱走快速通道吧？"

纪明月义正词严："不，我跟你讲，这种就是得排队玩才快乐。"

谢云持沉默了。

半小时后。

纪明月拽了拽谢云持的衣角，讪笑了一番："要不……还是加钱吧？"

坐上过山车，纪明月一边扣安全带，一边忍不住跟谢云持感慨："所以说啊，还是有钱比较幸福。"

她注意到了谢云持的神色，有些奇怪："我怎么觉得你有点紧张呢？"

谢云持淡淡地转过头："没有。"

有点不对劲。

她试探地问："你该不会是……恐高吧？"

谢云持表情一如往常的云淡风轻，轻轻摇了摇头。

纪明月点点头觉得也是，谢云持应该不太可能恐高。

谢云持在她心里，是天不怕地不怕的典范，无论什么时候都是淡定内敛、轻松自得的状态。

这样子的人，怎么可能会恐高！

她松了口气："坐过山车很爽的，冲下去那一瞬间会让你觉得你从高处往下跳……"

谢云持右手握成了拳，上面青筋尽显。

过山车慢慢启动，一点一点攀爬。谢云持的手越握越紧，薄唇更是紧紧地抿成一条线。

车子攀爬到最高处，在无数人的倒吸气中悬停下来。

他只觉得自己的心脏跳得飞快，他根本不敢往下看。

旁边的女孩却还是如同往常一样自在，甚至表情中还透着兴奋的味道。

下一秒，过山车猛地向下冲去。

谢云持紧紧地闭上眼睛，强烈的失重感带着心脏一起往下坠。

紧张感和恐惧感蔓延开来的一瞬间，谢云持蓦地感受到有柔软的温热覆在自己握成拳的手上，带着安抚的温暖，从他的手背处向心脏传递过来。

尖叫声、呼啸声，不绝于耳。

在这些声音里，谢云持清楚地听见他爱的人也在叫。

不是因为害怕。

因为纪明月大喊的是："谢——云——持——我——爱——你——"

伴着骄阳和狂风，女孩子的声音清晰地落在了谢云持的耳朵里。

他睁开眼，转头朝着旁边的纪明月看了过去。

是一个放大的笑脸。

纪明月被风吹得睁不开眼，微微眯着，唇角上扬，自在又潇洒。

而她的左手和谢云持的右手紧紧相握。

谢云持突然想起来，最开始见到纪明月的时候，也是这样子。

在自己不停下坠又下坠的人生里，有一个少女朝着他伸出了手。

纪明月头发飞扬，肆意地享受着这个世界。

谢云持蓦地笑了出来。

刚才在排队的时候，纪明月问他为什么在初中时的梦想是去游乐园。

他想了很久，才回忆起那时候的生活。

不是因为想玩什么，准确来说，在那个时候，"游乐园"在他心中就是一个抽象的概念而已，他不知道里面有什么项目，也不知道玩起来会是什么样子，可他有听同学们聊起过。

他们说，很快乐，很刺激，让人念念不忘。

那个时候的谢云持，渴望这些感受。

所以他偶尔经过游乐园门口时，会留心那些游客的表情。

好像真的挺开心的。

可对中学时代的谢云持而言，去游乐园玩是奢侈的事情。

大学以后的谢云持，也从未踏足游乐园半步。

下了过山车，纪明月拉着谢云持去看抓拍的照片。

她越看越满意："真的，人漂亮，怎么拍都好看。这些照片，我都想要。"

谢云持点了点头，附和自己的女朋友："嗯，那就都要，到时候在家里做个照片墙。"

摄影师看着这对高颜值的情侣，忍不住一阵羡慕："你男朋友对你可真好啊。"

谢云持笑了笑，不置可否。

大学以后的他，从未踏足游乐园半步。

不再是因为贫穷，也不是因为不好意思，而是他找到了人生里最快乐、最刺激、最让人念念不忘的存在。

叫，纪明月。

3

靠着金钱的魔力，谢云持和纪明月并没有排多长时间的队，一整天下来，玩了好几个项目。

虽说谢云持坚持表明自己不恐高，但纪明月同学还是很善良地没再去玩U形滑板、大摆锤之类的刺激项目。

她拍拍胸脯："嗯，是我恐高。"

虽然纪明月没说什么，但无比了解她的谢云持哪能不懂？

谢云持沉默了一会儿，假装自己没明白，宠溺地笑了笑，伸手摸摸她的头发："行，乖猫猫，我们怕高，不玩了，去玩一些简单的项目。"

两个结伴的女孩子路过，听见谢云持跟纪明月说的话，不时地偏头朝他们看，脸上带着羡慕的表情。

纪明月隐约听见一个女孩子跟同伴说："我的天，那个男生那么帅，怎么还那么温柔啊？女朋友怕高，立马就说不玩了，还摸摸头……"

纪明月觉得自己额头上挂满了问号。

她真的是太低估谢云持的脸皮厚度了。

谢云持还冲着她挑了挑眉，笑得和煦："怎么了？"

怎么了？

没怎么，就是想要暗杀你而已。

玩了些简单的项目，逛了一圈纪念品店，也在玩项目的同时拍了各式各样的照片。

有一个财大气粗的男朋友在身边，纪明月很理所当然地把这些照片全都买了。

有几张特别满意的，她还洗了好些个不同尺寸的出来。

突然想到什么，纪明月冲谢云持伸了伸手，摊开手掌。

谢云持有些疑惑。

"把你的钱包给我。"

他轻轻笑了笑，从善如流地把自己的钱包拿出来，放在纪明月手心。

"我跟你说啊，"纪明月动作飞快地把夹在谢云持钱包里的那张一寸照片拿出来，换上了新冲洗出来的一张，振振有词，"你不能总看我以前的照片。"

"嗯？"

"照片里的我不会变，可现实里的我会……"

纪明月还在斟酌用词，就听见谢云持接话："变老。"

她瞪了谢云持一眼。

求生欲极强的谢先生立马点了点头，表示自己错了，很真诚地道歉："我女朋友年年十八岁。"

纪明月这才又笑起来。

旁边的摄影师无意间瞥见这一幕，眼睛微亮，立马端起相机，"咔嚓"一声拍下来。

容貌出色的情侣，男人微微低头，两个人带着笑对视，满是温柔和缱绻。

玩了一整天，疲惫又快乐。

夜色降临后，游乐园里亮起了灯。

比起白天，游客并没怎么减少，或明或暗的灯光给游乐园染上了白天没有的浪漫味道。

一阵阵凉风吹来，白天的燥热被吹散开，让人觉得舒适。

纪明月有些走不动了，看到周围还有不少牵着气球奔跑的小孩子，忍不住感慨他们的活力。

两个人坐在长椅上休息了一会儿，纪明月没什么精神地靠在谢云持身上，像没骨头似的。

谢云持拍了拍她的头，说："要不回家吧？今天你也很累了。"

纪明月看了眼时间，犹豫了一秒，的确也不早了。

她正准备应声,一转头,就看见了不远处被灯光点缀得十分漂亮的摩天轮。

"不行,我们得坐了摩天轮再走。"纪明月很坚决,"不是说了吗,摩天轮可是情侣来游乐园必玩的项目。"

谢云持沉默了两秒。

他怀疑自己看的那份攻略有问题,因为那份攻略上说情侣来游乐园必玩的项目是过山车。

如果不是轻信了那份攻略,他怎么可能轻易就答应纪明月玩过山车呢。

纪明月丝毫不知道谢云持心里在想什么,她站起来,振奋了一下精神,拉着谢云持朝着摩天轮的方向走去。

摩天轮排队的人并不多,两个人就没再使用"钞能力",慢慢跟着队伍往前走。

幸运的是,这一趟摩天轮正好轮到他们两个。

工作人员刚帮他们关上门,纪明月就又瘫在了谢云持身上:"还是这种项目玩得舒服。"

谢云持看了一眼手表,望了望窗外的天空,在心里计算了一下时间。

纪明月没注意他的动作,又跟他聊以前的事情:"我其实一早就想坐摩天轮了,不是有什么传说,说情侣在摩天轮上升到最高处时接吻就可以永远在一起……你……你别这样看着我,我不是说要吻你……我说真的……"

谢云持轻轻笑了出来,慢条斯理地说:"没关系,你如果想吻我,我会很开心的。"

他顿了顿,补充道:"不过你轻点。"

他再补充:"我相信你只是为了验证传说而已。"

纪明月暗骂谢云持。

还"轻点"……

害得她涂药膏,嗓子还哑了的人,究竟是谁?

谢云持又笑了笑,安抚她:"行,你继续说。"

"但那个时候我没有男朋友,就几个朋友出来玩,哦对,就是我那个群里的朋友们,你知道吧?"

谢云持点了点头。

"我们是五个人嘛,"纪明月掰着指头,"三女两男。一开始贺盈提议说,那就两个男生坐一厢,我们三个女生坐一厢,结果邵泽宇死活不同意。"

谢云持幽幽道:"换我我大概也不同意。"

"为什么啊?"纪明月莫名其妙,"我们三个女生都挺乐意的。"

谢云持:"我想象不太出来两个男人单独坐一起该聊些什么。"

这么一说,画面是有那么几分奇妙的诡异……

"总而言之,最后就是贺盈跟邵泽宇坐了一厢,裴献跟妙妙坐了一厢,而我,因为摩天轮坐满了,我就在下面……等他们下来……"

谢云持"扑哧"一声笑了出来,又瞥了一眼时间,再问:"其实一厢坐三个人也没问题吧?"

她点了点头。

"但我不是想着,他们单独相处,如果真的擦出来什么火花内部消化了,也挺好的吗?"纪明月摊了摊手,"谁知道……"

一句话还没说完,她突然被谢云持打断:"猫猫,看后面。"

纪明月下意识地转过头,朝身后看了过去。

一朵巨大的烟花直冲天空,"嘭"的一声,在黑夜中绽放开来。

因为这烟花,刚才还稍显沉寂的游乐园瞬间又热闹起来。

夜色里,纪明月看见那烟花在最高空绽放时的字样是——

101325。

她还没反应过来,另一颗巨大的烟花也跟着直冲天空,在前面的烟花还没消散的时候"嘭"地绽放——

242503。

十二个数字在夜空中交相辉映,仿佛能穿过云层抚摸月亮。

烟花秀正式拉开帷幕,一朵朵烟花冲上天空,在最高处绽开。

纪明月怔怔地转回头,看向谢云持。

她没看清他的表情,只看到了一张在她面前放大的清隽脸庞,带着最为温柔的吻。

美丽的烟花是背景,他和她的气息交融,缠绵在一起。

是很轻柔的吻,不带丝毫情色的味道,有的只是缱绻和安心。

也就在这一秒,他们的这节车厢攀升到摩天轮的最高处。

此刻,在她眼里,五光十色的夜景全都失去了本来的颜色。

整个世界,只有谢云持是鲜活的,是光彩夺目的,是让人心脏跳动的……

纪明月的睫毛轻轻颤了颤，在这一瞬间，她不知道为什么会想落泪。

她不是一个爱哭的人，可今年回国遇见谢云持后，她已经掉了好几次眼泪了。

好像自从拥有了他，生命就更像生命一样。

她能哭，爱笑，敢爱，要欢呼，会尖叫，鲜活得让她自己都不敢想象。

良久，谢云持才坐直了身体，墨色的眼睛里全都是她。他问："算是了了心愿吗？"

纪明月"嗯"了一声，低头笑了起来，又想哭，只知道不停地点头。

说来也好笑，明明今天是她带谢云持来完成他中学时代的梦想的，现在却变成了谢云持问她有没有了了心愿。

还真是奇妙。

"你没想过，万一我不打算玩摩天轮，也不想看烟花，你这不就白准备了吗？"

过了许久，纪明月才想起这个很严重的问题。

从头到尾，谢云持都不曾跟她提议过半句坐摩天轮的事，甚至看她累，还主动提议回家。

如果她真的走了，这烟花……

"嗯，你说得对，我怎么就没想到这个问题呢？"

谢云持故作焦急。

纪明月被他逗得失笑，打了他一下："好好说话！"

谢云持这才又低声笑了起来："没关系。"

"没关系？"纪明月眨了眨眼，"怎么没关系了？准备这个很花心思吧？而且还把时间计算得那么巧妙，分秒不差的。如果我没看见，该多可惜啊！"

谢云持只是轻轻摇了摇头："没关系的。

"猫猫，不管你看不看得见，烟花都会绽放，'242503'都会追逐'101325'。"

——就像，我永远都跟在你身后。

无论何时何地，你一回头，就一定能看见。

4

七夕的公司团建上，君耀的活动策划们真是绞尽脑汁。

为了让君耀的员工有更多的机会脱单，策划们简直想秃了脑袋。

某天，策划组组长还被单独叫去谢云持的办公室。

回来后，他跟策划组的员工传达了谢总的指示，大家纷纷表示自己真的不剩几根头发了，不想再受折磨了，呜呜呜……

组长拍了拍桌子，示意大家安静，又比了个手势："谢总说了，如果这次活动圆满成功，奖金是这个数。"

会议室里安静了两秒。

然后刚才还跟霜打的蔫茄子一样的大家，全都站起了身，一个个精神抖擞，恨不得现在就把巨额奖金拿到手。

组长笑眯眯的："诸位，我们谢总的幸福，就靠你们了。"

大家点头如捣蒜，跟打了鸡血似的。

"要是这奖金能拿到手，我肖想了很久的包包就可以马上拥有了！"

"我也能跟我老婆一起去旅游了，太快乐了。"

组长也忍不住高兴起来，他敢保证，这次的七夕活动，绝对是君耀今年的一大盛事！

纪明月看到微信群里在讨论七夕活动的事情。

张嘉荣：这次是每个人都准备一份七夕礼物，男人的挂在一棵树上，女人的挂在一棵树上，然后互相抽礼物。如果双方互相抽到彼此的礼物，并且都是单身的话，就要做一天的情侣。

谭贞：对，还说如果双方抽到礼物，并且恰好是情侣，就当众接吻，谢总发奖金。

向幼：那要是互相抽到的双方不是单身的话，也可以有什么活动吗？

桑修远：你还想要什么活动？

一见桑修远冒泡，群里的人纷纷起哄。

向幼一阵羞窘。

向幼：……我也不是那个意思嘛，就是想问问。

谭贞：行了行了，你们俩别在这儿虐狗了，给我们这些"单身贵族"一些机会吧。

柯原：唉，虽然但是，我真的好想抽到副组长的礼物啊，副组长就是我的女神，呜呜呜。

向幼：@柯原 你不想活了？我跟你讲，你要是抽到猫猫的礼物，七夕就是你在君耀待的最后一天。

纪明月心想：别把谢云持说得这么可怕嘛。

不过，纪明月开始认真思考起礼物的事情。

虽然不知道谁会抽到她的礼物，但是难得参加一次这样的活动，还是得好好准备一下的。

她想了想，还特地问谢云持："你也会参加这次的活动，准备礼物吗？"

谢云持点了点头。

纪明月眨巴眨巴眼："以往有女孩子抽到你的礼物，都是什么反应啊？"

谢云持很坦诚："以往我不会参加。"

所以今年是因为她才参加的吗？

纪明月有些开心，但又忍不住纠结，万一真的被别人抽到谢云持送的礼物，好像……还挺难受的。

所以接下来的一段时间里，纪明月时不时地试图从谢云持那里打探信息，想悄悄作个弊。

然而，长期奋斗后还是一无所获。

谢云持这藏得也太严实了一些吧！

同住一个屋檐下，纪明月却什么都打探不到，太痛苦了。

她干脆放弃了，老老实实地开始准备自己的礼物。

想了很久，又来来回回地看了很久微信群里大家的讨论，纪明月才最终定下一份比较合适的礼物——君耀楼下一家面包房的1000元充值卡。

有句话怎么说的来着？

嘘寒问暖，不如打笔巨款。

虽然这也不算巨款，但纪明月琢磨着，这样的礼物怎么也比一些没什么用处的装饰品要更让人满意一些吧？

解决了这个心头事，又挑了一件不会过分夸张的漂亮礼服，纪明月才放下心来，打算到时候快快乐乐地去玩。

七夕当天。

活动是在君耀的礼堂里进行的，策划组早已把礼堂装扮一新，为了迎合七夕的主题还摆放了许多玫瑰，空中飘着气球，到处贴着大大小小的爱心。

纪明月和向幼一走进礼堂,向幼就轻呼了一声:"这也太浪漫了吧!"

纪明月也忍不住点了点头。

一个七夕的活动,竟然举办得如此盛大。

她们找了位置坐下,没多久,主持人就宣布开场了。

"大家好,我是今天的主持人。又是一年一度的七夕活动……"不算太长的主持词,成功地调动起了在场员工们的情绪。

"今天是个很特别的日子,时董也来到了我们的活动现场。"

一束灯光打过去,时德永站了起来,举起话筒,简单地说了两句,就又坐下了。

"接下来,让我们欢迎谢总致辞!"

铺天盖地的掌声响起,纪明月也坐直了身体,跟着大家一起朝台上看去。

谢云持缓缓走到台中央,聚光灯打在了他身上。

今天的谢云持格外帅气,昂贵的定制西服显出他完美的身材,衬衣的扣子扣到了最上面的那颗,禁欲却又让人想探求。

纪明月心神一晃,觉得自己有了几分虚荣。

这么一个完美的谢云持,是她的啊。

无尽的掌声之中,还是谢云持压了压手,示意大家安静,掌声才慢慢停了下来。

"大家好,欢迎大家来参加今天的活动。"谢云持语速不疾不徐,带着淡淡的笑意,"今天会有各种各样的娱乐项目,也会有很丰富的奖品,希望大家踊跃参与。这只是一次集体活动,并不是什么正式的场合,所以,大家不需要过于紧张和严肃,开开心心地玩就可以了。"

他向来言简意赅,只是简单讲了几句,就又离开了舞台。

接下来就是各种各样的娱乐项目,主持人又是炒氛围的一把好手,在场的员工们简直玩疯了。

连向幼都拿了好几样奖品,兴致勃勃的。

纪明月轻轻笑了笑,正准备调侃向幼几句,就听到主持人站回台上,语气里全是兴奋和激动:"诸位,接下来就是大家最最最期待的一个项目!互相挑选礼物环节马上开始!"

在场所有人沸腾起来。

这是今天的重头戏,万一真能挑选到一个不错的互换礼物的对象,就算当不了恋人，也能多一个朋友。

主持人维护秩序："为了保证大家的安全，挑选礼物时请不要乱，一个一个来。挑选到的礼物不能退，但在拆开礼物之前，可以和其他人交换。"

向幼悄悄附在纪明月耳边嘀咕："好想抽到一个帅哥送的礼物啊。"

纪明月静默两秒，开口："你这是把小桑同学放到哪里了？"

向幼拍了拍纪明月的肩膀，一副"你不懂"的神情："抽到一个礼物，跟谈恋爱又没有什么太大的关系是吧？再说了，猫猫，你这种男朋友是谢总这种级别的人，是理解不了我们的心情的。"

行吧，什么话都让你说了，我还能说什么？

纪明月调整了一下坐姿，一边欣赏着大家拆开礼物后或惊喜或失落的表情，一边静静等待叫到自己的号。

在叫到纪明月的号之前，主持人看了眼旁边策划组组长的眼神，立马心领神会，说："好，挑选礼物的人数已经过半，接下来请我们的谢总也挑选一份礼物吧。"

似乎不管什么事情，只要涉及谢云持，大家都会无比激动。

这会儿更是。

谢云持坐在前排，从善如流道："行，那小庄，你帮我选一份吧。"

小庄就站在女生那棵礼物树旁，负责维持秩序。他飞快地领悟到了老板的意思，应了一声，取了一份礼物走到谢云持面前："谢总，这份行吗？"

谢云持冲着小庄点了点头道谢，接过礼物后慢慢拆开。

所有人都伸直了脖子往前看，好奇谢云持拿的礼物究竟是谁送的。

只可惜所有的盒子从外表看都一样，看了半天也看不出来。

纪明月也好奇，她面上装得不在意，却一直竖起耳朵听别人的讨论。

主持人也语气"激动"："谢总究竟抽到了什么礼物呢？哎呀，这是一张充值卡啊，是香溢面包房的，这么实惠的礼物究竟会是谁送的呢？"

纪明月呆住了。

怎么听起来这么熟悉？

主持人接过谢云持手里的卡片，念道："祝收到礼物的人七夕快乐，M-1项目组纪明月！"

全场齐齐静了三秒，然后……整个场子都沸腾起来。

向幼比谁都激动，不停地抖着纪明月的胳膊，仿佛跟中了几个亿的彩票一样："猫猫，你听见了没？猫猫，这就是缘分！谢总抽到了你的礼物！"

主持人笑得看不见眼睛："我们谢总跟纪小姐还真有缘分啊，随便一抽就抽到了纪小姐送的礼物，还真是让人惊喜。不知道等会儿纪小姐能不能抽到谢总送的礼物。"

纪明月愣愣的，她怎么觉得有哪里不太对呢？

谢云持拎着话筒，站起身，看了看纪明月的方向，笑道："希望猫猫等会儿也可以这么幸运。"

向幼："啊——"

不要拦着她，她现在就要原地打滚三分钟表达自己的激动！

因为谢云持抽到了纪明月的礼物，直接把现场气氛推向高潮，所有人都带着莫名其妙的兴奋。

向幼抽到了技术开发部的一个陌生小哥的礼物，开心了好一阵。

"猫猫，你看这个开发部的小哥哥还挺贴心的，这款游戏鼠标我想要很久了。我跟你讲，这就叫突如其来的缘分，挡也挡不住的。"

隔着好几排，纪明月都能感受到桑修远同志飘过来的极度不满的眼神。

她刚想委婉地提醒一下向幼要含蓄一些，就听见主持人叫了自己的名字，让她去前面挑选礼物。

这时，所有人都朝着她的方向看过来，跟聚光灯似的。

纪明月有些不太自在地走到男生礼物树那里，看着那一大堆的礼物，有些许纠结。

站在礼物树边的策划组工作人员小石往旁边瞟了一眼，接收到来自组长的提醒，机灵地笑了笑，很"随意"地拿了一份礼物递给纪明月："纪小姐，要不然这份吧？"

纪明月没说话，盯着小石看了几秒。

小石被她看得头皮发麻，奈何迫于任务在身，还不得不硬着头皮保持笑容，坚持要把礼物递给纪明月。

纪明月心里一哂。

哼，谢云持之前还跟她保密呢，现在不还是想方设法地要让他们两个人互相抽到对方的礼物吗？

她接过小石递来的礼物，点了点头，准备拆开。

主持人及时拦住了她："哎哎哎，纪小姐，不如您到台上来拆礼物吧？

谢总,要不您也上来,看看纪小姐抽到的礼物是什么?"

纪明月腹诽:你们这也太明显了吧?生怕我看不出来你们做了手脚吗?

虽说她心里这么想的,可等站在台上被所有人盯着时,心里还是没来由地一阵忐忑。

她抿了抿唇,抬起手,轻轻地解开绑礼物盒的带子,慢慢拆开不算很繁复的包装,里面的礼物也一点一点露了出来。

——是一个小盒子。

还套娃呢?

纪明月一脸问号,主持人却已经凑过来,念起了盒子里带着的卡片——

"纪明月,七夕快乐。谢云持。"

这下大家还有什么看不出来的?

什么抽礼物不抽礼物的,人家谢总的礼物,从一开始就是给女朋友准备的好吧!

所有人,不管是单身的还是已有对象的,这个时候都觉得被强行灌下了一大口柠檬,酸得都快冒烟了。

搞这么大阵仗,敢情人家谢总就是为了借这个机会跟女朋友说一句"七夕快乐"……

换谁谁不酸?

纪明月眼里满是笑意,嘴角疯狂上扬,却还得强行按捺住心里的兴奋,努力保持矜持。

主持人也很辛苦,压下心头翻滚的柠檬汁,按一开始的计划进行:"既然是谢总准备的礼物,那不然,纪小姐就让谢总帮您拆吧。"

纪明月心头闪过一排问号:这究竟什么礼物啊?搞得这么神秘。

她顿了顿,把盒子交给了谢云持。

主持人飞快地退开几步,把舞台留给他们的总裁和未来总裁夫人。

谢云持抬起手,慢慢打开盒子,掏出里面的小蓝色丝绒盒子。

纪明月脑子里空白了两秒,似乎意识过来什么。

面前清隽俊朗的男人迅速地打开丝绒盒子,取出准备了很久很久的戒指,单膝跪地。

与此同时,台上"嘭"的一声,撒下来飘飘荡荡的玫瑰花瓣和彩带。

男人如清水流淌般悦耳的声音透过衣领上别着的微型话筒传出来。他脸上带着温润的笑意,认真诚恳:"纪明月,嫁给我吧。"

纪明月彻彻底底地愣在原地,张了张嘴,却什么也说不出来。

谢云持并没有催促她,依旧单膝跪在那里,耐心地等着她的回答。

好半天,纪明月才咽了咽口水,勉强说出话来:"没有花吗?"

谢云持失笑,他朝着纪明月的身后看了一眼。

纪明月一转身,就看到了抱着一大捧玫瑰花,朝着自己走过来的舒妙和贺盈。

舒妙脸上挂着欣慰的笑:"你这丫头,幸好持哥早料到你会说什么,不但准备了花,连你的亲朋好友都'准备'好了。"

纪明月一阵错愕,顺着舒妙的眼神看过去,就看到了不知道什么时候出现在观众席一角的纪丰、祝琴、纪淮,还有装献和邵泽宇。

她生命中最重要的这些人,全都在。

谢云持又笑道:"猫猫,我不会给你压力,你没有准备好我就继续等你。请你的亲朋好友来,也只是希望他们可以见证你的每一个重要时刻。

"我在我为之奋斗一生的事业面前,在你和我所有的亲朋好友面前,请求你嫁给我。"

他顿了顿,再次认真说道:"嫁给我吧,我会给你一个幸福的家,永远包容你保护你,像昨天、像今天,永远永远。"

纪明月觉得自己又想哭了。

跪在她面前向她求婚的,是她喜欢了十三年的人。

这个人,好像和十三年前的少年区别很大,可又好像从来不曾改变。

他永远温柔,永远干净,永远让她满心沸腾却又柔软无比。

他永远喜欢她。

纪明月眨了眨微微湿润的眼睛,想哭,却又想笑。

她抿抿唇,朝着谢云持点头:"好。"

只一瞬间,纪明月就看到谢云持的眼睛像是被点了灯一样亮起来。

他站起身,把戒指戴在纪明月的手指上,用尽所有力气把她拥入怀里。

其他人似乎这个时候才反应过来,齐齐欢呼起来。

一个女孩子问自己的同伴:"你说,明明不是我被求婚了,我为什么这么激动又这么想哭呢?"

同伴想了很久,说:"可能是因为我们太久都没见过'爱情'这种东西了吧。"

但你看,起码真的还有人在告诉他们——

为爱活着,好像也没什么不好的。

5

"那天求婚成功后你们就跑了,结果呢,留下我们这么一群人待在礼堂里,回味谢总的神操作。"

向幼打了电话过来,跟纪明月嘀嘀咕咕了半天,不停地描述七夕活动那天,谢云持带着纪明月离开现场后大家的反应。

纪明月笑了两声,伸了个懒腰,享受着按摩椅的服务。

没错,按摩椅。

因为纪明月总抱怨自己腰酸背痛,财大气粗的谢总直接买了一台按摩椅放在了公寓里。

"但是谢总也真的太神了吧,他到底是怎么想出来这么一个又浪漫、又盛大、又让人感动的求婚仪式的呢?"向幼还在感慨。

想想那天,礼堂里的女人,谁不羡慕纪明月啊?

谢总简直绝了,英俊温柔多金强大也就算了,还这么专情。

纪明月又忍不住笑了,抬起手,看看手指上套着的亮闪闪的钻戒,越看越觉得漂亮。

"对了,猫猫,"向幼突然想起来什么,"那天你跟谢总之后,去做什么了呀?"

纪明月脸上的笑容顷刻间就僵住了,连刚才越看越好看的戒指,这个时候好像都失了几分颜色。

还能干什么?跟着谢云持那个"禽兽",还能干什么?

那天她答应了谢云持的求婚,他整个人就像是被开心给冲昏了头,拉着她出去兜了一圈风,最后竟然去了临市。谢云持说他早已经订好了酒店,放心玩。

纪明月一开始是挺放心的,在外面又是看烟花又是吃美食的,快乐得不得了。

结果一回酒店,纪明月就察觉出哪里不对了。

当然,再怎么察觉出来不对,纪明月也难以逃出谢云持的"魔爪"。

那天晚上，不堪回首。

就是因为那次，让她腰酸背痛了好几天，谢云持才良心发现去买了这台按摩椅回来的……

买回按摩椅的那天，纪明月刚躺上去享受了五分钟，谢云持就下班回来了。他盯着按摩椅，沉默良久。

纪明月被他看得有些不自在，好心问道："你要试试吗？"

谢云持先慢条斯理地摇了摇头，又慢条斯理地点了点头。

纪明月一脸问号。

谢云持轻笑："以后我们可以一起试一下。"

一起试一下？

这按摩椅，怎么两个人一起试一下？

纪明月一边感受着身下按摩椅的起起伏伏，一边在脑海里不停地思考这个问题。

突然，她明白了什么，一脸震惊地看着谢云持，连说话都磕磕巴巴："谢谢……谢云持，你现在脑子里怎么全是……"

谢先生不以为耻，反以为荣，点点头："毕竟'素'了那么多年。"

他想了想，笑道："纪小姐当时一走就是十年，怎么也得给点补偿吧？"

回忆起这件事，纪明月感受着身下按摩椅的振动……觉得好像也不是那么舒服了。

她咳嗽了一声，清了清嗓子，坐了起来，努力把少儿不宜的回忆从脑子里踢出去。

向幼还在问："猫猫，你怎么不说话了？"

纪明月随口应了一声："啊……就，去临市玩了玩……"

准确来说，是她被玩了玩……

又随便跟向幼聊了聊，纪明月才挂了电话，正巧舒妙的微信消息发了过来。

妙不可言：猫猫，等会儿我陪你去试婚纱，那个设计师跟我说已经OK了。

妙不可言：他给我看了成图，太漂亮了！

纪明月眼睛一亮。

Moon：真的吗？嘿嘿嘿，太棒了，我今晚请你吃饭！

Moon：还是我们妙妙好，来出差都不忘陪我试婚纱。

舒妙把设计师发的成图给纪明月发了过来。

纪明月点开一看,刹那间就坐直了身体。

刚才舒妙说婚纱漂亮,纪明月还没怎么在意,现在只是看到成图,她就觉得自己狠狠地被惊艳了一把。

真的太美了。

一想到等会儿就能试到这件婚纱了,纪明月简直期待到极点。

妙不可言:虽然我已经结过婚了,但我还是好想问一下,纪叔叔费尽心思给你找的这个婚纱设计师……

妙不可言:多少钱啊?

纪明月回忆了一番,把价格报给了舒妙。

当然,并不是有钱就能请到这个设计师,对方档期排得满满的,是纪丰托了朋友想尽了办法,才让对方挤出一点空来接手她婚纱的设计。

而且说实话,只是看看成图,纪明月就能真切地体会到,这个设计师为什么这么抢手了。

妙不可言:对不起,是我不该问,谢谢我拥有一个如此有钱的朋友,让我也有幸见识到这个价位的婚纱到底是什么样子的。

又跟舒妙聊了两句后,纪明月起身换了衣服,认认真真地化了妆,准备去工作室试婚纱。

在工作室门口见到舒妙,纪明月往左右看了看,凑近压低声音问:"保密工作做得怎么样?"

舒妙"嘁"了一声,比了个"OK"的手势:"我做事你还不放心?"

纪明月满意地笑了。

舒妙:"裴献说了,等我们这边差不多搞定的时候,他会以请谢男神吃饭为由,把他带到这里来。你放心,等谢男神一进来,看到的绝对就是你最最最漂亮的一幕。"

纪明月连连点头,这些朋友就是让人信赖啊。

没错,纪明月准备婚纱的事情,并没有跟谢云持说,想的就是今天给他一个巨大的惊喜。

纪明月和舒妙相视一笑,一起走进工作室。

前台处的接待员看见她们,连忙迎过来:"是预约来试婚纱的纪明月纪小姐吗?"

纪明月点了点头。

接待员立马带着她们往里面走去。

本以为提前见过了婚纱的图片,心里也算是有底了,可在真真正正看到婚纱实物的那刻,又再度被惊艳了。

如果说婚纱的成图可以打九十分,那这件婚纱本身,可以得满分!

太美了……

设计师Aaron看到她们两个的表情,也忍不住骄傲:"怎么样,纪小姐还满意吗?"

纪明月的眼睛没离开过婚纱一秒,她不住地点头:"何止是满意,Aaron,你一定是个超级天才。"

Aaron笑了笑,说:"这套婚纱是我看见纪小姐时突然有的灵感,它专属于你。而且,我真的很喜欢你和谢先生的故事,希望纪小姐穿上这套婚纱,永远幸福地和谢先生在一起。"

纪明月愣了愣,点了点头,认认真真地向Aaron道了谢。

舒妙跟着纪明月进到试衣间,帮纪明月穿婚纱,又通知了裴献一声,让他带谢云持来工作室。

裴献明白了舒妙的意思,放下跟谢云持在谈的工作,笑了笑:"时间不早了,持哥,我请你吃晚饭吧。"

谢云持瞥了一眼一整个下午都毫无动静的手机,点头应下,却又心中疑惑:纪明月说今天要去陪舒妙,但……也不至于一条消息都没有吧?

快到目的地时,裴献的手机又有消息进来。

妙不可言:OK了。

裴献几不可察地松了口气,把车拐进一条小街,跟谢云持说:"前面有家餐厅还挺好吃的。"

谢云持笑了一声:"是那家日料店吗?猫猫还挺喜欢的。"

裴献有点摸不着头脑,但还是附和:"对啊,猫猫之前带我来吃过一次。"

说是去日料店,裴献却在一个工作室前停了下来:"哦,对了,我有个朋友在里面工作,我帮她带了份文件过来,我们进去一下吧?"

谢云持点点头。

走到工作室，裴献指了指沙发："持哥你等我一下，我去去就回。"

谢云持坐下来，又解锁手机看了看，纪明月还是没有消息，连他不久前发的"晚上吃什么"都没有回复。

他有些心不在焉，纪明月和舒妙去做什么了？怎么这么久都不回消息？

是不是遇到什么意外了？

这么一想，谢云持顿时不安起来。

他拿起手机就要给纪明月打电话。

这时，对面试衣间的门被打开。

他没在意，按下拨号键，熟悉的电话音乐铃声在同一个空间里响起来。

谢云持愣了愣，隐约意识到什么，抬起头，朝着对面试衣间的方向看了过去。

穿着一袭白色婚纱的绝美女子，踩着高跟鞋，从试衣间走了出来。

她柔顺的发丝微卷，是正正好的弧度，身上的婚纱折射着自然光，整个人像是沐浴在光芒里一般，闪亮得让人不敢直视。

谢云持猛地站起了身子。

纪明月笑得眼睛微弯，看着谢云持眼睛里自己的倒影，问道："你怎么不说话？好看吗？"

谢云持抿唇，张嘴准备说什么的时候，一滴眼泪就直直地落了下来。

纪明月吓了一大跳，连忙去帮他擦眼泪："哎，你怎么哭了？"

谢云持向来是情绪不外露的人，纪明月暗恋他那么多年，两人又恋爱了许久，她从来没见过谢云持哭。

此时他眼角微湿，低哑着嗓子："我的猫猫……"

他的女孩，真的太美了。

她竟然隐瞒了这么久，偷偷准备了婚纱。

他方才看到她的第一眼，只觉得自己见到的是仙女。

而且，这个仙女只属于他。

仙女就要给他一个家了，是他内心渴望了很久很久的、完完整整的家。

"宝宝，"谢云持强压心里翻滚的情绪，握着纪明月的手，"我们明天就去领证，好吗？"

纪明月笑了笑，认认真真地点头："好。"

她眨了眨眼："谢先生，你的妻子想亲亲你。"

说完，纪明月飞快地在谢云持的唇角落下一个吻。

"我的先生。

"你好啊。"

6

单身派对时，纪明月已经领证了，所以她是以已婚的身份参加的。

之前贺盈说，只要婚礼还没办，单身派对就一定要举行。

"四人一猫"微信群里的人都到场了。

谢云持今晚没在家，他有个商务晚宴要参加。

公寓的客厅里，五个人盘腿相对而坐，摆了一地的零食和饮料，跟高中时一模一样。

贺盈有些感慨："我们五个人里，竟然已经有两个结婚了。"

身为伴娘之一的她，一时间挺惆怅的。

再这样下去，她结婚的时候谁给她当伴娘啊？

"对了，"舒妙猛然想起什么，"那个，后天阿淮真的要给你当伴娘吗？"

纪明月拿起一罐可乐，正准备拉开拉环，然后发现自己今天白天做了美甲，不是太方便做这个动作。

裴献注意到这一幕，自然而然地接过她手里的可乐，帮她打开，再递还给她。

舒妙叹了口气："献哥，你每次都跟我们说我们对猫猫太好了，你看看，究竟是谁对猫猫好？"

纪明月"嘿嘿"笑了两声，仰头喝了一大口，含混不清地回答刚才舒妙的问题："对啊，我妈当时应下了，只要我结婚，就让纪淮给我当伴娘。现在就是兑现诺言的时候了！"

邵泽宇打了个冷战，女人真的太狠了。

贺盈想起什么来，又忍不住笑开："我记得有一次我们几个人都在猫猫家这样坐着，然后裴献不知道从哪里翻出来猫猫的日记本，读了一页给我们听，结果猫猫一个月没理裴献。"

邵泽宇也想了起来："哈哈哈，我记得，那次献哥真的想尽了一切办法赔罪，猫猫都不搭理他。不过我说，献哥你也真是的，没事你读猫猫的日记干吗？"

裴献也很无语："我已经讲过很多次了，我不是故意读她的日记的！我就是看到地上掉了个本子，还以为是猫猫写的作文，谁知道是日记啊……"

那次是真的教训惨痛。

纪明月一个月没理他，他爸妈也没给他好脸色，看见他就骂。

太惨了，他真的太惨了。

舒妙笑了笑，手撑着下巴，一边吃着炸鸡，一边回忆："那页日记写了什么来着？"

贺盈接话："猫猫写——真希望十年后的这个时候，我已经是谢云持的新娘。我想象不到谢云持除了娶我，还能娶谁。'谢太太'这个名号真的好好听啊！"

舒妙笑出声，跟着点头："没错没错，我们盈盈的记忆力就是好。"

纪明月暗想，但凡贺盈把这记忆力用在背书上，清华都能考上。

邵泽宇捏了一片薯片，正准备往嘴巴里放，瞄了一眼薯片包装袋，而后飞快地踢了裴献一脚："裴献，我不是说要番茄味的吗？你怎么又买的香辣鱿鱼味的？"

虽说如此，邵泽宇还是很"勉为其难"地把薯片吃了进去。

"还能为什么？"舒妙摊摊手，"当然是因为猫猫不吃番茄味的啊。"

邵泽宇望了望天花板，感慨了一下自己一如往日地没有人权，又看向纪明月："猫猫，无论如何还是恭喜你啊，十年前写进日记本里的心愿，终于实现了。"

贺盈、舒妙和裴献三人对视一眼，带上邵泽宇一起，齐齐举起可乐罐——

"祝猫猫新婚快乐！"

纪明月只觉得心里的暖意快要溢出来了，这是她高中以来最为亲密的朋友们。他们已经相识十数年，却依旧可以在今天这样美妙的夜里，像少年时代一样高举可乐，大声欢笑，像是时间从不曾流逝，更像是时间一直走，可他们永远在。

纪明月也举起自己的那罐可乐，跟他们碰杯，然后闷上一大口。

刚把可乐灌进嘴巴里，贺盈突然想起什么，补充道："还有早生贵子！"

纪明月："噗——"

舒妙白了她一眼："纪明月，你是'人体喷泉'啊？"

十年前那个在日记本上一笔一画地写"我想嫁给谢云持"的少女，此时穿着婚纱，看着镜子里的自己。

今天，她就是谢云持的新娘。

舒妙和贺盈陪着纪明月做最后的整理。

突然，房门被敲响。

纪明月轻轻挑了挑眉，扬声道："请进。"

门被推开，时辰探进头来，看见纪明月，眼里霎时涌上惊艳之色："嫂嫂，你好美啊！我可以进来吗？"

纪明月点了点头。

时辰朝身后看了看，带着一个穿着粉色长裙的漂亮女孩走了进来。

"嫂嫂，我给你介绍一下，这是我学妹，江年。"时辰又偏头跟江年介绍，"这就是我嫂嫂。"

纪明月是第一次见江年，友善地笑道："你好，欢迎你来参加我的婚礼。"

江年竟然红了脸，她觉得纪明月太美了……

舒妙和贺盈对视一眼，两个人齐齐无奈地摇摇头，看，又有人沉醉在纪明月的美色下了。

不得不说，纪明月今天太美了。

妆容、首饰和婚纱只是锦上添花，最重要的是，纪明月今天是新娘，是要嫁给心爱之人的新娘，她从内到外散发出来的愉悦和欢喜，让她整个人熠熠生辉。

时辰正准备说什么，房门再次被叩响。

一身黑色西装的谢云持闲庭信步而来，目光触及纪明月时，他的呼吸稍稍一滞，眼里的笑意浓得要化开。

谢云持径直走到纪明月面前，拿了一块糕点递给她，声线很柔："饿吗？吃点东西垫垫肚子，等会儿仪式会有些繁杂，别饿着自己。"

纪明月揉了揉肚子，犹豫了一秒，却还是摇头："不吃了，穿着婚纱呢，当然要瘪着肚子才好看。"

谢云持旁若无人地哄她："乖，吃一点，已经很漂亮了，再漂亮下去，我都怕有人出来抢婚。"

纪明月瞋他一眼，但到底还是被他的话取悦到了，乖乖张开嘴吃下糕点。

谢云持放下几分心，又拿出两个厚厚的红包递给舒妙和贺盈："今天真是谢谢你们照顾猫猫了，小小心意。"

舒妙连连摆手："猫猫是我闺蜜，照顾她是应该的。"

谢云持却很坚持："没多少，只是分些喜气。"

舒妙和贺盈这才收了下来。

但这红包也太压手了，谢云持管这重量叫"没多少"？

仪式开始。

纪明月挽着纪丰的胳膊，身后跟着穿着伴娘礼服的贺盈还有穿着小西装的纪淮，一步一步踩着红毯，向前走去。

高朋满座。

红毯的尽头，是她的新郎，是她少女时代爱慕的清隽少年，是她以后长相守的枕边人。

他丰神俊朗，温柔隽雅。

三月的时候，她在舒妙的婚礼上，见到了作为宾客的谢云持。

那个时候，她只敢站在人群里偷偷地瞄上一眼，还生怕别人发现，迅速移开眼神。

她当时在想，这十年里，当年优秀但又有些青涩的少年到底经历了什么，居然变成了如今完美得让人连贪念都不敢起的英俊男人。

可今天，她就穿着婚纱，朝他走去。

谢云持面带笑容地站在红毯尽头，等着纪明月。

过去的十年里，他成长、拼搏、不停地向上，可从没有一秒停止爱她。

十年的空白，也会被一点一点填满，然后相守一生、永不分离。

时间还在走，我们还在变。

可我爱的人，永远爱我。

纪丰把纪明月的手交到谢云持手里："这是我爱了二十八年的女儿。"

他叹了口气，又忍不住欣慰地笑了："我以前跟她说，如果嫁不出去也没关系，我养她。但现在，请你代替我，好好对我的宝贝女儿。"

生命中最重要的两个男人满含爱意地完成了这个重大的交接仪式，纪明月一时间只觉得心里很是复杂。

她那身居高位的父亲，何时用这种带着些许祈求的语气和别人说过话？但此时他说"请你"。

她的爸爸妈妈曾为了她的安全和健康给她造了城堡，现今又亲自拆了那座围墙，把她交给别人。

此时他们就站在她身后，又哭又笑地等着她。

纪明月偏头看了看，身后的祝琴正低头忍不住抽泣。

谢云持紧紧地握着纪明月的手，对纪丰说："请您放心，我一定会好好爱护明月的。"

纪丰慰藉地笑了笑，张了张嘴还想说什么，到最后也只是拍了拍谢云持的肩膀。

新郎新娘交换戒指、亲吻，宾客们都鼓起掌来。

婚礼好像很常见，可不知道为什么，都远不如今天参加的这场婚礼让人心生感慨。

谢云持又吻了一下纪明月的唇角，笑道："我终于娶到你了。"

那个曾坐在陌生国家街头茫然无措的少年，终于得偿所愿了。

好像所有的所有，在这一瞬间全都有了归宿，也全都成了"值得"两个字。

纪明月很想流泪，可又拼命忍住了。她让自己唇角上扬，点头："嗯，谢谢你。"

谢谢你陪我一起跨越漫长银河，走到现在，听你跟我说你娶到我了。

时辰作为新郎新娘的亲友发言。

"能拥有今天这个致辞的权利，靠的不仅仅是我是新郎妹妹的身份，更因为我才是我哥哥追我嫂嫂的最强工具人。"

台下一阵大笑。

时辰语气哀怨："我发现了我嫂嫂的踪迹告诉我哥哥也就算了，我哥哥还每天用我当借口，把我嫂嫂约出来逛街、吃饭、喝下午茶。最离谱的是，有一次我哥哥问我是不是想我嫂嫂了，我说昨天刚见过啊，结果我哥哥转头就给我嫂嫂发消息，说'我妹妹想你了'。"

大家没想到时辰的发言竟然是这个风格，乐得捧腹大笑。

"哥，你要是早有这心机，我侄子侄女都已经满地跑了好吧？"

纪明月刚刚复杂的心情，这个时候被时辰逗得一扫而空，只想笑了。

"虽然我谴责了我哥哥这深深的心机,但我还是要跟我最美丽的嫂嫂说一句,"时辰敛了敛笑意,认真道,"我哥哥真的很爱你。嫂嫂,也谢谢你,是你支撑了我哥哥这么多年。

"他年少时吃过不少苦,还被我误解过很久,可他依旧努力而温柔。

"我之前问他,哥你是怎么做到的啊?他说……"

时辰顿了顿,看向纪明月:"他喜欢的女孩子一定也喜欢温柔的人,所以,他要努力配得上她。

"现在,他终于站在了你的身边。所以,嫂子谢谢你,谢谢你给了我一个这么好的哥哥。

"新婚快乐。"

时辰笑着,送上最衷心的祝福。

纪明月望了望天花板,努力眨眼睛。

谢云持揽住她,一双眼睛里波光潋滟,像是容纳了全世界,可最终也只容纳下了她。

他在她耳边,重复:"新婚快乐。"

纪明月,那个少年永远爱你,穷极一辈子的时间。

7

时间过得很快,结婚一年来,好像和结婚之前的生活没有太大的差别。

谢云持彻底从时家的大宅搬了出来,住到了这个跟大宅比起来面积不算太大,却格外舒适温馨的公寓。

公寓按照纪明月的喜好重新装修了一番,谢云持对她所有的改动都毫无意见,充分表现出了对自家老婆百分百的信任。

但,只有一个要求——主卧只能有一间。

纪明月不愧是出色的生物医药专业的博士,在还没怎么孕吐时,就已经察觉出不对了。

算算最近一次来例假的日期,再看看最近谢云持越发肆无忌惮的频率,纪明月心里有了个想法。

但为了保险起见,她还是先买了验孕棒验了验——两条杠。

她跟舒妙这个孕妇交流了一番,舒妙让她再去医院查验一下。

纪明月没有告诉谢云持，自己悄悄地去妇产科检查。

结果不出所料，真的是怀孕了。

她看了看报告单，再看了看自己的小腹，心中百感交集。

这个地方，已经孕育了一个小生命了吗？

是男孩还是女孩啊？

会像谢云持多一点，还是像她多一点？

是不是会笨笨地学习走路，然后口齿不清却又软乎乎地叫她"妈妈"？

纪明月内心很复杂，有种莫名其妙的感动，又有些害怕和有些期待。

她竟然就要做母亲了呢。

有了这个认知之后，纪明月就更加注意自己的身体健康了。

正值暑假期间，纪明月很是嗜睡。谢云持有些不放心，问她是不是不舒服，要不要去做个检查。

纪明月拒绝得干脆利落，只说自己好得不能再好了。

谢云持生日这天。

和去年一样，午餐是在时家大宅吃的，而晚餐，是两个人单独回小公寓一起吃。

结婚以来，谢云持越发喜欢和纪明月独处。

只要能看见她，他就觉得幸福。

切了蛋糕，谢云持瞥了一眼旁边的谢太太，笑着问："我亲爱的太太，今年有准备我的生日礼物吗？"

纪明月先是点了点头，继而又摇了摇头。

谢云持看得有些不解。

她很严肃："你的老婆太穷了，没有钱再给你买快递柜显示屏了。"

谢云持又回忆起去年自己生日时，纪明月给他做的生日应援……算了，他太太不送生日礼物也挺好的，那不是惊喜，是惊吓啊。

纪明月笑着错开话题。

两个人一边温馨地吃着晚餐和蛋糕，一边随意地聊着天。她似很不经意地问："谢先生，你喜欢男孩还是女孩呀？"

"只要是你生的都喜欢。"谢云持答得毫不犹豫，"当然，如果你觉得生孩子会对身体不好或者影响事业，不想生的话，我觉得也可以。"

"真的吗？"纪明月错愕。

谢云持点了点头："对，我有你就够了。"

纪明月心下感动，又说道："其实我还挺喜欢小女孩的，如果是我们两个人生的小女孩，肯定会特别可爱。"

谢云持盯着纪明月的脸，想象了一下缩小版的她，附和地点头。

缩小版的纪明月啊……

那一定会特别特别可爱吧！生机勃勃，聪明伶俐，让人看了就喜欢。

"但是，"纪明月苦大仇深地皱着眉头，"都说当爸爸的会特别宠女儿，万一我们以后真有个女儿的话，你是不是会……"

"不会。"

没等纪明月说完，谢云持就打断了她。

他似乎猜到纪明月想问什么了，干脆利落地回答她："如果真有个女儿的话，我也绝不会爱她超过爱你。"

纪明月有些被看透的不自然，"啊"了一声，又用筷子戳了戳碗中的面，说："其实你宠女儿我可以理解，因为我也很喜欢孩子，当父母的喜欢孩子是天性……我就是说说而已。"

别的不说，她父母那么恩爱，可对她的爱也没有少半分。

纪丰爱祝琴，也宠她。

纪明月刚才就是开个玩笑而已，毕竟女儿又不是别人。

"那也不会。"谢云持的语气里没有半分犹豫，"我会喜欢孩子，但那是因为孩子是你生的。于我而言，孩子不是必须，而你是。"

可能这番话有些冷血，但谢云持从最开始就坚定地如此认为。

对他来说，如果孩子给纪明月带来了不安全感，那不要孩子也可以。

他那么渴望一个家，而现在，纪明月就是他的家。

纪明月盯着谢云持看了良久，眼睛里闪过千万种情绪。

到最后，她只是笑了笑，语气轻松："说实话，我还不知道是女儿还是儿子哎。"

谢云持把蛋糕上的草莓放进纪明月的盘子里，语气漫不经心："没关系，这个问题等你真的想要孩子时再说，而且儿子女儿都一样。"

纪明月笑出声。

谢云持抬头看她一眼，似乎在奇怪她在笑什么。

纪明月摸了摸自己的小腹，脸上满是欢喜和满足的神色，不知道是在开心要当妈妈了，还是在开心她也能骗到谢云持了。

她的眼睛都笑得微弯，软声说道："我是说，我不知道这里是儿子还是女儿。"

餐厅里陷入了良久的沉默，谢云持就维持着这个好奇的表情，彻底愣住。

他向来沉着冷静，鲜有愣怔这么久的时候，像是脑子都不太转了一样，看上去有些傻乎乎的了。

纪明月从没见过这样子的谢云持，觉得有些好笑又有些好玩，还有些难以言喻的感动。

她嘚嘚瑟瑟地站起身，绕着谢云持转了两圈，时不时还"哼哼哈嘿"的。

只是她再转到谢云持面前时，呆住良久的男人突然动了，一把将她拽进怀里。

纪明月吓了一大跳，稳稳当当地坐在谢云持腿上的时候还有些回不过神，再看清男人脸上的笑意时，顿觉气不打一处来。

她连拍了几下谢云持的胳膊："干吗啊你，吓死我了！"

"是我错了。"谢云持认错认得果断，又低头看了看纪明月的小腹，低声问，"你……真的怀孕了吗？"

"这还能骗你吗？"

谢云持被她怼了也没有半点不开心，依旧笑得满是愉悦，又有些后知后觉的害怕："怎么不早点告诉我？我也好多注意一下你的身体，给你多补补身子。"

他思索两秒，又问："爸妈知道了吗？"

他说的爸妈，指的是纪丰和祝琴。

"还不知道。"纪明月抿唇笑了笑，"其实你也不用太紧张啦，我身体好得很呢。而且我自己就是学医药的，这些还不清楚吗？"

"这么晚了，明天再告诉爸妈吧。"

谢云持点点头，没再说话，只是盯着纪明月的小腹看。

"怎么样，这个生日礼物算惊喜吗？"纪明月邀功似的问道。

"我们以后就有了一个完整的家，这个孩子也会有爱他的爸爸妈妈，我们会在一起，长长久久。"纪明月双手环住谢云持的脖子，凑在他耳边，低声说道。

谢云持垂眸轻笑,没回答她,而是轻轻吻了吻她的唇角。

他又想起来什么似的:"那要找人做婴儿房了,还有婴儿用品也要准备一下……唔,还得问林堰要一些方子给你补身体。明天陪你去医院做个全面的身体检查,看看有没有什么问题……"

纪明月忍不住感慨。

谢云持怎么这么絮叨呢?

而且,这才刚怀孕,这么早就准备婴儿用品做什么?

第二天,在把这个喜讯告诉了双方父母和裴献他们之后,纪明月才发现,相较之下,谢云持的表现已经算是淡定了。

纪丰、祝琴和裴献当下就打了飞的过来看望她,贺盈他们在微信群里问个不休,时德永和沈芝也赶过来要带纪明月去检查身体,纪淮下了课就直奔公寓,一个个都紧张得不像样子。

更让人无语的是,纪丰和祝琴来就来了,还带着一大堆婴儿用品。

祝琴:"你这丫头真是的,怀孕了也不说,这身体是能开玩笑的吗?"

纪明月默默地把头发别到耳后,听妈妈训话。

纪丰劝道:"行了行了,猫猫怀孕了,你就别念叨她了。"

纪淮在一旁边给纪明月削苹果,还不忘嘲笑她:"谁让你那么作的?不过,持哥还挺厉害的,这才一年不到,我竟然就要当舅舅了。"

谢云持去厨房看了看熬的鱼汤,给纪明月盛了一碗出来:"乖,来,把汤喝了。"

孕妇纪明月在家里的地位直线飙升。

祝琴时不时过来照顾她,还请了保姆负责她的饮食。

谢云持本就对她的照顾无微不至,现在更是好得没办法用言语表达了。

十一假期,时辰也三天两头地往这里跑,巴巴地看着纪明月的肚子:"我一想到有人要叫我姑姑了,心都要化了。"

纪明月瘫在沙发上吃水果。

时辰:"也不知道是侄子还是侄女。"

时辰又歪了歪头,不经意地说:"不过我觉得,如果是侄女的话,照我哥的性子,估计会很宠女儿吧?"

纪明月愣了愣,脑海里浮现出那样一幅画面,她点点头,心里生出了许多期待。

8

纪明月怀孕后喜欢吃酸的,也喜欢吃辣的。

祝琴每次给她剥酸橘子的时候都会嘀咕:"都说酸儿辣女,猫猫你这又喜欢吃酸又喜欢吃辣的,这怀的到底是儿还是女?"

纪明月不怎么在意,吃橘子吃得美滋滋的:"说不定是像老谢一样温柔的儿子,再或者是像我这样的女儿呢?"

祝琴想了想,回道:"那还是像小谢一样温柔的男孩好了。"

一旁的纪淮附和了妈妈的观点,而后盯着纪明月手里的橘子,看她吃得美滋滋的,忍不住问:"姐,你难道不会觉得酸吗?"

这种青皮的橘子,一看就酸得要命好吧……

纪明月摇摇头,又吃了一瓣,她脸上的表情完全可以用"享受"两个字来形容。

纪淮吞了吞口水,趁纪明月不注意,也飞快地拿了一瓣橘子尝了一口。

下一秒,他"呸"的一声,迅速把橘子吐进一旁的垃圾桶里,还拿起桌上的水杯,"咕咚咕咚"灌了一整杯水。

"怎么这么酸啊!"纪淮惊呆了,指着纪明月手里剩下的橘子,"你管这叫好吃?"

他又看向祝琴,夸得诚心实意:"妈,你们能找到酸成这种程度的橘子,还真挺不容易的……"

在一群人的关怀和对胎儿性别的猜测中,纪明月怀胎十月,顺利生下了一个小婴儿。

是个小公主,谢云持给小公主取名"谢千寻"。

谢千寻小朋友一出生,就是万众瞩目的焦点。

她不仅拥有最漂亮的妈妈和最温柔的爸爸,还有三天两头往公寓跑、抱着她就不肯撒手的小舅舅纪淮、天天"乖乖宝贝"喊的外公外婆爷爷奶奶,以及一回家就喜欢戳她肉脸蛋的姑姑时辰。

哦对,还有总跟她妈妈斗嘴,但又对她很好的大舅舅裴献。

得益于谢云持和纪明月的优良基因,谢千寻自小就粉雕玉琢,可爱得不得了。

她四五岁的时候，天天闹着妈妈给她头上梳两个小鬏鬏，对着镜子臭美个不停，还"哒哒哒"跑到谢云持跟前，奶声奶气地问："爸爸，我是不是这个世界上，除了妈妈以外最美的女孩子？"

小姑娘的一双杏眼水汪汪的，眼珠黑得发亮，睫毛生得又长又密，明明是个才及谢云持膝盖高的小豆丁，却偏偏要学着大人的样子装得很认真，奶凶奶凶的。

她的模样跟纪明月有几分像，尤其是那双大眼睛，说话时滴溜溜地转动，看起来跟晶莹剔透的玻璃珠似的。

谢云持被谢千寻萌得不行，蹲下身子认认真真地看着她，再摸摸她头顶的小鬏鬏："嗯，我们千寻的确很漂亮。"

谢千寻立马开心起来，笑得见牙不见眼，在原地蹦了两下，又迈开两条小短腿一路跑到书房门口，探着个小脑袋，软乎乎地叫："妈妈，爸爸说我漂亮哦，但我知道，妈妈是这个世界上最漂亮的女孩子！"

她这么一抬头，头顶的两个鬏鬏也跟着变得斗志昂扬的，让人看了就想捏一捏。

谢云持一阵失笑，被女儿可爱得想亲她两口。

何止是谢云持，在书房内工作的纪明月也忍不住了，站起身走到谢千寻跟前，抱起她亲亲她的脸颊。

世界上最漂亮的妈妈亲她了！

谢千寻"咯咯"地笑了起来，童音清脆又软乎，像是棉花糖一样。

她两只短短的胳膊抱住纪明月的脖子，又使劲在纪明月脸上亲了一口："千寻最爱妈妈了！"

她想了想，歪了歪脑袋，眨巴眨巴大眼睛，又补充道："爸爸也最爱妈妈了！"

纪明月觉得自己的心都要化开了。

她究竟何德何能，能拥有这么好的谢云持和天使一般的谢千寻。

"妈妈，"谢千寻又开口，"小舅舅刚才打电话给千寻了，他说今天晚上要来家里吃饭。"

纪明月点点头。

谢千寻揪着自己的衣服，苦恼地犹豫了两秒，老实交代："小舅舅说他给千寻买了小饼干,千寻今晚可以吃两个吗?"

她努力地比着手指,一双杏眼里写满了对小饼干的渴望。

纪明月一向管她管得严,不允许她多吃小饼干。

但是谢千寻喜欢,特别喜欢。

谢云持虽然温柔,但在这方面一向是纪明月说了算。

纪明月只觉得好笑,所以谢千寻刚才努力给她吹"彩虹屁",就是为了晚上能吃两块小饼干?

过于卑微了吧?

纪明月心里已经笑翻了,面上还是装得无比严肃,毫不留情面地拒绝了谢千寻的请求:"不可以哦,晚上吃小饼干对牙牙不好。"

"啊——"谢千寻失望地垂下头,小大人一样叹了口气,"好吧,我知道妈妈是为了我好。"

纪明月这下真的是忍不住了,轻轻笑出了声,语气放缓了一些:"但是,明天白天可以多吃两块哦。"

"真的吗?"刚才还委屈又失落的小豆丁,立马高兴起来。

看到妈妈点头,谢千寻那双黑亮亮的眼睛里更是星光点点,快乐似小神仙,"mua"的一声在纪明月脸颊上亲了一大口。

"妈妈最好了!"

谢千寻这个小丫头,嘴甜,很会哄人。她小嘴"叭叭"两句,就能哄得对方眉开眼笑,也不知道像谁。

有一次,谢千寻正在堆积木,一见裴献来了,眼睛瞬间亮了起来,一路小跑过去,张开胳膊抱住裴献的腿。

她仰着一张精致漂亮的小脸,大眼睛扑闪扑闪:"裴舅舅,你可算是来看千寻了,千寻想死你了。"

裴献本就喜欢谢千寻,一听这话,立马乐开怀。

他俯下身把她抱起来:"裴舅舅最近忙,没来看千寻,真是对不起我们乖宝贝。今天下午,裴舅舅带千寻出去玩,再给千寻买点玩具好不好?"

谢千寻高兴得不得了,还要很"懂事"地委婉拒绝:"不行,千寻想的是裴舅舅,不是裴舅舅送的礼物。"

软乎乎的嗓音,就这么乖乖巧巧地说想你,还不是因为你送礼物才想你。

裴献真的快被萌翻了。

谢千寻跟纪明月长得相像，裴献又是一路陪着纪明月长大的，看谢千寻那张脸的时候总是忍不住暗自纳闷：小豆丁长得跟她妈妈那么像，怎么性格比她妈妈可爱一千一万倍呢？

他把谢千寻高高地举起来，笑得开心："不是千寻想舅舅的礼物，是舅舅喜欢我们宝贝，所以想给我们宝贝买东西。"

最后的结果，就是裴献带着谢千寻出去玩了一个下午，买了一整个后备厢的玩具，还要哄着谢千寻收下礼物。

又有一次，谢千寻被谢云持带着去远大找纪明月。纪明月在上课，谢云持就抱着谢千寻去看纪淮。

纪淮还没说话，谢千寻就一路小跑过去，钻到纪淮的怀里，眨巴眨巴着大眼睛，来回晃着脑袋上的两个小鬏鬏："小舅舅！千寻过来找你啦！"

纪淮控制不住地在她粉嫩嫩的脸上亲了一口，谢千寻"咯咯咯"地笑开。

纪淮又问："妈妈呢？"

谢千寻眼睛都笑弯了："不知道，千寻是来找你的，不是来找妈妈的！"

刚工作完，问清方位后赶过来的纪明月愣住了。

谢千寻一转头，看见了就站在她身后不远处的妈妈，也丝毫没有被抓包的惊慌，还哄道："妈妈，你来啦！我没有打扰你工作哦，是不是很乖？"

纪淮也不嫌累，就这么抱着谢千寻，几个人一起往校外走去，准备找个地方吃饭。

谢千寻窝在纪淮的怀里，在他耳边嘀嘀咕咕的，纪淮时不时被逗得大笑。

过了一会儿，谢千寻又叫住纪明月："妈妈，我为什么叫谢千寻呀？"

纪明月回道："大概是因为你爸爸喜欢看《千与千寻》吧。"

谢千寻歪了歪脑袋，问纪淮："《千与千寻》是什么？"

纪淮又开始嘀嘀咕咕地给谢千寻讲到底什么是《千与千寻》。

谢云持也不说话，只是拉着纪明月的手往前走。

他脸上是轻松的笑意。

好像活到现在，最大的满足，全都是手里牵着的人给的。

纪明月拉了拉他的手指，问他："所以你当时到底为什么会起'谢千寻'这个名字啊？"

她信任谢云持，当时也没多问，只觉得还蛮好听。

谢云持不动声色地把纪明月拉得更近了一些,笑着说:"当然是因为她妈妈喜欢看《千与千寻》啊。我当时思考了一下,总不能叫'谢蜡笔小新'?"

纪明月失语。

谢云持笑得更愉悦温柔了几分。

是啊,为什么会叫"谢千寻"呢?

因为我寻你千万次。

四个人,三条影子,就这么被夕阳拉得愈来愈长。

9

端市一中即将百年生日。作为当地最有名的高中,端市一中在各个领域都有杰出校友。

而身为 M-1 项目核心技术人员,坐拥一堆 SCI,如今已经在远大做到了副教授的纪明月,以及读高中时便是端市一中传奇人物,现如今更是成为君耀总裁,今年还给母校端市一中捐了一个新足球场的谢云持,自然都以杰出校友的身份收到了端市一中的百年校庆邀请函。

两个人本来是没时间参加校庆的,但是谢千寻小朋友一看见那两份烫金的邀请函就兴奋不已,抱着那两封邀请函,摇头晃脑地跑到纪明月面前,拽了拽纪明月的衣角,努力地仰着一张笑脸,脸上满是认真:"妈妈,这上面的字怎么念呀?"

她苦恼地摸了摸自己的小鬏鬏:"白……方……请……水?"

纪明月笑倒在了沙发上,把女儿抱在自己腿上,教她念:"这个'白'和'方'是一个字哦,念'yao',一声。第三个字不念'水',念'函',二声。"

"哦!"谢千寻乖乖巧巧地点点头,用短短的小手指指着三个字,跟着妈妈教的一个一个念,"邀……请……函!"

纪明月满意地在女儿白白嫩嫩的脸颊上亲了一口,夸她:"我们千寻真聪明!"

被最喜欢的妈妈亲了一口,谢千寻笑得眼睛都弯了起来,发出"咯咯咯"的声音,又歪了歪小脑袋,问:"那妈妈,'邀请函'是什么意思呀?"

"是爸爸妈妈的母校邀请我们去参加校庆。"

谢千寻自然是不太懂得"校庆"是干什么的,但她小脑袋瓜一转,就知

325

道肯定很热闹!

她立马在纪明月怀里扑腾了起来:"妈妈,我们去嘛,我也想参加!"

正好谢云持下班回来,一听见门口的动静,谢千寻飞速从纪明月身上滑下来,小短腿迈得飞快,跑到谢云持跟前,抱住谢云持的大腿,说:"爸爸!爸爸!我们一起去参加你们那个……校、校、校……"

谢千寻又苦恼地拽了拽自己头上的另一个小鬏鬏,然后突然灵光一闪:"校庆吧!"

谢云持一愣,朝着沙发上的纪明月看了过去。

"端市一中寄来的邀请函,说百年校庆,让我们两个人参加,还希望你可以作为杰出校友在台上发言。"纪明月懒懒地靠在沙发背上,"谢千寻也不知道怎么回事,一听说是校庆,闹着要去玩呢。"

谢云持发出一阵轻笑,把还抱着自己大腿蹭来蹭去的女儿抱了起来,顺带举了个高高,爽快应声:"那就去吧,她难得想做什么。"

纪明月:"别看我,说得好像是我不让你女儿去一样。"

谢千寻又挣扎着下来,跑到纪明月身前撒娇:"谢谢妈妈,千寻最爱妈妈了!"

纪明月绷不住地笑了,点了点谢千寻的小鼻子:"小马屁精。"

最后他们满足了谢千寻的心愿,回了趟端市。

纪明月早习惯了父母对谢千寻的千宠万宠,校庆当天,祝琴一直抱着谢千寻,一点不嫌累:"你跟小谢不是有事情要忙吗?你们去忙,我跟你爸带着千寻到处转转。"

纪明月边和谢云持一起往礼堂走,啧啧称奇:"怪不得别人都说隔辈亲,这真的也太隔辈亲了吧?"

谢云持附和地点头,又说:"不过爸妈对你也很好。"

纪明月点了点头,表示赞同。

礼堂里这会儿已经有不少学生了,清一色地穿着端市一中的校服。

校服倒是比起他们读书那个时候好看了很多,纪明月边看边帮谢云持整理了一下领带。

旁边接待谢云持的校领导忍不住夸道:"谢总和夫人还真的是伉俪情深啊。"

谢云持笑了笑，谦逊地说："不用叫我谢总，我今天只是一个已经毕业的学生而已。"

校领导在心里暗想，真是一个不可多见的谦谦君子，面上却什么都看不出来，应和："好好，谢同学，你准备得怎么样了？"

"可以了。"

纪明月冲着谢云持比了一个加油的手势，然后静悄悄地绕到了前台，坐到了那个特地给她留的位置上。

主持人适时开始报幕："下面让我们欢迎今天的最后一位杰出校友给我们做报告，掌声欢迎端市一中××届毕业生、君耀总裁谢云持谢先生！"

下面这些还满是青春活力的高中生们闻言都一阵欢呼，掌声热烈。

而在那个西装笔挺的男人缓步从后台走来，站在讲台前时，这些学生们的欢呼声简直要把礼堂的天花板给掀翻了。

"我的天，为什么会有这么帅的总裁？"

"还这么年轻！呜呜呜，这就是成熟男人的魅力吗？跟班上那群臭屁的男生们一点都不一样好吗！"

"快看快看，我翻了一下我校那个时候的贴吧记录，他当年竟然次次都是年级第一！"

对着这些交口夸赞，谢云持却只是浅浅一笑。

"大家好，很荣幸今天可以作为毕业生代表来给大家分享一些心得。"他稍顿，"说是心得反而有些惭愧了起来，毕竟我是一个运气很好的人，这一路走来遇到了很多人的相助，才有了今天的这一些成就。"

底下的学生们：如果运气很好就能做到君耀总裁的位置的话，那我们也想要这么一点运气。

怎么能这么谦虚！

谢云持话锋一转，又笑了起来："在这很多人的相助中，尤其要感谢我亲爱的太太，她现在就坐在下面听我讲话。"

学生们瞬间又沸腾了起来，全都伸着脖子要去看前面那个谢太太究竟是什么样子。

纪明月腹诽：学校到底是让你过来作报告的，还是让你过来秀恩爱的？

谢云持点了点头："好，那我们继续往下讲。今天学校给我的一个主题是，谈谈人生梦想，所以我在准备稿子的时候，就顺带回忆了一下我高中时的人生梦想是什么。"

他故意停顿了一下，引得台下的学生们纷纷好奇起来，都竖起耳朵想听听这位不霸道的总裁有什么人生梦想。

他这才继续往下说："……我很快回忆了起来，我高中时的人生梦想，是以后能功成名就，这样才可以抬首挺胸地喜欢一个人。"

"还好，我做到了。"

谢云持收了收笑容，和台下的纪明月对视一眼，又是一笑。

谢云持的发言轻松有趣，又带有对年轻学子的建议，整个发言过程中，学生们的掌声不断。

"……我的分享到此结束，如果能给大家有哪怕一丝的引导，我都不甚荣幸。最后，很谢谢我的太太听完了我的报告全程，你今天真的格外漂亮。"

"谢谢大家。"

清隽俊朗的男人谦逊地笑了笑，朝着台下点了点头，以示告别。

在热烈得有些过分的掌声中，这场讲座结束了。直到谢云持回了后台，台下的同学才陆陆续续散去。

告别了校领导们，谢云持和纪明月手牵着手走出礼堂，来到了外面的广场上。

纪明月踮了踮脚尖，看着正对面的礼堂大门，一时间有些感慨起来。

时间太快了，可是这样和谢云持十指相扣地站在这里时，她又隐约觉得像是回到了高三毕业晚会的那个晚上。

她那个时候就是这样站在这个广场上，盯着那个门，看着从里面走出来的一个又一个人。

一千一万种方式她都有心理准备，可是唯一没想到的是，谢云持那天根本没来。

纪明月皱皱鼻子笑了笑，又把谢云持的手拉得更紧了一些，问他："那天晚上你是不是很难过啊？"

父亲重病，跟她的约定也没办法兑现，不知道谢云持那时候该有多焦虑。

谢云持一秒就理解了纪明月说的是什么，又怕她多想，只揉了揉她的头发，逗她："嗯，没听到我太太跟我表白，是有些难过。"

如果，他是说如果，那天晚上他父亲没有病重去世的话，能亲耳听见喜欢的女生跟自己表白，他怕是要幸福得跳上天吧？

但是也没关系，现在也一切安好。

纪明月转过身，抱住了谢云持。

一瞬间仿佛时光流转，真的回到了那个夜晚，羞赧却勇敢的少女和温柔干净的少年拥抱在一起，面带笑容。

两个人又在学校里逛了逛，还是不可避免地走到了那个光荣榜前。

纪明月拉着谢云持转到了光荣榜背后的留言板处，看着那串数字，只觉得有些好笑。

如果在帮纪淮开家长会时破译了这串数字的意思，那就好了。

但是谁让谢云持不能直接好好地写字母，还非得换算成数字顺序的！

这么一想，纪明月又忍不住瞪了谢云持一眼，问他："你当时写这串数字的时候，就没想过我可能猜不出来是什么意思吗？"

"唔，想过。"

谢云持竟然还点了点头。

纪明月瞬间瞪圆了眼："那你就不能老老实实直接写吗？"

谢云持的眼尾氤氲出些许笑意来，心想：当然是怕给你造成困扰啊。

但他只是又点了点头："所以我还在圣诞节时，在你的桌肚里塞了一封情书。"

"妈妈，什么是情书呀？"

谢千寻也不知道什么时候听见的，仿佛一个行走的十万个为什么，疯跑到了纪明月跟前，好奇地问道。

祝琴和纪丰在谢千寻身后有一段距离，笑着看谢千寻这一路跑动。

纪明月跟谢云持对视一眼，笑了。

她耐心地回答对什么都好奇的女儿："就是爸爸想对妈妈说的话。"

"那，爸爸，"谢千寻转头又问谢云持，"你想对妈妈说什么？"

谢云持沉吟了两秒才慢慢地回答："说——纪明月，我好爱你。"

"噫，"谢千寻立马作出一副没眼看的样子，用双手捂着眼睛，"爸爸羞羞！"

谢云持和纪明月都被这人小鬼大的小豆丁逗得一阵笑。

谢千寻又拽住了纪明月的衣角，晃晃头顶的两个小鬏鬏，奶声奶气地说：

"那妈妈,我也好爱你!"

纪明月看着面前两个爱的人,只觉得心里暖暖的。

她扬了扬唇。

说起来啊,谢云持高中时写给她的那封情书,她已经翻来覆去看了无数次,每一个字都牢牢地记在了心里。

她总是在想,如果当时知道那封情书是谢云持给她写的,那她会怎么回复呢?

她朝着旁边的谢云持看了一眼,谢云持似乎并不知道她在想什么,脸上却是一贯的温柔。

颔首一笑,满目风华。

怎么回复?

唔,就说——既然你如此喜欢我,那我也勉为其难喜欢你一下吧。

当然,你如果问"一下"是多久,那我就告诉你,是一辈子。

10

谢云持想,他大抵是个很骄傲的人。

他总被人夸容貌出色、成绩优秀、懂事礼貌……是传说中的"别人家的孩子"。

所以一路骄傲如此,他自觉未来也有更高的天空值得去翱翔。

哪怕父亲病重,十四岁的他被迫要做一些兼职来支撑起这个家时,他也是骄傲的。

第一场手术就花光了父亲给他攒的学费,而那个时候的他刚刚拿到中考的成绩单,全市第一。

谢云持有听见过病房的护士们私下议论,说那个长得好好看的中考状元怎么会有个如此清贫的家庭,可惜了。

更可惜的是,这个病也只是花钱吊命而已,大概率是白花钱。

谢云持送完早晨的报纸,买了早饭过来,还没推开病房的门,就看见父亲躺在病床上几度垂泪,那双多年操劳,早就粗糙不堪的手紧紧地握着母亲的手。

他顿住脚步,听他们说话。

父亲叹了口气:"芝芝啊,你嫁给我这么多年,让你受苦了啊。当初娶你的时候我还跟你说，一定能让你幸福，结果现在……"

沈芝拍了拍他的手，示意他不要多想："这么多年我很幸福，你不要再说这些话了。而且总会有希望的，你看云持现在也比以前更懂事了。"

父亲似乎并没有被安慰到，反而失落了几分："云持都是被我耽误了啊，要不是我这病……他那么争气，都考了全市第一了……"

谢云持低头，看了眼自己的脚尖，又抿起唇角，笑出一个弧度。

他从不觉得自己被耽误了，父亲在他心里是个很伟大很伟大的人。

正准备推开病房门进去的时候，谢云持又听见父亲犹豫着开了口："你们不用安慰我，我知道我这个病啊……大概是好不了了。第一场手术家里的积蓄就花光了吧？再这样下去云持该怎么办？

"要不然……就别治了吧。"

谢云持的心猛地一坠，从未有过的惶恐和害怕在这一刻蔓延全身。

他推开门走了进去。

父母似乎没料到他突然进来，都是一愣。

谢云持抿了抿唇，语气温和，却又很坚定："爸，你如果不治的话，我就不读书了。"

"你这孩子……"父亲皱起眉，似乎想说什么，最后却又化成了一声浓郁得化不开的叹息。

谢云持从不觉得父亲是负担，父亲在，他才觉得有希望。

父亲的病情稳定了一个多月，却又突然加重，需要进行第二场手术。

沈芝把能借的亲戚借了个遍，却还是差了一些。

谢云持咬着牙站在缴费处，把那些钱数了一遍又一遍，在脑子里想尽了一切可以尽快来钱的方法。

他甚至想，不然就去给医生跪下，求医生给父亲先做手术，他一定会把钱尽快补齐。

沈芝在窗口旁边暗暗抹泪，问工作人员可不可以先缓缓。

工作人员也叹了口气。

这时传来一个女孩子脆生生的声音，带着甜意："阿姨，你是急需要钱做手术吗？"

谢云持站在墙角处，向声音来源处看了过去。

是个年纪和他差不多大的女生,穿着一条浅蓝色的裙子,很清瘦,头发很长。

沈芝擦了擦眼泪,强露出个笑来:"是啊,你有什么事吗?"

女孩子歪了歪头,在自己背着的小包包里翻了一会儿,拿出一张银行卡,递过去:"阿姨,这是我自己的小金库,里面有不少钱,你先拿去用吧,救人要紧。"

沈芝连连摆手:"这怎么行,我怎么能收你的钱,况且,这是你爸爸妈妈的钱吧?"

"没关系的,阿姨,"女孩子的声音依旧有些甜,她强行把那张卡塞进沈芝手里,"这是我自己的零花钱,你放心用。而且就算是我妈妈在这里,她肯定也会帮你的。"

她顿了顿:"要不我留个电话吧,阿姨你到时候可以电话联系我,我叫纪明月,纪律的纪,我本将心向明月的明月。"

女孩子跑开时,谢云持终于看见了她的正脸。

果然很漂亮,肤白胜雪,眼睫纤长,笑起来的时候像是天上的明月,温暖又柔软。

谢云持那一秒在想,为什么会有人这么傻,竟然这么随意地就把自己的钱拿去给别人用。

对啊。

不会有人这么傻,所以那肯定是天使。

第二场手术很成功,父亲转危为安,沈芝和谢云持都松了一口气。

谢云持又多打了一份工,想着早日把钱还给那个女孩子。

她叫纪明月。

我本将心向明月的明月。

再看见纪明月,是在端市一中开学的那天。

她穿着一中的校服,跟在医院那天看起来不太一样,但谢云持还是一眼就认出了她来。

女孩子懒懒散散地坐在自行车后座上,困顿不已地打着哈欠,像是没睡醒一样,但依旧是漂亮的。

她只是在自行车后座上坐着,周围就有不少人在明里暗里地看她。

自行车经过谢云持身边的时候,谢云持看见纪明月拽了拽前面骑车的男生,语气散漫:"裴献,有巧克力吗?我好饿。"

"让你吃早饭你不吃,现在饿了吧?"前座的那个男生一边唠唠叨叨,一边从口袋里拿出来一块巧克力递给女孩子。

谢云持抿了抿唇,觉得心里有些不舒服。

他又忍不住想,如果女孩子拽拽自己的衣服,问自己要巧克力的话,自己会给她吗?

……给。

再穷都买,吃不起饭也给她买。

他被自己这突然冒出来的念头给吓了一大跳。

除了那天的事情之外,他明明和这个女生再无别的交集,甚至对方根本就不认识他。

短暂的惊讶过后,谢云持又很快地接受了自己的这个想法。

他想,他大概对这个女孩子的感情是特别的吧。

可特别归特别,他自己的处境尚且不明朗,这个女孩子一看便是从小锦衣玉食的,跟自己相仿的年纪,她却轻而易举地就拿出来那么大一笔钱,连眼睛都不带眨一下的。

谢云持抿去心头复杂的情感,朝着自己的教室走去。

但宿命这种事情,从来都不是想避开就能避开的。

很巧,纪明月就在谢云持隔壁班。

她有不少朋友,几个人经常在一起打闹,其中便有那个叫"裴献"的男生。

他们有时候一起从教室窗前经过,女孩子似乎总是没精打采的困顿模样,像永远睡不醒一样。

有时候走着走着还会撞到前面的人。

她那个朋友裴献一脸无语:"猫猫,你到底能不能好好走路?你昨晚做贼去了吗?天天早上迟到还这么困!"

女孩子揉揉眼,继续嘟囔:"裴献,我要吃鸡腿!"

"好好好,我的纪大小姐,鸡腿鸡腿。"

谢云持忍不住扬了扬唇角,只觉得她可爱得不行,能吃又能睡的,小名还叫"猫猫"。

猫猫可以吃巧克力吃鸡腿吗？

谢云持想着笑了笑，却又有些酸涩。

班里有人来问他题，注意到他的目光："你在看什么？"

谢云持摇了摇头，收回视线，拿过题目，顺口回答："看一只猫。"

两个班是一个物理老师，物理老师经常布置课堂测验，让两个班的学生交换批改试卷。

谢云持使了些方法，拿到了纪明月的卷子。

她的字迹很清秀漂亮，只是写着写着就能察觉出来她大概快睡着了，字迹开始变得歪七扭八，然后猛地清醒过来，字迹又规矩漂亮起来。

如此循环往复。

谢云持只觉得好笑。

更好笑的是，纪明月有一次并没有做大题，反而是画了一朵玫瑰花。

嗯，她还挺有绘画天赋的，只是花瓣的形状画得有些错误。

他一一批改回去。

后来，她光顾了自己兼职的那家花店。

纪明月靠近自己的时候，谢云持感觉自己的心脏跳得前所未有的快，像是生病了一样，但又很快乐，生病也快乐。

他借着"买一送一"的借口，送了一朵花给她。

看着纪明月离开，谢云持只觉得那朵价格不菲的玫瑰花好像送得很值得。

花光这周的吃饭钱也值得，因为她收了呢。

每次作为年级第一在台上发言，谢云持稍微一留意便看到正盯着他看的纪明月，他就越发觉得自己一定要拿到所有的第一名；在篮球场上注意到也在人群里的女孩子，他就觉得连投三分球都轻而易举起来；在医院、兼职和学校之间疲于奔命，可只要一看见她，他就又觉得瞬间电量满格……

他写过一封信给她，哪怕没有得到任何回复，可那些隐秘的快乐就足够支撑他很久很久。

她在国外读大学的那些年里，他每每觉得压力大到无法呼吸时，就想去看一看她。

父亲去世之前的医疗费早已让家里困顿不堪，谢云持一边努力还债，一边努力存钱，只为了买一张机票去看她一眼。

写邮件也是快乐的。

明知道她不可能看见，可是每天写下"纪明月，今天……"的那一刹，就好像她正坐在自己身旁，听他讲今天发生的事情，所以，就连无数次敲开那扇门，却发现都是陌生的外国人而不是她时，也是快乐的。

她总归是在这个城市，他跟她呼吸着同一片空气，可能刚刚他走过的地方，她也来过。

谢云持每次都带着笑："你好，我叫谢云持，请问你有见过一个叫纪明月的女生吗？"

那对夫妇一如既往地摇头，又不忘劝他："你已经来了很多次了，每次都找不到她，不如别坚持了，放弃吧。"

他敛去眼里的失落，摇了摇头。

那怎么能叫"坚持"呢？

"坚持"这个词，说的是做自己不喜欢的事情。

对纪明月，他从来都不是坚持。

而是天生如此。

十年间发生了很多很多事情。

谢云持陪着母亲进了时家，母亲成了一个养尊处优的富太太，而他也终于不用吃那些自己厌恶的菜，不用因为一张机票而穷困潦倒。

有了亲生父亲，也有了亲妹妹，甚至连自己的前途都顷刻间安排妥当。

可是，他还是没有见到纪明月。

进了君耀之后，他日益忙碌起来，常常忙到没有时间去胡思乱想。

可只要一闲下来，他闭上眼睛，就会想，纪明月现在怎么样了？她过得好吗？她生活顺利吗？有喜欢过别人吗……

看她一眼竟成了谢云持最大的执念，哦不，应该是最大的期待，支撑着他走过无数艰难的时刻，抬头依旧能满怀希望，笑着去拼搏努力。

后来，妹妹看见了纪明月。

沙漠里的人猛地看见水，第一反是，那是海市蜃楼吗？

但就算是又如何呢？

就算那是海市蜃楼，不照样会扑上去，看看能不能拯救自己吗？

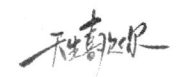

而后,他便看见了那个穿着伴娘服,偷偷摸摸啃馒头的纪明月。

她比十年前漂亮了很多很多,但又好像什么都没有改变。

他在参加婚礼前想,他只看她一眼,知道她过得潇洒快乐,如意美满,他便如愿了。

可又不够如愿。

他想得到她,拥有她一辈子。

傅思远说:"谢云持,我从没见过有哪个人恋爱得如你这般辛苦。"

谢云持笑了笑,反问:"苦吗?"

傅思远瞠目结舌:"还不够苦吗?"

谢云持摇头,他从来不觉得苦。

他只觉得,"纪明月"这三个字,才是他少年时期所有的糖。

甜到那个困顿的年代里,也全都是光。

番外一
少年情书

纪明月：

　　展信悦。

　　圣诞快乐，听说在今天送出的情书，会得到祝福。
　　所以我就想试一试，写一封没有署名的情书给你，希望可以得到哪怕一丝的祝福。

　　我从来不是一个相信一见钟情的人，但很多事情，不相信是因为还没有经历过。
　　比如，在见过你之后，我突然发现一见钟情好像确实存在。

　　有很多很多的话想和你说，但想来想去又觉得你应该是一个没有性子把这封信读到最后的人，所以我尽量简洁一些好了，概括起来便是——
　　我很喜欢你，很久了。
　　尽管有些许冒昧，但可以的话，请你今天傍晚在图书馆自然科学书架旁见我一面好吗？
　　我会等你到晚自习上课的。

如果你能给我回应,不管是拒绝还是答应,我都送你一朵小玫瑰吧,像是《小王子》里面的小玫瑰。

　　所以,请你看我一眼。

　　拜托了。

　　我会努力去亲手开创一个未来。

　　说一些题外话吧。

　　今年生日的时候,一个朋友跟我说,让我许个愿望。

　　其实我从去年开始,到很久很久以后,许的生日愿望都只会是同一个。

　　你要听听看吗?

　　做一个快乐的人。

　　然后……

　　天生温柔。

　　天生喜欢你。

番外二

你是我一生里仅有的期待

婚后,谢云持和纪明月过着潇洒而自由的二人世界。

纪明月正式入职远大已半年有余,于她而言,婚后的生活堪称蜜里调油。

谢云持是一个勤俭持家的总裁,哪怕手握大权,依旧坚持每天做一些家务。但他总觉得自家老婆还是个小公主,怕自己有疏漏的地方,所以还是请了一位阿姨。

纪小公主的一个普通工作日是这样度过的——

早晨并不需要定闹钟,谢先生会走过来,揽她在怀里吻一吻:"宝宝,起床了。"

纪明月伸了个懒腰:"今天早上吃什么?"

"煎蛋。昨晚阿姨吊了鸡汤,今早煮了些米线。"谢云持帮半眯着眼的纪明月按了按肩膀,眼神在触及她纤细脖颈上的红痕时微微一顿,又不动声色地笑开。

纪明月懒洋洋地进了卫生间洗漱,发现连牙膏都已经挤好了。

吃了早餐,再去衣帽间对着一季新品发呆良久,最后她还是叫了谢云持进来,趾高气扬道:"帮我挑一件。"

谢云持笑了声:"不知道该穿什么了吗?"

"那当然。"

"唔……"谢云持思索几秒后,点了点头,"那看来是又缺衣服了,今天让方秘再送点衣服过来吧。"

纪明月愣住：你真以为我是因为缺衣服才不知道该选什么的吗？

她上下打量了谢云持几眼："难不成你就是给《闪耀暖暖》氪了几十万的大佬？沉迷于换装游戏不可自拔？"

谢云持稍加斟酌："所以你是喜欢那种风格的衣服？也不是不行，我去找设计……"

纪明月眼疾手快地捂住了谢云持的嘴。

她以前怎么没发现谢云持有如此大的给她花钱的热情呢？

两个人吃完早餐收拾好后一起出门。这个公寓离君耀和远大都很近，他们通常会一起走一段路，然后在一个十字路口分别。

纪明月照例抱了抱谢云持，想起来什么："今天你那个访谈会播出是吧？我会准时收看的！哼，还不肯告诉我你都说了些什么，当我不会自己看吗？"

谢云持前不久录了一段专访，这大约是成功人士的标配。据闻除了关于财经类的提问，还有一段别的内容。

可谢云持本人大概是从保密机构出来的，从他嘴里根本无法得知任何消息，纪明月用尽了方法，谢先生依旧守口如瓶。

只能苦苦等到今天。

想想就觉得离谱——她，名正言顺的谢太太，竟然要看节目才能知道谢先生都说了些什么！

下午没课。

纪明月像是小时候蹲在电视机前等喜欢的动画播出一样，等着看节目，期待又焦灼。

李灵珊也在办公室里，正在批改学生交上来的实验报告。她瞥了一眼纪明月，有些好奇："明月，你在等什么呢？"

纪明月如实回答："我先生今天会有个访谈播出，在等着看他都说了些什么。"

哦，纪明月的老公啊。君耀现任总裁，一位很帅的超级男神。

一瞬间，整个办公室的人都兴奋了。

李灵珊"啪"地拍了一下桌子："纪明月，你怎么这么不讲义气！你老

340

公上访谈节目这么重要的事情怎么都不告诉我们！"

她一边说着，一边端了茶杯，拖着办公椅，兴奋地直奔纪明月这边。

另外几位女老师也不怎么客气，有的还抱了零食过来，不知道的还以为她们准备看电影。

纪明月愣住了。

我看我老公的访谈，你们这么兴奋干吗？

当然，这件事纪明月是完全没有反抗的余地的。

李灵珊振振有词："你这种老公帅成这样的人哪里能懂我们的感受？就应该让谢总多出来见见人，造福群众好吧？"

在一众女老师的簇拥之下，纪明月坐在正中间守着时间。没有等太久，访谈就播出了。

访谈节目嘛，尤其是这种财经类的，多数是无聊的。

节目组担心效果不好，向来是直接花钱请观众来现场配合，生怕镜头拍到观众席时，观众都在打哈欠。

然而，花钱请的观众也不是每个人演技都那么好的。

通常是观众面上带笑，笑里写着"这么无聊的节目怎么还没结束，快点结束，我妈喊我回家吃饭了"。

而这次……

在身后一众女老师的尖叫声与现场观众滔天的鼓掌声中，谢云持出场了。

李灵珊疯狂地晃着纪明月的肩膀："告诉我，明月，快点告诉我，到底怎么样才能找到一个这么极品的老公！我现在重新投胎还来得及吗？"

纪明月看了看李灵珊："我要跟你老公举报你。"

"啧，真以为可以威胁到我啊？"李灵珊得意扬扬，"我老公也是谢总的粉丝好吗？每次在财经日报上看到谢总，他可比我激动多了。"

纪明月满脑袋问号。

怎么回事，现在不但有女人天天夸她老公，还有男的夸？

事实证明，的确是的。

本来纪明月以为大家就是过来凑个热闹，等真的涉及财经方面的访谈就会四散而去了——毕竟办公室里都是一群搞生物的，谁能听懂这些财经术语？

但是，她们就真的没有走，还越听越起劲！

纪明月都蒙了。

这场访谈持续的时间还挺长的，前面的内容差不多进行了四十五分钟。

西装革履的男人坐得端正，一看就知教养极好，他脸上带着和煦而真诚的笑容，一举一动都引人注目。

坐在对面沙发上的女主持内心惴惴，这是位重量级人物，他背后可是君耀集团。

对于谢云持，财经圈里所有人都好奇得不得了，这些年来，各种财经主持、美女记者、世家名媛……多少人明里暗里地想投怀送抱，可这位硬是丁点没动凡心。

正在大家以为他很难为谁折腰时，他却闪婚了。

那场婚礼办得声势浩大，时隔一年，提起来时仍让人感慨一声："那可真是我见过的排面最大的婚礼了。"

婚后，谢总和他太太的消息少了很多，两个人极其低调。比如这次，谢云持来录制访谈便是秘书陪同的，那位传闻中的谢太太并没有出现。

至于谢云持和他太太的关系……那更是扑朔迷离。

有传闻说他们只是商业联姻，毕竟那位谢太太也出身豪门，还有传闻说他们两个人恩爱至极。

这天差地别的消息，确实让人有点难以捉摸……

反正台本已经找谢总的秘书对过了，女主持想到这里，便照着台本大着胆子问了起来："谢总，关于以上的内容我们也聊得差不多了。接下来的时间里，想跟您聊一些稍微私人一些的问题，不知道您方不方便？"

谢云持略带懒散地笑了笑，礼貌而疏离："请讲。"

女主持一边在心里暗叹这位谢总实在是风华绝代，一边提问："您今天来我们节目做客，您的……太太没有一起来吗？"

果然，一提到偏私人的话题，台下的观众们一阵躁动。

纪明月背后的女人们也躁动了。

"嗯。"很神奇，明明他一直带着笑，但大家就是明晃晃地感觉到这位谢总一瞬间心情变得好极了，"她很忙，今天本来是要陪我的，但临时有个实验要做。"

李灵珊恨铁不成钢："纪明月，你到底是怎么敢把这样的男人放出去招摇的？实验重要还是老公重要？"

纪明月沉思了下后,反问:"你觉得是实验重要还是老公重要?"

李灵珊面无表情:"实验重要。"

"看来您的太太很热爱工作呢。"女主持笑着点了点头,"那您太太平时忙吗?你们都在工作的话,平日里怎么相处呢?"

谢云持稍加思索,回道:"挺忙的。她很看重自己的工作,并且在这方面也颇有成就……她在国外读书十年,能在那样一个完全陌生的环境里学习、进步、不停努力,我很佩服我太太。"

"至于相处……"

丰神俊朗的男人蓦地失笑:"我在家的每一分每一秒都与她一起度过,可以和她一起吃饭,一起看电影,一起出门上班。早上的时候我会叫她起床,会与她拥抱,会在深夜里看着她的脸,想……今天也如此值得感谢。"

女主持一时间有些失语。她不知道该如何形容这一秒的感受,她只是又想起竟有人说谢总和太太的关系冷淡。

怎么会冷淡呢?

因为职业素养,女主持也只是笑了笑:"嗯,想不到您也会有这样的平凡日常。"

男人敛了敛眸,稍有失神后回答,语气温柔:"哪里是平凡的一天,那是我曾经最期待的每一天。"

这段对话被截取到了微博上,冲上了热搜。

众人皆惊叹。

办公室里的女老师更是对纪明月艳羡不已。

只有纪明月,那天晚上做了一个梦。

梦里的她格外清醒,仿佛那就是现实一般——可能也确实是某个平行世界的现实。

她懵懵懂懂地抱着一摞书站在街头,背着包,包里放着电脑。

街上来来往往的,是各种肤色的人,这一切都告诉她,她现在在国外。

她仿佛意识到了什么,飞快地打开手机看了一眼。

这是她出国第二年的9月14日。

她愣了愣神,继而随手把书放在原地,迅速打了一辆车赶往公寓所在的街道。

果不其然。

那个穿着破旧却干净，生涩而失望的少年正坐在街头，望着来来往往的人，他深吸了一口气，仰头看了看天，而后，露出了她最熟悉的笑容。

纪明月知道这一刻他在想什么。

他想的是——

这个城市，好像真的有你的气息，真好。

她差点又落下泪来，可等不及落泪，她便朝着那个少年飞奔而去。

"谢云持。"纪明月努力露出了最平常的笑容，眼里还带着一丝意外，问他，"你怎么在这里？"

听到声音，少年一愣，继而不敢置信地朝她望了过来。

眸光触及她的那一刻，他眸光一震，又飞速恢复了平静。

他很开心，可又怕自己的行为让喜欢的女孩儿有所负担。

于是，他只是轻轻点了点头，笑道："好巧啊，纪明月……同学。我过来玩一玩，原来你也在这里。"

纪明月有些好笑，又有些难过。

——原来当初他等了自己那么久，还要怕自己不开心吗？

她蓦地问："除了这句，你还有什么想说的吗？"

出乎纪明月意料的是，谢云持顿了几秒，摇了摇头。

纪明月上前一步："可我有。

"谢云持，我喜欢你，我们在一起吧。"

…………

纪明月是被谢云持叫醒的。温柔的男人眼里满是担忧："怎么了？"

她一擦眼角，才知道自己竟然在梦里流了泪。

纪明月摇了摇头，抱了抱谢云持，又问他："如果你当年在国外的街头遇见了我，你会跟我说什么？"

"我？"谢云持似乎有些意外她会这么问，但还是回答了，"我什么都不会说。"

我无话可说。

我怕你会害怕，怕你只是被感动，怕你想太多太多，所以无话可说。如果非要说什么，我思索很久，才能用尽所有力气去平淡地告诉你——你是我一生里，仅有的期待。

天生喜欢你